マリアビートル

伊坂幸太郎

MARiABEETLE iSAKA KOTARO

角川書店

マリアビートル

木村

東京駅は混んでいた。久しぶりに来た木村雄一《きむらゆういち》からすれば、その混雑が日常的なものなのかどうかは分からない。特別な行事があるのだ、と言われれば、それも納得できた。行き来する利用客の量に圧倒されながら、渉《わたる》と一緒にテレビで観た、ペンギンの集団を思い出す。みっちりと大勢で密集していた。が、ペンギンの混み具合はまだ理解できた。あいつら寒いからな。

木村は人の流れをやり過ごし、土産物店やキオスクの脇を抜け、早足で進んだ。

短い段差を上り、新幹線の改札を抜ける。自動改札機を通り抜ける際、内ポケットに入れてある自動拳銃《けんじゅう》の存在を察知され、ばたんと扉が閉じるのではないか、現れた警備隊にすぐさま取り押さえられるのではないか、と恐怖を感じるが、そんなことは起きない。立ち止まり、電光表示の時刻表を見上げ、目的の〈はやて〉の発車ホームを確かめる。警備のために立っている制服姿の警官が見えるが、見咎《みとが》めてはこない。

脇を、リュックサックを背負った、小学生と思《おぼ》しき少年が通り過ぎた。木村は、渉のことを思い出し、胸を絞られる。意識を失ったまま病院のベッドで横たわる渉の、幼く、無反応の姿が頭に蘇《よみがえ》った。「こんな目に遭っても、こんな風に、聞き分けの良さそうな顔しているのが、不憫《ふびん》だ」と木村の母は泣いた。その言葉に木村はまた、身体の内側を削られる思いだった。

絶対に許さねえぞ。身体の奥底で岩漿《がんしょう》が煮え立つ思いだ。六歳児をデパートの屋上から突き落とした張本人が、のんきに息をしていること自体が信じがたい。息苦しくなる。悲しみではなく、怒りのためだ。力強い足取りでエスカレーターに向かう。酒はやめた。まっすぐに歩ける。手は震えていない。東京土産の文字が入った紙袋を左手に持ち、進む。

ホームにはすでに、〈はやて〉が出発を待っていた。気が急《せ》き、足早になる。三号車の前寄りのドアから車両の中に入った。昔の仕事仲間が提供してくれた情報によれば、目的の座席は七号車の五列目、三人掛けだ。念のため、手前の車両から入り、慎重に近づくつもりだった。背後からひっそりと、様子を窺《うかが》いながら、歩み寄っていくのだ。

デッキに足を踏み入れると、左手に洗面台が見え、一度、鏡の前に立った。背中の、間仕切りのカーテンを引く。前に映る自分を見た。髪が伸び、目頭には小さな脂の粒のようなものがある。髭《ひげ》がぽつぽつ伸び、顔の産毛もかなり目立った。疲れ切った顔は、自分で眺めても痛ましい。手を洗う。流れる水が自動的に止まるまで、丁寧にこすった。指が震えていた。酒のせいではない、緊張のせいだろう、と自らに言い聞かせる。

渉が生まれてから、拳銃は使っていなかった。引越しや荷物整理の際に触れる程度だ。捨てずにいて良かった、と心底、思った。生意気な相手に恐怖を与えるのには、あの世間知らずの小癪《こしやく》な相手に立場の違いをはっきりさせるためには、拳銃は有効だ。

鏡の中の顔面が歪《ゆが》んだ。鏡に罅《ひび》が入り、凹凸ができ歪むかのように崩れ、「昔は昔だ。本当に撃てるのか?」と言ってくる。「今はただの酒飲みで、息子を守ることもできなかっただろうに」「酒はやめた」「息子は病院だ」「あいつを痛い目に遭わせる」「許せるか?」脈絡なく、頭の中で感情の泡が破裂する。

黒のブルゾンのポケットから拳銃を出すと、持っていた紙袋から、筒状の器具を取り出す。サプレッサー、減音器だ。銃の先に、回転させながらはめる。銃声が完全に消えるわけではないが、二十二口径のこの、小銃につければ、玩具《がんぐ》の銃よりも軽やかな、がちり、という音程度に抑えられる。

鏡に向かい、うなずき、銃を紙袋に入れると、洗面所を出た。

ワゴンサービスの準備をしている女性販売員がいて、危うくぶつかりそうになる。邪魔なんだよ、となじりたかったが、ワゴンに入っているビールの缶が目に入り、逃げ出すようにその場を離れる。「一口でも飲んだらおしまいだ。覚えておけよ」木村の父が以前、口にした言葉が過《よぎ》った。「アル中は治らない。飲んだら、復活だ」

四号車に入り、通路を進む。自動扉を入ってすぐの、左側の席の男が足を組み直したところだった。そこに木村の身体がぶつかる。装着したサプレッサーの分だけ長くなった拳銃は紙袋に入れてあったのだが、それが男に引っかかった。揺れた紙袋を大事そうに、木村は引き寄せる。

緊張と高ぶりのせいで木村はその場で、かっとし、乱暴な気持ちが湧いた。振り返ればそこには、黒ぶちの眼鏡をかけた優男がいて、弱々しく頭を下げ、「すみません」と謝ってきた。かろうじて怒りを我慢できる。木村は舌を打ち、先を急ごうとしたが、「あ、紙袋、破けちゃいましたね。大丈夫ですか?」と男が言った。足を止めて見れば、確かに拳銃を入れた袋に穴が空いている。が、目くじらを立てることでもなかった。「うるせえな」と先に進む。

四号車を出ても、歩幅を狭めず、そのままの勢いで五号車、六号車と抜けた。

「ねえ、何で、新幹線って一号車が後ろなの」渉が以前、訊《たず》ねたのを思い出す。当たり前ながら、まだ、意識のある頃の、渉だ。

「東京に近いほうが一号車なんだよ」と答えたのは、木村の母だった。

「ババ、どういうこと」

「東京に近いところから一号車、二号車ってなってるんだ。だから、ババたちのうちのほうに向かう時は、一号車は一番後ろなんだけど、東京に行く時は、一号車が先頭なんだよ」

「東京に向かう新幹線が、のぼり、だしな。何でも東京中心だ」木村の父も言った。

「ジジとババはいつも、わざわざ、のぼってくるんだね」

「おまえに会いたいからなあ。坂道をえっちらおっちら、のぼってくるんだよ」

「新幹線がのぼってくるんだよ」

ジジは、その後で木村に目をやり、「渉は可愛いなあ。おまえの子とは思えない」とうなずいた。

「俺はよく言われたぜ。親の顔が見たい、ってな」

ジジとババは、木村の発した皮肉など気にかけず、太平楽な様子で、「隔世遺伝とはこのことか」と言い合った。


七号車に入る。通路を挟み、左に二席、右に三席があり、背もたれが同じ方向を向き、並んでいる。紙袋に手を入れ、銃をつかみ、大股《おおまた》で、一つ二つ、と列を数え、歩む。

予想以上に空席が多く、乗客がぽつぽつといる程度だった。五列目の座席の窓際に少年の後頭部が見えた。白い襟付きのシャツを着て、ブレザーのようなものを羽織るその少年は、背筋を伸ばし、見るからに健全な、優等生然としていた。窓のほうに身体を捻《ひね》り、駅に到着する新幹線車両に見惚《みと》れる雰囲気で外を眺めている。

木村はゆっくりと近づく。一列手前に辿《たど》り着いた時、一瞬ではあるが、このような、あどけなさの残る子供に、本当に悪意があるのだろうか、と疑念が生まれた。肩幅の狭い華奢《きゃしゃ》な背中を見れば、中学生が一人で新幹線の旅行を楽しんでいるようにしか見えない。緊張や覚悟の巾着《きんちゃく》の、その口の紐《ひも》が、わずかに緩みそうになった。

目の前で大きな火花が散った。

新幹線の電気系統が故障したのだ、と最初は思った。見当外れだった。木村個人の神経の信号が瞬間的に切れ、視界が暗くなったのだ。窓を向いていた少年が素早く振り返り、手に隠し持っていた小型の器械を、木村の太腿《ふともも》にぶつけてきた。テレビのリモコンを大きくしたような器械だ。あの中学生たちが使っていた自家製のスタンガンだ、と察した時には、木村の全身の毛は逆立ち、身体の芯《しん》が麻痺《まひ》している。

目を開けた時には窓際の席に座らされていた。体の前で、両手首が縛られている。足首も同様だった。厚い布製のベルトで、マジックテープを使い、固定されている。腕や脚の関節は曲がるが、身動きは取れない。

「おじさん、本当に馬鹿だね。こんなに予定通りに行動してくれるなんて、驚きだよ。パソコンのプログラムだって、ここまで思い通りには動かないのに。ここに来るのだって知っていたし、おじさんが昔、物騒な仕事をしていたのも知っていたし」とすぐ左側に座る少年が淡々と言った。二重瞼《ふたえまぶた》に鼻筋の通った顔立ちは女性的に見える。

木村の息子を、デパートの屋上から遊び半分に落としたその少年は、中学生であるにもかかわらず人生を数回こなしてきたかのような自信に満ちた表情で、「前にもおじさんに言ったけれど、どうしてこんなに思い通りになるんだろうね。人生って甘いね」と言った。「ごめんね。大好きなお酒まで我慢して、頑張ったのに」

果物

傷は大丈夫か、と通路側の席に座る蜜柑《みかん》は、窓際にいる檸檬《れもん》に声をかけた。新幹線の三号車、十列目の三人掛けの座席だ。窓の外を見ていた檸檬は、「何で５００系はいなくなっちゃったんだろうな。俺、あの青いのが大好きなのによ」とぼそぼそ言っている。それからようやく気づいたかのように、「傷がどうしたって?」と眉《まゆ》をひそめる。寝癖なのか、整えているのか、長めの髪は獅子《しし》の毛のようでもある。一重瞼の目と不服そうな口の歪みは、仕事に倦《う》み、何をやるにも億劫《おっくう》に感じる檸檬の性格の表れに見え、性格が先か外見が先か、と蜜柑はぼんやり考える。「檸檬、昨日、おまえ、刃物でやられていただろう。頬の傷だよ」と窓際の檸檬に指を向けた。

「何で俺が怪我なんてするんだよ」

「このぼんぼんを助けるためにだ」

蜜柑は、真ん中の座席に腰掛ける男を指差す。二人の間で肩をすぼめる、二十五歳の長髪の若者だ。自分の両脇にいる蜜柑と檸檬を交互に眺めている。昨晩、助け出した時に比べればずいぶん血色が良かった。身体を縛られ、拷問まがいの暴力を振るわれ、がたがた震えていたのが、一日も経たずに、ずいぶん、落ち着きを取り戻している。ようするに内面が何もないのだ、と蜜柑は思った。フィクションと無縁で生きてきた人間によくあるタイプだ。内面が空洞で、単色だから、すぐに切り替わる。喉元《のどもと》を過ぎれば、すべて忘れ、他人の感情を慮《おもんぱか》ることがもとからできない。こういった人間こそ小説を読むべきなのだが、おそらくは、すでに読む機会を逸している。

腕時計を見た。朝の九時であるから、この若者を救出したのは、九時間前になる。都内の藤沢金剛《ふじさわこんごう》町にあるビル、地下三階の一室に、このぼんぼん、峰岸良夫《みねぎしよしお》の一人息子が監禁されていたため、蜜柑たちが乗り込み、助け出したのだ。

「俺が刃物でやられて、顔に傷を作るなんて、鈍臭いことするわけねえだろ。いい加減なこと言うなよ」檸檬は、蜜柑と同じく身長は百八十センチ近くある。痩《や》せた体型も似ているせいか、時折、双子か、少なくとも兄弟であると勘違いされることが多く、つまり、双子の殺し屋、兄弟の業者と呼ばれるのを耳にするのだが、そのたび蜜柑は、一緒にしてくれるな、と本気で憤った。こんな短絡的で、軽率な人間と、自分をどうして一緒に分類できるのか、と愕然《がくぜん》とする。もちろん檸檬は気にもしていないはずだ。その大雑把で、繊細さとは無縁の性格が、蜜柑には気に入らない。ある仲介業者が、「蜜柑は付き合いやすいが、檸檬は面倒臭い。果物だって、レモンは酸っぱくて食べられないだろ」と言ったことがある。その通りだ、と蜜柑は思った。

「じゃあ、何だ、その頬の傷は。赤い線が入っているだろうが。俺は、ちゃんと聞いたんだよ。おまえが、向こうのチンピラに刃物で突かれて、悲鳴を上げていたのを」

「俺がそんなことで怯《ひる》むわけねえだろうが。もし、悲鳴を上げたなら、相手があまりに歯ごたえがなくて、びっくりしたからだろ。『ひい、何でこんなに弱いのかしら』ってわけだ。それにこの顔の傷は、刃物とかじゃねえよ。ただの湿疹《しっしん》だ。俺、アレルギーあるからな」

「そんな、刃物の傷みたいな湿疹があるのか」

「おまえが湿疹を創造したのか？」

「なんだそれは」蜜柑は顔をしかめる。

「おまえがこの世界の、湿疹やアレルギーを創造したのか？　違うだろ？　評論家か？　俺の今までの二十八年間のアレルギー人生を、おまえは否定するのか？　おまえに湿疹の何が分かってるって言うんだよ」

「否定はしない。俺は湿疹を創造していない。ただな、それは湿疹じゃない」

いつもこうだ。檸檬はいつだって、責任をなすりつけ、見栄《みえ》を張り、でまかせを口にする。それを蜜柑が受け容《い》れるか、聞き流すかしない限り、延々と喋《しゃべ》る。あの、と蜜柑と檸檬の間に座る若者、峰岸のぼんぼんが怯《おび》えながら、ぼそぼそと言う。「えっと、あの」

「何だよ」と蜜柑は言う。

「何だよ」檸檬も言った。

「あの、お二人は、ええと、お名前は何でしたっけ」

昨晩、蜜柑たちが駆けつけた際、ぼんぼんは椅子に縛られ、ぐったりしていた。目を覚まさせて、蜜柑と檸檬が運び出す際も、「ごめんなさいごめんなさい」と謝り続けているだけで、まともに会話などできなかった。言われてみれば、こちらのことはほとんど説明していなかったな、と蜜柑は思い出した。

「俺がドルチェで、そっちがガッバーナだ」とでたらめを口にする。

「違う。俺はドナルド、そいつがダグラス」檸檬がうなずき、言う。

「何だそれは」蜜柑は訊ねながらも、おおかた、機関車トーマスの仲間の名前だろうな、とも分かった。檸檬は何かといえば、その話を持ち出すのだ。鉄道模型で撮影された子供向けの、由緒正しいテレビ番組らしく、檸檬はそれを非常に愛していた。檸檬の口にする譬《たと》え話の大半は、機関車トーマスたちのエピソードで、人生の教訓も喜びもすべてそこから学んだような思い入れを滲《にじ》ませている。

「蜜柑、前にも教えただろうが。ドナルドとダグラスは、双子の黒い蒸気機関車だ。丁寧な言葉で喋るんだぜ。おやおや、これはヘンリーではありませんか、とか言ってな、あの口調は好感が持てる。ぐっと来るよな」

「来ない」

檸檬はジャケットのポケットに手を入れ、ごそごそとすると、そこから手帳ほどの大きさの、光沢のある印刷物を取り出した。「ほら、これがドナルドだ」と指差す。機関車トーマスのシールのようで、機関車の絵がいくつもあった。黒い車体が描かれていた。「蜜柑、おまえは何度教えても、名前を覚えねえよな。覚える気がねえのかよ」

「ない」

「つまんねえ奴だな。これ、やるから名前、覚えておけって。このシールはほら、こっちから、トーマス君からオリバーまで、順番で並んでいるし、ディーゼルもいる」檸檬は言いながら、一台ずつ名前を述べはじめた。分かったからもうやめてくれ、と蜜柑はそのシールを突き返した。

「あの、お名前はいったい」峰岸のぼんぼんが言う。

「芥川龍之介《あくたがわりゅうのすけ》と梶井《かじい》基次郎《もとじろう》」蜜柑は続けて、言った。

「ビルとベンも、ハリーとバートも双子だ」

「俺たちは双子じゃない」

「それなら、あの、ドナルドさんたちは」生真面目に峰岸のぼんぼんは言う。「俺の親父に頼まれて、助けに来てくれたんですか」

窓際の檸檬は興味もなさそうに耳をほじくりながら、「まあ、そうだよな。というよりも、言わせてもらえればな、おまえの親父さん、怖すぎだよ」と言う。蜜柑も同意する。「そうだ、怖すぎだ」

「息子から見ても、怖いのか？　それとも子煩悩で、息子には甘いのか」檸檬が指の先で突くと、ぼんぼんは軽く触れられただけであるのに、ぶるっと震え上がる。「あ、いえ、俺にはあんまり怖くないです」

蜜柑は苦笑する。座席の、独特の匂いにようやく慣れてきた。「おまえの父親が、東京にいた頃の話を知っているか？　手柄話や物騒な話が山ほどある。金貸しをやってた時に、約束の時間に五分遅れた女の腕を切った話、聞いたことあるか？　指じゃないぜ、腕だよ。五時間じゃない、五分だ。で、その腕を」とそこまで言って、さすがに新幹線内ではしゃいで喋る内容ではないかもしれない、と省略した。

「あ、聞いたことあります」ぼんぼんは申し訳なさそうに、ぼそっと答える。「電子レンジで、確か」まるで、父親が手料理に挑戦した思い出を語るかのようだ。

「じゃあ、あれは知っているか？」檸檬が人差し指を出し、前のめりになる。「金を返さない奴の息子を連れてきて、親子同士で向かい合わせて、二人ともにカッターを持たせて」

「あ、それも知ってます」

「知っているのか」蜜柑は呆《あき》れた声を出す。

「でもまあ、おまえの親父は頭がいいんだよ。シンプルだ。邪魔な奴がいれば、『殺せばいいだろう』と言うだけで、面倒なことがあれば、『やめればいいだろう』だ」檸檬は窓の外、動き出した隣の新幹線に目をやっていた。「一昔前には東京に、寺原《てらはら》ってやつがいて、そいつがずいぶん乱暴に金を稼いでたんだけどな」

「《令嬢》って会社ですよね。知ってます。聞いたことがあります」

ぼんぼんがどんどん生気を取り戻し、態度が大きくなるような予感がし、蜜柑は気に入らない。若者が増長する話は、小説の中でなら愉《たの》しめるが現実では聞きたくもない。腹立たしいだけだ。

「その《令嬢》が潰《つぶ》れたんだ、六、七年前か。寺原が親子ともども死んで、会社も分解だったんだよ。で、そうしたら、おまえの親父は直感的に危険を感じたんだろうな、あっさり盛岡に引っ込んじまった。頭がいいんだよな」檸檬が言う。

「あの、どうもありがとうございました」

「何で礼を言ってんだ？　おまえの親父のことを褒めてるわけじゃねえぞ」檸檬は、遠ざかっていく白い新幹線の車両を、名残惜しそうに見送る。

「いえ、助けてくれたことです。俺、さすがにやばいと思いましたから。ぐるぐる巻きにされて、あいつら三十人ぐらいいたじゃないですか。ビルの地下だし。しかも、親父が身代金を用意して持ってきてくれても、結局、あいつら俺のことを殺すんじゃないかって、そんな気がしたんですよね。あいつら、親父のこと、凄《すご》く怒ってたみたいだったし。俺の人生終わっちまうなって思いましたよ」

ぼんぼんがいよいよ饒舌《じょうぜつ》になってくる気配に、顔をしかめた蜜柑は、「おまえは鋭いよ」と言う。「まず、おまえの親父はかなり嫌われてる。あいつらだけじゃない。おまえの親父を嫌っていない人間なんてな、死なない人間よりも稀《まれ》だ。で、さらに、だ。おまえの想像通り、身代金を受け取ったところで、あいつらはおまえを殺したはずだ。それも間違いない。おまえの人生が終わってしまうところだったのも本当だ」

蜜柑と檸檬は、盛岡にいる峰岸の依頼を受け、身代金を運ぶ仕事を請け負った。身代金を、その監禁している相手のもとへ届け、そして息子を助け出してくる。言葉にすれば短いが、実行するのには骨の折れる依頼だった。

「おまえの親父は細けえんだよな」檸檬がぶつぶつと呟《つぶや》きながら、指を折る。「息子を助けろ。身代金を持ち帰れ。犯行グループは全員殺せ。ってな。夢ってのは全部叶《かな》いっこねえんだよ」

峰岸は優先順位をつけた。まず息子の命が一番で、身代金は二番、犯行グループの殺害は三番目だ。

「でも、ドナルドさんたちは全部、やったんですね。すごいじゃないですか」ぼんぼんは目をきらきらさせてくる。

「おい、檸檬、トランクはどうした？」蜜柑は不意に気になった。身代金が入っていたはずのトランクは、檸檬が持っているはずだ。頑丈なキャリー付きのトランクだった。海外旅行用に使うには少し心許《こころもと》ない大きさではあるが、小さくもない。荷物棚にも座席のそばにもどこにも見当たらなかった。

「ああ、蜜柑、よく聞いてくれたな」檸檬はふんぞり返ったまま、脚を前の座席の背もたれに載せるような体勢で、嬉《うれ》しそうに話しはじめる。そして、自分のポケットをがさごそとし、「トランクはここに入れた」と言った。

「そこに？　ポケットに、トランクは入らない」

檸檬は一人で笑っている。「なんてな、ポケットに入ってるのは紙切れだけだ」と名刺大の紙をひらひらさせた。

「何ですかそれは」とぼんぼんが顔を寄せた。

「前に立ち寄ったスーパーマーケットの抽籤《ちゅうせん》券だ。毎月決まった日に、ガラガラ籤《くじ》ができるんだよ。一等は、見ろよ、旅行券だ。杜撰《ずさん》な企画で、期限なしだから、好きな時に使えるぜ」

「もらえるんですか」

「おまえになんてやらねえよ。おまえ、旅行券とか使わないだろ。パパに買ってもらえるだろうが」

「おい、檸檬。ガラガラ籤のことはいいから、トランクの置いた場所を教えろ」嫌な予感が過り、蜜柑の声は少し刺々《とげとげ》しくなる。

檸檬が誇らしげに顔を上げる。「いいか、おまえは鉄道に詳しくないだろうから教えてやるけどな、新幹線の車両と車両の間には、いまどき、大きな荷物を置くスペースがあるんだよ。海外旅行用のトランクだとか、スキー用具だとか、そういったものを置けるわけだ」

蜜柑は一瞬、言葉を失う。血が昇った頭を冷やすために反射的に、隣のぼんぼんの腕を、肘《ひじ》で思い切り殴った。痛みに呻《うめ》く声がする。何するんですか、と喘《あえ》ぐように言ってくるのを無視し、「檸檬、おまえは、大事な荷物は手元に置いておけ、と親から教わらなかったのか」と声を抑えながら、言う。

檸檬があからさまにむっとする。「どういう言い方だ。いいか、あのトランクをここに置けるか？男三人並んでるこの場所に、どうやって入れるんだ」と騒ぐ。唾《つば》が、隣のぼんぼんに、ふんだんに飛び散る。「どこかに置くしかねえだろうが」

「この上の荷物棚に載せればいい」

「おまえは持ってねえから分からないだろうがな、ありゃかなり重い」

「いや、俺も持ったが、それほど重くはなかった」

「俺たちみたいなむさくるしい怪しげな男たちの近くに、トランクなんかがあったらな、傍《はた》から見てる奴には、『あ、何だか金目の物が入ってますね』となる、ばれちまう。危ねえんだよ」

「ばれない」

「ばれるんだよ。それにな、蜜柑、俺の両親が、俺の幼稚園時代に事故死したことを知ってるだろうが。親から教わったことなんてな、ほとんどねえんだよ。強いて言えば、トランクは絶対に、座席の上には載せるな、ってことだけは教わった」

「嘘をつくな」

パンツのポケット内の携帯電話が着信した。ぶるぶると震え、肌を刺激してくる。電話機を取り出し、発信者の名前を見ると自然と顔が歪んだ。「おまえのパパからだ」とぼんぼんに伝える。席を立ち、デッキへ向かおうとした時に新幹線が動きはじめた。

車両の扉が自動で開き、後方のデッキに出たところで受話ボタンを押し、耳に当てた。峰岸良夫の声が聞こえる。「どうだ」と静かながら、よく響いた。蜜柑は窓の近くに移動し、流れていく景色を目で追い、「今ちょうど新幹線が出ました」と答える。

「息子は無事か」

「無事じゃなかったら、新幹線に乗っていませんよ」

その後、峰岸良夫は、身代金は持ち帰ってきたか、犯人たちはどうなったのか、と確認してきた。列車の走行音が大きくなり、なかなか聞き取るのが難しくなる。蜜柑は状況を答える。

「息子を無事に連れてくれれば、おまえたちの仕事は終わりだな」

おまえは別荘でのんびりしているだけじゃないか、本当に息子を心配してるのか、と言いたくなる。

電話が切れた。席に戻るために再び三号車に足を踏み入れたところで、目の前に檸檬がいたので、驚く。自分と同じ背丈の男が真正面にいるのは、鏡を見るようで奇妙な感覚がした。しかも自分の分身というよりは、自分よりも大雑把な性格で、自分よりも行儀の悪い男なのだから、まるで、自らの悪い部分が分身として立ち現れたような感覚に襲われる。

檸檬は生来の落ち着きのなさをあらわにし、「蜜柑、まずいな、こりゃ」と言ってきた。

「まずい？　何がだ。おまえのまずいことに俺を巻き込まないでくれ」

「おまえも関係ある」

「どうした」

「おまえがさっき、金の入ったトランクは荷物棚の上に置けといっただろ」

「言った」

「だから気になって、取りにいったんだ。車両の、こっちの逆側、前のほうの置き場だ」

「いい心がけだ。で？」

「トランクがなかった」

蜜柑は、檸檬とともに三号車を通り抜け、反対側のデッキへ行った。トイレや洗面所のある場所の隣に、荷物置き場はあった。二段になっており、上の段に大型のトランクが一つ載っている。峰岸の身代金の入ったものではない。隣には公衆電話が撤去された置き棚のようなものがある。

「ここに置いたのか？」蜜柑は大型トランクの下、空いている場所を指差す。

「ああ、ここだ」

「どこに行った」

「トイレかな？」

「トランクがか」

「そうだ」檸檬はどこまで本気なのか、男性用トイレを覗《のぞ》きに行く。その後で、個室トイレの扉を乱暴に開け、「どこだよ。どこで小便してんだよ。出てこいよ」と慌てた声を出す。

誰かが間違えて持ち去ったのだろうか、と蜜柑は考えるがそうとも思えない。鼓動が速くなったのが分かる。自分が動揺していることに動揺する。

「蜜柑、今のこの状況を三文字で言うと何だか分かるか？」顔を引き攣《つ》らせた檸檬が言ってくる。

ちょうどその時に、車内販売のワゴンがやってきた。若い女性販売員が気を利かせ、止まるが、こちらの会話を聞かれるのも困るため、先に通過させる。ワゴンがいなくなってから蜜柑は言う。「三文字か。『まずい』だな」

「やばい、だ」

とりあえず一度、落ち着いて考えるために三号車に戻るべきだ、と蜜柑は提案した。後ろからついてくる檸檬は、「おい、聞いてるのかよ。三文字で他に何かあるか」と混乱のせいか、それとも暢気《のんき》のせいか、深刻さの欠片《かけら》もない口調で言ってくる。聞こえないふりをし、車両の通路を歩く。車内は空《す》いていた。平日の午前、早い時間だからだろうか、席の四割が埋まっている程度で、普段の乗車率は分からないものの、ずいぶん少なく感じた。

進行方向から逆行する形のため、腰掛ける乗客が目に入ってくる。腕を組む者、目を閉じる者、新聞を読む者、と会社員が見えた。蜜柑は各シートの足元や上部の荷物棚を見渡す。黒の小型トランクがないか、確かめる。

車両の真ん中あたりに、峰岸のぼんぼんの姿があった。大口を開け、背もたれによりかかり、若干窓の方向に傾きながら、目を閉じている。二日前に誘拐され、ずっと監禁されていた上に深夜に解放され、そのまま寝ずに来たのだから眠かったのだろう。などと蜜柑は思わなかった。心臓が跳ねるような驚きを覚えつつ、こう来たか、と呆れながらも気を引き締める思いだった。すぐに椅子に座り、素早く、峰岸のぼんぼんの首筋に触る。

「この一大事に寝てるのかよ、ぼっちゃんは」檸檬がやってきて、立ち止まる。

「檸檬、さらに一大事だ」蜜柑は言った。

「何だよ」

「ぼっちゃんが死んでる」

「嘘だろ」

檸檬は少ししてから、「すげえやばい」と言った。指を折り、六文字だな、と溢《こぼ》した。

一度あることは二度ある、二度あることは三度ある、となれば三度あれば四度あるのだから、一度あることは永遠と続く、と言うべきではないか、と七尾《ななお》は考えてしまう。ドミノ倒しと同じだ。五年前、最初の仕事をした際に予想外に大変な目に遭ってしまい、その際に、「一度あることは二度あるのではないか」とうっかり思ったのがいけなかったのだろうか、二度目の仕事でも災難に巻き込まれ、当然のように三度目も予期せぬ事態に翻弄《ほんろう》された。

「くよくよ考えすぎるからじゃないの?」真莉亜《まりあ》が以前、言ってきたことがある。仕事の依頼を受け、七尾にそれを渡す役割の彼女は、わたしは受付窓口みたいなものだから、と言うが、七尾にはとてもそう思えなかった。「君が料理を作り、僕が食べる」というフレーズや、「君が指示を出し、僕が働く」という言葉が七尾はいつも思い浮かぶ。いつだったか、「真莉亜も仕事をやったらどうかな」と進言したことがある。

「仕事してるじゃない」

「実務というのかな、実行部隊というか、そういう仕事だよ」

たとえて言うのなら、今の状況は、優秀な天才サッカープレイヤーがグラウンドの外で必死に指示を出し、おどおどプレイする素人まがいの選手に対し、「どうしてうまくできないのか」ともどかしく歯噛《はが》みしているような状態なのだから、つまりは、君が天才サッカープレイヤーで僕が素人選手というわけなのだけれど、それならば、天才が試合に出てしまったほうが手っ取り早いではないか、と話をした。そのほうがお互いのストレスも少なくて済む上に、結果も出るだろう、と。

「わたしは女だよ。何言ってるの」

「とは言っても、君は得意の中国拳法で、男三人相手でもやれる。僕よりも頼りがいがあるかもしれない」

「そういう問題じゃなくて、女が顔に怪我したらどうするのよ」

「いつの時代の話なんだ。今は、男女平等が叫ばれている」

「セクハラだ」

会話が成り立たず、七尾は諦《あきら》めた。ようするに、「真莉亜が指示を出し、七尾が働く」「天才が監督、素人がプレイヤー」という分担は、動かしがたいものであるようだった。

真莉亜は今回の仕事についても、いつもと同様、「簡単簡単。すぐに終わるから。今度こそトラブルなし」と断定した。毎度のことであるから七尾としても、反論する気力も持てない。「いや、たぶん、何か起きる」

「後ろ向きだねえ。地震が起きる、地震が起きるって家に閉じこもってるヤドカリと一緒じゃない」

「ヤドカリってそうなのか？」

「そうじゃなかったら、どうして家ごと移動してるわけ」

「固定資産税を払いたくないからじゃないかな」

自棄《やけ》気味に答えたが、聞き流される。「だいたい、わたしたちの仕事ってもともと、厄介で物騒なことが多いから、毎回トラブルに巻き込まれるのも大いにありえるわけでしょ。トラブルが仕事みたいなものなんだって」

「そうじゃない」七尾はしっかりと言った。「そ、う、じゃ、な、い」と明確に否定する。これだけは誤解されたくなかった。「いいか、僕が今までに遭遇したトラブルはそういうたぐいのものじゃない。前に、高層ホテルで、政治家の浮気現場を撮影する、という仕事があっただろ。君はやっぱり、簡単ですぐに終わる、と言った」

「だって、簡単でしょ。ただの写真撮影だよ」

「そのホテルで、連続射殺事件が起きなければね」

ロビーで突然、背広姿の男性が銃を乱射しはじめた。あとから、有能な官僚だと判明するその彼は、日々の鬱屈《うっくつ》とした思いに後押しされたのか、ホテル利用客を射殺し、籠城《ろうじょう》した。七尾の仕事とはまったく関係のない、ただの偶然起きた出来事だった。

「あれは君、大活躍だったじゃない。何人助けたっけ？　犯人の首も折ったし」

「必死だったんだ。それからほら、ファストフード店に行って、新製品を食べて、その場で、『うますぎる。うまさ爆発だ』と大袈裟《おおげさ》に驚いてみせるという仕事もあった」

「何よ、美味《おい》しくなかったわけ？」

「美味しかったよ。ただ、食べた直後に店が本当に爆発した」

首になった元アルバイト店員による犯行だった。客が少なく死者こそ出なかったものの、店内は煙と炎で大変なことになり、七尾は必死で客を外に連れ出した。しかも、その店内には裏稼業で有名な男が隠れ、外からライフルで狙うプロの殺人請負人もいたものだから、大騒動になった。

「君は偉いから、その狙撃してくるやつの居場所を見つけて、殴ってあげたじゃない。あれも大活躍だったねえ」

「あの仕事の時も君は事前に、『簡単な仕事だ』と断言した」

「だって、ハンバーガーを食べる仕事のどこが難しいわけ」

「ついこの間の仕事も、そうだ。ファストフード店のトイレにお金を隠して、はいおしまい。君はそう言ったけれど、結局は、靴下は濡《ぬ》れるし、マスタードだらけのハンバーガーを食べることになりそうだった。世の中に簡単な仕事なんてないんだ。楽観的に考えているとまずい。それに今回はまだ仕事内容すらはっきり教えてもらっていないじゃないか」

「指示は聞いてるでしょ。誰かの旅行荷物を奪って、降りる。それだけ」

「どこに置かれた、誰の荷物なのか、まったく分からない。新幹線に乗れ、詳細は追って連絡する、なんて仕事が簡単なはずがない。しかも、上野駅で降りろと言うんだろ？　そんなのすぐじゃないか。時間に余裕がない」

「発想を変えて。いい？　難しい仕事ほど事前に指示が必要なの。検討とか練習とか、失敗した時の対策が必要だから。反対に考えれば、直前まで指示がないのは、簡単な仕事だからってこと。たとえばほら、これから息を三回吹いてね、なんて仕事があったらどう？　事前に情報がいる？」

「そんな妙な理屈は聞いたことがないし、聞きたくもない。やっぱり簡単な仕事じゃないんだよ。世の中に、簡単で単純な仕事なんてないんだ」

「あるわよ。簡単な仕事ならいくらでも」

「そのうちの一つでも教えてほしいね」

「たとえば、今、わたしがやってる仕事。仕事の仲介だけやってるのは簡単」

「だと思ったよ」


東京駅の新幹線ホームに立っている際、かかってきた携帯電話を七尾が耳に当てると、ちょうどそのタイミングを計ったかのように構内アナウンスが鳴った。「まもなく二十番線に、盛岡行き、〈はやて・こまち〉が」と男性の声が響くので、電話の向こうで喋る真莉亜の言葉がよく聞き取れなかった。

「ねえ、聞いてるの？　聞こえてる？」

「〈はやて〉が来る」

アナウンスが駅のホームを掻《か》き回す。携帯電話が、見えない網で覆われるような気分になる。電波が妨害されている感覚だ。秋の風が心地良く吹いた。雲が、ぽつぽつと浮かぶ程度で、青白さが清々《すがすが》しいほどの空が見える。

「たぶん、新幹線が出発してすぐだと思うけど、荷物に関する指示が来たら、君に連絡するから」

「連絡って、電話かメールか」

「電話するつもり。とにかく、携帯電話をちゃんと確認するように。それくらいできるでしょ」

新幹線の細長い顔が滑らかに現れる。駅のホームに、長く、白い車体が駆け込んでくる。速度を落とし、停止した。扉が開き、乗客が降りてくる。あっという間にホームが人で溢《あふ》れる。乾いた地面を狙い、流れる水が湿らせていくかのように、空間が埋め尽くされていった。できあがっていたはずの行列が少しずつ、崩れる。人の群れは階段へと沈んでいき、流されずに残った人間たちがまた、無言のまま、合図を交わしたわけでもなく、陣形を整える。明示的な指示がないにもかかわらず、統制が取れている。不思議なものだ、と七尾は、自らがその一員でありながら、思った。

すぐに乗車できるかと思っていたが、車内清掃の時間になるらしくいったん扉が閉じる。真莉亜との電話を慌てて切ることもなかった、と気づいた。

「何でグリーンじゃないわけ」近くで、声がした。目をやれば、化粧の濃い女と背の低い男が立っている。紙袋を持った男は、丸顔に髭を生やし、樽《たる》の中に入った状態で剣で刺される玩具を髣髴《ほうふつ》とさせる外見だった。女性のほうは鮮やかな緑色の、ノースリーブを着て、なかなか迫力のある二の腕を覗かせていた。スカートが極端に短く、太腿が露《あら》わで、七尾は目を逸《そ》らした。必要以上に気まずさを覚え、かけている黒い眼鏡のフレームをいじくる。

「グリーン席は無理でしょう」と男は頭を掻き、指定席券を女に渡した。「だけどほら、二号車の二列目って、君の誕生日と同じじゃない。二月二日」

「何言ってるの、誕生日も間違ってるじゃない。わたし、グリーン車に乗るつもりだったからこんなに緑の服、着てきたのに」体格のいい女が喚《わめ》き、どん、と力強く男の肩を突いた。その勢いで、男の持っていた紙袋が転がり、中から物が飛び出した。赤いジャケットや黒のワンピースが、小さな雪崩を起こすように出てきたのだが、それにまじり、黒い、毛むくじゃらの、生き物じみた物体が現れたため、七尾はぎょっとした。おぞましい生き物にも見え、鳥肌が立つ。男はそれを億劫そうに拾い上げる。鬘《かつら》だった。ウィッグと言うのだろうか。改めて視線をやれば、そのノースリーブの女が女ではなく、化粧をした男なのだと分かる。喉仏があり、肩幅も広い。腕の太さに納得するが、スカートの短さに抵抗を覚える。「ちょっと、お兄さん、じろじろ見ないでよ」

七尾は、その鋭い声が自分に向けられたものだと知り、背筋を伸ばした。

「お兄さん、じろじろ見るんじゃねえよ」丸顔の愛らしい顔に髭をつけた男が、少し足を踏み出した。「欲しいの、この服？　一万で売ってやるよ。ほら、金出せよ」とこぼれ出た服を拾い上げる。

千円でもいらない、と答えそうになったが、そうすれば絡まれるのは明らかで、口ごもった。ほらやっぱり、ついていない、と内心で思う。

男はさらに、「ほら、ジャンプしろよ、金持ってるんじゃねえのか」と中学生をかつあげするかのように、茶化《ちゃか》した。「黒い眼鏡なんてかけて、インテリ君だよな」と絡んでくる。七尾は足早にその場を後にした。

仕事のことを考える。

やるべきことは簡単だ。荷物を取り、次の駅で降りる。大丈夫、何も起きない、おまけはない。すでに、女装男と黒髭男に叱られるという不運に巻き込まれたが、あれで厄介ごとはおしまい、先払いのようなものだったのだ。と自らに言い聞かせる。

長らくお待たせいたしました、とアナウンスの声が、構内に聞こえた。事務的ではあるものの、その知らせは、待ちくたびれた乗客の心を軽くする。少なくとも七尾は、それほど長い時間待っていたわけではないにもかかわらず、ほっとした。業務連絡、ふたじゅうばん、ドアをあけてください、なる台詞《せりふ》が口にされると、その呪文《じゅもん》に反応するかのように扉が開いた。

指定席券を確認する。四号車の一列目D席、と記されている。「君は知らないだろうけど、〈はやて〉は全席指定なんだよ。だから、すぐに降りることになろうとどうしようと、席は取っておかないとまずいわけ」と券を寄越してきた時に、真莉亜が言っていたのを思い出す。「一応、動きやすいように端の席にしておいたから」

「そのトランクには、いったい何が入っているんだい」

「知らないけどさ、たいしたものじゃないよ。きっと」

「きっと、ってどういうことだ。君は中身が何であるのか知らないのか」

「そりゃ知らないよ。聞いて、依頼主が怒っちゃったらどうするわけ？」

「危険なものだったらどうするんだい？」

「危険なものってたとえばどういうのよ」

「人の死体、大金、非合法な薬、大量の虫」

「大量の虫は怖いね。おぞましいね。うん」

「他の三つだって怖い。怪しい荷物なんじゃないのか」

「そりゃ、大っぴらには言えないようなものだろうね」

「危険じゃないか」七尾は半ば怒った口調だった。

「いくら中身が危険だってね、運ぶだけなら安全だよ」

「どういう理屈なんだ。じゃあ君が、代わりにやれよ」

「嫌だって。そんな危なっかしい仕事」


四号車の一番後方、一列目に腰を下ろす。ざっと見渡した限りでは、車内には空席が多かった。新幹線の発進を待ちながら、手につかんだままの携帯電話に目をやる。真莉亜からの着信はない。出発すれば上野まではすぐだ。荷物を奪う時間は限られている。間に合うのか、と心配になる。

自動扉が、鼻息を吐き出すかのような音とともに開いた。人が入ってきた。と思うと、七尾が組み替えようとしていた脚が、その男の持っている紙袋とぶつかった。険しい顔でこちらを睨《にら》んだ男は、無精髭を生やし、血色は悪く、目の周りは薄暗く、不健康な様子だった。「すみません」と七尾はすぐに謝った。厳密に言えば、ぶつかってきたのは男のほうであって、率先して謝罪を口にするのは七尾ではないはずだったが、あまり気にしなかった。揉《も》め事はできる限り避けたい。揉めるくらいであるのならば、いくらでも謝る用意はあった。男はむっとしつつも進んでいく。が、その時、紙袋に小さな穴が空いているのが目に入った。今、自分がぶつかった際に破けたのかもしれない。「あ、紙袋、破けちゃいましたね。大丈夫ですか?」

「うるせえな」と男は去っていく。

七尾は切符を確認するために、ベルトにつけていた革製の、薄型のウェストバッグをいったん外し、中を覗いた。切符以外にも様々なものが入っている。ボールペンやメモ帳にはじまり、小さな針金やライター、錠剤、時計、方位磁針に強力なU字形の磁石、粘着力の強いテープが詰まっている。目覚まし時計代わりの、アラーム付き腕時計は三つある。アラームは思いのほか役立つことが多いからだ。真莉亜には、「庶民の七つ道具」とからかわれるが、実際、台所やコンビニエンスストアで手に入るものばかりではあった。皮膚にやけどを負った際や傷を手軽に治すための、強いステロイドの塗り薬や止血クリームも用意してある。

運に見離された男にできることは、対策を準備しておくことしかなく、だから七尾は道具だけはしっかりと持っていた。

ウェストバッグの外ポケットに挿し込んでいた新幹線の指定席券を取り出す。印字された文字を見て、はっとする。東京から盛岡までとなっていた。なぜ、盛岡までか、と思うと同時に、携帯電話が鳴った。すぐに出る。真莉亜の声が響く。「分かったよ。三号車と四号車の間。荷物置き場があるんだけど、そこの黒いトランクだって。取っ手部分に何かシールが貼ってあるみたい。持ち主は三号車にいるらしいから、トランクを取ったら、三号車から離れたところから降りて」

「了解」と答えた後で、「今、気づいたんだけど、上野で降りる仕事なのに、どうして、盛岡までの切符なんだ」と訊ねた。

「特に意味はないよ。あのね、こういう場合は、終点まで買っておくのが鉄則なの。何が起きるか分からないでしょ」

ほら、と七尾は少し声を大きくしてしまう。「何かが起きると君も思ってるわけだ」

「一般論だって。そんなにぴりぴりしないほうがいいよ。ちゃんと笑ってる？　笑う門には福が来るんだからね」

一人でにこにこしていたらよっぽど怪しい、と言い返し、電話を切った。いつのまにか、新幹線が発車している。

席を立ち、背後の扉からデッキに出る。

上野までは五分だ。時間はない。幸い、荷物置き場はすぐに見つかり、そこに押し込められた黒のトランクも難なく発見した。さほど大きくはなく、キャスターがついている。ボディは何でできているのか分からないが、硬い。取っ手部にシールが貼ってあるのを発見した。音を立てぬように引っ張り出す。「簡単な仕事でしょ」と真莉亜の色めいた声が耳の奥で聞こえる。確かにここまでは簡単だ。時計を見る。上野駅到着にはあと四分、早く着け、早く着け、と念じる。七尾は再び四号車に入り、トランクを持ち、自然な歩幅で前方へと進む。乗客がこちらに注目する気配はない。

四号車から出た。五号車に入り、通路を進み、六号車手前のデッキに出る。

そこで、安堵《あんど》の息を吐いた。出入り口付近に障害が待ち受けているのではないか、と警戒していたのだ。若者たちが扉前に座り込み、居眠りをするなり化粧をするなり、とにかくその場を塞《ふさ》ぎ、七尾の顔を見た途端に、「目が合った」などと難癖をつけ、絡んできたり、そうでなければ通路のところで痴話喧嘩《げんか》をしている男女が、「ほら、あなたどっちの味方につくの」と七尾に指を向け、無理やり争いに巻き込んできたり、と何らかの騒動に直面するのではないか、と。簡単な仕事が簡単に終わることは滅多《めった》にないのだから、何かが起きてもおかしくはない、と覚悟していた。

だから、扉の付近に人がいないことに、ほっとした。あとは、上野駅がやってくるのを待ち、外に出る。駅の改札を出たあたりで、真莉亜には電話をかければ良い。ほらやっぱり簡単だったでしょうに、と小馬鹿にしてくる彼女の声音が思い浮かび、そのことには不愉快を禁じえないが、余計な厄介ごとに遭遇することを考えれば断然、ましだった。

急に周囲が薄暗くなる。車体が地面に潜るように、傾きはじめた。上野駅の地下ホームが近づいてきた証拠だろう。七尾はトランクをつかむ手に力を入れ、理由もないのに腕時計を確かめる。

扉のガラスに自分の顔が映っている。我ながら、運やらツキとは縁のなさそうな男だと思った。「七尾君と付き合うようになってから財布を落とすようになった」「失敗が増えた」「吹き出物が治りにくくなった」と過去の恋人たちが嘆いていたのも、もちろんその時には言いがかりだと反論したが、案外、一理あるのかもしれない。不運は感染するのではないか。

甲高い走行音がだんだんと静かになる。進行方向に向かい左側が、降車口らしかった。扉の向こうが明るくなる。洞窟《どうくつ》内に急に未来都市が出現したかのような唐突さで、ホームが姿を見せた。客がちらほら目に入る。後方に流れていく。階段やベンチ、電光掲示の時刻表などが左へと消える。

七尾はガラスをじっと見つめ、背後に誰かが近づいてこないか、それを確認する。トランクの持ち主などに見咎められたら、面倒なことになる。新幹線の速度が落ちた。駅の輪郭が把握できるようになる。七尾は以前、一度だけ参加したことのあるカジノのルーレットのことを思い浮かべていた。どこに球が落ちるのか、それをもったいつけるかのようなゆっくりとした動きでルーレットは止まるが、新幹線もそれと似た雰囲気を見せた。駅で待つどの乗客の前で車両が止まるのかを選ぶように、どこにしようかなあのねのね、と焦《じ》らすかのような様子で、速度を落とし、そして、乗客の前に止まった。

扉の向こうに、乗客が立っていた。小柄でハンチング帽を被《かぶ》り、作り話の世界によく登場してくる私立探偵のような恰好《かっこう》だ。新幹線は止まったが、なかなか扉は開かず、水中で息を止め、吐き出すのを我慢するかのような、間がある。

七尾はガラス越しに、ホームの乗客と向き合う形となった。こういう不景気な顔つきの、探偵じみた服装が好きな男がいたな、と思い出したのだ。

七尾と同じような仕事をしている、つまりは物騒で、大っぴらには言えない業界で働いている男だ。本名はとても地味であったが、言うことがとにかく派手で、信憑性《しんぴょう》の薄い自慢話や大袈裟な中傷話ばかりを口にしているがために、「狼」と呼ばれていた。むろん、「一匹狼」や「ロンリーウルフ」のような勇ましさや孤独な意味合いからではなく、由来は、うそつき少年の寓話《ぐうわ》だ。が、彼自身はその不名誉な名前を不快に思うことなく、「これは、寺原さんが名付けてくれたのだ」といつも自慢げだった。業界で牛耳を執っていた寺原が、わざわざ命名したとも思いにくかったが、本人はそう思い込んでいるらしかった。

狼の、大口叩《たた》きのエピソードはたくさんある。たとえばずいぶん前に、「政治家やら秘書やらを自殺させる奴がいただろ。自殺屋って」と、飲み屋で会った際に七尾にそう話したことがあった。「鯨だかシャチだかそんな名前の大男。あいつの姿を最近見ない、って聞くけどな、あれ、俺がやったんだよ」

「俺がやった、ってどういうこと」

「依頼されてな、鯨を殺したんだよ。俺が」

鯨と呼ばれる自殺屋が突如として姿を消したことは、業界内で話題だった。業者のうち誰かが殺害したとも、不慮の事故に巻き込まれたとも言われ、その鯨の死体については、過去に恨みを持っていた政治家が高く買い、自宅に飾っているという気味の悪い噂もある。が、真相がどうであれ、荷物運びや女子供や素人相手に乱暴を働く程度の依頼しか引き受けない狼が、そのような大仕事をしたはずがないのは明白だった。

七尾はできる限り、狼とは顔を合わせないようにと気をつけていた。顔を合わせているうちに、自分を抑え切れなくなり、殴るようなことが起きたら困る、と思っていたからだが、その予感は正しく、ある時、七尾は、狼を殴る羽目になった。

夜の繁華街の裏道で、狼が、小学生三人を相手に、暴力を振るおうとしていたのだ。「何をしているんだ」と七尾が問い質《ただ》すと、「こいつらが、俺のことを、汚いだとか言って笑ったからな、お仕置きするところだよ」と言う。そして実際に彼は、恐怖で立ち尽くす小学生の顔面を端から、拳《こぶし》で殴った。七尾は頭に血が昇り、狼を突き飛ばし、蹴《け》りを後頭部に放っていた。

「子供を守っちゃうなんて、優しいんだから、君は」後でそのことを知った真莉亜はからかってきた。

そうじゃない、と七尾は即答した。はっと頭に立ち上がってくるのは、「助けて」と怯えながら救いを求める少年の、弱々しい姿だ。「子供に助けを求められると、俺は弱いんだ」

「例の、心の傷のこと？」

「『心の傷』とざっくりまとめられちゃうと、寂しいんだけれど」

「心の傷ブームはもう来ないよ」真莉亜が軽蔑《けいべつ》するように言ってくる。

ブームとかそういうんじゃないのだ、と七尾は説明する。心の傷、なる言葉が陳腐になろうと使い古されようと、人がそういった暗い過去に囚《とら》われることは事実なのだ。

「まあ、あの狼、子供とか動物とか弱い者を相手にすると、途端に残酷になるからね。最低ではあるね。自分の身に危険が及びそうになると途端に、寺原の名前を出したりするし。『俺は、寺原さんに気に入られているんだ』とか、『寺原さんに言いつけるぞ』とかさ」

「寺原はもういないのに」

「寺原が死んで、泣きすぎて痩せたらしいよ。馬鹿みたいに。でも、とにかく、君は狼にお仕置きしてあげたわけだ」

七尾に蹴られ、肉体だけではなく自尊心も傷だらけとなった狼は目を腫《は》らし、怒った。「今度会ったら許さない」と宣言し、逃げ去ったのだ。それが狼と会った最後だった。

新幹線が扉を開く。七尾はトランクを持ったまま、ホームに降り立とうとした。前にいる、ハンチング帽の男が見え、本当にあの狼を思い出させる男だ、そっくりな人間がいるものだな、とのんびり感心したが、そこで、「あ、おまえ」と相手が指を向けてくるに至り、その乗客が狼本人であることに気づいた。

慌てて、扉から外に出ようと思ったが、狼は必死の形相で、通せんぼをするように、無理やり車内に入ってきた。どん、とぶつかられ七尾は後退する。

「偶然に感謝だな。おまえにここで会えるとはねえ」狼が嬉しそうに言う。鼻の穴が膨らんでいた。

ちょっと待ってくれ俺は降りるんだ、と七尾は囁《ささや》く。大声を出して目立ってしまったら、トランクの持ち主に見つかる危険があった。

「ここで逃がしてたまるかよ。借りは返すからな」

「後で返してくれ。今は仕事中なんだよ。いや、その借りは返さなくていいよ、あげるから」

これは面倒だぞ、と七尾が思った瞬間、淡々と扉が閉じた。新幹線は無情にも、七尾を乗せたまま上野駅を出発する。簡単な仕事でしょ、と笑う真莉亜の声が耳元で蘇る。勘弁してほしい、と七尾は悲鳴を上げたかった。やっぱり、こんなことになるのだ。

王子

前の座席の背もたれからトレイを引っ張り出し、その上にペットボトルを置く。チョコレート菓子の封を開け、一つ口に入れた。上野駅を出て、地上に戻る。雲がちらちらと浮かんでいるものの、空の大半は澄んだ青色で、これは今の僕の気持ちと同じくらいに快晴だ、と思った。ゴルフの打ちっ放し場が見える。その緑の、巨大な蚊帳《かや》のようなネットが右へ流れ、しばらくすると校舎がやってくる。コンクリートの直方体をいくつか繋《つな》げたような形で、その窓に学生服の生徒たちがうろついていた。中学生か高校生か、と王子慧《おうじさとし》は少しだけ考えるが、どちらにせよ、とすぐに思う。どちらにせよ、大した違いはない。自分と同じ中学生であろうと、それより年上であろうと、人というのはみな同じだ。誰も彼もが予想通りに行動する。右隣の席にいる木村に目をやった。この男は、その、面白味のない人間の代表格だ。

テープで自由を奪われているとはいえ、木村ははじめ暴れる気配を見せた。そのため王子は、木村から奪った銃をよそから見えにくい角度で構え、「少しの間だから、大人しくして。話を最後まで聞かないと、おじさん、絶対に後悔するよ」と伝えた。

「おじさんさ、おかしいと思わなかったの？　中学生の僕が一人で新幹線に乗ってるなんて。それに、新幹線のどの座席に僕が座っているとか、そんな情報が手に入るなんて、普通は、罠《わな》じゃないか、って疑ったりするんじゃないかな」

「この情報を流したのはおまえかよ」

「だって、おじさんが僕の居場所を捜してる、って知ったから」

「おまえがいないから捜しただけだ。隠れているんじゃねえよ。学校も行かずに」

「隠れていたんじゃない。学級閉鎖なんだからしょうがないよ」嘘ではなかった。まだ冬の前ではあったが、突如として流行《はや》りはじめたウィルス性の風邪の影響で、一週間の登校停止となった。次の週にも流感の猛威は弱まらず、さらにもう一週、閉鎖になった。感染の経路や潜伏期間、発症した場合に重症となる率などを検討することもなく、一定の人数が欠席したら自動的に学級閉鎖とすることを良しとしている大人たちが、王子には理解できなかった。リスクを負うことを恐れ、責任を回避するため、決められたルールに従う。そのこと自体を責めるつもりもないが、何の疑問も持たず、学級閉鎖を行っていく教師たちからは思考停止の愚かさを感じた。検討し、分析し、決断する能力がゼロだ。

「この休みの間、僕が何をしていたか分かる？」王子は言う。

「知るか」

「おじさんのことを調べていたんだ。たぶん、おじさんは、僕のことを怒っているでしょ」

「そんなことはねえよ」

「あ、そうなの？」

「怒ってるなんて言葉じゃ足りねえんだよ」木村の言葉には血が滲むようで、王子は自然と頬が緩む。

感情を制御できない人間を転ばすのは、容易だ。「ほら、だから、僕をこらしめたいと思ったわけでしょ。で、たぶん、おじさん、僕を捜して、攻撃するんじゃないかって思ったんだ。だから、家にいるのも危ないし。それで、せっかくだから、おじさんのことをいろいろ調べたんだよ。あのさ、誰かを攻撃したいとか、誰かを陥れたいとか、誰かを利用したいとか考えた時にまず最初にやるのは情報を収集することなんだよ。その人の家族とか仕事とか性癖とか趣味とか、そういうところから、とっかかりが見つかるんだから。税務署のやり方と一緒だよ」

「譬え話に、税務署を使う中学生ってのは、最悪だな」木村が苦笑する。「それに、ガキに何が調査できるんだよ」

王子は眉を傾ける。この男はやはり、甘く見ているのだ、とがっかりした。見た目や年齢に左右され、相手の能力を低く見積もっている。「お金を渡せば、情報を集めてくれる人はいる」

「お年玉でも貯めたのか」

王子は、幻滅をたっぷり含んだ息を吐き出す。「たとえば、だよ。そうじゃなくても、ほら、中学生の女の子に興味がある男がいるかもしれない。女子中学生の裸を抱けるとなったらその男は、探偵まがいの仕事もして、おじさんのことを調べてくれるかも。たとえば、おじさんが奥さんに愛想を尽かされて、離婚して、可愛い子供を一人で育てることになって、で、お酒に依存して、とかそういうことを調べてくれるかもしれない。そして僕には、僕のために一肌脱いでくれる、女子の友達がいるかも」

「女子中学生を、大人にあてがうのかよ。その女の子の弱みでも握ってるのか？」

「たとえば、だって。むきにならないで。人はね、お金に限らず、いろんな欲望と計算で動いてるんだ。梃子《てこ》の原理と同じで、そういう欲求のボタンをうまく押せば、中学生でも人間は動かせるんだよ。知らなかった？　性欲は比較的、その梃子が働きやすいんだ」王子はわざと、苛立《いらだ》たせる喋り方をする。相手を感情的にすればするほど、コントロールするのが楽になる。「でも、おじさん、凄いんだね。何年か前まで、物騒なことをやっていたって聞いたよ。ねえ、人も殺したことあるの？」言ってから王子は、自分が構えている銃に視線をやる。「こんなの持ってたんだもんね。凄いなあ。この先っぽについていたのって、銃声を抑える器具でしょ？　本格的だね」と取り外しておいたサプレッサーを見せる。「僕、怖くて、泣きそうだったよ」と棒読みするように、言った。嘘だ。泣くどころか、失笑を堪《こら》えるのに苦労した。

「おまえ、ここで待ち構えていたのか」

「おじさんが、僕の居場所を捜してるようだったから、この新幹線の情報を流してもらったんだ。おじさん、誰かに依頼したでしょ。僕の居場所を捜してくれって」

「昔、顔見知りだった男だ」

「物騒な仕事をしていた頃の知り合いでしょ。男子中学生の行方を捜している、なんて怪しまれなかった？」

「そんな性癖があったのか、と最初は軽蔑されたけどな、俺の話を聞いたら、興奮して、同情してたぜ。うちの渉をそんな風にするなんてな、絶対に許せねえぞ、ってな」

「でも、その人が結局、おじさんを裏切ったんだよ。僕のことを調べているらしいから、こっちから逆に持ちかけたんだ。おじさんにこの情報を流してくれないか、って」

「好きに言ってろ」

「女子中学生のことを好きにできる、と知ったら、鼻の下を伸ばして、鼻息を荒くしていたけど、大人ってみんなああなのかな」王子は言う。相手の人間の、感情の膜のようなものを言葉の爪で引っ掻く感覚が、王子は好きだった。肉体は鍛えられるが、精神の筋力トレーニングは容易ではない。平気を装ったところで、悪意の棘《とげ》に反応せざるをえないのだ。

「あいつに、そんな性癖があったのか」

「おじさん、昔の知り合いなんて信用しちゃ駄目だよ。どんな恩があったって、みんな忘れちゃうんだから。信頼で成り立つ社会なんてさ、だいぶ前に消えちゃったんじゃないかな。もとからなかったのかもしれないし。でも、まさか本当に来るとはね。驚いたよ。おじさんも信用しすぎだよ、いろいろ。あ、そういえば、おじさんの子供、元気？」とチョコ菓子をまた一つ頬張る。

「元気なわけねえだろうが」

「おじさん、声が大きいよ。誰かが来たらおじさんまずいんだから。拳銃あるんだし。大騒ぎだよ」

王子はわざとらしく、囁き声になる。「目立ったらまずい」

「銃はおまえが持ってるんだから、やばいのはおまえだろ」

王子は何から何まで自分の想像した範囲で反応を示す木村に、落胆する。「拳銃が怖くて、おじさんから必死で取り上げました。って、そう説明するよ」

「俺のことをこんな風に縛っておいて、何言ってんだ」

「いいんだよ。エタノール依存症で、警備員の仕事を辞めちゃって、定職にも就いていないおじさんと、普通の中学生の僕とさ、どっちが同情されると思う?」

「エタノールって何だよ、アルコールだろ」

「お酒に入ってるのは、アルコールの中でも、エタノールって成分なんだよ。でも、おじさん、よくお酒をやめられたね。冗談ではなく、それは感心しちゃったよ。何かきっかけでもあった? 子供が死にそうになったとか?」

木村が鬼の形相で睨んでくる。

「おじさん、もう一回質問するけど、可愛い子供は元気? 誰君だっけ? ほら、あの、屋上が大好きな」とわざと、子供の名前を曖昧《あいまい》にする。「でもね、気をつけたほうがいいよ。子供が一人で高いところに行くと、落ちちゃうことがあるから。デパートのフェンスだって、破れてるかもしれないし、子供ってそういう危ないところが好きなんだから」

木村が声を張り上げそうになるので、「おじさん、静かにしないと怪しまれるよ」と言い、窓の外を見やった。ちょうど逆側を、東京行きの新幹線が向かってきて、すれ違う。車体が振動する。あまりの速さに、その外観も把握できない。速度の迫力に、王子は静かに興奮した。時速二百キロを超える巨大な乗り物を前に、人は無力だ。たとえば、前方の線路上に誰かを、何者かの人生をぽんと置けば、いとも簡単に、あとかたもなく粉砕されるだろう。その、圧倒的な力関係に魅力を覚えた。僕も、と思う。時速二百キロで走ることはできないものの、僕もそれと同様、つまりは他者を破壊することができる。自然、笑みが浮かぶ。

木村の息子をデパートの屋上に連れ出したのは、王子たちだった。正確に言えば、王子と王子の指示に従う同級生たちだ。あの六歳児は怖がっていた。怖がっていたが、人間の悪意には慣れていなかった。

ほら、そこのフェンスから下を見てごらん。ぜんぜん怖くないよ。安全だから。

にこやかに言えば、疑いもしなかった。

「大丈夫？　落ちたりしない？」と確認してくる子供に、嘘をつき、突き飛ばしたのは痛快だった。

「おまえ、この新幹線で待っていて、怖くはなかったのかよ」木村が眉をひそめる。

「怖い？」

「俺が物騒な仕事をしていたのを知っていたんだろ。こうして銃を持っている可能性は高かった。今だって、タイミングが違えば、俺がおまえを撃っていた」

「どうだろう」実際に、王子は、どうだろう、と思った。恐怖を感じてはいなかった。緊張はあった。ゲームがうまくいくかどうかの、興奮と緊張だ。「でも、おじさんがすぐに銃を撃ったり、ナイフで刺したりはしないと思ったから」

「どうしてだ」

「おじさんの、僕への怒りはそんなもんじゃ済まないからだよ」王子は肩をすくめる。「不意をついて、撃ち殺して、はいおしまい、じゃ納得できないはず。せめて、僕を脅して、怖がらせて、わんわん泣かせて、謝らせてから、じゃないかな」

木村は肯定も否定もしない。大人が黙る時はたいがい、こちらの意見が正しいのだ。

「だから、こっちが先手を取れば大丈夫だと思っていたんだ」とリュックの中から、自家製のスタンガンを取り出す。

「そんなに電気ショックが好きなら、電気屋になれよ」

「おじさんは、昔、物騒な仕事をしていた時、どれくらい人を殺したことがあるの？」すれ違った新幹線の余韻を味わい尽くした後で、木村に向き直る。

木村は充血した目で、まさにその瞼で嚙みつかんばかりだった。ああ、これはもう少ししたら、手足が動かない状態にもかかわらず飛び掛かってくるぞ、と想像できた。

「僕もあるんだよ」と王子は話す。「十歳の時が最初だったんだ。一人ね。で、それから三年で、さらに九人。全部で、十人。これは標準からすると多いの？　少ないの？」

木村の目が少し驚きの色を帯びる。これくらいのことでびっくりしてどうするのだ、と王子はまた幻滅する。

「ちなみに勘違いしないでほしいから言うけど、僕が自分でやったのは一人だけだからね」

「何だよそれは」

「自分の手で罪を犯すのは馬鹿げてる。そうでしょ。僕がそういう愚かな人間の一人だと勘違いされたくないじゃん」

「どういうこだわりだよ」木村が顔をしかめた。

「一人目は」と王子は話をする。

王子が小学四年生だった頃、学校から家に帰った後で、自転車で買い物に出かけた。大型書店で欲しかった本を購入し、その帰り道、広い車道に出た。横断歩道を挟む信号が赤になっていたため、王子は自転車を止め、ぼんやりと待っていた。隣には、ウォークマンを聴きながら携帯電話を見つめる、セーター姿の男がいたが、それ以外に人の姿はなかった。車通りもほとんどなく、静まり返っていたため、ヘッドフォンから漏れてくる音も把握できるほどだった。

　信号無視をしたことに深い意味はなかった。単に、信号がなかなか青に変わらない上に車がほとんど来なかったため、わざわざ行儀良く待っている必要を感じなかったのだ。王子はおもむろにペダルを踏み、横断歩道を渡り切った。背後で、音がしたのはその直後だ。車のブレーキ音と衝突音、正確には、まず衝突の響きがあって、その後でブレーキの金切り声があった。振り返ると、黒のミニバンが車道の真ん中に、今まさに停車した、という様子で、運転席から髭の男が慌てて飛び出してくるところだった。横断歩道には、男が倒れている。ウォークマンが飛び散っていた。

　さっきの人がどうして、と王子は思ったがすぐに、状況が想像できた。おそらく、自分が自転車で発進したために、あの男は、信号が青になったのだと勘違いしたのではないだろうか。ヘッドフォンをし、携帯電話に夢中であったから、視界の隅に映る王子の自転車の影が動いたことで、判断した可能性はある。反射的に、歩きはじめたところに、角からやってきたミニバンにはねられた。あれほど車がやってくる気配がなかったというのに、いったいどこから出てきたのか、とそのことのほうが驚きだったが、とにかく、それにより男は死んだ。渡り切った横断歩道のこちら側から見た男は明らかに息をしておらず、ヘッドフォンのコードが、細い血のように延びていた。

「その時に、二つのことを知ったんだ」

「信号には気をつけよう、か」木村が言う。

「一つはね、やり方にさえ気を配れば、人を殺しても罰せられないのでは、ってこと。実際、その交通事故は、ごく普通の人身事故として処理されて、僕のことなんてまったく誰も気にしなかった」

「まあ、だろうな」

「で、もう一つは、僕のせいで誰かが死んでも、僕はまったく落ち込まない、ってこと」

「そいつはめでたいな」

「それからだよ。人を殺すことに興味を持ちはじめたんだ。誰かの命を奪うこととか、命を奪った誰かの反応とか、そういうことに」

「完全犯罪ってのをやってみたかったのか？　俺はほかのみんなが考えもしない残酷なことを考えられるんだ、特別な人間だ、とか思ったのか？　そんなのはな、実行しないだけで誰もが一度は考えるんだよ。『人を殺してはどうしていけないの』だとか、『生きるものはすべて死ぬんだ！　なのにどうしてみんな落ち着いているんだ？　何て虚《むな》しいんだ！』だとかいう発言と一緒でな、誰もが通る、思春期の定番だ」

「人を殺してはどうしていけないの」王子は質問をしてみる。嫌味や冗談のつもりではなかった。実際に、その答えを知りたかった。納得のできる回答を口にする大人に出会ってみたかった。この木村からは大した発言は聞けないだろうな、とも見当がついた。おおかた、「人を殺してもいいんじゃねえか」と投げ遣《や》りな意見が飛び出すくらいだろう。そして、「俺と俺の家族が殺されるとなったら、黙っちゃいないが、他人が死ぬのはどうでもいい」と言うに違いない。

するとは木村は無精髭の生えた顎《あご》を動かしながら、「人を殺したって、別にいいと俺は思うよ」とにやけた。「まあ、俺とか俺の家族を殺すなんて言ったら、ただじゃおかねえけどな。それ以外の奴らなら、いくらでも、殺したり、殺されたりしてくださいってもんだ」

王子は溜め息を吐《つ》く。

「感心の息か？」

「あまりに予想通りの答えだから、がっかりしたんだよ」王子は正直に言う。「さっきの話の続きだけどね、とにかく僕はね、それからいろいろ試すことにしたんだよ。まずは、自分でもう少し、直接的に人を殺してみることにして」

「それが、自分で手を下した一人ってやつか」

「そうそう」

「おまえのそういう自由研究のために、渉を突き落としたのかよ」木村の声は大きくはないものの、喉をぎゅっと絞り、血を滲ませるような、ひりひりとした調子だった。

「違うよ。おじさんの子供はさ、僕たちと遊んで欲しかったんじゃないのかな。来ちゃいけないって言うのに、ついてきて。僕たちはデパートの屋上駐車場で、カードの交換をしているのを見てたんだ。危ないから、じっとしていないと駄目だよ、って言ったのに、階段のところにふらふら歩いていっちゃってさ。気づいたら、落ちてるんだもん」

「おまえが、おまえたちが落としたんだろうが」

「六歳児を屋上から!」王子は両手を口に当て、おぞましい想像に悲鳴をこらえる、という大袈裟な仕草をした。「そんなひどいこと、僕たちがするわけがないよ。考えたこともなかった。大人って怖いですね」

「おまえ、殺すぞ」木村は両足首が固定されているにもかかわらず、その場で立ち上がり、口で嚙み付こうとしてきた。

王子は両手を前に出し、「おじさん、ストップ。これから大事なこと言うから、聞いて、聞いて。おじさんの子供の命が関係するんだからね。ちょっと大人しくして」と落ち着いた言い方をする。

木村は鼻の穴を膨らませ、興奮状態にあったが、王子の言った、「子供の命」という台詞が気にかかったのか、尻《しり》を座席につけた。

ちょうど後方の扉が開くのが分かった。車内販売のワゴンのようで、誰かが呼びとめ、何かを買っている気配がある。木村もそちらを振り返るようにした。

「おじさん、あのワゴンの女の人に、変なこと言ったら駄目だからね」

「変なことって何だよ。付き合ってくれ、とかか」

「助けてくれとかそういうことだよ」

「言われたくなければ、口を塞げよ」

「そうしちゃったら意味がないんだ」

「何でだよ。何の意味がねえんだ？」

「口が使えるのに、助けを求められるのに、でも、できない。そういう無力感を味わって欲しいんだから。口を塞いだら、意味がないよ。『やれるのにできない』っていうもどかしさを、僕は見たいんだから」

木村の目に初めて、今までと違う色が浮かんだ。軽蔑と怯えがまざったかのような、ようするに、不気味な毒虫を発見した感覚なのだろう。ただ、そこで自分の恐れを隠すかのように、わざとらしく笑った。「悪いけどな、やっちゃ駄目と言われれば言われるほどやっちゃうのが俺の人生なんだよ。それで今まで生きてきたわけだ。だから、ワゴンの姉ちゃんに抱きついて、『この中学生をどうにかして』って泣きついてやるよ。おまえが嫌がるなら、絶対そうしてやるからよ」

どうしてこの中年男はこうも強気なのか、と王子は呆れる。手足を拘束され、武器を奪われ、力関係がはっきりしているにもかかわらず、なぜ、偉そうな、さも格下の人間を相手にするかのような態度を崩さないのか。おそらくその根拠といえば、彼が年長であるという一点しかないのだ。中学生に比べ、自分のほうが何十年か長く生きている、というその事実だけだ！　同情を感じずにはいられなかった。不毛な時間を何百日、長く生きたところで何を得られたというのか。

「おじさん、分かりやすく簡単に言うよ。おじさんがここで僕の言うことを聞かなかったり、もしくは、僕に何かあったらね、危ないのは、病院にいるおじさんの子供なんだよ」

木村が黙る。

心地良さと落胆が、王子を襲う。相手が戸惑う姿を眺めるのはいつだって気味がいい。そして、またか、という思いも同時にある。

「東京の病院の近くで、待機している人がいるんだ。おじさんの子供のいる病院の近く、だよ」

「近くってどこだ」

「病院の中かもしれない。とにかく、すぐに仕事ができるように待っている」

「仕事？」

「僕と連絡がつかなくなったら、その人が仕事をする」

木村が不愉快を露骨に顔に出す。「連絡がつかなくなったら、って何だよ」

「大宮、仙台、盛岡の各駅に着く時間にね、僕に電話をかけてくることになっているんだ。僕が無事かどうかを確かめる。もし電話に出なかったり、異常が分かったら」

「誰だよそいつは。おまえの仲間か」

「違うよ。さっきも言ったけど、人はいろいろな欲求で動くんだ。女が好きな人もいるし、お金が欲しい人もいる。びっくりすることに、本当に善悪の判断が狂っちゃって、何でも引き受ける大人もいるんだ」

「ネットで探したような小間使いに、何ができる」

「その人、昔、医療機器を扱う会社に勤めていたんだって。だから、病院に入って、おじさんの息子に繋がっている機器に悪さをするのもできなくはないらしいんだ」

「できなくはない、とか何だよそれは。そんなことができるわけねえだろうが」

「できるかどうかはやってみないと。さっきも言った通り、病院の近くで、待機してるからね。仕事のゴーサインが出るのを待ってるんだ。電話をかけて、『仕事をしてください』と僕が言ったらゴーサイン。それにね、駅での定期連絡以外でも、彼が電話をかけてきて、十回以上コールして僕が電話に出なかったら、それも、ゴーサインってことになってるんだよ。そうなったらその小間使いさんは病院に行って、おじさんの子供の呼吸器をいじくるよ」

「何だよその勝手なルールは。ゴーサインだらけじゃねえか。だいたい、圏外だったらどうすんだよ」

「最近はトンネル内もアンテナが整備されたから、たぶん電話が繋がらないことはないと思うけど、でも圏外にならないようにお祈りしておいたほうがいいよ。とにかく、おじさんが今、変な行動を取ったら、僕はその小間使いさんからの電話には出ないことにするよ。次の大宮で降りて、映画館に行って、二時間くらい時間を潰す。そして、僕が映画を観て、出てきた頃には、おじさんの子供は医療機器の故障とかで大変なことになってると思うよ」

　おまえふざけんじゃねえぞ、と木村が睨んでくる。

「ふざけていないって。僕はいつも真面目にやってるんだ。ふざけてるのはおじさんのほうじゃないのかな」

　木村は感情を爆発させる寸前で、鼻の穴を大きく膨らませたが、どうすることもできないとようやく了解したのか、体から力を抜き、座席にもたれた。ワゴン販売の女性が通るので、王子はわざと呼びとめ、チョコレート菓子を購入する。隣で、口をつぐみ、憤りで顔を赤くする木村を見ていると、心地良くて仕方がなかった。

「僕の携帯電話が鳴ったら、おじさんも気にしてね。十回コール以内に出なかったら、まずいんだから」

果物

「どうする、蜜柑」檸檬は言う。顎の先には、目を閉じ、動かなくなった峰岸のぼんぼんがいる。口をぽかんと開け、自分たちをからかうかのようなその表情が気に入らなかった。

「どうするも何も」蜜柑が口の周りを忙しく撫《な》でる。蜜柑も珍しく、浮き足立っているようで、檸檬はそれを愉快に感じた。

「おまえがだいたい、目を離すからだ。何で、このぼんぼんを一人にしたんだ」蜜柑が訊ねてくる。

「しょうがねえだろ。おまえがトランクのことを言うから気になったんじゃねえか。あんな風に脅されたら、確かめに行きたくなるだろうが」

「実際、トランクは奪われた」蜜柑が溜め息を吐く。「どうしておまえは、行動や発言、思考が大雑把なんだ。だから、B型は」

檸檬はすぐに鼻息を荒くした。「血液型で決め付けるなよ。科学的根拠はねえんだ。そんなことを本気で言ってると、馬鹿にされるぞ。そんなこと言うならA型のおまえは几帳面《きちょうめん》で、綺麗《きれい》好きってことになる」

「そうだとも、俺は几帳面で綺麗好きで、仕事が丁寧なんだよ」

「何、勝ち誇ってんだよ。いいか、俺の失敗は俺の血液型とは無関係だ」「そうだな」蜜柑があっさり言う。「おまえの失敗は、あくまでも、おまえ自身の性格や判断力のせいだ」

そして蜜柑は、立ったままでは怪しまれる、と腰を低くし、真ん中の席で死んでいる峰岸のぼんぼんを引っ張り上げると窓側の席へとずらした。窓に寄りかからせ、少し俯《うつむ》き加減にする。「このまま、寝たふりでもしていてもらうしかないな」

その隣、三人掛けの真ん中に蜜柑が座り、檸檬はさらに隣の、通路側に腰を下ろした。「いったい誰がやりやがったんだ。死因は何だよ」檸檬は呟く。

蜜柑が死体のあちらこちらを手で触れはじめた。刺し傷のようなものはなく、血も出ていない。上顎と下顎をつかみ、大きく開け、中を見る。毒物を口にしたのだとすれば、口の中にそれが残っている可能性もあるため、あまり顔を近づけることはできなかった。「外傷はなさそうだが」

「毒か」

「かもしれない。アレルギーによるショックということもある」

「こんな時に、何のアレルギーだよ」

「知らない。俺はアレルギーを創造していないからな。まあ、もしかすると誘拐の緊張から急に解放されて、しかも寝不足で疲労が溜まっていたものだから、心臓が弱って、止まったんじゃないのか」

「医学的にそういうことがあるのか?」檸檬は訊ねる。

「檸檬、おまえ、俺が医学書を読んでるところを見たことがあるのか」

「いつも本を読んでるじゃねえか」檸檬は言う。蜜柑はいつだって本を持ち歩き、仕事の最中でも時間があればそれをめくった。

「俺は小説は好きだが、医学書には興味がない。医学的に、心臓が止まるケースを知るわけがない」

檸檬は髪をくしゃくしゃとやる。「でも、どうするんだよ。このまま盛岡に行って、峰岸に、『息子さんを助け出したんですけど、新幹線の中で死んじゃいました』と言うか」

「しかも、身代金の入ったトランクも盗まれちゃいました、とな」

「俺が峰岸だったら、怒るだろうな」

「俺が峰岸でも、怒るな。激怒だよ」

「でもよ、峰岸の奴、別荘地でのんびりしているんだろうが」

直接聞いたわけではなかったが、内縁の妻とその娘、つまり、「嫡出でない子」と家族旅行に出ていると噂で聞いた。

「実の息子が攫《さら》われて、えらいことになっているのに、自分は愛人と家族旅行っておかしいだろ」

「そっちの娘はまだ小学生でやたら可愛いらしい。一方、肝心のぼんぼんは、ほら、こいつだ。軽くて、単純な男だ。どっちに愛情があるかって言ったら、そりゃあ分かりやすい」蜜柑は冗談を言うようでもなかった。

「まあ、ぼんぼんは軽くて、単純で、しかも死んじまってるしな。でも、それならいっそのこと、この程度のことは大目に見てくれねえかな」

「無理だろ。いくら、愛着のない車だって、他人に壊されたらかちんと来る。面子《メンツ》もあるしな」

じゃあどうすんだよ、と檸檬は大声を出しそうになる。蜜柑が指を口に当て、静かに、と囁いた。

「考えるしかないだろ」

「考えるのはおまえの役だ」

「馬鹿な」

檸檬は身体を動かしはじめる。峰岸のぼんぼんの横の窓であるとか、前の座席の背もたれについたトレイを確認し、網に差し込まれた広報誌のようなものをめくる。

「何をしているんだ」と蜜柑が訊ねてきた。

「何か、手がかりが残ってないかと思ってな。まったくなしだ。ぼんぼんは気が利かねえ」

「手がかり?」

「犯人の名前を血で書き残すとか、そういうやつだ。あるだろ、よく」

「あるのは、推理小説の中だ。現実にはない」

「そういうものか」檸檬は広報誌をしまうが、未練がましく、峰岸のぼんぼんの周辺をがさごそといじくる。

「死ぬ前に、証拠を残す余裕なんてなかっただろう。だいたい出血してないんだ。血文字を残そうとしても無理だったはずだ」

蜜柑、おまえは細《こま》けえんだよ、と檸檬は口を歪める。「あのな、こういう死に方されたら、残った人間が困るだろうが。今後のために言っておくけどな、蜜柑、おまえがもし誰かに殺されるようなことがあったら、ちゃんとヒントを残せよ」

「何のヒントだ」

「犯人だとか、真相のだって。せめて、他殺か自殺か、事故死かは分かるようにしろよ。俺が面倒だからな」

「俺が死ぬとしたら、自殺はない」蜜柑ははっきりと言い切った。「ヴァージニア・ウルフも三島も好きだけどな、自殺ってのはどうも気に入らない」

「何だよ、そのヴァージニアってのは」

「おまえが口にする機関車の名前のほうがよほど覚えにくい。おまえも、俺が薦める小説を一冊くらい読んでみろ」

「子供の頃から本なんてまともに読んだことねえんだ。一冊読み終えるのに、どれだけ時間がかかると思ってんだよ。おまえこそ、俺の教えるトーマス君の仲間をな、まったく覚えようとしないじゃねえか。パーシーすら判別がつかねえんだ」

「パーシーは何だったか」

檸檬は、咳払《せきばら》いの後、「パーシーは『みどりいろのちいさなきかんしゃです。やんちゃでいたずらがだいすきですが、とてもいっしょうけんめいにしごとをします。よく、なかまにいたずらをしますが、ぎゃくにうそをおしえられて、だまされてしまうこともあります』」と述べた。

「いつも思うが、どうしてそれを暗記できているんだ」

「プラレールカードの説明だ。どうだ。いいだろ。簡単な説明だけど、そこにはちゃんと奥行きがある。パーシーは、『逆に嘘を教えられて、騙《だま》されてしまうこともある』んだぜ。寂しいよな。泣けるだろ。おまえの読む小説にはこういった、深みはねえだろうが」

「何でもいいけどな、たとえば、『灯台へ』を読んでみろ」

「何が分かるんだ」

「自分という存在が、いかに、小さい存在か、たくさんの自我の中の一つに過ぎないかを実感できる。渺茫《びょうぼう》と広がる時間の海の中の、その波に飲まれる、ちっぽけな存在だと分かる。感動するぞ。『われらは滅びゆく、おのおの一人にて』だ」

「何だよそれは」

「あの小説の中で、登場人物の一人が呟くんだ。いいか、人はみんな滅ぶ。一人きりで、だ」

「俺は滅びねえぞ」檸檬は口を尖《とが》らせる。

「滅びるさ。しかも一人で」

「死んでも俺は復活してやるよ」

「そういうしつこいところは、おまえらしいな。だけどな、俺だっていつかは死ぬ。一人でな」

「その時は、何かヒントを残せって言うんだ」

「分かった。もし、万が一俺が殺されそうになったらな、おまえにはちゃんとメッセージを残すように、努力する」

「犯人の名前を血で書く時は、ずばり、分かりやすく、書けよ。イニシャルとかなぞなぞみてえなやつじゃなくてな」

「血で書いたりはしない。そうだな、もし、その犯人と喋る余裕があったら、伝言を頼んでおく。というのはどうだ」蜜柑は少し考えた後に言った。

「伝言?」

「その犯人が気になるようなことを、言い残すんだ。たとえば、『檸檬に伝えてくれ。おまえの捜していた鍵《かぎ》は、東京駅の荷物預かり所にある、と』とかな」

「俺は鍵なんて捜していない」

「何でもいいんだ。その伝言を頼まれた奴が、興味を持ちそうなことを、言う。もしかするとそいつがいずれ、おまえに素知らぬ顔をして、こう言うかもしれない。『鍵を捜していますか?』もしくは、東京駅の荷物預かり所に、ふらりと現れるかもしれない」

「気になってか」

「もしそうだとしたら、そいつが、俺を殺した犯人だ。少なくとも関係はしてる」

「分かりづれえメッセージだな」

「犯人本人に、分かりやすいメッセージを言伝《ことづて》するわけにもいかない」

「でもよ」檸檬がそこで真剣な表情で口を開く。「俺はそう簡単には死なねえよ」

「だろうな。おまえは、死んでもまた、生き返るようなしぶとさがある」

「蜜柑、おまえもだ。俺もおまえも、死んでも絶対、生き返る」

「果物は翌年になってもまた実をつける。それと一緒か」

「復活するんだ」

揺れる新幹線は緩やかに地面に潜りはじめる。上野の地下深くのホームが近づいてきているのだろう。窓の外は暗くなり、景色は消え、かわりに車内の光景がぼんやりと映っていた。檸檬は前の座席の背中部分から、冊子を引っ張り出し、読みはじめる。

「おい」とすぐに蜜柑が言った。「どうしてそんなにリラックスできるんだ」

「何度でも言うけどな、考えるのはおまえの役割だ。餅《もち》は餅屋、そうだろ」

「おまえは何屋なんだ」

新幹線の速度が落ちてくる。暗い洞窟にランプが灯《とも》るようでもあったが、そのうちにぱっと明るい空間が出現する。ホームが見えはじめた。蜜柑が立ち上がった。「トイレか」と声をかけると、「おい、行くぞ」と突いてくる。

「どこにだよ」檸檬は状況が理解できていなかったが、真面目な面持ちの蜜柑に気圧《けお》される恰好で、立ち上がった。「降りるのか？　東京から一駅で降りるなんて、贅沢《ぜいたく》すぎるだろうが」

自動扉が開き、三号車の前方デッキに出る。誰もいない。進行方向の左側、乗降口の窓にホームが流れていくのが見えた。

「おまえが言った通りだよ」

何がだ、と檸檬は眉をひそめる。

「東京から新幹線に乗って、上野で降りるなんて贅沢だ。それなら、山手線《やまのて》使えばいいんだしな。ただ、中には、上野で降りる奴もいる」

「誰だ」

「新幹線の中で、誰かのトランクを盗んで、すぐに逃げ出したい人間だ」

檸檬は、ああ、とうなずいた。「なるほど」

乗降口の扉に近づく。「上野で降りる奴がいたらそいつが犯人ってわけか」とガラス窓を人差し指で叩いた。

新幹線にブレーキがかかりはじめる。

「あのトランクを持っていれば分かりやすいがな、別の入れ物に突っ込んでる可能性もある。それでもまあ、それなりに大きい荷物だろう。とにかく、ここで降りる奴がいたら第一候補だ。とりあえず、追っていけよ」

「俺がか」

「ほかに誰がいるんだよ。餅は餅屋だろ。おまえは餅を売ったことも、頭を使ったこともないだろうが、怪しい奴を追ったことはあるはずだ」

新幹線がほぼ完全に停車する。ブレーキの音が響く。「もし複数いたら、どうすりゃいい」とホーム側を眺めていた檸檬はふと気になり、訊ねた。

「怪しいほうを追うしかないな」蜜柑があっさりと答える。

「怪しそうな奴が複数いたら、どうすんだ。最近は、怪しい奴ばっかりだぞ」

停車し、扉が開いた。蜜柑がホームに降り、続けて、檸檬も車内から出た。二人で、ホームの端に立ち、新幹線の中から降りてくる人間がいないかどうか、じっくりと観察する。ホームはほとんど直線で、目を凝らし、注意深く観察していれば、降車する客の姿は確認できそうだった。檸檬も蜜柑も視力は良かった。遠方の事物も、おおよそであれば把握できる。

降りる客は見当たらなかった。

二つほど前方の、五号車か六号車の出入り口で、ハンチング帽を被った見知らぬ男が指を車内に向け、新幹線に入っていくのは見えたが、それ以外に特別な状況はない。

先頭車両のほうはさすがに遠く、把握できない蜜柑は、「一番前のほうは見えないな」と洩《も》らした。

「十一号車より向こう側は、秋田新幹線の〈こまち〉だ。連結してるけど、こっちの〈はやて〉とは車内の行き来はねえからな、犯人はそっちにはいないんじゃねえか」

「なるほど。電車のことはさすがにうるさいな」

「蜜柑、おまえに教えてやるけどな、『うるさい』は誉め言葉じゃねえぞ」

ホームに、新幹線の発車を知らせる音楽が流れはじめる。乗車する客がちらほらいたものの、降りる客はいなかった。どうする、と檸檬は訊ねる。どうするも何も、誰も降りないのならば車内に戻るしかないだろう、と蜜柑が答えた。

車内に入った直後、新幹線が発進する。地上の明かりを目指し、なだらかな坂を上っていく。発車の音楽が軽やかに流れはじめた。音に合わせて口ずさみながら檸檬は、座席に戻った。窓側に寄りかかる峰岸のぼんぼんを目にすると、気分が暗くなる。やらねばならない面倒な仕事を思い出したような気分だった。というよりも、これは、やらねばならない面倒な仕事にほかならなかった。

「ってことはだ」通路側に座った檸檬はまた、足を組み、くつろぐ姿勢になると、「どういうことだ、蜜柑」と相変わらず、他力本願の、餅屋に任せきりの態度で言う。

「まだ、この車内に犯人が残っている可能性が高い」

「弾はまだ残っていたっけか」檸檬は自分のジャケットの内側、両肩から提げたホルスターから、銃を出した。前日、峰岸のぼんぼんを奪い返すために弾はずいぶん使った。「マガジン一個しかねえよ」

蜜柑も同様に自分の銃を取り出している。「俺もそうだな。ほとんど弾がない。まさか、新幹線の中でも必要になるとはな。準備不足だった」と言い、ホルスターの別ポケットから、「これはあるが」と拳銃を取り出し、自嘲《じちょう》気味に言う。

「その銃、どうしたんだ」

「昨日のあの地下で、ぼんぼんを監禁していた奴らが持っていた。面白いからな、拾ってきた」

「面白い？　銃なんて面白くねえだろうが。トーマス君の絵でもついてるのかよ。やめろよ、トーマス君は子供たちのものなんだ。銃とか物騒なものとは無関係だ」

「そうじゃない」蜜柑が苦笑する。「これは細工してあるんだよ。まともに、弾なんて出やしない。見ろよ」と銃口を向けてくるため、檸檬はのけぞりながら顔を逸らす。「危ねえな。やめろよ」

「そうじゃない。弾が出てこないようになってるんだ。銃口も空いているように見えて、奥で塞がってる。暴発拳銃だ」

「暴発拳銃？　暴走機関車みてえなもんか」檸檬は昔観た映画を思い出す。映画に関心はなかったが、映画に出てくる機関車や電車を観るのは好きだった。車輪の動く音や、ロッドの動き、蒸気機関車であれば煙突から噴き出る、隆起した筋肉を思わせる立体的な黒煙、レールを走りぬける響き、何よりも疾走する鉄の電車の迫力、そういったものが伝わってくると興奮する。「暴走機関車」の内容は覚えていないが、吹雪のような景色の中、機関車の上に立つ勇ましい男の姿は記憶に残っている。この男も機関車がよっぽど好きなんだな、と親しみを覚えた。

「この銃はな、そのまま撃ったら、暴発するようにできているわけだ」

「そんなの何でいるんだよ」

「罠だろ。これを持っていた奴はな、いかにも銃を奪われたい、って顔をしていた。俺が銃を奪って、引き金を引いたら、どん、と俺が弾《はじ》けて大喜びってつもりだったんだろうな」

「よく気づいたな。蜜柑は何でそんなに慎重なんだ」

「おまえが軽率なんだ。ボタンがあれば押すし、紐が垂れてれば引っ張る。メールがくれば何でもかんでも開いて、ウィルス感染だ」

「まあな」

檸檬は脚を解き、すっくと立ち上がった。蜜柑を見下ろし、「ちょっと、見てくるわ」と進行方向をくいくいと顎で指す。「怪しそうな奴がいないか車内をチェックしてくる。トランクを持っている奴は、どこかにいるだろ。次の大宮まで時間はあるしな」

「トランクはどこかに隠して、素知らぬ顔で座ってるかもしれない。怪しい奴は片端からチェックしろ」

「分かってる」

「さりげなくだぞ。揉めると面倒だから、さりげなく調べるんだ」

「うるせえな」

「うるさい、は誉め言葉じゃないらしいぞ」嫌味たらしく蜜柑が言った。「大宮に着いたら面倒だから、早めに見つけないとならないな」

「そうだったか？」

どうして忘れているのだ、と蜜柑は呆れるようだった。「峰岸の部下が待っている予定だろ」

「そうだったか」と言いながら、檸檬も思い出した。峰岸のぼんぼんとトランクが無事、新幹線に乗っているかどうかを確かめるため、駅で待ち構えている男がいる。そうなっていた。「面倒だな」


こんなところで会えるとは、と狼は目を輝かせ、七尾の胸元をつかむとぐいぐいと押し、反対側の扉に押し付けた。

上野駅を出た新幹線は、地上へ飛び出すと速度をさらに上げた。景色が次から次へと後方へ流れていく。

「ちょっと、待ってくれよ。上野で降りなきゃいけなかったんだ」七尾は言おうとしたが、その口を塞《ふさ》がれた。狼が左の肘《ひじ》で、七尾の顎《あご》のあたりを潰《つぶ》すようにしてきたのだ。

トランクは手から離れていた。反対側の扉のほうに置いたままだ。新幹線の揺れで、転がっていかないか、そのことが気にかかる。

「おまえのせいで、奥歯が一つ欠けちまってるんだ」ハンチング帽を被《かぶ》った狼は唇の隅から泡を浮かべた。「おまえのせいで、おまえのせいで」と興奮している。

ほらやっぱり、と七尾は思う。やっぱり、こうなるのだ。狼の肘がぶつかる痛みはあったが、それ以上に、この状況に落胆を覚えている。どうしてこうも、仕事が簡単に済まないのか。上野で降りられなかったとなると、次の大宮駅までは新幹線に乗っているしかない。その間に、トランクの持ち主に遭遇する可能性もある。

フケをふんだんに絡ませた長い毛を振り乱しながら、憎しみの言葉を呟《つぶや》く狼が忌々しくてならない。新幹線が揺れ、狼が身体のバランスを崩した。肘がどいたので七尾は、「勘弁して勘弁して」と早口で謝る。「暴力反対、暴力反対」と自分の両手をあげ、小さく万歳をするかのような仕草をする。「新幹線の中でこんな風にしたら、騒ぎになる。とりあえず、大宮で一緒に降りるから、話はそれからにしよう」と提案しながらも、上野で降り損なった時点で、もはや、取り返しがつかないのではないか、と嫌な予感を覚えていた。

「何を対等に話してるんだよ、おまえ。てんとう虫が」

その台詞《せりふ》に、七尾はむっとする。頭の中の温度が瞬時に上昇する。業界の中では、七尾のことを、てんとう虫と呼ぶ人間が少なからず、いる。七尾自身は、その昆虫が嫌いではなかった。小さな、赤い身体が可愛らしく、星のような黒い印はそれぞれが小宇宙にも思え、さらには、不運に満ちている七尾からすれば、ラッキーセブン、七つの星は憧《あこが》れの模様と言っても良かった。が、同業者たちがにやにやしながらその呼び名を口にする時には、明らかに、からかいが含まれているため、つまり、小さくてか弱い昆虫、とだぶらせているだけであるため、不愉快でならない。

「いいから、放してくれよ。いったい、俺をどうしたいんだ」

七尾が言ったのとほぼ同時だった。狼が手にナイフのようなものを出した。

おいおい、と七尾は動揺する。「こんなところでそんなものを出して、どうするんだよ。誰かに見られたら、面倒じゃないか」

「動くなよ。このまま、トイレに行け。そこでたっぷり切ってやる。安心しろ、俺もこれから仕事をこなさなくちゃならねえからな、のんびり甚振《いたぶ》ったりはできねえんだ。本当なら、死なせてください、と泣いてお願いしたくなるくらい、じっくりやるところなんだけどな、サービスで早くしてやるよ」

「列車の中のトイレはあまり好きじゃないんだ」

「その好きじゃないトイレで、おまえの人生は終わっちゃうんだから最高だな」ハンチング帽の下の目が不気味に光る。

「俺には仕事があるんだ」

「俺にだってあるんだよ。おまえとは違って、大仕事だ。時間がねえって言っただろ」

「嘘だ。おまえに大仕事なんて」

「本当だっての」狼は鼻の穴を膨らませ、肥大した自尊心を品なく露《あらわ》にすると、ナイフを持っているのとは反対の手で自分の内ポケットを探り、中から写真を取り出した。女性の顔が写っている。「ほら、こいつを知ってるか」

「知るわけがない」と七尾は言い、顔をゆがめる。狼はいつだって、自分が暴力を振るう相手の写真を持ち歩いている。依頼主からもらった顔写真と、自分が仕事をした後の写真を集め、「殴る前と殴った後」であるとか、「やる前とやった後」であるとか、「死ぬ前と死んだ後」であるとか、そういった比較をし、自慢げに見せびらかす。それがまた、七尾には不快だった。「どうしていつも、女子供ばかりなんだ。狼だから、赤頭巾《あかずきん》ちゃん狙いなのか」

「あのな、この女が誰だか分かるか。普通の女じゃねえぞ」

「いったい誰だい」

「復讐《ふくしゅう》だよ、復讐。俺はな、ついに見つけたわけだ」

「言い寄って、振られた女に仕返しでもするのか」

狼は一瞬、顔をしかめる。「勝手にそう言ってればいいっての」

「どうせ、弱い女を苛《いじ》めるだけのくせに」

「勝手にそう思ってろよ。まあ、おまえに喋《しゃべ》って、先を越されたら最悪だ。俺はな、明智光秀を倒しにいく秀吉ってところだ」と言い、写真をポケットに戻した。

自分を歴史上の人物に譬《たと》える感覚が、七尾には理解できない。

「これからすぐ取り掛からないとならねえからな。おまえのことも早く、済ませるぞ」と言った狼は、七尾の首筋にナイフを押し当ててきた。「怖いか」

「怖い」七尾は我慢する必要も感じなかった。「やめてくれ」

「やめてください、だろ」

「やめてください。狼様」

乗客が来たら怪しまれる。男二人が身体をくっつけて、何をしているのか、ナイフは見えなくとも、怪しまれるのは間違いなかった。どうする、どうする、と頭の中が回転をはじめる。首に突きつけられたナイフは、今にもこちらの肌を傷つけそうだった。切っ先が、ちくちくと皮膚を刺激してくるのが、くすぐったくもある。

ナイフを気にしながら、狼の姿勢を観察する。七尾のほうが背が高いため、腕を伸ばした狼は重心が安定していない。隙だらけだ、と思った直後、七尾は身体を反転させた。背後に回り、狼の両脇に腕を入れる。狼を万歳の姿勢に固定させるように、腕を絡め、頭頂部と顎をつかむようにする。あっという間の形勢逆転に、狼も動揺し、「おいおい、ストップストップ」と言う。

「このまま大人しく、自分の座席に行ってくれ。俺だって、余計なことは面倒だし」七尾は、狼の耳元に言う。首を折る技術は身体に沁み込んでいた。もっと若い頃に、それこそサッカーのリフティング技術を習得するかのように、反復練習をし、すっかり得意な作業となっていた。頭を捕らえたならば、角度と勢いを考慮し、勢いよく傾ければ簡単に折れる。もちろん、狼の首を本気で折るつもりはなかった。面倒事はこれ以上、いらない。手で相手の首を動かぬようにしっかりと固定した上で、折るぞ折るぞ、とふりをするだけで充分だった。

分かった頭から手を離せ、と狼は早口で訴える。

その時に、車両が揺れた。大きな振動ではなかったと感じたが、狼を拘束している姿勢が不安定だったからか、もしくは狼の靴の裏が滑る素材だったからか、その場で、転んでしまう。

気づいた時には、床に尻《しり》をついていた。転んだ恥ずかしさに、七尾は赤面する。それから、自分が依然として、狼の髪の毛をつかんだままであることに気づいた。狼も尻餅《しりもち》をついている。今の拍子に、ナイフが狼自身に刺さってしまったか、と慌てて、右手を確認すればそちらのナイフには、血がついた様子もなく、ほっとする。

「おい、立ってくれよ」七尾は髪の毛から手を離し、前にしゃがむ狼の背を突くが、そうしたところ頭が、首の据わらない赤ん坊のように、ぐらんと揺れた。

あれ。と七尾は目をしばたたく。はっとし、狼の前に回り込み、顔を確認する。狼の表情がおかしかった。白目を剝《む》き、口は開いたままで、何よりも首が不自然に曲がっていた。

「嘘だろ」と言ってももう遅い。嘘ではない。頭をつかんだまま転び、勢いが余り、首を折っていた。

携帯電話が振動する。発信者の番号を確かめることもなく、耳に当てた。かけてくる相手は一人しかいない。

「世の中に簡単な仕事なんてないんじゃないかな」七尾は言った。ようやく立ち上がり、狼の死体もる。引っ張り上げた。自分に寄りかからせ、バランスを取る。巨大な操り人形を支えるような、苦労がある。

「何で連絡してこないのよ。信じられない」真莉亜が苛立《いらだ》った声を出してくる。「今どこ？　上野で降りたんでしょ？　トランクは？」

「今は新幹線の中だ。トランクはあるよ」七尾はできる限り、軽妙に答えたつもりだった。向かい側の乗降口にぶつかり、止まったままのトランクを眺める。「上野では降りなかったけど」

「何で」彼女は興奮し、咎《とが》めてくる。「どういうこと！」と大きな声を出した。それから自らの昂《たか》ぶりを必死に抑えたのか、「君は東京から電車に乗って、上野に降りる仕事もできないの？」と低い声で言った。「いったい何ならできるの？　レジ打ち？　絶対無理ね、レジ打ちには臨機応変に判断することが多いし、凄《すご》い仕事なんだから。じゃあ、東京駅から新幹線に乗るだけならできるのね。乗れるけど、降りられない。今度からそういう仕事を探しておくから」

七尾は携帯電話を床に叩《たた》き付けたい衝動に駆られるが、こらえる。

「俺は上野駅で降りるつもりだったんだ。実際、扉が開いて、あと一歩で外に出るところだった。ただ、ちょうどそこにあいつが乗ってきたんだ。そのホームの、その号車にだ」と言った後で、自分に寄りかからせた狼を見て、「あいつ、と言うか、こいつ、だけど」と言い直す。

「あいつとかこいつとか、誰なわけ。新幹線の神様？　坊や降りちゃ駄目だぞ、とか言ってきた？」

幼稚な当てこすりを聞き流し、七尾は、「狼だ。女子供や動物に暴力を振るうあの嫌な男」と声を抑える。

「ああ、狼ね」真莉亜はそこでようやく、こちらを気にかける声音になった。七尾の無事を心配するのではなく、トラブルを警戒している。「さぞかし喜んだでしょう。君のことを恨んでいたし」

「喜びすぎて、抱きついてきたよ」

真莉亜の声が聞こえなくなる。状況を把握しようとしているのかもしれない。その間に七尾は携帯電話を首のところに挟む。狼をどこに移動しようか、と考える。狼自身が言っていたように、トイレの中がいいだろうか？ いや、駄目だ、とすぐに思う。トイレに死体を押し込んでおくことは無理ではないだろう。が、発見されるのではないか、と不安を覚えながら席に座っていることなど耐えられなかった。気が気ではなく、トイレの様子を頻繁に見に行き、余計に怪しまれるのが落ちだ。

「ねえ、で、どうなったわけ」探るように訊《たず》ねてくる真莉亜の声が聞こえた。

「今、その狼の死体をどこへ隠そうか悩んでいるところ」

また携帯電話の向こうが沈黙する。少しして、「あいだを教えてよ。乗ってきた狼が、君に抱きついてきた。そして、今は死体。その中間は」と喚《わめ》く。

「中間なんてないよ。強いて言えば、まず、狼が刃物を俺の首に当ててきたんだ。刺すぞ、って」

「何で」

「俺が嫌いだからだろ。で、形勢が逆転して、俺が彼の首を折るふりをした。あくまでも、ふりだよ。そうしたら、新幹線が揺れて」

「新幹線は揺れるよ。それがどうかしたわけ」

「まったく、狼は何でこんなところで現れたんだ」七尾は思わず、苛立ちを口にする。

「死んだ人を悪く言わないで」真莉亜は真面目な口調で言う。「だからって、殺すことないでしょ」

「殺すつもりはなかったんだ。滑って、転んだら、首の骨が折れていたんだ。あれはミスじゃなくて、不可抗力だ」

「言い訳する男って、どうなのよ」

「生きてる人を悪く言わないで」七尾は冗談めかしたが、余裕があるわけではなかった。「今、俺は狼のことを抱えて、右往左往しているんだ。死体をどうしたものやら」

「デッキのドアの近くで抱き合って、ずっとキスでもしてればいいんじゃないの」真莉亜は自暴自棄気味だった。

「大宮まで、男同士で寄り添っているのか。現実的じゃないと思う」

「現実的なことを言えば、狼はどこかの席に置いておくしかないね。ばれないように気をつけて。君の指定席でもいいし、そいつのチケットを見つけ出して、座席を調べてもいいし」

なるほどそうか、と七尾はうなずく。「助かった。そうしてみる」

狼の着ている安っぽいブルゾンの胸ポケットから、携帯電話が覗《のぞ》いている。何かの役に立つかもしれない、とそれを引っ張り出すと、自分のカーゴパンツのポケットに入れた。

「トランクを忘れないようにしてよ」真莉亜が言ってくる。

「忘れるところだった」

真莉亜の溜《た》め息がまた、聞こえる。「いいから、早く終わらせてよ。わたし、眠っちゃうよ」

「眠る時間じゃないだろうに」

「わたし、昨日からずっと映画観てたんだよ。家で。『スター・ウォーズ』の六部作」

「とりあえず切るよ。また電話する」

木村

マジックテープ付きのバンドで、手足を拘束された木村は、どうにかそれが外れないかと腕や足首をぎりぎりと捻《ひね》ってみるが、緩む気配はまったくなかった。

「こういうのにはコツがあるんだよ、雄一君」不意に、子供の頃の記憶が蘇《よみがえ》った。自分の名を呼ぶ声だ。今までほとんど思い出したことのないその場面は、木村の実家の居間で、二十代の男が手と足を紐《ひも》で結ばれているところだった。「ほら、脱出できるかどうかやってみろよ、繁《しげる》」と木村の父が笑っている。隣で、木村の母も腹を抱えて笑い、まだ小学校に入学前であったはずの木村も、けたけたと笑った。その、繁という若者は、木村の父の前の仕事を引き継いでいたらしく、つまりは父とは以前の職場の先輩後輩という関係に過ぎなかったはずだが、時折、木村の家に遊びに来た。颯爽《さっそう》としたスポーツ選手とでも言うような、誠実そうな外見の繁は、木村の父を恩師と仰ぐようなところもあり、その息子である木村のことも可愛がってくれた。

「雄一君のお父さん、仕事の時は本当に怖かったんだから。ハゲタカじゃなくて、シゲタカって言われてたんですよ。名前、木村茂《しげる》でしょ」繁は言った。木村の父と繁はお互いの名前が、「シゲル」であることから、親しくなったらしかった。家で酒を飲むとたいがい、「仕事つらいですよ。職種変えようかと思うんです」と木村の父に愚痴を溢《こぼ》し、なるほど大人も弱音を吐くのだな、人はいくつになってもつらいのだな、と学んだ。その繁ともいつの間にか、縁遠くなってしまった。思い出したのは、繁が、テレビで観た脱出ショーの真似をした時のことだ。ロープで縛られた状態から抜け出す奇術で、

た。

「あれ、俺もできますよ」と主張したのだ。

うんうん、と唸《うな》り、繁は身体を捻っていたが、木村がテレビに目をやっていた隙に、繁は紐を解いた。

あれはいったいどうやっていたのだろうか。

今の俺のこの状態を打破するヒントがあるのではないか。

記憶が眠る山を、鶴嘴《つるはし》で必死に削り、中から重要な情報を掘り出そう、と試みる。が、思い出すことはできない。

「おじさん、待っててね。トイレ行ってくるから」王子が席を立ち、通路に出て行く。ブレザーを着たその姿は、上品な家で大事に育てられた中学生にしか見えず、「どうしてこんなガキにいいようにされないとならないのだ」と悶《もだ》えたくなる。「あ、お酒を買ってきてあげようか。カップ酒ってやつ?」と憎らしい嫌味を言い残し、王子は後方車両へと歩いていく。トイレは逆方向のほうが近いのではないか、と木村は気づいたが、それを伝えるつもりもなかった。

この少年が、上品な家で大事に育てられた中学生であるのは間違いがない。上品な家で大事に育てられた、悪意に満ちた中学生だ。数ヶ月前、初めて、王子と会った時のことを思い出す。

入道雲が空を侵食するように埋め尽くしていた正午前、木村は倉井《くらい》町の病院から帰るところだった。警備員の仕事を終えて朝に帰宅すると、渉が腹痛を訴えるので、そのまま掛かりつけの小児科医院まで連れてきた。いつもであれば、渉を保育園に預けるとすぐに布団《ふとん》に入るのだが、それができなかったため、眠気で頭が重かった。しかも、医院は驚くほど混んでいた。待合所で堂々と酒を飲むわけにもいかない。気づけば指が震えている。

ほかの子供たちは全員、渉よりも軽症であるように見え、マスクをして苦しそうにしている子供を眺めては、「大袈裟《おおげさ》な芝居をしやがって」「本当につらい子供が優先だろうが」と腹が立った。ほかの親を片端から睨《にら》んだ。一通り、眺めるとやることもなく、忙《せわ》しなく行き来する看護師の尻を目で舐《な》め回した。結局、渉自身が軽症だった。診察がはじまる直前には、けろっとし、「お父さん、なんだか平気になっちゃった」と囁《ささや》くように言ってきた。が、ここまで来て帰るのも悔しく、渉には腹痛のふりをさせ、薬を処方してもらい、医院を後にした。

「お父さん、お酒飲んだ?」建物の外に出た後で、渉が言いづらそうに言ってきた。

渉から腹痛が治まったと聞き、ほっとしたこともあり、待合所で小瓶を舐めたのを、見られていたのだ。「もし、渉の腹痛が続いたら、俺はきっとショックのあまり、たくさんの酒を飲んだだろう。そう考えれば、少し舌を湿らす程度は大した問題にはならない」と内心で言い聞かせ、ポケットから取り出した小瓶の蓋《ふた》を開け、診察を待つほかの患者たちに見えぬように壁側に身体を捻ると、その口を舌で拭《ふ》いた。小瓶の中には、安いブランデーを入れてある。警備員の仕事をしている最中に、身体がアルコールを欲しはじめた時に口にできるように、と常に携帯していたのだ。木村の頭の中では、「アレルギー性鼻炎の人間が、仕事に支障をきたすから、とスプレー薬を使うのと同じだ。酒が切れて、集中力が乱れ、警備が雑になったら問題ではないか。指が震えて、懐中電灯を落としてしまっては困るではないか。つまり、これは、持病に対する、必要な予防処置だ。仕事を遂行するための酒だ」という理屈ができあがっていた。

「渉、ブランデーは蒸留酒って言ってな、蒸留酒ってのは、メソポタミア文明の時から造られてるんだぞ」

渉はもちろん、そう言われたところで理解はできない。また父親の言い訳がはじまったぞ、と思っているようだったが、メソ、ポタポタ、とその音を楽しむようにした。

「蒸留酒をフランス語ではオードビーって言うんだ。どういう意味か分かるか。生命の水だ。命の水だよ、命の水」木村は言いながら、自ら安堵《あんど》する。そうなのだ、小瓶のブランデーを口に含むことは、命を救うことにほかならない。

「でも、病院の先生、お父さんがお酒臭いから、驚いてたね」

「マスクしてただろ、あの医者」

「マスクしててもくさかったんだよ」

命の水なんだから、くさくてもいいじゃねえか、医者なら分かってるよ、と木村は言う。

「お父さん、おしっこ」と渉が言ったのはアーケード通りを歩いていた時だ。木村は近くにあった、若者で賑《にぎ》わうファッションビルに飛び込み、トイレを探した。一階にトイレがないことを罵《ののし》り、エスカレーターで二階へ行き、延々と売り場を歩かされた奥地のトイレに辿《たど》り着く。

「一人で行けるよな。俺はここで待ってる」と木村は、渉の尻を叩いた。トイレの通路脇にあるベンチに腰を下ろす。その向かいにある女性用のブランド洋品店、そこの店員の胸が大きく、しかも襟元の開いたシャツを着ていたものだから、それをじっくり楽しむつもりだった。「うん、一人で行ける」渉は誇らしげにトイレに消えた。

渉はすぐに戻ってきた。自分の手に、ブランデーの小瓶が握られていることに気づく。いつの間に、取り出していたのだ？　覚えがない。蓋は開けていないから、まだ、飲んではいねえよな、と他人の行為を確認するような思いで、確認した。

「早いじゃねえか。小便、出なかったのか」

「ちゃんと出たよ。でも、いっぱいだった」

「いっぱい？　小便がか」

「違うよ。お兄ちゃんたちがたくさんいて」

木村は立ち上がり、「どれどれ」とトイレに向かった。渉は、「なんだか、怖そうだったから帰ろうよ」と手を引っ張ったが、振り払った。どうせ若い奴らがたむろして、煙草を吸うか、騒いで喋《しゃべ》っているか、そうでなければ、かつあげか万引きか、そんなところじゃないか、そうであるなら、少しからかってやろう、と思った。眠気とアルコールの不足が、木村を苛立たせ、どこかでその不愉快を発散させたかったのだ。おまえはここで待ってろ、と渉をベンチに残し、男性用トイレに入る。学生服を着た、幼い顔つきの中学生たちが五人ほどいた。トイレは広く、壁の二面に小便用便器が設置され、もう一つの壁側には個室のボックスが四つあった。男子中学生たちはその、個室近くの空いたスペースに円陣を作るように、立っていて、入ってきた木村のことを一瞬、窺《うかが》ったもののすぐに顔を寄せ合い、話を続けていた。木村は素知らぬふりでその彼らの近くを通り、便器の前に立ち、小便をした。すぐ後ろで交わされる会話に耳をそばだてる。どうせくだらない相談か、何らかの悪戯《いたずら》の打ち合わせだろう。ちょっと揉《も》め事を起こしてやるか、とすぐに思った。物騒な仕事から足を洗ったとはいえ、荒っぽいことが嫌いになったわけではなかった。

「どうすんだよ」背後の誰か、中学生の一人が、怒った口調で言う。

「誰かが説明するしかねえだろ、王子に」

「誰か、って誰だよ。だいたい、途中まで行って、逃げてきたのはおまえじゃねえか」

「そうじゃねえよ。俺はやる気だったんだよ。卓也《たくや》がびびったんだって。腹が痛いとか言ってよ」

「腹が痛かったのは本当だって」

「でもじゃあ、王子に言えよ。腹が痛くて、言われたことができませんでしたって」

「やだよ。俺、この間の電気でもやばかったんだ。たぶん、あれより強いのをやられたら死ぬよ」

そこでほかの四人が黙り込んだのが、木村には予想外だった。

彼らが相談している具体的な内容は分からなかった。が、おおよその構図は想像できた。

この中学生たちにはリーダーがいる。それが同級生であるのか、上級生であるのか、大人であるのかははっきりしないが、何らかの命令を発する立場の人間がいる。たぶん、王子と呼ばれているのが、その男だろう。王子様、とは滑稽《こっけい》な呼び名だ。そして彼らは、王子様の期待を裏切ったのだろう。命令を実行しなかった。するとと王子は怒るのかもしれない。誰が責任を負うのか、どう釈明するのか、このトイレで知恵を絞っている。そんなところだ。王子様相手に、庶民が額を集めたところでどうにもならねえだろうが、と木村はなかなか切れない小便をもてあましながら、呆《あき》れる。ただ、彼らが口にする、「電気」の意味は理解できなかった。電気でやられる、というからには、電気ショックのようなものか。木村の頭に描かれたのは、海外の死刑執行の際に使われる、処刑用装置だった。まさか、罰則にそのような大掛かりなことをやるとも思えない。さらには、誰かが、「あれより強いのをやられたら死ぬよ」と洩《も》らしたのも気にかかった。十代の若者は、「死ぬ」であるとか、「ぶっ殺す」であるとか、「殺される」であるとか、そういった言葉を平然と、実際の意味よりも軽々しく口にするものだが、そういったものとは違う、本当に死が身近に存在するかのような深刻さがあったからだ。

木村は小便を終えるとパンツのファスナーを上げながら、中学生たちに近づいた。「おまえたち、こんな汚い場所で何ごそごそやってんだよ。邪魔じゃねえか。で、どうすんだ、王子様には誰が謝るんだよ」

洗っていない右手を、手前にいた小柄な男の学生服の肩で拭《ぬぐ》うようにする。

中学生たちがさっと陣形を変える。円を描いていたのが、さっと広がり、木村と向き合う列を作った。五人は同じ学生服を着ていたが、背丈や顔つきは、当たり前のことながらそれぞれ違った。にきびの目立つ長身の男に、坊主頭、小柄だが横幅のある愚鈍そうな男、と木村は頭の中で観察する。必死に威嚇してくるが、幼い子供にしか見えない。

「中学生君たち、ここでみんなで相談していても埒《らち》が明かねえぞ。さっさとその王子様に謝ったほうがいいんじゃねえか？」木村が手を叩くと、中学生たちは、びくん、と身体を震わせた。

「関係ねえだろ」「さっさと消えろよ、おっさん」

あどけなさの残る子供たちが強がる姿が可笑《おか》しくて、木村は頬を緩める。「おまえたち、そういう怖い顔って鏡見て、練習してんだろ？　俺もやったよ、中学生の時に。眉毛《まゆげ》をこう捻《ね》じ曲げる感じで、『なんだところ』『ああ？』とかね、自主トレすんだよな。でもな、そんなの何の役にも立たねえぞ。思春期過ぎて思い出すと、笑っちまうぞ。インターネットでエロい裸を探してるほうがよっぽど有意義だって」

「こいつ酒臭《くせ》え」坊主頭の男はそれなりに体格が良かったが、鼻をつまむ大袈裟な仕草は小学生のようでもあった。

「おまえたち、今日は何をやるつもりだったんだよ。教えてくれよ、このおっさんに。おじさんも仲間に入れてくれよ。王子様の命令は何だったんだよ」

中学生たちが一瞬、黙る。一番端の男が、「何で知ってるんだよ」としばらくして、言った。

「俺が小便してる時、もそもそ後ろで喋ってたじゃねえか。丸聞こえだっての」木村はそう言って、前にいる中学生五人を見渡す。「俺に相談してみたらどうだよ。悩み相談、受け付けてやるぜ。王子様のこととか、このおじさんに話してごらん」

彼らは少し黙った。視線を絡ませ、無言の打ち合わせをするかのようだった。

「おいおい、本当に俺に相談したいのかよ」木村は噴き出した。「冗談だよ、冗談。俺が、おまえらみたいなガキの相談に乗れるわけがねえだろうが。せいぜい、風俗連れてってやるか、誰かを成敗してやるか、ってところだ」

中学生たちの顔は一向に和らがず、むしろ、いっそう真剣な話し合いをしはじめる様子を見せた。本気で困ってるのかよ、と木村は顔をしかめる。それから洗面台に移動し、手を洗う。背後で、中学生たちが居心地悪そうに、再び円陣を組み、小声で話をしているのが鏡に映る。

「からかって悪かったな。じゃあな」木村は挨拶《あいさつ》をし、先ほどとは別の男の学生服で手を拭いたが、中学生は怒ることもしなかった。

「おい、渉、おまたせ、パパが帰ってきたよ」とトイレから出た。が、渉の姿がなかった。驚く。いったいどこへ行ったのか、と首を振る。長い通路に視線をやるが、どこにも息子はいない。

木村は大股《おおまた》で、胸の大きな女性店員に近づき、「おい」と声をかけた。茶色がかった髪を巻いた、目の大きなその店員はあからさまに不快な表情を浮かべたが、それは、木村から出てくる酒のにおいのためなのか、無礼な接し方のためなのか、はっきりしない。「おい、このくらいの男の子を見なかったか」と手を自分の腰のあたりに置く。

「あ」と彼女は怪訝《けげん》そうではあったが、「あっちに歩いていきましたよ」と店の裏手の方向に指を向けた。

「あっち？　何でだよ」

「知らないですよ。ただ、別の男の子が連れていきましたよ」

「別の男の子って何だよ」木村の声が荒くなる。「保育園の友達か？」

「お兄ちゃんとかじゃないですか。中学生くらいでしたよ。さっぱりした、おぼっちゃんみたいなのが」

「おぼっちゃん？　誰だよそれ」

「知らないですよ」

木村は店員に礼も言わず、その場を立ち去った。通路を曲がり、視線をあちらこちらに走らせる。渉、どこに行ったんだよ、どこだどこだ。「あなたは、子供のこと守れるわけ？」と軽蔑《けいべつ》した顔でなじってきた元妻の形相が頭を過《よぎ》る。焦燥感が汗になり、皮膚に溢《あふ》れる。鼓動がどんどん速くなる。下りエスカレーターの近くで、ようやく発見した時には、安堵のあまり、その場にしゃがみたくなった。渉は、学生服の男と手を繋《つな》いでいた。

木村は大声を発し、駆け寄り、渉の手を思い切り、引っ張った。無理やり、繋いでいた手を引き剝《は》がされたその学生服の男は別段、動じた様子はなく、平然とした顔で木村に、「ああ、お父さんですか」と言った。

背丈は百六十五センチほどだろうか、少し瘦《や》せた体型で、黒い髪は細く、長めではあるが重さをまったく感じさせなかった。くっきりとした二重瞼《ふたえまぶた》の目はとても大きく、暗闇で光る猫の目のようで目立つ。女みてえだな、と木村は思う。色気のある女に目配せをされたかのような感覚がし、たじろいでいる自分に苦笑した。

「おまえ、何してんだよ」木村は、渉の手をつかみ乱暴に引く。それは、その学生服の男に言ったつもりだったのだが、渉は自分が叱られたのだと思ったらしく、「だって、お父さんがこっちに行っちゃった、って言うから」と怯《おび》えた表情で返事をした。

「知らない奴についていくな、っていつも言ってるだろうが」木村は語調を強くしたが、一方では、そのような注意を自分はいつもしていないこと、自分の両親、つまりはジジとババが言っているだけであることも分かっていた。「おまえ、誰だよ」と顔立ちの整った中学生に向かい、顔を強張《こわば》らせる。

「僕は加野山《かのやま》中学校の生徒なんですけど」学生服の少年は動じることもなく、教師に命じられたことをやっているだけです、と言い出しそうな、しっかりした態度だった。「僕の友達たちがトイレにたむろしていたんで、こんな小さい子供だと怖いんじゃないかと思って、ちょっと離れたほうがいいかな、って引っ張ってきたんです。そうしたら彼が、お父さんの場所が分からないって言うから、案内所に連れて行こうと思って」

「俺は、そのトイレにいたんだよ。渉だって知ってた。いい加減なこと言うんじゃねえぞ」

渉は自分が怒られているようにしか思えないのか、首をすぼめておどおどとうなずくだけだった。

「おかしいなあ。僕にはそう言ってくれなかったけれど」中学生は顔色一つ変えず、平然と言う。「僕の話し方が怖くて、喋りづらかったのかもしれませんね。僕、心配だったから少し、口調が厳しかったかもしれません」

気に入らなかった。渉を連れて行こうとしたその行為自体よりも、驚くほど落ち着き払い、木村の言動にもまるで臆《おく》しない態度に苛々した。礼儀知らずや悪ふざけとは別の、嫌悪すべきもの、強いて言えば、狡猾《こうかつ》さと呼ぶべきものを感じ取っていた。

「トイレの中にいる中学生たちは、どこかの王子様を待ってるみてえだな」木村は、渉を連れ、その場を立ち去る直前に言った。「こそこそ喋ってたぞ」

「ああ、それ僕です」と中学生がさわやかに答えた。「苗字《みょうじ》が、王子って言うんです。変な名前ですよね。僕、からかわれるんで困るんですけど。王子慧《さとし》です。あ、トイレで集合しても、煙草とか吸うわけじゃありませんからね」彼は、軽口すらも行儀良く口にし、そしてトイレへと歩いていった。

王子が戻ってきたため、木村は回想を止めた。

「あの時、おまえは渉をどうしようと思ったんだよ」新幹線の座席でバンドで手足を縛られたまま、木村は自分が思い出していた場面について話した。

「確かめようと思っただけですよ」王子は淡々と答える。「あの時、トイレの中にいる同級生の会話をね、僕は盗聴してたんだ」

「盗聴？　トイレに仕掛けてたのか」

「違うよ。中の一人が、制服のポケットに忍ばせていたんだ」

「スパイってやつか」口に出すと、ずいぶん幼稚な言葉で、木村は自ら恥ずかしくなった。「自分の悪口を、みんなが言ってないか心配になったのかよ」

「ちょっと違うよ。別に悪口を言っていてもいいんだけどね、ただ、『盗聴されているかも』『誰かがスパイかも』と思わせるだけで、彼らの行動はずいぶん影響を受けるんだ。何より、仲間を仲間として信じられなくなるでしょ。それは僕にとって、都合がいいし」

「それがどうかしたのかよ」

「だから、僕はあの時、トイレの外で盗み聞きをしていただけなんだ。あとで、スパイがいたことがみんなにばれるようにする予定だった。そうなれば、彼らは疑心暗鬼で大変になる。いや、実際にそうなったんだけど。ただ、あそこで、おじさんの子供が、僕のことを見て、気にしているみたいだったから、遊んであげたくなったんだよ」

「六歳児だぞ。特に何か意味があって、おまえを見ていたわけじゃねえだろうが」

「そうだけどさ。遊んであげたくなるじゃないか。小さい子供にどれくらいの影響があるか、確かめたかったし」

「影響って何だよ」

「通電だよ。電気ショックをしたら、あれくらい小さい子だとどう反応するのか知りたくて」王子は自分のリュックサックの中にある、スタンガンを指差すようにした。「試してみようと思ったんだけど、おじさんに見つかっちゃって、台無しだった」

果物

檸檬はまず前方の、四号車へと向かった。失したトランクの形状を思い出そうとする。どんなトランクだったか。

お孫さんは興味があること以外はほとんど覚えていないのですよ、と小学校の時に、担任の教師が祖父母に言っていた。「ドラえもん」のどの巻に何の道具が出てくるのかは空で言えるのに、校長先生の名前は一向に覚えないのですよ、と呆れたようだった。檸檬はその担任教師が何を嘆いているのか理由が分からなかった。校長の名前を覚えていることと、「ドラえもん」の道具の登場場面を覚えていることと、どちらが重要であるのかは明らかだ。

トランクの大きさは、高さが六十センチ、横幅は四十センチといった感じだっただろうか。ハンドルはついていた。キャスターもあった。黒い、頑丈な素材で、手で触れるとひんやりとした。

トランクを開けるためには、四桁《けた》の数字錠を合わせなければならないが、檸檬たちはその数字を知らない。「教えてもらえないのなら、相手とどうやって取引するんだよ。中身も確認できないで、仕事できるかよ」峰岸の部下からトランクを渡された際、檸檬はさすがに言わずにはいられなかった。

物分かり良く答えたのは蜜柑だった。「ようするに敵よりも俺たちは信用されてないんだろ。身代金を奪って逃げると思われてるんだ」

「おいおい、ふざけんなよ。こっちを信用しねえ奴に、仕事なんて頼まれたくねえよ」

「いいじゃないか。番号を知っていたら開けたくなる」

蜜柑はその後で、「印でもつけておくか」とポケットから子供が使うようなシールを取り出し、数字錠の近くに貼った。そうだ、トランクにはミカンのシールがあったはずだ。

四号車の手前に、車内販売の女性がいる。ワゴンを止め、商品の数を確かめているのか、小さな端末を叩いていた。

「あのさ、こんくらいの黒いトランク持ってる奴いなかった？」と訊ねてみる。

「え」女は一瞬、きょとんとしたもののすぐに、「あ、トランクというのは」と聞き返してきた。紺色のエプロンのようなものをつけた、その制服姿はカジュアルだった。

「トランクってのは、荷物を入れて運ぶ鞄《かばん》だよ。黒い鞄。置いてたのに、なくしちまったんだ」

「申し訳ありません。ちょっと分かりかねます」販売員は、檸檬の視線に動揺しながら、ワゴンの後ろに隠れるようにし、答えた。

「あ、そう。分かりかねちゃうのね」檸檬は言い残し、先へ行く。四号車へと入る。

扉が静かに、素早く開く様は、昔、映画で観た宇宙船の内部を思わせた。さっと、開く。

乗客は多くなかった。通路を進み、左右の座席の下や、側壁の上部にある荷物棚を眺めた。荷物は少なく、確認がしやすかった。黒いトランクはどこにもない。が、右側の荷物棚に、気になる袋を発見した。扉から数列離れた席の、上方に、大きな紙袋が載っているのだ。中身は見えないが、トランクを入れ込んで、あそこに置いたのではないか、と檸檬は疑った。疑ったからには、行動に迷いはない。席にまっすぐに近づく。右に並ぶ三つの座席のうち、埋まっているのは一つ、窓際に男が座っているだけだった。通路側の座席に檸檬はすっと腰を下ろす。そして、窓際の男を見た。

第一印象では、年齢は三十歳前後に見えた。自分よりも少し年上かもしれない。学生のようにも見えるが、背広姿だった。書店のカバーのかかった本を読んでいる。

「おい」相手の近くに右手をつき、身体を少し傾け、声をかける。「ほら、あそこに載ってる荷物、あれ何?」と頭上の荷物棚を指差した。

男はようやくそこで声をかけられたことに気づいたらしく、檸檬を見た。真上に顔を向けた。「あ、あれはただの紙袋です」

「紙袋は分かるっての。中身は何なんだよ」

「え?」

「持ってきた荷物がなくなっちまったんだ。まだこの新幹線の中にはあるはずだから、こうやって歩いて捜してるんだけど」

男は一瞬、何を言われているのか分からないようで、「見つかればいいですね」と言った。遅れて、檸檬の目的を察したのか、「ああ、あれは違いますよ。僕は取ったりしていません。紙袋の中はただのお菓子ですよ」と言った。

「あんなにでかい菓子があるのかよ」

「数が多いんです」

行儀が良く、小心者に見えた男だったが、予想に反し、檸檬に対して臆していなかった。

いいから見せろよ、と檸檬は腰を上げ、腕を伸ばす。棚の上の紙袋を取ろうとする。男は怒りもしなければ、慌てもせず、また本に視線を落とした。穏やかに微笑みすら浮かべるので、檸檬のほうが居心地が悪い。

「中を確かめたら、元に戻してくれると助かります」

檸檬は紙袋を座席に置き、中を覗く。東京駅で購入したと思《おぼ》しき、何種類かの洋菓子が入っている。

「お土産か。ずいぶんたくさんあるな」

「美味《おい》しい物を買っていこうと思ったら、決めかねてしまって」

「そんなに真剣に選ぶものじゃねえだろうが、土産なんてのは」

「お役に立てず、申し訳ないです」男は静かに微笑んだ。「袋、元に戻してもらってもいいですか」

檸檬は紙袋を荷物棚に乱暴に置いた。それから今度は、男のすぐ隣に座った。弾むように身体が揺れる。「おまえさ、本当は俺の捜してるトランクがどこにあるのか知ってるんじゃねえの？」

男が無言のまま、檸檬を見た。

「普通はよ、こんな風に突然、自分の紙袋を調べられたらもっと怒るか、怖がるだろうが。なのにおまえはそんなに落ち着いて、最初から、予期してたみたいだ。あれと一緒だよ。アリバイ工作した犯人が、刑事にアリバイを聞かれても動じずに、『自分はその時間、あのお店にいました』なんて話すのと一緒だ。最初から、段取りを考えてたんだろ。な、そうだろ」

「無茶《むちゃ》ですよ」男は目を細め、噴き出すようにした。その拍子に、文庫本のカバーがめくれる。表紙には、「ホテルのビュッフェ」なる題名があり、中にはホテルの料理なのか写真がふんだんに掲載されているのが分かった。「魔女狩りの時に、『魔女だと認めないことこそが、魔女の証拠だ』って言うようなのと同じじゃないですか。あなたを怖がらないから、怪しい、だなんて」と本を閉じる。「僕だって、びっくりしてますよ。突然、隣に座って荷物を見せろって言われたんですから。驚きのあまり、反応できなかっただけで」

そうは見えねえな、と檸檬は思い、口にも出した。「おまえさ、何の仕事してるんだよ」

「今は、塾の講師をしているんです。小さな塾ですけど」

「先生か。俺は、先生とはうまくいかなかったたちだ。ただ、俺の知っている先生って奴らは、たいがい、俺にびびってたぜ。おまえみたいに、落ち着いてることなんてなかった。あれか？　不良少年には慣れてるってわけか」

「怯えてもらいたいんですか？」

「そういうわけでもねえんだけどな」

「僕は普通の人間のつもりですし、別に、怯えていないつもりもないですよ」男は少し困惑しながらも、「ただ、もし僕が怯えていないのだとしたら」と続けた。「前に物騒な出来事に巻き込まれたことがあって、それ以来、いろんなことが吹っ切れちゃったところはあるのかもしれません。麻痺《まひ》してるんでしょうか」

物騒なこと？　檸檬は眉根をひそめる。「素行の悪い生徒が殴りかかってきたりしたか」

男はまた、目を細くする。目尻に皺《しわ》ができ、口元が綻《ほころ》び、少年のようになった。「妻が事故で死んだり、怖い人に会ったり、いろいろです」と言う。「でもまあ」とすぐに声音を変えた。「でもまあ、くよくよしてもしょうがないんで、生きてるみたいに生きてみようと思ったんですよ」

「生きてるみたいに生きるって、何だよそれ。そのままじゃねえか」

「いえ、意外にみんな、漫然と生きているじゃないですか。もちろん喋ったり、遊んだりはしますけど、もっとこう」

「遠吠《とおぼ》えをしたり、とかか」

男はとても嬉《うれ》しそうに笑みを浮かべ、強くうなずく。「それもいいですね。遠吠えは確かに、生きてる感じがします。あとは、美味しいものをたくさん食べたりとか」と文庫本をぱっと開き、中に載っているビュッフェ料理の写真を見せてきた。

檸檬は何と言うべきか困りながらも、この男にだけ関わっているわけにもいかないな、と通路へと立つ。「何だか、先生はエドワードみたいだな」

「エドワード、誰ですか？」

「機関車トーマス君の仲間だよ。車体についてる番号は二番だ。『とてもやさしいきかんしゃで、だれにでもしんせつです。さかみちをのぼれなくなったゴードンをおしたり、スクラップにされそうなトレバーをたすけたことがあります。ソドー島《とう》のみんなからとてもしんらいされています』だな」意識するより先に、暗記していた説明が口から飛び出す。

「凄《すご》いですね。その説明、暗記してるんですか」

「受験科目にトーマス君ってのがあれば、俺は東大入ってたな」

檸檬はそこで席を立ち、進行方向へと歩きはじめた。

四号車を出る。デッキの荷物置き場には何もなかった。

目の前に少年がいたのは、六号車の真ん中あたりで、だった。

どこから現れたのかははっきりしなかった。気づけば、通路で向かい合うことになっていた。中学生か。最近のぼっちゃんはずいぶん整った顔立ちをしていること、と思った。くっきりとした目鼻立ちで、性別不明の人形じみている。

「何だよ」子供相手にどの程度、凄んでみせるべきか判断できずにいた。愛嬌《あいきょう》のある少年を見て、緑のタンク機関車パーシーを思い出す。

「あ、いえ、何か捜しているんですか？」と少年は言った。「トイレとか覗き込んでいましたよね」

優等生じみているため、檸檬は気に入らない。利口そうな奴と反りがあったことなど一度もないのだ。「トランクだ。黒い、これくらいの大きさでだな。見た覚えあるか？　ないだろ？」

「あ、それなら」

檸檬はがばっと少年に身体を寄せる。「お、知ってるのか」

少年はさすがに気圧《けお》された風になったが、それでも、怯えてはいなかった。「さっき、これくらいのトランクを持っていく人を見かけたんですよ」と高さや幅を手で表現してみせた。「黒色の」と進行方向へ、くいくい、と指を出す。その、くいくい、に合わせるかのように、新幹線が速度を増し、檸檬は立ちながら、少しよろけた。

「どういう奴だった」

「えっと」と少年は手を顎の近くに当て、首を傾げる。天井を見上げ、記憶を辿るかのようなその顔は、芝居がかった少女にも見えた。「えっと、地味な色のズボンを穿《は》いて、上は、ジーンズ生地のジャンパーだったような気がします」

「Gジャンか。歳は」

「二十代後半とか、三十代前半とか、それくらいかも。そうそう、黒い眼鏡をかけてました。恰好良かったですよ」

「教えてくれてどうもな」

いえいえこれくらいのことは、と少年は手を横に振り、あたりがふんわりと明るくなるような、眩《まぶ》しいほどの微笑を浮かべた。

「おまえのその笑顔は」檸檬は苦笑しながら、言っている。「大人を馬鹿にしているのか、それとも本当に、曇りのない澄んだ心をしているのかどっちなんだよ」

「どっちでもないですよ」少年は即座に答える。「ただ、こういう顔なんです」

「子供は新幹線に乗ったら、もっと子供っぽい顔で、目をきらきらさせろっての」

「おじさんは、新幹線が好きなんですか？」

「好きじゃない奴がいるのかよ。５００系のほうが好きだけどな。〈はやて〉だって、もちろん、嫌いじゃない。まあ、もっと言えばあれだ、俺が好きなのは、『公爵様の専用列車を引いているんだぞ』ってやつだ」

少年が怪訝そうな顔をする。

「おいおい、スペンサー知らねえのか。トーマス観てないのかよ」

「子供の頃、好きだったかもしれないですけど」

「今も子供じゃねえか、パーシーみたいな顔しやがって」檸檬は鼻息を荒くする。そして少年に教えてもらった通り、前の車両に向かおうとデッキに通じるドアへと足を踏み出したが、そこで扉の上部、横長の電光掲示板が目に入った。「〇〇新聞ニュース」と左へと文字が流れていた。深い意図もなく、その表示を見つめる。都内のペットショップで、蛇が盗まれた、と記事が知らせてくる。ニュースになるほどの希少な蛇らしかった。動機は不明とあるが、「誰かに蛇を売るんだろうな」と檸檬は興味なく呟く。それから、次のニュースに目が留まる。

「藤沢金剛町の殺人について死者十三人。監視カメラは人為的に破壊」と右から左に字が表示された。十三人だったか、と檸檬は特別な感慨もなく思う。暗闇で、銃を持っている相手を片端から倒したので人数までは分からなかった。あんなにたくさんの血が出て、肉が切れたってのに、文字で見ると無味乾燥だな、と思った。

「物騒ですね」後ろにいた少年も、檸檬同様、そのニュースを読んだようだった。「十三人って」

「俺一人で六人強だな。残りは蜜柑の仕事だ。少なくはねえけど、多くもねえよ」

「え」

少年に聞き返され、余計なことを口にしたことを反省する。「あれ、正式には、旅客案内情報処理装置って言うんだぜ、知ってるか？」と話を逸《そ》らした。

「え」

「あのニュースが流れてる装置だよ」

「ああ」と少年はうなずく。「あれってどこから流れてるんでしょうね」と疑問を口にした。

檸檬は、自分の頬が緩むのが分かった。「教えてやろうか」と鼻の穴を膨らませる。「あれはな、二種類あるんだよ。先頭車両の装置が自動的に表示するやつと、東京の総合指令所から送られてきたやつと。車両内から自動で表示するのは、あれだ。『ただいま、どこそこ駅を通過中』だとかな、そういう情報だ。それ以外の広告だとか、ニュースの情報ってのは総合指令所から飛んでくる。何か事故があったりして、ダイヤが乱れることがあるだろ？　そういうリアルタイムのお知らせは、総合指令所から打ち込まれて、ここに表示されるんだよ。で、ニュースの表示ってのがまた興味深いんだけどな。あれは、新聞六紙のニュースがな、ローテーションで流れているんだよ。でな」

「あの、僕たち邪魔になっていますよ」少年が毅然《きぜん》とした口調で言うので、檸檬も我に返る。

車内販売のワゴンがすぐ近くまで来ていた。販売員の女性が、またこの男に会ってしまった、どうして行く先行く先、この人がいるのかしら、と嘆くように、顔を引き攣《つ》らせていた。

「何だよ、もっといろいろいい話を聞かせてやろうと思ったのによ」

「いい話」少年はその後で、どこが？　と続けたかったに違いない。

「いい話じゃなかったか？　旅客案内情報処理装置の話は。泣けなかったか？」檸檬は真面目な顔で言う。「まあとにかく、教えてくれてありがとよ。トランク見つかったらおまえのおかげだ。今度、飴《あめ》でも買ってやるよ」


ちょうど通りかかったその乗客は小柄で、ブレザーを着た少年だった。七尾は携帯電話を閉じ、カーゴパンツの尻ポケットに入れながら、自分を落ち着かせる。窓側には、狼の身体がある。首が折れ、気を抜きバランスを崩せば、不自然な方向に頭が垂れる可能性があった。

「大丈夫ですか」少年は立ち止まり、七尾に声をかけた。困っている人がいたら声をかけなさい、と学校で教わっているのだろうか。迷惑なことだ。

「大丈夫大丈夫、酒を飲みすぎて、朦朧《もうろう》としてるんだよ、この人」七尾は早口にならぬようにと気を配り、少し身体をずらし、「おい起きろよ。子供がびびってるぞ」と狼の死体を軽く叩いた。

「席まで運ぶのを手伝いましょうか」

「いや、いいよいいよ。こうしてるのが好きなんだ」誰が？　何を好きだって？　と自分の中で、呆れた声を出す自分がいる。死体と寄り添って車窓を眺めるのが？

「あ、それ」少年が床に目を落とした。何かと思えば、新幹線の指定席券だ。狼の持っていたものが落ちたのかもしれない。

「ごめんよ、拾ってもらってもいいかな」と七尾は頼んだ。死体を支えるようにしているため、しゃがみづらかったこともあるが、この少年の中に湧いた、「人に優しく」の欲求を満たしてやったほうが良いように感じたのだ。

　少年はすぐに券を拾い上げてくれる。

「どうもありがとう」と礼を言い、俯《うつむ》く。

「でもほんとお酒って怖いですよね。今日、僕が一緒に来たおじさんも、お酒がやめられなくて、困っちゃう人なんですよ」少年ははきはきと言い、「じゃあ」と六号車のほうへと歩き出した。が、途中で、反対側の扉のあたりで、ぽつんと立つトランクに気づいたらしく、「これも、お兄さんのですか」と訊ねた。

　どこの学校だよ、と七尾は顔をしかめそうになった。さっさとこの場からいなくなってほしいが、何が不満なのか、立ち去ろうとしない。いったいどこの学校で教育を受けると、そこまで親切な子供に育つのか、いっそのこと自分に子供ができた暁には、その学校に通わせたい、と嫌味すらぶつけたくなった。

　それからやはり、ついていない、と思う。この状況で、たまたま通り過ぎた乗客が、善意の親切に張り切る少年なのだから、巡り合わせが悪い。

「そうなんだけど、トランクは置いたままでいいよ。あとで、片付けるから」心なしか少し語調が強くなり、慌てて、抑える。

「でも、ここに置いておいたら誰かに取られてしまうかもしれませんよ」少年が粘る。「隙があったら、みんなつけ込んでくるものですから」

「意外だね」七尾は思わず、そう言っていた。「君の学校ではてっきり、人を信じることを教えているのかと思ったよ。性善説を唱えているのかと」

「どうしてですか」と答える少年はどうやら、「性善説」という言葉の意味については知っている様子だった。俺はつい最近、真莉亜に教わったばかりだというのに、と情けない気持ちになる。

「どうして、と言われても困るけれど」何となく行儀が良い生徒がいそうな学校に思えたからね。

「人は生まれながらに善くも悪くもないと僕は思うんです」

「それはどっちにでも転ぶ、ということ？」

「いえ、善いとか悪いとかって見方によると思いますから」

しっかりした少年だこと、と七尾はのけぞるような思いだった。中学生がこんな喋り方するのか、と感心もした。さらに少年は、トランクを運ぶのを手伝ってあげますよ、と言った。

「いやいいよ」これ以上、しつこくされたらさすがに怒ってしまいそうだった。「それくらいはどうにかするから」

「あの、これ、何が入っているんですか？」少年がトランクに触れ、腰を屈《かが》め、じろじろと見る。

「俺もよく分からないんだよ」うっかり正直に言ってしまうが、少年はそれを冗談と受け止めたらしく、笑った。並びの良い歯が白く輝いている。

少年はまだ何か言いたげだったが、しばらくすると快活な挨拶を残し、六号車のほうへと立ち去った。

ほっとした七尾は、狼の死体を肩に載せながら足を動かし、トランクに近づく。まずは死体、そして、トランク、二つをどうにかしないとならない。三号車にいるというトランクの持ち主は、まだ、トランクが奪われたことに気づいていないかもしれないが、万が一、気づいていれば、全車両を隈《くま》なく捜しまわるはずだ。無防備に持ち歩いていると、発見されてしまう可能性は高い。

死体を抱え、トランクのハンドルをつかみ、左右に目をやり、七尾はおろおろとする。まずはこの死体をどこかの座席に座らせるべきだろうか。ダストボックスが目に入った。瓶や缶を入れるための穴と、雑誌などを捨てる細長い穴、それから大きく開く蓋もある。

そして、その、ダストボックスの設置された壁の、雑誌用の穴の脇あたりに、小さな出っ張りがあることに気づいた。鍵穴《かぎあな》のようだが、穴はない。突起があるだけだ。考えるより先に手を伸ばし、押した。するとかちりと金具のようなものが飛び出してくる。これは何か、と指で捻る。開いた。

壁だと思っていた部分は、パネルのようになっており、開ければそこは大きなロッカーと呼べるほどの空間があった。棚板が置かれ、上下二段に分かれていた。下段には、ダストボックスとして、色のついた業務用と思しきゴミ袋がひっかかっている。乗客が穴から捨てると、ここに落ちてくる構造なのだろう。ゴミ袋を片付ける際には、こうして扉ごと開けて引っ張り出すに違いない。

七尾が喜んだのは、その棚の上部には何も置かれていないことだった。考える余裕もない。七尾は死体を左腕で抱えるようにした後で、右腕一本でトランクを引っ張り上げた。力を込め、勢いをつけ、棚板の上に置いた。どん、と乱暴な音が鳴る。すぐに扉を閉じた。

こんなところに隠し場所があるとは、と七尾の心は少し、浮き立つ。

そして、死体を支えながら今度は、先ほど少年が拾ってくれた指定席券を確認する。六号車の一列目とある。つまり、すぐ前の車両、しかも一番手前の席だ。目立たずに運ぶには、好都合の場所だ。

助かった。ついている。それから、思う。「本当に?」

常日頃、不運にまみれている自分が、珍しく、「ついている」を二回、体験した。一つ、ダストボックスのパネルが開き、トランクを隠すことができた。二つ、狼の指定席がデッキから一番近い場所だった。

どこかでとばっちりが来るぞ、と警鐘を鳴らす自分と、「こんな程度のことで?」と悲鳴を上げる自分がいる。

扉の窓から見える景色は次々と後方へ流れていった。建設中のビル屋上に設置された巨大なクレーン、連なる集合住宅、空に浮かぶ航跡雲もすべてが同じ速度で消えていく。

狼の死体を担ぎ直す。大の男を背負いなどしたらあからさまに目立ってしまうため、肩に寄り添わせ、二人三脚の練習じみた動きで、進んだ。もちろんそれも怪しい歩き姿ではあったが、それ以外に方法もない。

六号車の扉が開き、中に入るとすぐに左側の二人掛け席に、身を隠すために倒れこむように、座った。狼の身体を窓際に移動させ、七尾自身は通路側に腰を下ろす。隣の座席が空いていて良かった。

安堵の息を吐いたところで、狼がふらっと揺れ、寄りかかってきた。慌てて、窓際へと押し、バランスを考えて手足の向きをいじくった。魂の抜けた生き物の身体は、いつ見ても、気味が悪い。動かぬように、固定したかった。左肘を窓のところに置いてみたが、狼が小柄なせいかその腕の上がり具合が不自然だった。しばらく、試行錯誤を繰り返し、これで大丈夫、と手を離すが、少しすると、ゆっくりと小さな雪崩を起こすかのように倒れてくる。

癇癪《かんしゃく》を起こしたくなるのを堪え、もう一度、慎重に、死体の向きを変える。窓側に傾け、どうにか、眠っている姿に見せた。ハンチング帽も深く被り直させた。

その時、真莉亜からまた電話がかかってきた。七尾は、狼の隣の席から立ち、後方デッキに戻った。窓のそばで、携帯電話を耳に当てる。

「大宮では絶対に降りるんだよ」

七尾は苦笑する。言われなくてもそうするつもりだ。

「で、どう、新幹線の旅は楽しい？」

「楽しむ余裕なんてない。必死だよ。ようやく、狼を座らせたところだ。席で寝てる。トランクも隠した」

「やるじゃない」

「トランクの持ち主がどういう奴か分からないか」

「三号車にいるってことだけ」

「もう少し具体的な情報はないのか。誰を警戒すればいいのか知ることができれば、それだけでも助かる」

「知ってたら教えるけど。本当に知らないんだよね」

「マリア様、助けてください」扉の近くに立つと走行音が大きく感じられる。電話を耳に当てながら、窓に額をつけた。ひんやりとする。次から次へ流れていく建物を見送っていく。

後方の車両から人がやってくる音があった。扉が開き、足音もする。トイレのドアが開くのが分かるが、中に入ったかと思うとすぐに出てきた。刺々《とげとげ》しい、舌打ちも聞こえる。

トイレの中で捜しものでもしているのか？

ちらと視線を送る。背の高く、痩せ型の男だった。

ジャケットを羽織っている。中には、グレーのシャツが覗く。髪は寝癖なのか、無造作に先が飛び跳ねている。誰彼構わず、諍《いさか》いに誘うような、攻撃的な目つきをしていた。見覚えのある男だ。焦る思いを抑え、「ああ、そういえばさあ」と携帯電話で喋るただの乗客、という風情で窓のほうへ向き、男に背中を見せる。

「どうかした？」声の調子が変わったことを真莉亜は察してくれた。

「それがさあ」と間延びした返事をし、男が六号車へと消えていくのを見送ると、声を戻した。「知ってる人が乗っていたんだ」

「誰。有名人？」

「ほら、双子の。ほら、俺たちと似たような仕事をしている、双子の。麒麟《きりん》と檸檬じゃなくて」

真莉亜の口調が引き締まった。「蜜柑と檸檬ね。でも、あの二人、双子じゃないよ。何か、雰囲気似てるから、みんな勘違いするけど。性格もばらばらだし」

「そのどっちかが今、通っていった」

「大雑把で、電車とトーマスが大好きなのが檸檬で、生真面目で、小説とか読んじゃうのが蜜柑。いかにもB型っぽいのと、A型っぽいの。夫婦だったら離婚してるわよ」

「さすがに外見では、血液型まで分からなかった」七尾は自分の緊張を隠すために、軽い口調で答えた。機関車のシャツでも着ていてくれれば簡単だったが、と思う。そして、「もしかすると、トランクの持ち主は、彼らかな」と嫌な予感を口に出した。

「あるかもしれない。二人一緒かどうかは分からないけど。昔は一人ずつで仕事していたらしいし」

「前に、彼らは今、一番、しっかりと仕事をする業者だって話を聞いたことがある」

いつだったか、深夜まで開いている喫茶店で、小太りの、有名な仲介業の男と会った時だ。昔は自分で、人を殺害し、危ない仕事を引き受けていたという彼は自分の体に贅肉《ぜいにく》がつきはじめ、動きが鈍くなり、すなわちその仕事に嫌気が差し、仲介業に乗り出すことにしたらしかった。当時はまだ、仲介業は珍しかったことと、性格が生真面目で、義理堅かったからか、男はそれなりの成功を収めたらしい。今や、立派な、中年太りの体型だったから、実務をやめたのは正解だったのだろう。「もともと、仲間と連絡を取る方法を構築するのが得意だったから、仲介業には向いていたんだな」と自分で納得するように言うが、七尾にはその理屈がよく分からなかった。彼は、七尾に対し、「真莉亜ではなく、俺からの仕事を引き受けないか」と持ちかけてきた。

「いい知らせと悪い知らせがある」と言うのが彼の口癖で、その時もその台詞を吐いた。

「いい知らせは何？」

「とても報酬の高い仕事がちょうどあって、七尾、おまえに紹介できる」

「悪い知らせは？」

「対決する相手が悪い。蜜柑と檸檬だ。たぶん、今業界でも一番、仕事が確実で、一番、無茶で、一番、怖い」

　七尾はすぐに断った。真莉亜と縁を切ることにそれほど抵抗はなかったものの、そこまで、「一番」の枕詞《まくらことば》が付く男たちと戦うつもりにはなれなかった。


「そんな彼らと敵対するのはごめんだ」電話の向こうの、真莉亜に嘆く。

「君にそのつもりがなくても、向こうはそうじゃないかもしれない。トランクが関係しているならね」真莉亜は平然と言った。「それに、業界で一番、なんてのはね、今年のアカデミー賞有力候補って煽《あお》り文句と同じで、言ったもん勝ちなんだよ。いっぱいいるんだよ。ほら、押し屋ってのも聞いたことあるでしょ。車とか電車の前に、どん、て人を突き飛ばして殺して、事故死に見せかけちゃうの。あれだって、一番優秀な業者って言われていたし、一時期は、スズメバチっていうのが話題になってたでしょ」

　名前は聞いたことがあった。六年前、業界で強い力を持っていた寺原という男の会社に潜入し、社長の寺原自身を殺害したことで一躍、名を揚げた。毒をしのばせた針を、そっと首筋や爪の先に刺すらしく、一人もしくは二人で行動する、と聞いたこともある。

「でも、最近はもう、スズメバチのことなんて誰も口にしないでしょ。ブームが去っちゃったみたいに。一発屋だったんだよね。蜂だけに、一刺しで終わりです、という感じかもしれないよ」

「そういうものかな」

「昔の業者には嘘くさい伝説ばっかりだよ」

七尾は、そこでまた仲介業者の言葉を思い出した。「昔の映画を観ると、CGも特撮もない時代に何でこんなに、恰好いい場面が撮れるんだ、って興奮するだろ。ドイツのサイレント映画なんて、あんなに古いのに後光が射している」

「それは、古いから後光が射してるように感じるんじゃないかな。年代物という」

仲介業者は芝居がかった素振りでかぶりを振り、「違う。古いのに、だ。それと同じで、昔の業者は本当に強かった。骨太っていうか、硬質っていうか、強度が違うんだよ」と熱く語った、「で、そういった昔の業者が絶対に負けない理由を知っているか」

「何だろう」

「今はもう死んじゃってるか、引退してるか、どっちかだからだよ。負けようがない」

「言えてるかもしれない」

仲介業者は満足げにうなずき、自分が親しかったという伝説の業者の活躍について、唾《つば》を飛ばし語った。

「俺も早く、引退したら、伝説になるかな」七尾が電話に向かって言うと、真莉亜はすぐに、「新幹線の上野駅で降りることもできなかった男、とかね、後世まで語り継がれるよ」と皮肉めいた言い方をする。

「大宮では降りるよ」

「大宮でも降りられなかった男、にならないように」

七尾は携帯電話を切り、そもそも最初に自分が座っていた場所、四号車に戻る。

王子

「ねえ、おじさん、少し面白いことになってきたよ」王子は、隣の木村に言った。

「面白いこと？　そんなのあるのかよ」木村はすでに投げやりな様子で、手を顔の前に移動させ、繋がったままの親指で自分の鼻を掻《か》いた。「天啓でも受けちゃったか。僕は何て罪深い人間なんだろう、って思ったのか。トイレに行ってきただけだろうに」

「実はトイレ、この車両のすぐ前にあるんだね。間違えて後ろに行っちゃったから、六号車を通り抜けて、その向こう側の五号車との間まで行かなくちゃいけなくなってさ」

「王子様も間違えることがあるんですね」

「でもね、僕はいつも幸運に恵まれているんだ」王子は口にしながら、どうしてこれほどまでに自分は幸運なのか、と実感している。「失敗しても、結果的には成功に繋がるんだ。わざわざ遠いトイレに行って、大正解だったよ。最初ね、僕がトイレに行く前に、そのデッキに男の人が二人立っているのは見えたんだ。その時は、あまり気にしていなくて、そのままトイレに入ったんだけれど、出てきてもまだそこにいてね。男の人が、もう一人を抱えていた」

「人に抱えられてる奴ってのはおおかた、酒で酔っ払った奴だ」木村はけらけら笑う。

「そうなんだよ。その人もね、そう言ってた。この人は酔っ払ってるって。でもさ、僕が見るからにあれはそうじゃないよ」

「そうじゃないって何だよ」

「意識がないんだ。お酒のにおいもそんなにしなかったし、何より、首の向きが不自然だった」言ってから王子は、堪え切れずに、ぷっと噴き出した。

「首が不自然？」

「黒い眼鏡をかけたお兄さん、必死に隠そうとしていたけれど、あれ、首が折れたりしてるんじゃないかな」

「あのな」木村が溜め息を長く長く、吐き出した。「そんなことがあるわけねえだろうが」

「どうして？」王子は、木村を見るというよりはその向こう側の、窓の景色を眺める。これから自分の取るべき行動について頭を回転させている。

「人が死んでるなら大騒ぎに決まってるだろ」

「大騒ぎになってほしくないから、あの人はいろいろ誤魔化《ごまか》していたような気がするんだ。僕にも嘘をついた」王子は、先ほどの男を思い出した。黒眼鏡の彼は、優しい顔つきだったが、酔い潰れた人を運ぶのを手伝う、と申し出ると慌てた。平静を装おうとしているのは明白だったが、あからさまに動揺していたから、同情したくもなった。「しかも、その人がトランクをね、持っていたんだけど」

「じゃあ、トランクに死体を入れようとしてたんだろうな」木村は投げやりに言う。

「あ、いいアイディアだね。でもたぶん、入らないよ。抱えられていた男の人、小柄だったけど、さすがに無理だ」

「まずは車掌に通報しろよ。首が折れちゃってる人が乗ってますよ、いいんですか、ってな。新幹線の乗車券は、首が折れた人はいくらですか？　と訊《き》いてこいよ」

「やだよ」王子は即答する。「そんなことをしたら、新幹線が止まっちゃうし、何より」と間を空けた。「つまらなくなっちゃうじゃないか」

「王子様は自分勝手だな」

「話はまだあるんだよ」王子は顔を綻ばせる。「その後ですぐそこのデッキまで戻ってきたんだけれど、途中でやっぱり、気になって、もう一回、後ろに引き返したんだ。そうしたら、六号車を歩いてくる、さっきとは別の男の人がいてね。トランクを捜していた」

「どういうことだ」

「通路や座席の隙間に目を光らせて、何かを捜している男がいて」

「さっきのその、酔っ払いを抱えていた黒眼鏡の男とは別に、か」

「そう。すらっと背が高くて、目つきは悪いけど。荒っぽい感じはあって、少なくとも、ちゃんとした社会人には見えなかった。それで、座っている乗客に、『あの荷物は何だ』とか訊ねてるんだよ。怪しいでしょ。必死になって、荷物を捜しているのがありありと分かったよ」

木村が芝居がかった欠伸《あくび》をする。それを見て、このおじさんも必死だな、と王子は冷めた思いになる。王子の話している内容の全貌がつかめず、どうしてこのような話題を口にしているかの目的も分からず、不安を感じている。その不安を、この年下の敵に悟られまいと、深呼吸を兼ねた欠伸をしているのだ。もう少しだ、と王子は思う。この木村が自分の無力を認め、立場的にも、状況的にも八方塞がりだ、と受け入れるまでにはもう少しだ。

人間には自己正当化が必要なのだ。

自分は正しく、強く、価値のある人間だ、と思わずには生きていられない。だから、自分の言動が、その自己認識とかけ離れた時、その矛盾を解消するために言い訳を探し出す。子供を虐待する親、浮気をする聖職者、失墜した政治家、誰もが言い訳を構築する。

　他人に屈服させられた場合にも同様だ。自己正当化が発生する。自分の無力や非力、弱さを認めないために、別の理由を見つけ出す。「俺を屈服させるからには、この相手はよほど優れた人間に違いない」と考え、さらには、「このような状況になれば、誰であろうと抵抗はできないはずだ」と納得する。自尊心があり、自信を持つほど、言い聞かせの力は強く、一度、そうなってしまえば、力の上下関係は明確に刷り込まれることになる。

　加えて、二つか三つ、相手のプライドを保護するような台詞を投げかけてやれば、後はこちらの言いなりで、そのことを王子は今までの学校生活の中で、目のあたりにしてきた。

　大人も子供も変わらないな、と王子は浮き立たぬ心で、そう思う。

「つまり、ある人がトランクを捜している。もう一人がそれを持っているってこと」

「じゃあ、教えてやれよ。あなたの捜しているトランクは、そこの黒眼鏡が持ってますよ、ってな」

　王子は進行方向寄りの扉をちらっと眺める。「実は嘘を教えたんだ。そのトランクを持った黒い眼鏡の人、本当はこの後ろのトイレのほうにいたんだけど、トランクを捜している人には、『前のほうにいましたよ』って教えたんだ」

「何がしたいんだおまえは」

「直感なんだけど、そのトランクはたぶん、重要な荷物だと思うんだ。少なくとも必死で捜している人がいるんだから、そこには何らかの価値があるわけでしょ」王子は言いながら、考える。そういえば、あの、「トランクを捜している男」は歩いてくる途中、一つ前のデッキで黒眼鏡の彼には会わなかったのだろうか？　あのトランクは折り畳んで隠せるようなものではないから、通りかかればすぐに発見できたはずだ。見過ごしたのだろうか。もしくは、あの、黒眼鏡の男はトランクを持ったままトイレにでも入ったのだろうか。

「小学校二年の時だったかな」王子は、横にいる木村の顔を窺い、頬をほころばせる。笑う時には顔中をくしゃっとさせる。そうすれば大人たちは、自分のことを無邪気であどけない、無害この上ない子供だと勘違いし、警戒を解く。そのことを王子は熟知していた。実際、今この瞬間、木村も王子の笑顔にふっと緊張を緩めた。「ロボットのカードが流行《はや》ったんだよ。同級生たちがこぞって集めていてね。百円くらいで、スーパーで売ってるやつなんだけど、僕はそれのどこが楽しいのかさっぱり理解できなくて」

「うちの渉なんてな、カードが買えないから自分で作ってたぜ。手作りカード。泣けるだろ」

「泣けないよ」王子は嘘をつく必要も感じなかった。「ただ、そのほうが僕もまだ理解はできるよ。誰かが商業的に作った、さほど個性的でもない絵のカードを買うよりも、無料で、自分の絵を描くほうがよほど有意義だ。おじさんの子供は絵がうまかった？」

「うまくねえよ。泣けるだろ」

「うまくないんだ？　ださいね」

木村は一瞬きょとんとし、遅れて、息子を侮辱された怒りを浮かべる。

王子はいつも言葉を注意深く、選択する。どれほど乱暴で、軽薄な言葉であっても、思慮なく発することはない。どのような言葉を、どのような口調で発するのか、そのことに自覚的にならなくてはいけない、と常に思っていた。友人同士の会話の中で、「ださい」であるとか、「しょうもない」であるとか、「くだらねー」であるとかそういった、否定の言葉をさりげなく用いることで、ある種の力関係を作り出すことができる、と知っていた。その、「ださい」「くだらない」にまったく根拠がないにもかかわらず、影響力がある。「君のお父さん、ださいね」であるとか、「君のセンスは目も当てられない」であるとか、相手の重要な根幹を、曖昧《あいまい》に否定することは有効だった。

そもそも、自分の価値観にしっかりとした基準や自信を持っている者は多くない。特に年齢が若ければ、その価値の基準は常に揺れ動いている。つまり、周囲に影響を受けずにはいられないのだ。だから王子はことあるたびに、確信を匂わせ、侮蔑や嘲笑《ちょうしょう》を口にした。すると、それが主観を超えた客観的な物差しとなり、相手との立場の違いを明確にすることがよくある。「あの男は、何らかの基準を持ち、判定ができる人間なのだ」と他の人間たちが認めてくる。そう頼んだわけでもないのに、そのような扱いを受ける。ある集団の中で、「価値を決める者」というポジションに立てば、あとは楽だ。野球やサッカーのような明確なルールなどないというのに、友人たちは、王子の判定を、審判のそれのように気にかけてくる。

「ある時、店の駐車場で一枚拾ったんだ。まだ開封前のものだったから、お店に入荷する時に落ちたのかもしれない。そうしたらそれが、なかなか滅多《めった》に手に入らない種類のカードでね」

「王子はついてるんだな」

「そう。あれもやっぱり、幸運だった。学校でそのカードを見せると、少年蒐集家《しゅうしゅうか》たちが目を輝かせて、それを譲ってくれないか、と言ってきたよ。もちろん僕はそんなものはいらないから、正直なところ、ただであげるつもりだった。でも、欲しがる人が多すぎたんだ。誰にあげたらいいか分からなくて、だから、とっさにね、これは本当に本当で、企《たく》みなんてなくてね、深い意味はなく、『ただじゃあげられないよ』と言ったんだ。そうしたらどうなったと思う?」

「高値取引のオークションみたいになったんだろ、どうせ」

「単純だね、おじさんも。かわいらしいね」王子はここでも言葉を選ぶ。その発言のどこが、「かわいらしい」かは問題ではない。「かわいらしい」と一方的に、判断してみせることが重要なのだ。そうすることで、木村は、自分が幼く見られた、と察する。そして、自分のどこが幼いのか、自分の発想は幼いのか、と考えずにはいられなくなる。もちろん、解答はない。「かわいらしい」理由などないからだ。となれば、木村は、「その理由を知っているだろう」王子の価値基準が気になりはじめる。

「もちろん、オークションみたいになりそうだったよ。何人かが値段をつけはじめた。だけど、そこで、誰かが、『王子、お金じゃなくて、別のことではどうだろう。おまえのお願い事を聞いてやるよ』と言ったんだ。そこから、違う局面を迎えたんだよ。その子はたぶん、お金を払うよりは、『言うことを聞く』ほうが負担が少ないと判断したんだろうね。実際、お金もなかったのかもしれない。するとね、他の人間もこぞって、同じ提案をしてきた。僕はそこで気づいたんだよ。この状況を利用して、クラスを混乱させることができるぞ、って」

「できるぞ、ねえ」

「誰かと誰かを争わせたり、疑わせたり」

「その頃から、おまえは王子を気取ってたわけか。王子様」

「その時に気づいたんだよ。誰かが欲しがってるものってのは、それだけで価値があって、それを持っていると優位に立てる」

「偉そうだな」

「偉そうなわけじゃないよ。ただ、その頃から僕は、自分が、他人の生活にどれだけ影響を与えられるのか、興味を持つようになったんだ。さっきも言ったけど、梃子《てこ》の原理みたいに、僕のちょっとした行動が、誰かの日々を憂鬱《ゆううつ》にしたり、人生を台無しにするなんて、凄いことだよ」

「共感できねえよ。その結果、人を殺すことまでやって、どうすんだよ」

「人を殺さないにしてもさ、たとえば、風邪の治りかけで咳《せき》がごほごほ出る時があるでしょ。そういう時に、たまたま通りかかった道で、ベビーカーの赤ちゃんがいたらね、お母さんの見ていない隙に、わざと顔を近づけて、咳をしてやるんだ」

「何だよそれは。地味だな」

「赤ちゃんは免疫ないからさ、ウィルス性の風邪に罹《かか》るかもしれない。僕のその、ごほごほ、のせいで、その子も親も生活が狂っちゃう」

「やってたのか、そういうことを」

「まあね。葬儀場に行って、遺骨を運ぶ遺族にわざとぶつかったりするのもいいよ。転んだふりをしてね。で、遺骨を落として、大変だ。そんな簡単なことで、誰かの人生の最後が台無しになる。子供に悪意があるとは誰も思わないからね、誰も強く咎めたりはしない。ましてや、法律で裁かれることなんてないだろうし。落とした遺族がさらに悲しみに暮れちゃって、ひどいことにはなるのに」

「やったのかよ」

「ちょっと行ってくるね」王子は腰を上げる。

「どこに行くんだよ」

「トランクがどこにあるのか見てくる」


六号車の通路を後方に向かいながら、ざっと眺めるが、黒眼鏡の男の姿は見当たらなかった。天井近くの荷物棚も見る。荷物が載ったベルトコンベアのようなその場所には、大きめのリュックサックや紙袋、トランクが置かれていた。が、先ほど見た、キャリー付きのトランクとは形状も色も違う。あの黒眼鏡の男が、自分と木村のいる七号車より前方にいった気配はない。注意を払っていたから、見逃したとは思えなかった。となれば、ここより後方、一号車寄りの車両にいるのだろう。

考えながら、六号車を出る。

デッキは無人だった。個室トイレは二つあり、進行方向側の扉には鍵がかかっている。向かいの洗面所にはカーテンが閉まっていた。誰かが使っているのだろう。あの黒眼鏡の男がトランクを持ったまま、トイレに隠れているかもしれない。大宮まで閉じこもっているつもりだろうか。悪いアイディアではない。トイレが使用中で困る人間はいるかもしれないが、混んでもいないのだから、騒ぎになる可能性も少ないだろう。そこに隠れている手はある。

王子は、しばらく待ってみようか、と考えた。すぐに人が出てこないようであれば、車掌に無理やり開けてもらえばいいだろう。いつものように、親切心とおせっかいに満ちた、優等生のふりをするのだ。「トイレが閉まったままです。何かあったんじゃないでしょうか」

車掌はたぶん、警戒もせず、トイレの鍵を開けてくれるだろう。

するとちょうどその時、洗面所のカーテンがさっと開いた。驚き、飛びのくようにしてしまうが、出てきた女は特に怪しむでもなく、「あ、ごめんなさいね」と謝ってきた。王子は、謝罪の台詞を頭に浮かべたが、口には出さない。謝罪の言葉は、人と人の間に上下関係を作り出すため、慎重に発しなくてはならない。

立ち去るその若い女の背中に目をやった。ワンピースにジャケットを羽織った、中肉中背で、二十代後半だろうか。ふと、小学校六年生の時の担任教師を思い出した。名前は佐倉《さくら》だったか佐藤だったか、思い出せない。もちろん当時は覚えていたが、学校を卒業してしまえば記憶している必要を感じず、だから、忘れていた。王子からすれば担任教師はあくまでも、「担任教師」という駒でしかなく、たとえば、野球選手が、他チームの野手を名前ではなくポジションで呼ぶのと似たような、そういった程度の意識しか持っていなかった。

「担任教師の名前や個性とかはどうでもいい。個人的な信念や使命感だって、みんな似たり寄ったりだ。人の個性や考え方なんて、なんだかんだ言っても、結局はいくつかのパターンに分類できるんだよ。どうすれば、僕たちの味方になるか、そういうパターンもだいたい決まっている。教師も結局は、こうすればこう動く、こうやって接すればこう反応する、って、チャート式みたいなものだから、メカニカルに動く装置と同じだ。装置に固有名詞なんていらない」

そのようなことを言うと、クラスメイトの大半は、意味が分からない、とぽかんとし、せいぜいが、「なるほどそうか先生の名前なんてどうでもいいよね」と追従するように相槌《あいづち》を打った。彼らはそこで、「王子にとっては、僕たち同級生もただの装置に過ぎないのか」と問い質《ただ》すべきであるのに、もしくは、そう気づくべきであるのに、そうはならない。

あの女教師は最後の最後まで、王子のことを、教師と生徒の間の亀裂《きれつ》を埋める橋渡し役、物分かりが良く、優秀な少年だと思い込んでいた。「慧君がいてくれなかったら、クラスで苛めがあるだなんて気づけなかった」と感謝までした。

あまりに無邪気に、自分のことを味方だと信じている教師が哀れに思え、一度、ヒントを与えたことがあった。読書感想文の提出の際、読んだばかりの、ルワンダの虐殺に関する本について書いた時だ。王子は小説よりも、世界情勢について書かれた本や歴史についての資料を読むほうが好きだった。

小学生がそのような本を読むことが、教師には信じがたいらしく、尊敬の念すら浮かべて、早熟ね、と感心していた。おそらく、と王子は思う。自分に何か特別な才能があるとすれば、それは、本を読解する力に秀でていたことだろう。本を読み、内容を嚙《か》み砕くことで、語彙《ごい》が増え、知識が増え、いっそう、読解力が増した。本を読むことは、人の感情や抽象的な概念を言語化する力に繫がり、複雑な、客観的な思考を可能にした。

たとえば、誰かの抱えている心の鬱屈や不安、もどかしさを、言葉で表現するだけで、感心され、頼られることはあった。

そして、ルワンダにおける虐殺の話はさまざまな示唆に富んでいた。

ルワンダには、ツチ族とフツ族という二つの民族がいる。どちらも外見的な差異はほとんどなく、ツチ族とフツ族が結婚した家庭も少なくない。その民族の区分は人為的な分類に過ぎなかった。

一九九四年、大統領の飛行機が撃墜されたことをきっかけに、フツ族による虐殺が起きた。百日間、三ヶ月強で、約八十万人もの人間が殺された。それも、今まで隣人として暮らしていた相手の鉈《なた》によって、だ。単純に計算すれば、一日に八千人、一分間に五、六人だという。

男も女も、年寄りも子供も片端から殺害されたこの出来事は、大昔に起きた非現実的なものではなく、つい十数年前の現代において起きた、という意味で、王子には非常に興味深く感じられた。

「こんなにひどいことがあるだなんて、信じられないけれど、目を背けてはいけないのだろう、と思いました。これは特別な、遠くの国の事件などではありません。僕たち自身が、自分たちの弱さや脆《もろ》さを認めることからはじめないといけないと学びました」

感想文にはそう書いた。曖昧ながらも、どこかしら、「聞こえの良さそうな」感想を並べただけの無意味なものだったが、そういったもののほうが大人は受け入れやすいのだ、と分かっていた。表面的な言葉に過ぎない。が、その文の後半については、本心でもあった。

人がいかに、扇動されやすいのか、そのことを学ぶことができた。おぞましい出来事がどうしてすぐに阻止できなかったのか、どうして虐殺は成功したのか、そのメカニズムはとても参考になった。

たとえば、だ。アメリカはこの、ルワンダの大虐殺をなかなか認めなかった。と本にはあった。むしろ、「これは虐殺ではない」という理由を必死に見つけようとし、その事実を直視しなかった。ツチ族の大量の死体が報道されているにもかかわらず、「虐殺かどうか断定できない」と曖昧な態度を取った。

なぜか。

虐殺を認めてしまえば、条約により、国連から何らかの行動を求められてしまう可能性があったからだ。

国連も同様だ。ほとんど機能しなかった。

ルワンダの外、日本にいる自分などからすれば、「大きな問題があるのなら、アメリカや国連が対処するだろう」と思う。警察がいるのだから、いいだろう、という感覚だ。が、実際に、アメリカや国連の態度を決めるのは、使命感や道徳とは別の理屈、損得勘定だ。

これらはすべて、アフリカの小国に限定的な話ではなく、自分の学校に置き換えても通用する話だ、と王子は直感的に分かった。

生徒の間で起きている問題、たとえば苛めなどの暴力を、大虐殺に置き換えるとすれば、教師はアメリカであり、国連である。

アメリカが、「虐殺」という言葉を受け入れなかったように、教師たちも、苛めの存在を認めたがらない。もし認めてしまえば、それに伴う、さまざまな精神的な、事務的な煩わしさが発生する。だから、それを逆手に取り、教師を巻き込むことによって、「苛めは存在しているにもかかわらず、問題として認識されない」状態が作れるのではないか、と王子は考えた。

ルワンダの、ある専門学校における虐殺についてのくだりを読んだ際には、なるほどこれは面白い、と王子は身震いを覚えた。

その専門学校には、国連軍が駐留しており、彼らが守ってくれる、という噂があった。国連だから、虐殺から守ってくれる。そう思ったツチ族二千人が、そこに逃げ込んだ。ただ残念ながらその時には、国連軍の任務は、「ツチ族を救うこと」ではなく、「ルワンダにいる『外国人』を避難させること」に変更されていた。間接的に国連軍の兵士は、「ルワンダ人を救わなくて良い」と指示されていたことになる。

国連軍の兵士たちはほっとした。関わらなくて済むからだ。ツチ族を守ろうとしたら、自分たちのほうが恐ろしい目に遭う可能性が高かった。実際、国連軍の兵士は、「自分たちの任務じゃないから」と、フツ族が包囲している中、その学校を後にした。

直後、残されたツチ族二千人は虐殺された。

平和を維持するはずの国連軍がいたがために、大量の被害者が生まれてしまったのだ。

興味深かった。

教室の生徒たちは表面上ではどうであれ、心のどこかで、最終的には教師が秩序を保つと信じている。保護者の大半もそうだ。教師を信用し、もしくは、責任を押し付け、安心している。だから、その教師をうまくコントロールできれば、そういったクラスメイトたちに絶望を与えることも可能だ。

教師に次のような働きかけをすることを考えた。

まず、苛めの存在を認めると面倒なことになる、と煩わしさを植えつける。

教師である自分にも被害が及ぶのではないか、という恐怖を与える。

積極的に対処をしていないにもかかわらず、教師の責任を果たしているのだ、と自分を正当化する口実を用意する。

読書感想文には、そのことを踏まえ、アメリカや国連の愚かで、身勝手な論理についても触れた。そのことで担任教師は、「これはわたしのことだ」「この子は危険な存在だ」と気づくのではないか、と思った。そうやって、ヒントを与えたのだ。

もちろん、女教師は察しなかった。むしろ、「慧君、こんなに難しい本を読んだの？　凄いね」と感嘆し、「でも、こんな悲劇が起きるなんて本当に恐ろしいわね。同じ人間なのに、信じられないわ」と言い、王子をがっかりさせた。

どうして虐殺のような出来事が起きるのか、王子には簡単に理解できた。人間は、物事を直感で判断するからだ。しかも、その直感は、周囲の人間たちから大きな影響を受ける。

王子が本で知った、有名な実験があった。大勢の人間が集められ、ある問題が出される。正解が分かりやすい、問いだ。一人ずつ順番に答えていき、誰がどう回答したのか、全員に分かる仕組みになっている。が、実はこれは、その中の一人のみが実験対象で、残りの全員は、わざと誤った回答をするように指示を出されているのだ。すると、どうなるか。その、唯一、「自分の意思で正解を選べる」人物は、三回に一回は、他の人間たちの「誤った回答」に同調した。被験者の四分の三が自分の正しい判断を一度は捨てた。

人間は同調する生き物なのだ。

似た実験は他にもある。それによれば、人間が同調しやすくなるのは、以下のパターンだという。

「その判断がとても重要で、しかも、正解がはっきりしない、答えにくいもの」の場合だ。

その時、人は、他人の意見に同調しやすくなる。

答えが分かりやすいものの場合は問題ない。人は自分の答えを信じられる。

判断の結果がさほど重要ではない問いについても、大丈夫だ。気軽に、自分の答えを口にできる。

つまり、こう考えられる。人間は、おぞましい決断や倫理に反する判断をしなくてはならない時こそ、集団の見解に同調し、そして、「それが正しい」と確信するのではないか、と。

それを踏まえれば、虐殺が止まらないどころか、推進されていくメカニズムも理解できた。彼らは、自分の判断ではなく、集団の判断こそが正しい、と信じ、それに従っていたに違いなかった。

個室トイレの中から音が聞こえる。水が流れている。扉が開くが、中から出てきたのは中年の男だった。背広を着ていて、洗面台に移動した。王子はさっそくその個室トイレの扉を開け、中を覗く。そっけない便器があるだけで、トランクが隠されているようには見えなかった。続けて、隣の個室の扉も開ける。女性専用ではあったが気にかけなかった。

トランクはない。

どこへ持ち運んだのか？　王子は頭を働かす。

どこかに隠した。どこに？

あのトランクは、車両の乗客席の足元に隠し切れるような大きさではなかった。荷物置き場にもトイレにも見当たらない。

ゴミ箱に近づいたのに特別な理由はなかった。単に、そこ以外はすべて捜した、というだけで、瓶や缶を入れるための円形の穴や、雑誌などを捨てるための縦長の穴を眺めながら、ここにトランクが入るわけがないな、と思いつつも顔を寄せた。中に目を凝らしても、潰れた弁当箱が折り重なっているだけだった。

突起に気づいたのはすぐ後だ。

雑誌投入用の穴の脇に、小さな突起がある。もしやと思い、押すと、かちゃんと出っ張りが飛び出した。迷わずそれを捻る。目の前のパネルが大きく開くので王子の心は騒いだ。こんなところが開くとは思いもよらなかった。そして、中はといえば棚のようになり、下はゴミ袋があり、上には、トランクが載っていた。トランクだ。あの黒眼鏡の男が運ぼうとしていたものに間違いない。見つけた。パネルを閉じ、元に戻す。息をゆっくりと吐く。

慌てる必要はない。あの黒眼鏡の男はこの隠し場所からトランクを、簡単には移動しないだろう。ここに置いておけば、目的地まで誰にも見つからない、と安心しているはずだ。

どうしたら面白くなるだろうか。

王子は荷物を見つけたことに達成感を覚えながら、一度、七号車へと戻る。僕はやっぱりついている、と確信を深める。

木村

木村は、王子に関する記憶を思い出していた。

デパート内で、初めて王子と会った際、木村は、その中学生とは二度と顔を合わせないだろう、と思っていた。

が、見えざる磁力が引き寄せるかのように、木村はそれより二週間も経たないうちに、再び王子と関わりを持つことになった。

その日も木村は、渉と一緒にいた。最寄り駅まで、木村の両親、ジジとババを見送りに行った帰りだった。

彼らは、東京で同窓会があるのだ、と一日前からやってきて、木村の住むアパートの近くの小さなホテルに宿泊し、幼稚園から帰ってきた渉を玩具《おもちゃ》屋に連れて行き、「欲しいものを買ってあげるからな」と甘やかした。渉は遠慮がちな性格であるから、ジジたちの、「買うぞ買うぞ」という攻勢に明らかに圧《お》されていた。店頭で配布された風船をもらっただけで満足した様子もあって、「おまえが何も買ってやらないから、こんな禁欲的な子供になったんだろう。かわいそうに。おお、かわいそうに」とジジは大袈裟《おおげさ》に嘆き、木村を責めた。

「渉は生まれつき、そうなんだ」と説明をしたが、彼らは取り合わない。離婚した女の名前を出し、「あの人がいた時は、渉はもっと無邪気で、おもちゃを欲しがった」と嫌味たらしく言った。「おまえが、だらしないから出て行ったじゃないか」「違う。あいつはあいつで、借金まみれで、逃げるしかなかったんだっての」「酒飲みのおまえに愛想を尽かしたんだろうが」「当時はまだそんなに飲んでいなかった」嘘ではなかった。妻がいなくなるまでは、怠惰な性格はそのままとはいえ、酒を手放せない生活を送っていたわけではなかった。仮にもし、その頃から今ほど酒を飲んでいたのであれば、妻も、渉が心配で、親権を寄越さなかったはずだ。

「おまえはいつも酒ばかりだ」

「決め付けるなよ」

するとジジは真剣な顔で、「見れば分かる」「においで分かる」と言った。思えば、木村が子供の頃から、父親はよくそう断定した。見れば分かる、人の悪い部分は、くさくてすぐにばれるものだ、と偉そうに主張し、それが息子としては、年寄りの験かつぎのようなものにしか思えず、気に入らなかった。子供の頃、家によく来た男、繁も、「木村さんはしょっちゅう、あいつはくさい、こいつもくさい、って言ってましたからね」と苦笑した。

「で、自分はオナラばっかりしているんですよね」と言ったのはババだ。

玩具を買った後で、アスレチック遊具がふんだんに設置された大型の公園に寄った。渉が、ひいひい息を切らすババを連れ、高台の滑り台まで駆けていくのを、木村はベンチから眺めていた。渉の遊び相手にならずに済み、これは楽でいい、と一息ついた。ポケットから、ブランデーの入った小瓶を取り出そうとしたが、その手をジジにつかまれた。いつの間にか横に腰を下ろしている。

何すんだよ、と声を絞って怒るが、ジジは動じない。白い髪は老人のそれであったが、肉が詰まったような身体は安定感があり、握力も強かった。ぐいぐいと力を込めてくる。たまらず小瓶を離すと、ジジはそれを手に取り、「おまえ、アル中って何だか知ってるか」と言った。

「俺のことだろうが」

「まあ、おまえの場合はまだその入り口だが、このままなら確実にアル中だ。アル中ってのは、どういう状態のことを言うか分かるか」と奪った小瓶をすっと返してくる。木村はそれを受け取る。「そりゃあ、酒好きで、たくさん飲む奴のことだろ」

「乱暴に言えばそうだけどな、まあ、中毒って言うからには病気だ。酒が好きだとか、大酒飲みってのとは違う。一口飲んだら、ずっと飲み続けちまう。これはもう、根性だとか我慢だとか、そういった問題じゃないんだ。やめられないのがアル中だ。体質も関係してるからな、そういう奴が飲んだらおしまいなんだ」

「遺伝子の問題だったら、親父だってそうだろうが。いや、お袋の遺伝子か？」

「俺たちは酒を飲まない。なぜか、分かるか。アル中は絶対に治らないと知ってるからだ」

「治らないわけがねえだろ」

「脳にな、A10神経ってのがあるらしいんだがな」

うるせえな親父は、何の講義だよ、と木村は耳をほじくってみせる。

「で、ある実験があったんだと。バーを押すと、そのA10神経に刺激が与えられる、そういう装置を使った実験だ。そうすると、人はどうするか分かるか」

「さあな」

「バーをずっと押し続けるんだ」

「どういうことだよ」

「A10神経ってのが刺激されると、脳に、心地良さが生まれる。つまりな、バーを押すと簡単に快感が得られるんだ。だから、延々とそれを繰り返す。猿がマスターベーションをやめない、って話と似てる。で、この快感ってのはな、うまい物を食った、だとか、仕事をやり遂げた時の達成感と似てるらしいんだ」

「それがどうした」

「酒を飲むと、その、A10神経が刺激される」

「それがどうした」

「酒を飲むと、何もやってないにもかかわらず、達成感を得られるってわけだ。こりゃ、楽でいいだろ。楽で、気持ちいい。となれば、後はどうなる。バーを押し続けるのと同じで、酒を飲み続けるしかない。そして、繰り返しているうちに、脳が形を変える」

「脳が変わる?」

「そうなったらもう戻らない。酒が入れば即スイッチが入る状態だ。たとえば、どこかのアル中が酒を長いこと我慢できたとする。中毒症状も起きなくなって、人並みの生活が送れるようになった。だけどな、そいつが一口でも酒を飲んでみろ、間違いなく、その時から酒をやめられなくなる。脳はもとのままだからだ。忍耐力や精神力の問題じゃない。脳がそうなっている。女の裸を見たら、反射的に、男の瞳孔《どうこう》は開く。それと同じで、これぱっかりはどうにもならねえよ。依存のメカニズムなんだ」

「メカニズムなんて、難しいカタカナ使うんじゃねえよ。だから何なんだよ。だいたい、ブランデーってのは、メソポタミア文明の頃からあって、由緒正しい飲み物なんだぜ」

「あのな、それが本当かどうかもはっきりしねえんだよ。情報を鵜呑《うの》みにすると馬鹿を見るぞ。いいか、アル中が立ち直る唯一の方法は、断酒を続けることだ。一口でも飲んだらおしまいよ、ってわけだな。だいたい、達成感ってのは酒や薬で得るもんじゃないからな、真面目に仕事するほかねえんだ。楽して快感を手に入れると、人間の身体は、依存形成を行う」

「イゾンケーセー、もカタカナかよ」

「俺を見習って、おまえも働けばいいんだ。労働して手に入れた達成感は健全だぞ」ジジは乱暴に言ってくる。

「仕事つったって、親父はずっとスーパーの倉庫番じゃねえか」木村が物心ついた時にはすでに、両親は隠居生活に近かった。近くのスーパーマーケットで働いていたが、それもアルバイトのようなもので、地味に働き地味に生活費を得る、その人生が、木村は心の底から嫌だった。

「倉庫番を馬鹿にするんじゃねえぞ。在庫管理と発注の仕事だ」ジジは鼻の穴を膨らませ、息を吐き出す。「それに比べて、おまえはまともに働いたことなんかないだろう」

「あのな、俺は今、警備会社でちゃんと働いてるじゃねえか」

「確かにそれは偉いよな。すまなかった」ジジは素直に謝る。「だけどな、その前までは働いてなかっただろう」

「昔のことをほじくるなよ。それを言うなら、中学生の時はみんな働いてねえんだからよ。それに警備員の前だって、俺は働いてたぞ」

「何の仕事やってたんだ」ジジが真面目な表情で覗《のぞ》き込むようにしてくるので、木村は怯《ひる》んだ。他人に依頼され、拳銃《けんじゅう》を使い、人の命を右から左へと扱うような、非人道的な仕事をしていた。その話をしたら、さすがにジジも、親としての責任を感じるだろう。売り言葉に買い言葉で、言ってしまいそうになるが、躊躇《ちゅうちょ》した。還暦過ぎの、人生も後半戦の親に、余計な負の情報を与える必要もあるまい。

「どうせ、おおっぴらには言えない仕事だろうが」

「例の、見れば分かる、ってやつか」

「そうだ」

「親父が聞いたら卒倒するから言わないでおいてやるよ」

「あのな、俺だって若い頃は無茶《むちゃ》をしたんだ」

「そういったレベルじゃねえんだよ」と木村は苦笑する。年長者の苦労自慢、やんちゃ自慢ほど退屈なものはない。

「とにかくおまえは酒を飲むんじゃねえぞ」

「俺の身体を心配してくれてありがとな」

「おまえの身体じゃない。渉のためだ。おまえはたぶん、しぶといしな、靴で踏み潰《つぶ》して、床にこすりつけても死なない」

「ゴキブリかよ。靴で踏み潰されたら、さすがに死ぬよ」木村は笑う。

「いいか、渉のためを思うなら絶対に酒はやめろ」

「そりゃ俺だって、渉のために酒をやめたいと思うけどな」と言いながら木村は小瓶の蓋《ふた》を捻《ひね》りはじめる。ジジが、「言ったそばからか」と嘆く。「もう一度だけ言うけどな、依存症を治す方法は、それを遠ざけることしかないんだ。断酒しかない」

「どうせ、俺は酒くさい人間だ」

ジジはじっと、木村を見つめ、「酒くさいだけならまだいい。人として、くさくなったらおしまいだ」と鼻をひくひくさせる。

「はいはい」木村は蓋を外した小瓶を口に近づける。ジジの忠告が頭に残っているからか、ためらいもあり、口に含ませたのは少しだけだった。自分の脳に、酒の成分が沁《し》み込み、スポンジがねじれるように形を変える感覚を覚え、ぞっとした。

その日、駅でジジとババと別れると、木村は渉と一緒に来た道を戻った。古い商店街を通り抜け、住宅街を歩く。

「あ、誰か泣いてるよ。お父さん」渉が言ったのは、閉店となったガソリンスタンドの横道を通っている時だ。木村は、渉と手を繋《つな》いでいたものの、父親の言い残した言葉のことを考えていて、ぼんやりとした状態だった。アルコール依存は治らない、とその言葉が頭に引っかかっていたのだ。今は依存症であっても、治療を受ければまた酒を飲めるようになる、と木村はそう捉《とら》えていた。たとえば性病の場合、性器が腫《は》れ、その間は性交ができなくとも、治れば、また、できる。それと同じように考えていた。が、ジジの話が本当であれば、アルコール依存は性病とは異なる。治ることはなく、永遠に、酒は飲めないのだ。

「ねえ、お父さん」ともう一度言われ、渉の顔を見て、その視線の先を追う。閉店し、ロープで囲まれたガソリンスタンドの裏手、塀とビルの間に学生服を着た者たちがいた。

全部で四人だった。

二人が、一人の両腕を一本ずつ抱え、身動きが取れないようにしている。さらにもう一人が向き合っていた。取り押さえられている男は深刻な顔つきで、「おい、やめろよ」と泣き顔だった。

「ねえ、お父さん、大丈夫かな」

「まあ大丈夫じゃねえか？　お兄ちゃんたちにはお兄ちゃんたちの事情があるんだろ」

木村はそのまま通り過ぎたかった。自分が中学生の頃を思い出しても、こういった、誰かが誰かを甚振《いたぶ》り、陰湿にはしゃぐことはあった。木村自身はそれを、「する」側にいたから分かるが、大した動機やきっかけがなくとも起きるものなのだ。人は自分が、他人よりも優位な地位にいることで安心する。相手を虐げることで、自分の安全を噛《か》み締める。そういった性質がある、と木村は解釈していた。

「ちょっと待てよ。おまえたちだって同罪じゃねえか。何で俺だけなんだよ」少年の一人が喚《わめ》くのが聞こえた。両腕の自由を奪われた中学生だ。

木村は足を止め、もう一度、視線を向ける。両腕を押さえられた男は、短めの髪を茶色にし、丈の短い制服を着て、体格も良かった。弱い者苛《いじ》め、というよりは仲間割れのようなものかもしれない。興味が少しだけ湧いた。

「だって、しょうがねえだろ。あいつが飛び降りたの、おまえがやりすぎたからなんだし」と右腕を押さえる係とでもいうべき学生服が、口を尖《とが》らせる。丸顔で額が広く、岩のような顔立ちだったが、あどけなさも滲《にじ》んでいる。

中学生といえば、やはり子供に近い。幼い者たちが、不穏な雰囲気を撒《ま》き散らしているため、現実感が薄かった。

「あいつを狙ったのはみんな一緒だろ。俺がネットに、動画アップする前から、あいつ、死にたいって言ってたじゃん」

「死ぬ一歩手前で寸止めさせなきゃ駄目だって、言われてただろ。王子、激怒してるぜ」左腕係の学生服が言っている。

王子、という言葉に聞き覚えがあり、木村は、おや、と思ったがそれ以上に、「死にたい」であるとか、「死ぬ一歩手前」であるとか、そういった言葉が引っかかった。

「おまえが通電されれば、それで済むんだから、我慢しろよ」

「嫌に決まってんだろうが」

「よく考えろよ」と言った学生服の男は、四人の中では一番、長身だった。「おまえがここで嫌がったらどうなる？　俺たち全員が通電だ。おまえもどうせやられる。で、俺たちもやられる。そうなったら、俺たちは、おまえを恨むぞ。でも、ここでおまえが、一人で我慢してくれれば、俺たちは、おまえに感謝するだろ。どうせやられるなら、どっちがいいんだよ。俺たちに恨まれるのと感謝されるのと」

「じゃあ、通電したことにすればいいじゃねえか。王子には、やった、って言い張れば」

「ばれないと思ってるのかよ」長身の中学生が苦笑しつつ、言う。「王子にばれない自信があるのかよ」

「ちょっと、中学生諸君」木村はわざと畏《かしこ》まった言い方で塀とビルの間に入っていった。手を繋いだまま、渉もついてくる。「君たち、苛めで同級生を殺したのか？」と近づいた。「感心感心」と茶化《ちゃか》すように、うなずいてみせた。

中学生たちが顔を見合わせた。三対一の構図が崩れ、彼らは急遽《きゅうきょ》、四人の仲間同士に戻り、木村を警戒するようになった。

「あの、何すか」長身の学生服がむすっと言う。顔が赤いのは、緊張と不安のためなのか、単に怒っているのか、判然としなかったが、虚勢を張って大変だな、とは木村も思った。「何か用すか」

「何か用すか、っておまえ、それは明らかに普通の状態ではないだろ」と自由を奪われていた中学生を指差す。「通電って何だよ。電気ショックか。何の遊びだよ」

「何すかそれ」

「おまえたちが騒々しいから全部、聞こえるんだよ。おまえたち、苛めで同級生を自殺させたんだな。ひでえな。でもって、反省会か？」木村が言う一方、渉が心配そうに手を引っ張ってくる。やっぱり帰ろう、と不安そうに囁《ささや》く。

「うるせえな、子供連れて、どっか行けよ」

「王子ってのは誰だよ」

その瞬間、四人の中学生たちがいっせいに青褪《あおざ》めた。恐ろしい呪文《じゅもん》を聞いたかのようで、その様子に木村はさらに興味を抱いた。が、同時に、ようやくと言うべきかもしれないが、以前、デパートで会った中学生のことを思い出した。

「ああ、そうか、王子ってあいつか。というか、おまえたち、あのトイレにいた奴らか。あの時も秘密の相談してたよな。このままじゃ王子に怒られちゃう、どうしよう、ってな」木村はからかいながらも、以前に会った王子のことを思い出し、「あんなおぼっちゃんみたいな奴のどこが怖《こえ》えんだよ」と口に出した。

四人は黙っている。

長身の男の手に、コンビニエンスストアのビニール袋がある。木村は足を踏み出すと、それをひったくるようにした。とっさのことで反応が遅れた長身の中学生は泡を食い、必死の形相で、取り返そうと手を伸ばしてきた。木村は素早く、身体を動かす。左手で、中学生の手をつかみ、小指をぎゅっと握ると捻る。悲鳴が聞こえる。

「指、折っちまうぞ。おまえたち、大人を舐《な》めるのもいい加減にしろよ。こっちはおまえたちより、どれだけ長く生きてきたと思ってんだ。つまんねえ時間をな、おまえたちの数倍は我慢して過ごしてきてんだ。他人の小指を何本、折ってきたか知ってるのかよ」木村は言葉の割には淡々とした言い方をし、奪ったビニール袋を、渉に渡した。「中、何が入ってる？」

おいやめろ、と色めく中学生たちに対し、「少しでも動いてみろ、こいつの指折るぞ」と脅す。「俺は言ったからには、やる」

「お父さん、これ何？」渉がビニールの中から、器具を取り出した。ラジコンのコントローラーにも似た、レバーとコードが数本ついたシンプルな器械だ。

「何だそれ」木村は、中学生の指から手を離し、器械を手に取る。「Nゲージとかのパワーパックみてえだな」

昔、小学校時代に友人が、親が金持ちであるのをいいことに鉄道模型をたくさん所有し、自慢げに走らせていたが、その家で見かけたことがある。線路に電気を流す、パワーパックに似ていた。というよりもそれそのものにも見える。コードが二つ付き、その先にはガムテープのようなものが繋がっていた。コンセントケーブルも延びている。「何に使うんだよ」訊《たず》ねても、中学生たちは黙ったままだった。

木村はその器械を見つめる。横を見れば、ビルの壁の下部に、コンセントの挿入口がある。外で作業する器械の電源用なのだろう。雨を防止する、庇《ひさし》のようなカバーがつき、コンセントの穴がある。

「おい、あれか？　そこにコンセント差して、でもって、その、コードを身体にぺたりとくっつけて、電気ショックびりびり、とかやっちゃうつもりだったのか？」木村は言いながら、さすがに少し、戸惑った。木村が中学生の頃も、道具を使い誰かを痛めつけることはあったが、それはあくまでも叩《たた》いたり、殴ったりするためだった。コンセントの電源を使って痛みを与えることなど、考えたこともない。しかも、その器械は、電気ショックを与えるために改良されているようだったから、ずいぶん、頻繁に使っている気配がある。「おまえたちしょっちゅうこんなことやってるのかよ」

暴力や苛めのレベルを超え、器械による拷問に近い。

「おい、これはあれか、王子の趣味なのか」

「王子のこと知ってるのかよ」腕を取られていた中学生が怯《おび》えながらも言った。

「こないだ、デパートでも会ってるんだよ。おまえたちが、あのデパートのトイレで、深刻な顔して、王子様に怒られちゃうよ、って泣き言言ってるところに俺はいたんだよ」

「あ」と長身の中学生がそこで、木村の顔に見覚えがあるぞ、と気づいた様子だった。他の三人も、そう言えばあの時にちょっかいを出してきた酒臭い男だぞ、と思い出したらしかった。

「あの時は、卓也君ってのが槍玉《やりだま》に上がってたぞ」たまたま記憶に残っていた名前を口に出す。「卓也君がびびって、王子様の命令に従わなかったから、怒られちゃうわ。怖いわ、怖いわ、ってな」

彼らは全員で顔を見合わせ、無言の相談をする。少しして丸顔の中学生がむすっとしたまま、口を開く。「卓也は死んだって」

余計なことを言うな、とほかの三人が顔色を失い、睨《にら》んだ。

「死んだってのは何だよ。比喩《ひゆ》か」木村は自分が怯んでしまったことを認めたくないあまり、軽口を叩くようにした。「ロックは死んだ、とかそういうやつか。プロ野球は死んだ、卓也君は死んだ」

引き攣《つ》るような、弱々しい笑みを浮かべる中学生たちは、木村を小馬鹿にするのではなく、その頼りなさに同情と落胆を感じているようでもあった。

「まさか、本当に死んだのかよ。そうか、さっきその飛び降りたとかどうとか言ってたのが、その卓也君のことか」木村は溜《た》め息を吐く。何とも暗い話題が飛び出したな、とうんざりした。「あのな、人間死んだらおしまいだぞ」

ねえお父さん、と渉が手を引くこともあり、このあたりで立ち去ったほうがいいな、大して面白くもない、と木村は身体を反転させる。

が、そこで、「おっさん、助けてくれよ」と声が飛んできた。振り返ると、四人の中学生が青褪めている。口がわなわなと震えていた。「おっさん」と長身が言い、同時に、「何とかして」と丸顔の男が言い、「助けてくれよ」と残りの二人が声を揃えた。もちろん彼らが、学芸会の発表さながらに台詞《せりふ》の順番を決めていたわけではないはずだ。それぞれが自分の意思で、助けを求めてきたところたまたま声が重なったらしく、それはそのまま彼らの切実な思いの表れにも感じられ、さすがに木村も動揺した。「強がってたと思ったら今度は、助けてよ、ってどうなってんだよ」

中学生たちはすでに脆弱《ぜいじゃく》な少年以外の何物でもなくなっており、堰《せき》を切ったかのように、泣き言とも懇願ともつかない言葉をぶつけてきた。

「おっさん、どうせ、真面目な会社員とかじゃないんだろ」

「王子のことどうにかしてくれよ」

「俺たちみんな殺されるし」

「こんなのやっぱりおかしいだろ。うちの学校、みんな変になってきてる。王子のせいで」

木村は、面倒臭くて仕方がなかった。うるせえな、何だよおまえたち、と手であしらう。面白半分に、釣り糸を垂れてみたら、ぞっとするほど魚が食いついてきて、自分が水中に引きずり込まれる。そういう恐怖を感じた。

「分かった、俺が、王子をやっつけてやるよ」投げ遣《や》りに、冗談のつもりで、言った。すると彼らの表情に、あからさまに光が射すので、慌てるほかない。周囲を見渡す。塀とビルの間の細い隙間ではあるが、背後の通りからはよく見える。通行人からは、中学生に親子が恐喝されているところに見えるかもしれない。もしくは、子連れの男が中学生に道徳を説いている場面に見えるだろうか。「おまえら、一人、百万ずつ持ってきたら、請け負ってやるよ」

拒絶するために付け足したその言葉にすら、中学生たちは関心を示し、驚くことに、その百万円の出費を現実のものとして計算しはじめる様子だった。木村は慌てた。「なんてな。冗談に決まってんだろ。親にでも相談しろよ。おまえたちがそんなにあの王子様を怖がってるんだったらな、親に縋《すが》れよ。教師でもいいからよ」

中学生たちは泣き出す寸前、と言った様子で急にもごもごと、くぐもった声を出す。「そんなに必死になるなんて、怖《こえ》えよ、おまえたち。俺はごめんだ」視線を落とすと、渉がじっとこちらを眺めている。何を見ているのかと思えば、木村の手にある瓶だ。ブランデーの入った瓶をつかんでいた。いつの間に持っていたのか、と思いながら蓋を閉める。閉める、ということは、開いていたわけだ。無意識だった。意識することもなく、瓶を取り出し、蓋を捻り、酒を口に含んでいたのだ。舌打ちをこらえる。渉が心配そうに、そして悲しげに、見つめてくる。

中学生にこんな風に寄って来られたら、と木村は言い訳を探す。こんな状態であれば、酒くらい飲まなくては落ち着くこともできない、と。ここで酒を飲み、冷静さを保つことは渉を守る意味でも必要なことだ。そう、この酒は必要なものなのだ。酒を含んだ途端、乾いた土地に雨が降るかの如く、体内の神経という神経に栄養が行き渡り、頭が明晰《めいせき》となるのが感じられ、「ほら、いったいアルコールの何がいけないのか」という思いも湧いた。毒になるも薬になるも使い方次第だ。「卓也の」と一人がぼそぼそと言う。「卓也の父親、先月、会社をくびになった」

「何だそりゃ」木村は、話の流れが見えず眉間《みけん》に皺《しわ》をつくる。「卓也ってのはその、死んだ生徒だろ」

「卓也が死ぬ前だよ。卓也の父親は、うちの学校の女子生徒に手を出して、捕まって。それがばれて、会社くびになったんだ」

「中学生に何をしたか知らねえけどな、そりゃ自業自得だろうが」木村は鼻の穴を膨らませる。が、彼らが言葉を探し、仲間内で何かをためらうような素振りを見せているのを見て、「もしかして」と言わずにはいられなかった。「おまえたちが仕組んだってのか？　その、卓也ってやつの父親を嵌《は》めたとか言うんじゃねえだろうな」

彼らが否定しないことが、肯定のしるしと思えた。

「実際は、その父親は無実なのか？」

彼らはまた、否定しなかった。

「どういう方法を取ったのか知らねえけどな、うまくいくものなのか。そんなことが」

「その女子も、王子の言う通りにしただけだよ」ぼそっと丸顔が溢《こぼ》す。

「卓也の父親が、王子のことをいろいろ調べようとしたから」

「王子様に歯向かおうとしたら、淫行《いんこう》事件をでっち上げられたってのか？　王子様はそんなことまで考えるのかよ。王子様は賢くて、容赦ねえな」半分はからかいのつもりで言ったが、四人の中学生は、こくりとうなずいた。王子の容赦のなさをしみじみと嚙み締めている。

「今まで三人、教師が辞めていった」と一人が呟《つぶや》いた。

「一人は鬱《うつ》病で、一人は痴漢で、一人は事故で」

「それ、おまえたちがやった、とか言うんじゃねえぞ」

中学生は答えない。
「でもな、それにしても、そんなにびびることはねえだろうが。おまえたちが束になって、殴りかかれば、王子様なんてすぐやっつけられるだろ。違うか？」体格からしても、あの王子は強くなさそうだったではないか。仮に、あの少年が格闘技の達人だったとしても、大人数で対抗すれば、問題はない。

四人の反応は奇妙だった。思いもしない言葉を投げかけられたかのように、きょとんとした。この男はいったい何を言っているのか、と呆《あき》れるようだ。

なるほど、と思う。この中学生たちは、そのようなことを思ったこともないのだ。王子と対決し、立場の逆転を図ることを考えたこともない。

昔やっていた仕事のことを思い出した。ある、拉致《らち》監禁された男の見張りをやった時のことだ。薄暗い古マンションの一室で、男はほとんど裸に近い恰好《かっこう》で、言葉も喋《しゃべ》らず、朦朧《もうろう》としていた。木村はその隣の部屋でテレビを観て、酒を飲み、時間を潰していたのだが、その時に不思議でならなかったことがあった。男は手足を拘束されておらず、部屋には鍵《かぎ》もかかっていなかった。あろうことか、玄関も開け放しで、出入りは自由だった。だから、「どうして男は逃げようとしないのか？」と疑問だった。

疑問に答えたのは、その仕事の際、木村と交替で監視役をしていた男だ。彼は、「学習性無力感って知ってるか」と言った。
「学習性？」木村は聞き返した。
「もともとは犬に電気ショックを与える実験があったらしい。ジャンプすれば電気ショックから逃げられる仕組みを作るとするだろ。普通は、逃げるよな。ただ、その前に、何をやっても電気ショックから逃げられない体験をさせておくと、もう、逃げようとしないんだってよ」

「諦《あきら》めるのか」

「ようするに、自分は無力だ、って学習すると、少し頑張れば助かるって状況でも、何もしなくなるんだ。これは人間も同じだ。家庭内暴力ってのも同じだよ。母親は、やられるがままになる。無力感を植えつけられるからだ」

「だから」と木村は、男が監禁されている部屋に目を向けた。

「そうだよ。あいつは逃げようとしないんだ。逃げられない、と思い込んでいる。人間というのは論理的に動くんじゃない。根底にあるのは、動物的な仕組みだ」

それと同じなのか。

目の前の中学生たちを見る。彼らはすでに、自分たちの力では王子に勝てるはずがない、と思い込んでいる。学習しているのか？　仲間や大人が、王子の指示によって酷《ひど》い目に遭うことが、今までにも何度かあったのかもしれない。その積み重ねが、彼らに無力感を植え付けたのか。電気ショックも要因の一つだろう。どのように電気ショックが行われるのか、王子がどう指示を出すのかは分からないが、その、電気ショックが彼らの精神を追い込んでいる可能性はある。

改めて見れば、四人の中学生たちはあまりに幼かった。髪形に凝り、眉毛《まゆげ》をいじり、それなりに恰好をつけてはいるものの、不安に満ちた、子犬のようだ。小さな世界のポジション取りで必死、という顔つきだ。

こいつらを操るのは意外に簡単かもしれねえな、と木村は考え、そして、これはもう関わるべきじゃないな、と悟った。濡《ぬ》れた瞳《ひとみ》で悲しげに泣く捨て犬など、無視するに限る。「まあ何とかしろよ、自分たちで」

「おじさん、助けて」と丸顔の中学生が言うのが聞こえた。

渉が不安そうに、木村の手を握ってくる。あっちへ行こう、もう帰ろう、と引っ張る。

「知らねえよ。じゃあな」木村はいつの間にか自分が瓶の中身を飲み干していることに気づき、うろたえる。「まあ、せいぜい立派な大人になれよ」と言い残し、その場から去った。


「ねえ、おじさん」

声がして、木村は目を覚ました。新幹線の中だと気づくのに、少し時間がかかる。完全に眠っていたわけではないが、うつらうつらとしていて、だからすぐ横に現れた王子の顔が、記憶の中から蘇《よみがえ》った幻のように感じられた。

「ねえ、おじさん、のんきに寝てる場合じゃないよ。だいたいさ、この後、自分がどうなるのか不安に思ったりしないの」

「不安に思うも何も、こうやって拘束されてたらどうすることもできない。そうじゃねえか」

「それにしても、もう少し危機感を抱いたほうがいいよ。僕はこの新幹線でおじさんを待ち構えていたけど、それは別に、仲良く東北旅行を楽しもうとしていたわけじゃないんだから」

「違うのかよ。一緒に行こうぜ。盛岡で冷麺《れいめん》でも食うか。奢《おご》ってやってもいいからよ」

王子はくすりともしない。「おじさんにお願い事があるんだ」

「やだよ」

「やだよ、とか言わないでよ。僕だって、病院にいる小さい子供が苦しい目に遭うのは耐えられないんだ」

木村は自分の胃のあたりに重苦しさを感じ、同時に、血が滾《たぎ》るような怒りも湧いた。「何をやらせるんだよ、俺に」

「盛岡でやることはもう少し近づいてから、教えるよ」

「もったいつけて、焦《じ》らしたいのか」

「だって、誰かを殺すように頼まれるなんて、知りたくないでしょ」

木村は舌打ちをこらえる。物騒な言葉を気軽に口にするのは、子供ならではは、とも思えたし、大人びているとも思えた。「誰だよ。誰を殺すんだ」

「それは後のお楽しみだよ」王子は言いながら、身体を折ると、木村の足首に巻いたマジックテープのバンドをいじくりはじめた。

「お、解放してくれるのか」

「いい？　変なことをしたら、おじさんの子供はたぶん、大変なことになるよ。これを外したからって、自由になるわけじゃないからね。忘れないでよ。僕と連絡が取れなくなったら、それだけで病院の子はさようなら、なんだから」

木村は直線的な怒りに身体を震わせる。「なあ、おまえ、ちゃんと携帯電話をチェックしているんだろうな」

「え？」

「電話におまえが出なかったらまずいんだろうが」と木村は顔をしかめる。

「あ、そうだね。うっかりしてた。十回コールして、僕が出なかったら、その時もおじさんの子供はまずい。その通りだよ」

「うっかり着信に気づきませんでした、なんて言ったらな、絶対に許さねえぞ」

「おじさん、そんなことよりもさ」王子が何事もないように続けた。「別のお願い事ができたんだ」

「肩でも揉《も》みましょうか」

「荷物を一緒に取りにいってほしいんだ」王子が後方の車両の方向を指差した。

槿

藤沢金剛町のスクランブル交差点、南北を走る車道の信号が青だ。車が次々と通り過ぎる。歩行者用信号の変わるのを待つ人たちが、横断歩道の手前で、立っている。槿《あさがお》はそこから三十メートルほど離れた、大型書店の前に立っている。信号を見る。歩行者に目をやる。男、長身、痩身《そうしん》、三十代、違う。男、大柄、二十代、違う。女、違う。男、小柄、二十代、違う。女、違う。男、学生服、違う。目的の男が通り過ぎるのを待つ。

交差点の信号が切り替わる。横断歩道をいっせいに人が渡る。縦に、横に、十字にと進む。そのうち歩行者用信号が点滅し、赤になった。また、車道が青になる。タイミングを身体に植えつける。重要なのは、黄色が光るタイミングと、その終わりだ。車は青信号の時よりも、黄色信号の際のほうが、速度を上げる。慎重さを欠き、駆け込んでくる。

押し屋とは、かまいたちみたいなものだと思います。そう言った女がいた。仕事の依頼人として現れた。槿は、押し屋の代理人と称し、その女と接した。

何もしていないのに手や足を、すぱっと切られた怪我を、妖怪《ようかい》かまいたちにやられた、と言うでしょう、本当は、鋭い風のせいで切れただけなのに。押し屋というものもそれと同じく、事故で死んだ人や電車に飛び込んだ人のことを、押し屋に押されたと説明しているだけではないでしょうか。存在していないものを、後から、作り上げたのでは？

よく誤解されているが、かまいたちは、風や真空のせいでもない。風のせいだという説も結局は、デマだったんだ。槿がそう教えると、女は不機嫌になった。

不機嫌になったのなら帰れば良いものの、女はその後もいっそうの執着を見せ、押し屋について根掘り葉掘り聞いた。槿は、女を嫌い、仕事も受けず、立ち去った。それでもしつこく追ってくるため、途中の夜道で、背中を押した。信号が赤に切り替わる直前、加速してきたピックアップトラックが衝突した。報酬なしの作業は疲労感だけが残る。

男、小柄、四十代、違う。女、違う。男、大柄、二十代、違う。女、違う。女、違う。男、大柄、四十代。左から通り過ぎた男をさらに目で追う。ストライプの入ったグレーの背広を着ている。髪は短く、肩幅が広い。槿は歩きはじめている。交差点に男は向かう。青信号を待つ、人々の列に紛れ込んだ。槿も足を進める。意識はあるものの、自ら舵《かじ》を切る感覚とは異なる。

車道側の信号が、青色から黄色へと変わる。男が横断歩道の手前で立ち止まる。右から来る通行車両を見る。黒のミニワゴン、運転手は髪の短い女性、後部にチャイルドシートだ、と分かる。タイミングが合わない。その次に見えたのは、偶然にも、同タイプのミニワゴンだ。信号が変わる。車が飛び込んでくる。槿は右手をふらりと動かし、男の背中に触れる。

衝撃音と、タイヤがつんのめるように、道路を引っ掻《か》く音が鳴る。悲鳴はすぐには出ない。人々の無言が、透明の、無音の爆発を起こすかのようだ。

槿はすでにその場を離れている。来た道を、やはり、流れに任せるが如く、するすると歩く。背後から、「救急車!」と叫ぶ声がしたが、槿の胸には、湖に沈んだ小石の波紋ほどの揺らぎもない。ずいぶん前にも、この交差点で仕事をしたことがあったな、とぼんやり思い出すだけだった。

「蜜柑、おまえ、トーマス君たちの仲間の名前を言ってみろよ」トランクを捜しに行ったはずの檸檬は手ぶらで帰ってきたと思うと、その説明をするでもなく、よいしょと三人掛けの通路側に腰を下ろし、のんびりとそんなことを言った。

蜜柑は窓側に座らせてある峰岸のぼんぼんの死体をちらと見やる。檸檬があまりにゆったり構えているので、自分たちの置かれている状況を確認したくなったのだ。死体はある。事態に大きな変化はない。であるのに、この檸檬は関係ない話題を口にしている。「トランクはあったのか?」

「トーマス君の仲間の名前知ってるか？　おまえの知っている中で、一番、マイナーっぽい名前を言ってみな」

「それがトランクの報告と関係しているのか」

「するわけねえだろ」檸檬は下顎《したあご》を少し突き出し、呆れた表情になる。「トランクなんてもうどうでもいいじゃねえか」

ようするに見つからなかったんだな、と蜜柑も察する。檸檬と組み、仕事をするようになってから、五年以上が経つ。運動能力に優れ、どのような事態に陥ってもパニックになることなく冷静に、というよりも冷酷に行動できるため、物騒な仕事をするのにはこの上なく頼もしい同僚といえたが、一方で、細かい作業が苦手なのか、おそらくは何事も億劫《おっくう》に感じる性格のせいだろうが、やることが大雑把で無責任なところもあった。しかも負けず嫌いで、ミスを犯してもあれやこれやと言い訳を並べ、自分の失敗は認めたがらない。認めざるをえない状況になれば今度は、「このことは忘れようぜ」と言い放つ。事実から意識を遠ざけ、実際に忘れようとする。尻拭《しりぬぐ》いをするのはいつも俺だ、と蜜柑は知っている。が、そのことに抗議をしたところで蛙の面に小便であることも分かっていた。

溜め息をつき、「ゴードン」と蜜柑は言った。「確かいただろ、ゴードンってキャラクターが。機関車トーマスに」

「おまえなあ」檸檬が途端に勝ち誇った顔つきになる。「ゴードンなんてめちゃくちゃ有名な仲間じゃねえか。ほぼ主役だよ、主役。俺が出した課題は、マイナーな名前だっての」

「課題ってのは何だ」蜜柑は首を回す。仕事以上に、檸檬の相手をするほうが重労働に感じられた。

「じゃあ、教えてくれ。何てのが、模範解答だ」

檸檬は少し鼻の穴を膨らませ、得意げな様子を必死に隠そうとしている。「まあ、せいぜいな、サー・ハンデルくらいは言ってほしいもんだよな。旧名、ファルコン」

「そういう名前の仲間がいるのか」

「じゃなかったら、ネッドとかな」

「機関車にもいろいろいるわけだ」当たり障りのない相槌《あいづち》を打つほかない。

「機関車じゃなくて、車だけどな」

「何が何だか。意味が分からない」

蜜柑は死体の横の窓を眺める。外の景色が流れていく。巨大なマンションが通り過ぎていった。

「なあ」と蜜柑は、隣の座席で鼻歌まじりに雑誌を読みはじめる檸檬に教え諭すようにする。「おまえが自分の失敗を認めたくないのは分かる。だけど今は、のんきにしていられる状況じゃない。分かるだろ？　峰岸の息子は息をするのをやめて、冷たくなったし、トランクはどこかに消えた。言ってしまえば俺たちは、八百屋での買い物を頼まれたにもかかわらず、野菜は買えないわ、財布はなくすわ、何一つまともにお使いできない、駄目な子供と同じなわけだ」

「蜜柑の言うことは回りくどくて、分かりづらいんだよ」

「要約すれば、俺たちはかなりやばい状態だ、ってことだ」

「知ってるっての。六文字だろ」

「知ってるように見えないから、俺は言ってるんだ。いいか、俺たちはもっと焦らないといけない。いや、俺はすでに焦っているから、おまえだ。おまえはもっと焦るべきだ。もう一度確認するぞ。トランクは見つからなかったんだな」

「まあな」と檸檬はなぜか胸を張るようだったためにそれをさらに批判しようとしたが、それより先に、「でもな、ガキに嘘つかれて、俺も散々だったんだって」と弁解してくる。

「ガキが嘘？　何だそれは」

「お兄さんの捜しているトランクを持った人があっちに行ったよ、なんてな、いい子ちゃんみたいな感じで言ってくるからよ、俺もそれを信じて、〈はやて〉の先頭までその男を捜しに行ったんだけどな」

「別に、そのガキが嘘をついたとは限らないだろ。誰かがトランクを持っていったのは間違いないんだ。ガキがそれを見たのもたぶん、本当だろうな。おまえがそいつを見つけられなかっただけだ」

「でも、おかしいだろ。あのでかいトランクが消えるわけねえんだ」

「トイレは見て回ったのか」

「だいたいな」

「だいたい？　だいたい、というのは何だ」蜜柑はさすがに強い語調で聞き返していた。冗談で言っているのではないと分かり、さらに愕然《がくぜん》とする。「全部、見なくては意味がないだろ。トランクを持った奴がトイレに隠れている可能性はある」

「使用中のところは、中、調べられないだろうが」

溜め息をつくことすらもったいなく感じた。「全部、捜さないと意味がない。俺が行ってくる」

蜜柑は腕時計を見る。あと五分もすれば大宮に到着する。「まずいな」

「どうした。何がまずいんだよ」

「大宮駅に着く。峰岸の部下にチェックされる」

峰岸という男は、長いこと、物騒な組織を運営してきたせいか、とにかく疑《うたぐ》り深く、人を信用しなかった。「人間は裏切ることができる場面になれば、必ず、裏切る」と信じており、だから、他人に仕事を依頼する際も、その裏切りを防ぐために、チェック役や監視装置を準備する。

今回も、蜜柑たちがどこかのタイミングで、峰岸を裏切ることを決意し、金を持ち逃げされることを恐れていた。もしくは、息子を人質代わりに、別の場所へ連れ去るようなことがあってはならない、と考えていた。

「だから、おまえたちが裏切っていないことを、調べるんだ」仕事の打ち合わせの際に面と向かって、宣言までした。

新幹線の停車駅に自分の部下を待機させ、蜜柑と檸檬が、息子を連れて、盛岡行きの新幹線車両に乗っているかどうか、怪しい素振りを見せていないかどうかを調べる。もちろん、その説明を受けた時には、蜜柑と檸檬も裏切る算段など微塵《みじん》もなく、依頼通りに仕事をこなすつもりであったから、「どうぞどうぞ、自由に調べてください」と気軽にうなずいた。

「まさか、こんなことになるとは思わなかったからな」

「事故は起こるものなんだよ。トーマス君の歌でも言ってるじゃねえか。事故が起きたら、落ち込まないで、ってな」

「おまえは少しは落ち込んだほうがいい」蜜柑の言った台詞も届かないのか、檸檬は節をつけて歌を軽やかに口ずさんでいる。いいこと言うよな、トーマス君の歌は深いよな、と感じ入っている。「あ、でもよ」とそこでようやく蜜柑を見た。「大宮のホームで待ってるその、チェックする奴ってのは車両に入ってくるのか？」

「どうだろうな」そのあたりの詳細までは知らなかった。「もしかするとホームから、窓越しに俺たちの座席を確認するだけかもしれない」

「もしそうだとしたらよ」檸檬は上半身を起こし、窓際の死体を指差した。「こいつは眠っているように見せて、すっとぼけていれば、騙《だま》せるんじゃねえか」

檸檬の楽観的な物言いに反感を抱いたが、同意できるところはあった。確かに、乗車してこないのであれば、誤魔化《ごまか》すことはできる。

「だいたい、峰岸の息子が死んで、ここに座っているなんて、想像できるわけがねえだろ」

「確かにな。俺だってびっくりだ」

「だろ。じゃあ、騙せるぜ」

「だけど、不審に思ったら、乗ってくる可能性はある」

「大宮での停車時間は一分くらいだ。悠長なことしてる暇はねえよ」

「なるほど」蜜柑は想像する。自分が峰岸であったら、どういう指示を出すか。「たぶん、その部下ってのはホームでこっちを確認して、怪しいと思ったら電話で峰岸に連絡する手はずになっているはずだ」

「『ボス、息子さん、死人みたいな顔してましたよ。酔っちゃったんですかね』ってか？　そうしたらどうなる？」

「峰岸はたぶん、『息子が酔ってるわけがない。そいつはきっと妙なことが起きてるに違いない』と、ぴんと来る」

「ぴんと来るかねえ」

「そういうのには敏感なんだよ、ああいう大物は。で、峰岸はたぶん、次の停車駅の仙台に部下を大量に待機させる。新幹線に乗り込ませて、なりふり構わず、俺たちを捕らえさせるだろうな」

「その連絡係の電話を奪っちまうってのはどうだ。峰岸に報告をさせなければ、俺たちも怒りを買わずに済む。このぼんぼんだって、『死んだ』という情報が発表されない限りは、死んでいない」

「峰岸くらいになれば、電話じゃなくても連絡手段はいくらでも持ってるんじゃないか」

「飛脚とかか」檸檬はどういうわけかその発言が自分で気に入ったらしく、なあ飛脚だろ、としつこく繰り返した。

「たとえば、ビルの電光表示の看板だとか、あるじゃないか。あそこにメッセージを映し出したりな。『息子は殺されましたよ』と教えるんじゃないか」

　檸檬がまばたきを素早くして、蜜柑を見つめた。「本気で言ってるのか」

「冗談だ」

「蜜柑の冗談はつまらねえなあ」檸檬は、つまらない、と言う割には活《い》き活《い》きとしていた。「それなら俺たちも今度、野球場の大きなビジョンとかを伝言板代わりにしてみるか。あのでかいところに、『無事、仕事は終わりました』とか映して、依頼人に伝えるんだ」

「そうするメリットが分からない」

「面白いじゃねえか」檸檬は子供のように笑う。そして、おもむろにポケットから紙切れを取り出すと、やはりどこからか取り出したペンで書き込みをはじめる。「ほら、これ持っていけよ」と突き出してきた。

受け取って見てみれば、スーパーマーケットの企画している籤引《くじび》きの抽籤《ちゅうせん》券だった。

「裏だよ、裏」と檸檬が言うのでひっくり返すと、丸顔の機関車の絵が描かれている。うまいとも下手ともいえない。

「何だこれは」

「アーサーだよ。名前も書いただろうが。『はずかしがりやであかむらさきのきかんしゃです。とてもしごとねっしんで、じこをおこしたことがないのがじまんです』ってな。事故を起こしたことがない、完璧《かんぺき》な機関車なんだよ。無事故記録を更新中でな。シールにはなかったから、俺が描いてやった」

「これがどうかしたのか」

「無事故の機関車だぜ。お守りがわりに持っていけよ」

子供騙しにもならぬような話に、蜜柑は呆れ果てるが、言い返す気力もなく、二つに折ると尻のポケットに入れた。

「まあ、そのアーサーも結局、トーマスに騙されて事故を起こすんだけどな」

「駄目じゃないか」

「でも、トーマス君はいいこと言うんだぜ」

「何て」

「『記録なんて壊されるためにあるのさ！』」

「相手の記録を勝手に壊したやつが口にする言葉じゃないな。そこまで、心の琴線に触れない台詞も珍しい」


七尾は四号車の一列目に戻った。真莉亜の言葉が本当であれば、トランクの持ち主は三号車にいる。近い車両に座っていることに不安はあったが、それはどこにいても同じに思え、それならばシンプルに、指定券を持っている座席を選ぶことにした。

檸檬と蜜柑のことを頭に浮かべる。

彼らは、トランクを捜しているのか？　自分の座っている席が床に沈み、天井が崩れ、圧迫されるような気分になる。二人組は冷淡な上に物騒で、精神的にも技能的にも乱暴を働くことに長《た》けている。そう言った小太りの仲介業者に聞かされた話を思い出す。

トランクをもっと近い場所に、三号車と四号車のデッキのダストボックスに移動しようかとも考えたが、やめた。もう一度移動する際に、誰かに見つかる可能性はある。トランクの場所は変えないほうが得策だ。大丈夫だ、うまく行く、問題はない。七尾は自分に言い聞かせる。突発的な事故はもう起きないだろう、と。「本当にそうか？」揶揄《やゆ》するように、内なる自分が囁《ささや》いてくるようだった。何か仕事をしようとした際、予期せぬ出来事に巻き込まれるのがおまえの常ではないか、と言ってくる。小学生の頃、学校からの帰り道に誘拐されてしまったことにはじまる、おまえの人生の、抗《あらが》えない、大きな運命のようなものではないか。

通りかかったワゴンサービスの女性を呼びとめ、「オレンジジュースが欲しい」と頼んだ。

「売り切れてしまって。いつもはそんなことないんですけれど、本当にたまたま」

彼女が説明してきても、七尾は動じなかった。だと思いました、と答えたかったくらいだ。そのようなたぐいの不運には慣れている。たとえば靴を買いに行けば、好みの色は売り切れており、残ったものではサイズが合わない。レジに並べば隣の行列のほうがすいすいと進み、エレベーターで先に老人を乗せてあげよう、と親切心を出せば、自分の番で重量オーバーの音が鳴る。日常茶飯事だ。

炭酸飲料を買うことにし、お金を支払う。

「君はいつもおどおどして、浮き足立ってるから、年がら年中、天中殺みたいなことになってるんだよ」以前、真莉亜にそう言われた。「だからもう少し、ゆったり構えてさ、慌てそうな時はお茶飲んだり、深呼吸したり、手のひらに、『人』って字とか、『薔薇《ばら》』って字とか書いて、落ち着いたほうがいいと思うよ」

「僕がいつもおどおどしているのは、心配性だとか考えすぎだとか、そういうことじゃないんだ。経験上、知ってるんだ。僕の人生はついていなさすぎるから」と七尾は答えた。

缶の蓋を開け、炭酸飲料を飲む。ぴりぴりとした感触が口に広がり、噎《む》せた。

トランクは隠した。大宮にはもうすぐ到着する。落ち着いて行動すれば、ゴール地点が上野から大宮へと変更になったものの、ほぼ予定通りに仕事は完了する。真莉亜に会って、「どこが簡単な仕事だったんだ」と文句を言ってやれば、それでおしまいだ。

強く念じれば念じるほど、不安な自分がまた、顔を出す。

七尾は自らを落ち着かせるため、座席に深く腰を下ろす。そして、気を引き締め、左手を開き、右手で漢字でも書いてみようか、と人差し指で、「薔薇」と書きはじめるが、予想以上にくすぐったかったため、手を振った。

するとその左手が、前のトレイの缶を叩いた。缶は床に落ちた。走行中であるからなのか、小さな缶はころころと軽快に回転し、車両の前へと転がっていく。慌てて立ち上がり、七尾はそれを追った。すぐに止まるだろうと楽観的だったのだが、缶は意外にも、右へ左へと進路を変え、転がっていく。七尾は腰を屈《かが》めたり、通路を歩いたり、乗客に謝ったりと動作を慌ただしくした。

車両を半分以上超えたあたりでようやく缶が止まり、すぐにしゃがみ、拾った。溜め息をつき、起き上がると脇腹に痛みが走る。呻《うめ》く。何が起きたのか分からず、それは何らかの敵が、たとえばトランクの持ち主が、攻撃を仕掛けてきたようにも思え、冷や汗がどっと出るのだが、「あらあ、ごめんなさいねえ」と老いた女性の声が聞こえてくるので、違う、と分かった。背の低い女性だ。座席から立ち上がったところらしく、杖《つえ》を前に出したが、それが、缶を拾ったばかりの七尾の横腹にぶつかったのだ。当たり所が悪かったのだろう、かなり苦しい。

「ちょっと」老女は自分が通路に出て、移動するのに精一杯だからか、それ以上は七尾のことを気にかけず、「ごめんなさいねえ。通してくださいねえ」と行ってしまう。

七尾は座席の背もたれによりかかり、腹を撫《な》でながら、呼吸を整える。我慢でどうにかできる痛みでもなく、身をよじるようにし、くねくねとやっていると後ろの座席の男と目が合った。同い年か、もしくは少し年上、背広姿だからか、生真面目な会社員に見える。数字の計算を几帳面《きちようめん》にやるのが得意な、たとえば経理担当やもしくは税理士事務所の職員か、と咄嗟《とつさ》に七尾は相手の素性を想像する。

「大丈夫ですか？」その彼が心配そうに言った。

「大丈夫」とぴんと立ってみせたが、鋭い激痛が走り、体勢を崩しそうになる。緊急避難する思いで、男の隣の席に座る。「少し痛いかも。今、そこの人とぶつかっちゃって。この缶を拾いにきただけなんだけど」

「ついてないですね」

「まあ、ついていないのはいつものことだ」

「いつもついてないんですか」

男が手に持っている本に目をやれば、旅行ガイドなのか、ホテルの写真がたくさん並んでいる。

七尾はようやく痛みも治まり、立ち上がろうとしたが、不意に思い立ち、「たとえば」と話をはじめていた。「たとえば俺は、小学校二年生の時にね、誘拐されたことがあるんだ」

男は、少しきょとんとしたが、「どうしたんですか急に」と小さく笑みを浮かべる。「家が富豪なんですか」

「まさか」七尾はすぐにかぶりを振る。「金持ちとは程遠かったよ。小学校の時なんて、体操着以外の服なんて買ってもらえなかったし、友達が持っている玩具だって、指をくわえて、見ているしかなかった。本当に指をくわえてたよ。その頃、同じクラスに金持ちの同級生がいてさ、彼は俺とは正反対で、何でも持っていて、小遣いは無尽蔵に見えたし、漫画本もプラモデルもたくさん持ってたんだ。まあ、『持てる者』だよな。持てる友達。その持てる友達が、ある時、俺に言ったんだ。『君のおうちは貧乏だから、サッカー選手か犯罪者の道を選んだほうがいいよ』」

「ああ」と男は曖昧《あいまい》に言う。当時の七尾に同情するように、悲しげな顔になった。「そういう子がいるんですね」

「いたんだよな。ギャングかサッカー選手しか道がない、なんて乱暴すぎるけど、当時の俺は素直だったから、なるほどそうなのか、と思って、だから両方やった」

「両方？　サッカーと」男が目を見開き、首を傾げる。

「犯罪。サッカーボールを盗んできたのが、最初の犯罪だ。で、どっちも練習を繰り返して、それなりに達者になって、確かにそれが自分の人生を成立させることになったから、あの、持てる友達は恩人でもあったんだ」七尾は、普段は饒舌《じょうぜつ》ではない自分が、初対面の男にこうも喋りかけていることに当惑を感じていたが、穏やかな表情ながらどこか生気のない男は、こちらの話を静かに吸収していくかのような、そういう雰囲気があった。「あ、何の話だったっけ」と言って、思い出す。「そうだ、誘拐だ」まだ喋るのか、と自分自身に呆れるが、「その、持てる友達のほうがよっぽど誘拐されそうですね」と言われると、「鋭い」と張り切った声を出し、「その通りなんだ」と続けてしまう。「俺は間違われたんだ。金持ちの彼と混同された。誘拐犯に。持てる友達とは帰る方向が一緒だった。しかもその時は、ジャンケンで負けて、彼のランドセルを背負っていたんだ。持てる友達のランドセルの色は、他の生徒とは違って、何というか」

「特別だったんですか」

「そうそう。金持ち仕様だったんじゃないかな」七尾は笑う。「それで間違われて、誘拐されて、散々だった。俺は、自分が、その、持てる友達じゃないってことは訴えていたんだけど、信じてもらえなくてさ」

「でも助かったんですね」

「自力で逃げたんだ」

犯人たちは身代金を、持てる友達の親に請求した。その親は、真面目に取り合わなかった。自分の息子は家にいるのだから、当然だ。犯人たちは逆上し、だんだんと七尾を乱暴に扱うようになった。

「だから僕は、その子とは別人なんだ！」犯人たちは、七尾の言葉を信じるようになり、七尾の自宅に電話をかけた。おそらくは、「金が手に入るのであれば、どこの親からでも構わない」と考えを改めたのだろう。

「父親は、犯人に対して、とても正しいことを口にした」

「何て言ったんですか」

「『ない袖《そで》は振れない』」

「ああ」

「犯人たちは呆れて、ひどい親だとなじったけれど、俺には理解できた。ない袖は振れない。その通りだ。子供は助けたくても、払うお金がない。どうしようもないことだ。俺は自分でどうにかしないといけない、と分かった。で、逃げた」

記憶の天袋の戸が次々と開いていく。ぱたん、ぱたん、と開いては閉じる。そこから覗く過去の場面は、埃《ほこり》を被《かぶ》ってはいるものの、一定の生々しさを備えていて、子供の頃の体験とは思えないほどの臨場感があった。犯人側の注意不足と七尾の運動能力と度胸、それから電車の踏み切りの閉まるタイミングとバスの到着時間に救われた。乗ったバスが発車した際の安堵《あんど》と、乗車賃を持っていないことへの焦りが同時に思い出される。とにもかくにも、小学生でありながらも、七尾は無事に自分の力で逃げることができた。ぱたん、ぱたん、と頭の戸が次々に開く。不用意に記憶を辿《たど》っていくとまずいぞ、と気づいた時には、すでに、開くべきではない戸も開いている。出てくるのは、「助けて」と縋るような目で懇願してくる少年の顔だ。

「どうしたんですか」七尾の変化を敏感に察知したのか、背広の男は訊ねてきた。

「心の傷」七尾は、真莉亜がからかって使った言葉を口にする。「その時、俺以外にも誘拐されていた子がいたんだ」

「誰ですか」

「さあ」七尾は実際、知らなかった。監禁された場所にいたのだ。「あそこは、誘拐した子供を集める倉庫みたいなものだったのかもしれない」

坊主頭の見知らぬ少年は、一人で逃げようとした七尾に、「助けて」と言った。が、七尾は、その少年を助けなかった。

「足手まといになるからですか？」

「そのあたりの判断理由はもう覚えていないし、もしかすると直感みたいなものだったのかもしれない。あの時の俺に、彼を助けるという考えはなかった」

「その子はどうなったんですか」

「さあ」七尾は正直に答える。「俺の心に傷ができただけだよ。思い出したくない」どうしてまた思い出してしまったのか、と記憶の棚の戸を閉める。鍵もかけたいくらいだった。

「犯人は？」

「捕まらなかった。父親も面倒臭がって、警察に届けなかったし、俺もどうでも良かった。生きて帰ってきたことと、自力でもどうにかなることが分かっただけでも収穫だったし。あれ、何の話からこうなったんだっけ」どうして自分がこんな話をとうとうと喋っているのか不思議でならなかった。ボタンを押され、自動的に語り出すロボットのようでもある。「とにかく、間違われて誘拐されたのをはじめ、そんなことばっかりなのが俺の人生なんだ。高校受験の時は、せっかく張った山が当たったのに、隣の席の男がくしゃみばかりしたものだから、結局、不合格だった」

「集中力を欠いたからですか」

「違うよ。彼の鼻水なのか唾《つば》なのか、それが大量に、俺の答案に飛んできた。慌てて拭《ふ》いたら、せっかく塗ったマークシートが読めなくなった。名前も消えた」

経済的に余裕のない七尾の家では、進学するのであれば公立高校以外に考えられなかったが、それもまったく赤の他人である受験生のアレルギー性鼻炎によって、ふいになった。父親も母親も感情の起伏に乏しく、そのことを怒るでもなければ、嘆くわけでもなかった。

「ついてないですね」

「『洗車をすると雨が降る。ただし、雨が降ってほしくて洗車する時を除く』」

「何ですかそれは」

「昔、流行《はや》った、マーフィーの法則だよ。俺の人生はまさにそれの連続だ」

「マーフィーの法則って懐かしいですね」

「もし、いつか、君が並んでいるレジの前に俺がいたら、隣に移動したほうがいいよ。絶対、そっちのほうが速く、前に進むから」

「覚えておきます」

携帯電話が鳴った。着信の表示を見れば、真莉亜からだった。ほっとするような、むっとするような、せっかく喋っているところなのに、と舌打ちをしたくなるような思いに駆られる。ほっ、むっ、ちっ、だ。

「杖で突かれた痛みも治まったよ。話を聞いてくれて、ありがとう」

「僕は何もしてないんですが」男が恐縮する。その表情には怯えるようなところはなく、かと言って落ち着き払っているのともまた異なり、大事な感情の回路が、そのプラグが外れているかのように思えた。

「君は、人の話を引き出すのが上手なのかも」七尾はふと感じたことを伝える。「そう言われたことがない？」

「え」男は責められたとでも思ったのか、動揺した。「でも、僕は何もしていないじゃないですか」

「神父みたいに、そばにいるだけで喋ってしまう、というか。歩く懺悔《ざんげ》室、というか、歩く神父というか」

「歩く神父、って、神父はだいたい歩きますよ。それに僕はただの塾の講師ですから」

七尾はその言葉を背中で受けながら、デッキに立つ。携帯電話を耳に当てると、さっそく、「出るの遅い」と真莉亜の声が飛び込んでくる。

「トイレに行ってたんだ」声を大きく発する。

「余裕があるねえ。どうせ君のことだから、トイレに行ったら行ったで、トイレットペーパーが切れちゃった、とか、おしっこが手にかかっちゃった、とかなるよ」

「否定はしないよ。で、何の用」

真莉亜の、明らかに不満げな鼻息が聞こえてくるが、それも新幹線の走行する振動だと思えば気にならない。窓際に立っているもののじっとしている気分にもなれず、連結部の上に立つ。重なる床板のようなものが、生き物の関節じみた動き方をする。

「何の用って、ずいぶん、のんきだね。もうそろそろ、大宮でしょ。今度こそちゃんと降りるんだよ。怖い狼さんの死体はどこにあるんだっけ」

「思い出させないでくれ」足元が揺れ、身体でバランスを取る。

「まあ、もし、狼の死体が発見されたところで、君の仕業だと分かる人もいないだろうけど」

その通りだ、と七尾も思った。あの狼の正体は、その本名も含め、知っている人間はほとんどいないはずで、警察があの死体を発見したところで、身元を特定するだけでもかなり苦労するはずだ。

「で、何だっけ、大宮でちゃんと降りるように、だっけ。分かってるよ」

「さすがに次は大丈夫だとは思うけど。念のため、プレッシャーを与えておこうと思って」

「プレッシャー？」

「さっきね、依頼主に電話したの。うちの優秀な選手がトランクを持って、上野駅から降りることに失敗しちゃいました、って。まあ、大宮で降りるからそんなに問題はないだろうとわたしも思ったけどね、一応、伝えたほうがいいじゃない。社会人としての常識でしょ。困ったことや失敗したことは正直に報告しなさい、って」

「相手は怒っていた？」

「青褪めてたよ。顔は見えないけど、明らかに、血の気が引いてたね、あれは」

「どうして、青褪めるんだ」怒るのであればまだ、理解できる。嫌な予感がした。これは簡単な仕事ではないのではないか、という予感と、この予感は当たる、という予感だ。

「その依頼人も、別の依頼主から頼まれていたらしいんだよ。つまり、わたしたちは下請けの下請けみたいなものだったんだけど」

「よくあるじゃないか」

「そうそう。だけど、その大元の依頼主っていうのが、盛岡にいる峰岸という名前の」

そこでひときわ大きく、列車が左右に震えた。七尾はバランスを崩し、よろめき、近くにあった手すりにつかまる。

「誰だって？」電話を耳に戻し、訊ねる。「今、聞き取れなかった」と言い返した途端、トンネルに入る。窓の外は暗くなる。低い唸《うな》り声のような激しい音が列車を包む。子供の頃、列車がトンネルに入るたび、七尾は恐怖を覚えた。暗くなっている間に、巨大な獣が激しい鼻息を吹きかけながら、列車に顔を寄せ、車内の乗客を品定めしているように感じるからだ。どこかに悪い子がいないか、捕まえるのにちょうど良い子はいないか、と目で舐めるようにし、こちらを窺《うかが》っているとしか思えず、だからずっと肩をすぼめてじっとしていた。人違いで誘拐されたことに対する恐怖が残っていたのかもしれない。乗客の中から不運な一人が選ばれるとなれば、それは自分に違いない、と思っていた。

「峰岸って知ってる？　名前くらい知ってるでしょ」

七尾は一瞬、真莉亜の言いたいことが分からなかったが、理解すると同時に胃が痛くなる。「峰岸というのは、あの峰岸か」

「あの、が何を指すのか分からないけど」

「遅刻した女の腕を切ったとか切らなかったとか」

「五分ね。五分遅刻しただけね」

「おぞましい御伽噺《おとぎばなし》によく登場してくる男じゃないか。噂を聞いたことがある。峰岸さんはちゃんと仕事をしないやつが大嫌いなんだ、って」七尾は自分でそう言った後で、立ったまま眩暈《めまい》に襲われる。足元が揺れることと相俟《あいま》って、その場で倒れそうになる。

「ほら」真莉亜が言う。「ほら、やばいでしょ。わたしたち、ちゃんと仕事してないんだから」

「どこか他人事《ひとごと》に聞こえる。本当に、大元の依頼主は峰岸なのか？」

「はっきりはしていないけれど、どうもそんな雰囲気があるみたい」

「雰囲気だけなら、まだ、分からない」

「そうね。でもとにかく、依頼人は、このままだと僕ちゃん峰岸さんに怒られちゃう、って青褪めてるわけ。まあ、起きちゃったことはしょうがないんだから、大宮で降りればそれほど大きな問題はないんだし、めそめそしてないで、どんと構えてろ、って言っておいたから」

「峰岸はこのことを知っているのか？　僕が上野で降り損なったことを。僕がちゃんと仕事をできなかったことを」

「さあ。どうだろう。あの依頼人がどうしてるか次第だよね。伝えるのが怖くて、まだ言えないでいるのか、もしくは、伝えないと怒られるぞと慌てて、報告してるのか」

「そういえば、君にトランクの置き場を電話で知らせてきた人間がいるはずだ」七尾は思い出した。新幹線が出発した直後に、「トランクは、三号車と四号車の間にある」と真莉亜に連絡が入った。「ということはこの車内に、その連絡をした誰かがいることにならないか」

「かもしれない。そうだったら、どうなる？」

「そうだったら、その人間は俺の味方、トランクを奪う側の人間だと思っていいんじゃないかな」車内に味方がいるとなれば、少しは心強い。

「期待しないほうがいいよ。きっと、トランクの場所をチェックして、電話をかけるだけの役割なんだし。もう上野で降りてるかもよ」

　確かにそれはありえる、と七尾も思った。

「でも、どう、緊張感、出てきた？　ちゃんと仕事をしないとまずいな、って気持ちになった？」

「もとから俺は、ちゃんと仕事をしているつもりだ」七尾は言いながら、そうなのだ、と自ら強くうなずく。これほど、ちゃんと生きようとしている人間はいないではないか。ちゃんと、の定義にもよるかもしれないが、高望みをせず、地道に、自分の家の貧しさを呪うこともなければ、捨て鉢になることもなく、盗んだサッカーボールでリフティングに励みながら生きてきた。そういう人物に私はなりたい、と他人から尊敬されてもおかしくはないだろう、と思った。

「君はちゃんと仕事をする。だけど、ついてない。何があるか分からないよ」

「大丈夫だ」それはもちろん、真莉亜に対する返事ではなかった。自分に対し、自分の運命に対し、念を押したのだ。「トランクは隠した。大宮はもうすぐだ。降りれば仕事は終わり。峰岸が怒る理由もない」

「そう祈ってるけどね。ただ、君と一緒に仕事をするようになってね、わたしもいろいろ学んだわけ。世の中には、思いもしない不運が待ち受けているんだな、って。失敗するわけがない、と思っている仕事もね、予想もしない出来事が起きて、失敗する。失敗しないまでも、大変な目に遭う。『ああ、そんな風に失敗する方法があったのね』って毎回、勉強になる」

「なのに君はいつだって、簡単な仕事だと言ってくる」

「それも事実でしょ。何やったって、君はトラブルに巻き込まれるんだから、しょうがないよ。石橋を金槌で叩いて渡ろうとしたら、金槌が蜂に当たって、で、蜂に刺されて、橋から落ちちゃう。そんなことばっかりだし。君さ、ゴルフやったことないでしょ」

何を突然、と七尾は思った。「ないけれど」

「やらないほうがいいよ。カップにボールが入るでしょ。で、そのボールを拾おうとしたらね、たぶん、カップから鼠が飛び出してきて、がぶっと君の手を齧《かじ》るよ」

「馬鹿な。どうして、ゴルフのカップに鼠がいるんだ」

「君の場合、そういうことを起こしちゃうんだって。仕事を失敗する方法を見つける天才なんだよ」

「『仕事を失敗しろ』っていう仕事が来たら、うまくこなせるかもしれない」七尾は冗談でそう言った。すると真莉亜は思いのほか真剣な口調で、「そうしたら失敗しないんだよ、えてして」と指摘してくる。

「マーフィーの法則だ」

「俳優の名前だっけ？　エディ・マーフィー？」

するとそこで急に、七尾は不安に囚《とら》われる。「トランクがあるかどうか心配になってきた」と進行方向に視線をやる。

「そうだね。隠したはずのトランクがなくなっちゃってる、なんて君の場合は充分ありえるから」

「脅さないでくれよ」

「気をつけて。トランクがあるかどうか確かめに行ったら行ったで、何かが起きるかもよ」

ではいったいどうしろと言うのだ、と喚きたくなったが、真莉亜の心配も理解できた。

王子

マジックテープを外し、木村の手足を自由にしたが、不安はなかった。感情に任せて暴力を振るってしまったら、息子の命に危険が及ぶ。そのことはすでに、木村も理解している。でまかせや、はったりだとは思っていないだろう。王子がそういった嘘を安易につくタイプではない、とは分かっているはずだ。さらに王子は、木村に、「お願い事がある」と言ってある。つまり、仕事を遂行すれば子供が解放される、と彼は知っているわけだ。ほかに解決する道があるにもかかわらず、息子を危険に晒《さら》す覚悟で、自分に楯突《たてつ》く可能性は低い。人は、まだ道があると分かっている限りは、それほど自棄《やけ》は起こさない。

「で、どうすりゃいいんだ」

繋がれていた足首を撫でるようにした後で、木村は不貞腐《ふてくさ》れた表情で言ってきた。憎むべき相手に指示を乞《こ》うのは屈辱以外の何ものでもないだろうが、それを堪《こら》えている。王子は愉快で仕方がない。「今から一緒にこの後ろの車両まで行こう。デッキのところにゴミ箱があるでしょ。で、そこにトランクが隠してあるから」

「ゴミ箱に入るくらいの大きさなのか？」

「僕も知らなかったんだけど、ゴミ箱のところの壁が、パネルみたいになっていて開くんだよ」

「黒ぶち眼鏡の男が隠したのか。でも、それを奪ったところで、どうすんだよ。トランクって言うからには、それなりにでかいわけだろ。ここまで運んできて足元に置いていたら、ばれるぞ。座席に載せて、寄りかかって隠すわけにもいかねえしな」

王子は、その意見はもっともだ、と思った。海外旅行に使うような大きなトランクではなかったものの、座席の近くに置いていたらすぐにばれる。

「二通りのやり方を思いついたんだけど」と言いながらデッキに出る。そして、いったん扉のほうへと寄って、木村と向き合う。「一つは、車掌に預かってもらう方法」

「車掌に？」

「そう。トランクを持っていって、説明をして、預かってもらうんだ。乗務員室とか、その近くに業務用の小部屋があるだろうから、そこに置いてもらえれば、持ち主には見つからないでしょ」

「持ち主不明の荷物があったんですけど、とか言うのか？　トランクが落ちてましたよ、か。すぐに、車内アナウンスで呼びかけられて、乗客全員にばれちまうぜ。トランクを欲しい奴らが、乗務員室の前に列を作る」

「もう少しまともな嘘をつくよ。たとえば、これは自分のトランクなんだけれど、隣の乗客のおじさんが悪戯《いたずら》しようとしておっかないので、降りるまで預かってくれませんか、とか」隣の乗客、というところで王子は、木村を指差す。

「余計に怪しまれるのがオチだ」

「僕みたいな中学生が誠実に説明すれば、怪しまれないよ」

木村が、ふん、と鼻息を荒くする。笑い飛ばしたいのだろうが、彼も内心では、「車掌も、この中学生には騙されるのではないか」と予想しているのは明らかだった。「でも、車掌に預けたら、おまえのものにはならねえぞ」

「盛岡で降りる時に返してもらってもいいし、それが難しいようだったら、そのままでいいよ。トランクの中身も知りたいけど、それ以上に、トランクを隠している、ってことが重要なんだ。欲しがっている相手を誘導したり、動揺させたりできる」

「クラスで流行ってるロボットカードと同じか」

「そう。でも、もう一つ、別のやり方も考えたよ。トランクの中身だけ取っちゃうんだ」あの黒眼鏡の男が大事そうに扱っていたトランクには、四桁《けた》の数字ダイヤルが並んだ鍵があった。「あの鍵、ダイヤルを回していけばいつかは開く」

「全部、試すってのかよ。何通りあると思ってんだ。ご苦労だねえ」木村は、子供の提案を小馬鹿にするようだった。この男は依然として先入観から逃れられていない、と王子は同情する。

「やるのは、おじさんだよ。トイレに入って、ひたすらダイヤルを回すんだ」

「俺がトイレでそんなことするわけねえだろうが」

冷静さをすぐに失う木村に、王子は笑いそうになる。口の中を奥歯で嚙むようにし、堪えた。

「おじさん、何度も言うのつらいけど、言うことを聞いてもらえないと、おじさんの子供がまずいんだ。トイレで、トランクの鍵をいじることくらい、やったほうがいいよ。そのほうが絶対にいい」

「トイレにずっといたら、車掌に怪しまれる」

「僕がトイレの近くを定期的にチェックするから、人が並ぶようだったら、伝えるよ。そうしたらいったん出てきてもらって、様子を見て、またトイレの中でやればいい。だいたい、トランクの鍵をいじっていること自体は悪いことじゃないんだから、いくらでも言い訳できるよ」

「死ぬまでダイヤル回す羽目になるぞ。トランクの鍵を回しながら歳取るのなんて、ごめんだ」

王子は再び、歩きはじめる。次の車両に入り、通路を進む。後ろからついてくる木村の思いを想像した。自分の息子を建物から突き飛ばした張本人の、その小さな身体が目の前にあるのだから、すぐにでも飛び掛かりたいに違いない。周囲が許すのであれば、首を絞めるなり、腕を取るなり、暴力を振るいたくて仕方がないだろう。が、今の木村にはそれができない。新幹線の車内、公衆の面前ということもあるがそれ以上に、子供の命に関わるからだ。木村の歯軋《はぎし》り、もどかしさを想像するだけで、王子の胸には心地良さが満ちた。

「おじさん」と六号車を通り過ぎながら、後ろに首を傾けた。まさに、怒りの衝動を必死に抑えようとしている、醜く歪《ゆが》んだ木村の顔がそこにはあり、痛快な気持ちになる。「四桁の数字を合わせるのは、思ったほど時間はかからないはずだよ。0000から9999までだから、一万通り。大雑把に一通りを一秒で試すとして、一万秒。約一六七分。二時間五十分弱だ。そしてたぶんね、実際はこれよりも早いよ。一回につき一秒もかからない気がするし、それに」

「暗算、速くて、いい子だな」木村が茶化してくるが、それすらも王子は愚かに思える。

「自分でも驚くくらいだけれど、僕は本当に、幸運に恵まれているんだ。でたらめに行動しても、たいがい、いい方向に転がるし、籤もよく当たる。生まれてからずっと、不思議なくらい、僕は恵まれている。だからね、たぶん、四桁の数字も比較的、早い段階で正解に辿り着くと思う。最初の三十分、

0000から1800の中間くらいで鍵が開くんじゃないかな」

デッキに出る。人の姿はなかった。王子はためらうこともなく、ダストボックスの場所へ移動する。「押してから、ここか」木村が横に並ぶので、「ほら、そこ」と、ダストボックスの突起部分を指差す。「押してから、捻って引っ張ってみて」

木村は言われるがままに手を伸ばし、そして、力を込め、パネルを引いた。「あ」と木村が声を出す。王子も横から覗く。ゴミ箱の上の棚に、黒のトランクが入っているのを確認し、「あれだよ。早く取り出して」と声をかける。

木村は、開くとは思ってもいなかった場所が開いたことに呆気《あっけ》に取られていたが、王子の言葉にせっつかれ、身体を伸ばし、必死にトランクを引っ張る。床に下ろすと同時に、王子はパネルを素早く閉めた。

「じゃあ、おじさん、そこのトイレでさっそく、開けよう」とすぐに、デッキにあるトイレを指差す。「合図を決めておいたほうがいいね。何かあったら、外からノックするよ。もしかすると他のお客さんがノックする可能性もあるから、区別をつけないと。とりあえず、別の客が並んだりして、いったん外に出たほうが良い場合は、コンコンコンコンコンって五回ノックするよ。普通の人は五回も叩かないだろうから。で、もし、やばそうな人が近くに来たら、その時は、コンコン、コンって叩く。一拍あけて」

「やばい奴というのは誰だよ」

「黒い眼鏡のお兄ちゃんとか」王子は言いながら、あの自信がなさそうな男であれば、もし、荷物を盗んだことがばれても、どうにか言い包《くる》めることができるかもしれない、と想像した。人間には与《くみ》しやすい相手とそうでない相手がいる。知識や身体能力の関係もあるが、基本的な精神構造、性質によって決まる。取り込まれやすい人間は、歳を重ねても成長はせず、だからこそ、世の中の詐欺や犯罪は減らないのだ。「あのトランクを捜していた男の人とか」そちらの男は思慮なく、物騒なことをやりそうな危なさに満ちていた。「そういう人がやってきたら、二回と一回、叩くよ」

「コンコン、コンか。そうしたらどうすればいい」

王子は、木村の質問にうっかり笑ってしまう。すでに、こちらを頼りにし、判断を仰いでくる時点で、立場は確定している。自分で考えてみなよ、と励ましたくなる。

「状況によるとは思うんだ。だから、警戒しながら中で待っていてほしい。その人が立ち去ったらまた合図を、一回だけノックをするから」

「立ち去らないようだったら、どうする」

「僕がどうにか気を逸《そ》らせてみるよ。だいたい、おじさんがトイレの中でトランクを開けようとしているなんて、誰も分かるわけないんだから、そんなにしつこく待ったりはしないと思うし」

「意外に大雑把だな、おまえも」

木村は馬鹿にするように言ってきたのかもしれないが、王子は特別な感情は抱かなかった。計画はそれほど綿密に立てる必要はない、と分かっていた。何かが起きた場合に、慌てふためくことなく、柔軟に次の行動の選択ができることが重要だった。

「おじさん、じゃあ、今からさっそく、数字合わせだよ。鍵を開けるんだ。用意ドン」王子は、木村の服を引っ張り、トイレのほうへと連れて行く。

「偉そうに指示を出すんじゃねえぞ。俺が大人しく、指示に従うと思ってんのか」

「思ってるよ。もし、おじさんがトイレからいなくなっていて、どこかに逃げたようだったら、僕はすぐに電話をする。病院にいる仲間に、ね。そうしたら、おじさんの子供はたぶん、その電話でおしまいになるよ。携帯電話って怖いね。何でもできるんだね」

木村が鬼の形相を浮かべ、睨んできたが、王子は気にもかけない。トイレの扉を開く。木村は抵抗することもなく、あれよあれよという様子でトイレの中に入った。鍵が下りる音がした。

腕時計を見る。大宮駅が近い。盛岡に到着するまでには、まだ時間がある。おそらく、それほど時間もかからず、トランクの鍵は開くはずだ。


王子がデッキのところに立っていると、後方の五号車の扉が、風を噴き出すような音を立てて、開いた。

やってきたのは、黒眼鏡をかけた、あの男だった。丈の短いGジャンを羽織り、カーゴパンツも似合っていた。目尻にはお人好しの象徴とも見える、皺が刻まれている。王子は不自然にならぬように気をつけながらトイレの扉に近づき、二度、そして間を空けて一度、ノックした。トイレを使いたいが、先客がいるため諦めた、というふりをする。それから、はたと気づいた様子で、「先ほどの」と王子は声をかけた。「あの、お酒にやられてしまった人は大丈夫でしたか?」

「ああ君か」男の顔にわずかではあるが、疲労が、じんわりと色をつけた。僕のことを面倒な少年だと思っているのだろうな、と王子は察する。そういう反応も珍しくはない。王子を、感心すべき優等生と見る大人もいれば、感心すべき優等生ほど鬱陶しいものはいないと思う大人もいる。

「あの彼は眠っちゃったよ、あのまま。酔っ払いは迷惑だよね」黒眼鏡の男はこめかみを掻きながら、立ち止まる。そして、ダストボックスと向かい合うようにし、王子をちらと窺った。

「どうしたんですか?」声をかけたものの、次に男が取る行動は想像ができた。トランクがあるかどうかを確認するつもりなのだ。思ったよりも早かったな、と思った。トランクを隠したのはつい先ほどであるから、確かめにくるにしてももっと時間が経ってからだろう、と推測していた。僕が考えたよりもこの男は小心者で、神経質なのかもしれない。値踏みをしなおす。家を出た途端に、鍵を閉めただろうかガスは消しただろうか、と気になるタイプに違いない。

「ちょっとね」彼は、王子に早くいなくなってもらいたいのだろう。苛立《いらだ》ちとはいかないまでも、不満な様子が伝わってくる。

王子はわざとらしく携帯電話を見やり、それから、「あ、かかってきた」と嘘をつき、電話に出る恰好で、扉近くへと移動した。自分が見ていないほうが、男はダストボックスのところを開けやすいのではないか、と予想した。案の定、男がいそいそと動くのが、視界の端に映る。少しだけ大きな音が鳴る。ダストボックスのパネルを開けたのだろう。あえて、そちらは見なかったが、トランクがないことに、ぽかんとしている男の顔は目に浮かんだ。笑いを堪える。

「勘弁してくれよ」泣き声のようなものが聞こえてきて、王子は電話を終えたふりをし、トイレの前に戻った。どうかしましたか、と白々しく訊ねると、ダストボックスの壁、そのパネルを開けたままにし、男が青白い顔でぼうっとしていた。「あ、そこ、開くんですね?」と空々しく、質問する。

男は髪の毛をくしゃっとつかむようにしていた。眼鏡を外し、目をごしごしとこする仕草は、漫画の登場人物でもやらぬような、あまりに定型な悔しがり方にしか見えなかったが、本人は真剣そのもののようだった。愕然としている。が、その口から洩《も》れたのは、「やっぱりだ」という言葉で、そのことだけが王子には意外だった。「やっぱり? 何がです」

男はショックのあまり朦朧としているのか、警戒することもなく、「ここにトランクを、ほら、君も見ただろ、僕が持っていたトランク、あれを入れておいたんだ」と説明をしてくる。

「どうしてそんなところに入れたんですか」王子は無知で純粋な中学生を装い、疑問を発する。

「いろいろあってね」

「それがなくなっちゃったんですか。やっぱり、というのはどういう意味なんですか」

「こうなるんじゃないかとは思っていたんだ」

奪われると分かっていた？　王子は不快になった。自分がトランクを奪うことを予期していたとでもいうのだろうか。見透かしていたかのような物言いに、嘘をつくな、と指摘したくなるのを我慢する。「トランクがなくなると分かっていたんですか」

「別にそれが分かっていたわけじゃないよ。そうだったらさすがに、トランクを入れたりしない。ただ、いつもこうなんだ。やることなすこと全部、裏目に出る。こうなったら困るなあ、嫌だなあ、と思ったら、そうなるんだ。トランクがなかったらまずいな、と気になって、来てみたら案の定、トランクは消えている」男は言いながら、おいおい泣き出しそうだった。

なるほどそういうことか、と王子はほっとし、「つらいですね」と同情を浮かべる。「トランクがないとまずいんですか」

「まずい。とてもまずい。大宮で降りるつもりだったんだけれど」

「トランクがないと降りられないんですか」

男はそこでまじまじと王子を見つめた。そのような選択肢については考えてもいなかったのか、まばたきをやりながら、「その選択肢」を選んだ自分の未来に思いを馳《は》せるようだった。「降りたまま、永遠に逃亡生活をするつもりなら、やれるかもしれない」

「そんなに大事なものが入ってたんですか」王子は口に手を当てる。芝居がかった仕草であるから、自分でも可笑《おか》しかったが、そうすることで相手がこちらを侮ってくれるのではないかと計算していた。

そこで、「あ」とおもむろに高い声を発する。「そういえば、今さっき、見ましたよ。そのトランク」

「え」男が目を大きく開く。「ど、どこで」

「僕がここに来た時。黒いトランクを持った人がいました。背が高くて、ジャケットを羽織っていました。髪が少し長くて」

王子は、車内で遭遇した、トランクを捜す男の外見を思い出しながら、説明をした。

最初は訝《いぶか》る顔つきだった男もそのうちに顔をしかめはじめる。「蜜柑か檸檬か」

果物の名前を口にする理由が王子には分からない。

「どっちに行ったのかな」

「気づいたら、いなくなっちゃっていたんですけど」

「そうか」男はそう言って、進行方向と後方を交互に見やる。どちらに捜しに行くべきか悩んでいる。

「君はどっちに行ったと思う？　直感でいいから言ってくれないか」

「え」直感でいいから、とはどういうことか。

「僕が何かをやるとたいがい裏目に出るんだ。だから六号車のほうに行けば、たぶん荷物を取った相手は逆方向にいるだろうし、逆に五号車のほうに戻れば、相手は前のほうにいる。自分で選んでしまうと、裏をかかれる」

「誰に裏をかかれるんですか」

男は言葉に詰まるように、息を吞《の》んでいた。面倒臭そうに、「誰かだよ。上からこっちを見下ろして、人間の運命を操作している奴がいるんじゃないかな」と続ける。

「僕はそうは思わないですよ」王子は言った。「操作なんて誰もしていないように思うんです。運命の神様なんてどこにもいなくて、万が一、神様がいたとしても、僕たち人間をガラスケースに放り投げて、あとは観察もしないで放っているような気がします」

「じゃあ、僕の運が悪いのは、神様のせいじゃないのか」

「うまく説明できないんですけど、たとえば、傾斜のある板を用意して、そこの上からビー玉とか、拾った石とかを落としたとしますよね。そうするとそれぞれ、いろんな方向に、いろんなコースを通って、石は落ちていくはずですけど、それは別に、転がっていく最中に誰かが進行方向を操作したわけではないですよね。速度とか形状とかでどこに転がるかは決まっていて、それは放っておいても、そうなるようになっています」

「僕がアンラッキーなのは、そういう性質を持っているからで、どうもがいたところで、それは変わらないってことか」

不快に感じたり、怒ったりするのであれば楽しかったが、男が、王子の言葉に対し予想以上にしょげてしまうので、調子が狂う。「あの、好きな番号って何番ですか?」と唐突にぶつけた。

「え」と男は動揺し、そしてその動揺で思考が乱されたまま、という様子であるにもかかわらず、「七」と明瞭《めいりょう》な言葉で答えた。「苗字が七尾だからね。七が好きだ。ラッキーセブンなんだけど」

「じゃあ、七号車のほうに賭《か》けてみたら?」と王子は前の車両を指差す。

「それも裏目に出るような気がするなあ」と言った彼は、「やっぱり逆にしてみよう」と後方へ歩きはじめる。大宮駅に到着するのはもうすぐのはずだった。

「見つかればいいですね」

トイレに近寄ると、扉を手の甲の部分で一度だけ叩いた。お捜しのトランクはこの中にあるのに、気づかず通り過ぎていくなんて、本当についていないですね、と男に声をかけたかった。

果物

車内に、大宮駅到着を知らせるメロディが流れはじめた。アナウンスも続く。隣の座席の檸檬が、「緊張してんのかよ」とにやにやしながら言ってきた。

「少しはな。おまえは緊張しないのか」大宮駅に、峰岸の部下がいるはずだった。

「あまりしないな」

溜《た》め息をついてしまう。「単純なおまえがうらやましいよ。だいたいが、おまえの不注意からこうなったんだろう」

「まあな」と檸檬は言いながら、スナック菓子を食べている。「ただ、俺だけのせいじゃない。トランクをなくしたのは確かに俺のせいもあるかもしれねえけどな、そいつが死んだのは俺やおまえというよりは、そいつのせいだ」

「そいつ？　こいつのことか？」蜜柑は窓側の席で動かなくなった死体を指差す。

「そうだ。こいつが勝手に死んでるのがいけない。そう思わねえか。どうして死んじまったのかはさっぱり分からねえし」

新幹線の速度が遅くなりはじめる。蜜柑は腰を上げる。「おい、どこ行く」と檸檬が不安そうに言ってきた。

「大宮に着く。峰岸の部下に、異状なしだって説明しないといけないだろうが。デッキに行くんだ」

「そのまま降りて、逃げたりしねえだろうな」

蜜柑は、なるほどそういう手もあるのか、と思った。「ま、逃げたところで大変だろうけどな」

「おまえが逃げたら、俺はすぐに峰岸に電話して、全部おまえのせいにして、おまえの追跡を買って出るからな。峰岸の靴を舐《な》めるような感じで、尻尾《しっぽ》振って、『あの蜜柑野郎を捕まえてくるので、なにとぞ私のことはお許しを。命だけは』ってするからな」

「おまえがそこまでやるとも思えないが」蜜柑は、座ったままの檸檬と前の席の背もたれの間を通る。

新幹線のブレーキが利きはじめる。立ったまま右手の窓に目をやると、大きなスタジアムが見えた。巨大な要塞《ようさい》じみた迫力は、現実感を伴っていない。左側はデパートの看板が後方に流れていくところだった。

「あんまり過信するなよ」檸檬が後ろから言ってきた。「トーマス君の歌でも言ってるからな。自信過剰だと、集中力が散漫になっちゃう、ってな」

「陽気に開き直っているようにしか聞こえない」蜜柑は呆《あき》れる。「それにその歌は、おまえ自身のことじゃないか」

「俺は自信過剰だったことなんてねえよ。過剰じゃない。俺の自信は過不足なしだ」

「集中力散漫ってところだよ。おまえはいつも大雑把で、面倒臭がりじゃないか。集中力もなければ、注意力もない」

「あ、俺の注意力を馬鹿にするんじゃねえぞ。たとえば、だ。トーマス君の仲間で」

「またそういう話題か」

「オリバーって名前のやつが二人いるの、知ってるか？　ダグラスが助けたタンク機関車と、あとはショベルカー。普通はオリバーって言うとタンク機関車のほうしか思い出せないけどな、厳密に言えば、二つ存在しているんだよ、同名で」

「それがどうしたんだ」

「俺の注意力は大したもんだ、って話だ」

分かった分かった、と蜜柑は手であしらうようにする。それを言うのであれば、「アンナ・カレーニナ」にはニコライという名前の登場人物が三人くらい出てきたぞ、と思ったが、言ったところで檸檬は、「アンナカレ、とはどんな彼だ」と、ちぐはぐなことを言ってくるに決まっていた。

新幹線が大宮駅ホームに進入していく。

デッキに出ると、お出口は左側です、とアナウンスが聞こえ、蜜柑は左側の出入り口の前に立った。ホームが左へと流れていく。到着を待つ乗客たちの姿がちらほらあった。

峰岸の部下がどういう風貌《ふうぼう》をしているのか、人数はどれほどであるのか、それも分からなかった。果たして無事に見つけられるだろうか、と不安が頭を過《よぎ》ったがその瞬間、ほとんど停車する寸前の新幹線の向こう、扉の窓に、常識と法律を守る社会人とはかけ離れた、明らかに裏街道を歩んでいると思《おぼ》しき外見の男が見え、「あいつか」と確信した。背が高く、髪はすべて後ろへ撫《な》で付けられている。背広姿ではあるものの真っ黒で、中のシャツは青く、ネクタイはない。すぐに左側へ見えなくなったのではっきりと顔は見えなかった。

息を吐き出すような音とともに、扉が揺れ、開いた。

蜜柑はすぐにホームへと降り立つ。左を向けば、先ほどの黒背広に青シャツの男がホームの端まで寄り、新幹線車両に顔を近づけているところだった。両手を眉《まゆ》の上あたりに移動し、庇《ひさし》を作っている。窓際の、若い女性の乗客二人がぎょっとするのもお構いなしで、車内を覗《のぞ》き込んでいた。峰岸のぼんぼんが座っている座席を確認しているのだろう。

「やあ」蜜柑は、その男に向かって声をかける。

振り返った男は眉間《みけん》に皺《しわ》を寄せた。思ったよりも、浮ついた感じのない、チンピラとは言いがたい貫禄《かんろく》を伴った、男だった。年齢は、四十代のはずで、会社員であれば部下を管理する立場にいてもおかしくはない。後ろへ撫で付けた髪も似合っていた。目つきが鋭く、贅肉《ぜいにく》は見当たらず、ただ立っているだけであるのに、ぴりぴりとした空気が、蜜柑の神経を刺激してくる。

「何だよ、お兄さん」青シャツの男は言いながら、車内に視線をやりながら、蜜柑をちらちら見た。

「俺は蜜柑。あんたは、峰岸から依頼されて、ちゃんと俺たちが息子を運んでるかどうかをチェックしに来たんだろ」

ああ、おまえが、と青シャツは一瞬、強張《こわば》りを解き、その後で別の緊張を浮かべた。「新幹線の旅は順調か」

「それなりだ。男三人で並んでいるのはぱっとしないからな」と窓を指差す。視線をやると、車内に座ったままの檸檬がこちらに気づき、子供のような無邪気さで手を振ってくる。余計なことをするなよ、と祈るほかない。

「寝ているのか」青シャツが窓に親指を向ける。

「ぼんぼんのことか？　そうだ。俺たちが助け出した時は、椅子にぐるぐる巻きで眠れなかったらしいからな。そりゃあ疲れてるだろうな」蜜柑は説明をしながら、自分の喋《しゃべ》り方が不自然にならぬようにと神経を尖《とが》らせる。停車時間は長くない。そろそろ新幹線は出発するはずだった。

「そんなに疲れているのか」青シャツは腕を組み、どこか承服しがたい顔つきになると窓に顔を寄せる。車内の、窓側の席の女性客が顔を引き攣《つ》らせ、のけぞっている。檸檬は相変わらず、手を振っていた。

「そういえば、峰岸は」蜜柑は声をかける。あまり、じっくりと峰岸のぼんぼんの死体を見られたくなかった。

「峰岸、じゃなくて、峰岸さん、な」青シャツは窓に鼻をつけんばかりに顔を寄せ、口調こそ穏やかながら有無を言わせぬ威圧感を漂わせた。

「峰岸さんは」蜜柑は言い直す。「峰岸さんは怖い人なのか？　噂はいろいろ聞いたことあるんだが、詳しくは知らないからな」

「約束を守れば怖くないさ。ちゃんとやらない奴には怖い。当たり前のことだ。そうだろ」

ホームに発車のメロディが流れはじめた。ほっとする気持ちを押し隠し、「そろそろ行くよ」と波立たない心を装い、言う。

「あ、そうだな」青シャツが窓から身体を離し、蜜柑に向き直る。

「ちゃんと峰岸に報告しておいてくれよ」

「峰岸さん、な」

蜜柑は踵《きびす》を返し、新幹線のドアへと戻る。これで少なくとも次の仙台駅までは時間が稼げる、と胸を撫で下ろしたが、自分の背中をじっと観察してくる青シャツの視線は感じた。気を弛《ゆる》めるな、と自らに言う。尻《しり》ポケットに手を当てた。檸檬がくれた、抽籤《ちゅうせん》券の感触を確かめる。無事故の機関車のイラストが描かれたものだ。ご利益はあるのだろうか。

「あ、おい」後ろから青シャツに呼びかけられ、足を止める。デッキに片足を載せたところだった。自然を装い、もう一方の足も車内に入れ、振り返る。「何だ」

「トランクのほうはちゃんと持っているよな」青シャツの表情には怪しむ影はなく、警戒しているようでもなかった。ただ事務的な確認をしてきただけなのは明白で、だから蜜柑も呼吸が乱れぬように気を配り、「当たり前だ」と返事をした。

「まさか、座席から離れた場所に置いていたりしないだろうな」

青シャツ鋭いな、と蜜柑は内心で舌打ちをする。「もちろん、座席の足元だ」

ゆっくりと身体を前に戻し、車内に入っていく。ちょうどドアが閉じた。

三号車に入り、座席まで戻る。座った檸檬と視線が合う。親指を立て、「楽勝じゃねえか」とはしゃいだ顔を見せるので、蜜柑は慌てて、「やめろ」と小さな声でたしなめた。「たぶん、まだあいつ見てるぞ」

反射的に檸檬が窓を見るが、その反応は落ち着きがなく、不自然だった。やめろ、ともう一度言うこともできず、釣られて蜜柑も窓に視線を移動する。青シャツが窓の外に立ち、腰を屈《かが》める姿勢でこちらを見つめていた。

檸檬はまた手を振るが、心なしか先ほどよりも相手は訝《いぶか》っているように見える。「おい、あまり調子に乗るなよ。怪しまれてるぞ」蜜柑は唇をなるべく開かぬようにし、囁《ささや》く。「大丈夫だ。もう、出発だ。列車は動き出したら誰にも止められねえんだ。トップハム・ハット卿《きょう》でもなければ無理だ」

青シャツは、少しずつ動き出す新幹線の外で、目を凝らすようにしている。蜜柑は、仕事仲間に挨《あい》拶《さつ》する感覚で、小さく手を挙げた。

青シャツの男も右手を開き、じゃあな、と言わんばかりに揺すりながら、歩いて少しこちらについてくる。そして、すぐに彼が目を見開き、硬直した顔つきになるので、蜜柑は眉をひそめた。いったい何があったのか、と怪訝《けげん》に思い、横に首を傾ける。そして、信じられないものを、見た。檸檬が、窓際の座席に置いてある、峰岸のぼんぼんの死体の左手を持ち、まるで人形に無理やり手を振らせるかの如く、左右に揺すっていたのだ。窓際に頭が倒れ、身体はそちらに傾いているにもかかわらず、左手が揺すられる状態は、普通の人間がするには不自然な角度だった。さすがに泡を食い、蜜柑は慌てて、「おい、やめろ」と檸檬の腕を引っ張る。すると死体が揺れて、檸檬のほうに寄りかかった。首ががくんと振れ、重い頭が真下を向く。睡眠中の人間の動きとは到底、見えない。はっとした蜜柑は、慌ててその死体を支える。「おいおい」と檸檬も焦りを浮かべた。

　新幹線が加速しはじめる中、後ろへ流れていくホームを確認する。青シャツの男がひどく深刻な顔をして、携帯電話を耳に当てているところだった。

　死体の向きを調整し、どうにか安定させる。

　蜜柑は背もたれに寄りかかる。同時に、檸檬も座席にもたれかかった。

「まずいな」蜜柑は言わずにはいられなかったが、檸檬は隣で、「事故がもし起きたら、落ち込まなーいでー」と小声で歌っていた。


　離れていく大宮駅を見送りながら、いったいどうなるんだよこれは、と七尾は思っていた。脳の中に煙幕が渦巻くような感覚で、頭が回転しない。

　自分の席に戻る気持ちにはなれず、デッキで携帯電話を見つめる。真莉亜に連絡をすべきなのは分かっていたが、気が進まず、かと言って、かかってくるのは時間の問題だった。

　意を決し、電話をかける。

　真莉亜はすぐに出た。ほとんどコールを待つことなく、飛びつくようなその素早さに、七尾は気が重くなる。あの、楽観的で、何事にも大らかに構えている真莉亜でさえもさすがに焦っているのだ。峰岸の恐ろしさを知っているからに違いない。

まず、真莉亜は、「今、何線に乗って、こっちに向かってる?」と面倒臭そうに訊ねてきた。大宮で降りた七尾がどういう経路でやってくるのかを確認するつもりだったのだろう。

「さっきと変わらない。東北新幹線の〈はやて〉だ」七尾は半ば開き直る思いで、ごく普通の口調で答えた。デッキはそれなりにうるさいので、少し強い語調になる。真莉亜の声が聞き取りにくい。

「まだ、大宮に着いていないんだっけ」

「大宮は過ぎた。そして、俺が乗っているのは、〈はやて〉だ」

一瞬、真莉亜が絶句し、言葉に窮するのが分かった。が、彼女も、今までの七尾との仕事の経験から、すぐに何が起きたのか察したようでもあり、大きく溜め息をついた。

「そうかもしれないな、とは思ってはいたけれど、まさか本当にそうだとは、さすがだね、七尾君」

「トランクがなくなっていたんだ。だから、降りられなかった」

「トランクはちゃんと隠していたんじゃなかったっけ」

「それが消えていたんだ」

「結婚ね」

「え」

「不幸の神様とさ、もう結婚したほうがいいって。そんなに好かれてるんだから。本当だったら喜ぶべきかもしれないのに、呆れちゃうね」

「喜ぶべきってどういうことだ」

「どうせ、君は降りられないだろうな、という自分の勘が当たった! と喜んでもいいと思うんだけどど、実際にそうだと分かると、がっくりきたよ」

からかうような、その投げやり口調に七尾はむっとし、文句の一つでも返そうかと思ったが今の自分にはそのような余力はないとも分かっていた。この、目前にある危機をどう乗り越えるか、が何より重要だった。

「七尾先生、質問だけど。トランクが見つからなかったんだってことは分かった。納得したわけじゃないけど、状況は分かる。でも、大宮で降りなかったのはどうして？　トランクが消えたということはたぶん、誰かが横取りしたってことでしょ。で、大宮で新幹線は止まったんだから、考えられるパターンは二つよね。そこでそのトランクを持った人間は下車したか、もしくは、乗ったままか」

「その通りだ」

大宮駅に到着する直前、七尾はそのことを突貫工事さながらに、慌てて、検討した。自分も大宮で降りるべきだろうか、それとも新幹線内にとどまり、トランクを捜すべきだろうか、と。

「で、大宮で降りなかったのはなんで？」

「二者択一だ。どちらかを選ばなくちゃならない。ただ、少しでも可能性があるほうを選択したかったんだ」

七尾が考えたのは、どちらがトランクを取り戻す可能性が高いか、だった。もし、大宮駅で降りたとして、トランクを持っている者を捜し、捕まえることができるのか、と考えれば自信はなかった。別の列車に飛び乗られたり、街中に消え去られてしまえば、打てる手はほとんどない。それとは反対に、新幹線から降りなければ、そしてトランクを持った相手が車内にいたままであれば、取り返せる可能性はある。あちらも新幹線から降りることはできないのだから、虱潰《しらみつぶ》しに調べていけば、捜し当てることができるかもしれない。そう考えれば、車内に残ったほうが得策ではないか、と七尾は結論付けた。何よりも、新幹線に乗り続けている限り、七尾の仕事は、「継続中」となり、「失敗した」と決定されないのではないか、との期待もあった。仮に、峰岸から状況の説明を求められたとしても、「まだ、新幹線の中で奮闘中」と回答することはできる。

そう考えた直後、新幹線は大宮駅に止まり、扉が開いた。

七尾はすっとホームに降り立った。トランクを持った乗客が降りたりしないかどうか、その程度はそこで確認すべきだと思ったからだ。もし、怪しい乗客が降りたならさすがに、追いかける必要はある。ホームに沿い、車体が緩やかにカーブしていることもあり、前方車両に至ってはほとんど見えなかったが、見える範囲だけでも、と思い、首をしきりに振り、眺めた。

後方の車両、三号車と四号車の間のあたりで、気になる二人組を見つけた。一人は長身で、黒い服を着ている。男にしては髪が長い。

蜜柑なのか檸檬なのか、とにかく、黒髪の長身男は、七尾のほうには背を向ける恰好《かっこう》で、誰かと向き合っている。そちらは、駅のホームまで出迎えに来た男のようでもあった。青シャツが目立つ、老いた男だ。前髪を全部後ろへ流した、そのオールバックの頭は、海外の映画に出てくる老婆の髪形とも似ていて、可愛らしさを感じる。

そのうちに長身の男が新幹線の中に戻った。一瞬だけ見えた横顔からは、蜜柑なのか檸檬なのか、それとも全くの別人なのか、判断できない。ホームに残った青シャツ男は、窓の外から、車内を覗き込むようにしている。見送りに来ただけとは思えなかったが、かと言って、何をするためにそこにいるのかは分からない。確かなのは、そこが三号車であることくらいだ。

「君は、トランクの持ち主は三号車にいると言っただろ」大宮で起きたことを説明した後で、七尾は、真莉亜に言った。

「そうね。わたしはそう説明を受けた。で、蜜柑とか檸檬も三号車にいたってこと?」

「それらしき人、だけどね。つまり、彼らがトランクの持ち主だという説は有力になってきた」

「説、とかそんな大袈裟《おおげさ》なもんじゃないでしょ」

「え、何だって?」七尾はとぼけたつもりはなかった。新幹線の揺れは穏やかとはいえ、それでもデッキに立っていると体のバランスが崩れやすく、振動が絶え間なく続き、うるさかった。七尾の集中力を拡散し、唯一の味方ともいえる真莉亜との会話を妨害しようとするかのようだ。「とにかく俺は、新幹線に乗ったままのほうが、トランクを見つける可能性は高いと思ったんだ」とはっきりとした声で言う。

「そうね、可能性は高いわよね。ってことは、蜜柑たちがトランクを、君から奪い返したってこと?」

「彼らのトランクを俺が取った。その俺から、彼らがまたトランクを取り戻した。たぶんそういうことじゃないかな。さらに別の第三者が関わってくるとか、複雑なことはごめんだ」

「君がそう思うと、だいたい、叶《かな》っちゃうからねえ」

「脅かさないでくれ」希望や夢は叶わないが、恐れていることは現実となって、現れる。

「脅しているんじゃないって。君にとっては、よくあることでしょ。好かれちゃってるのよ、不運の神様に。女神に」

新幹線の揺れに耐えながら、「不運の女神って美人かなあ」と声を張る。

「答えを聞きたい?」

「知りたくない」

「でも、どうしようねえ」真莉亜もさすがに困り果てているのか、必死に思案しているのが分かった。

「どうしようね」

「いい、よく聞いて」真莉亜はそう言ったが七尾はちょうど、新幹線の揺れに振られ、足の踏み場を変えたところで声を聞き損なう。「君はとりあえず、蜜柑たちからトランクを奪うこと」

「どうやって」

「知らないよ。ただ、これはどんなことがあっても絶対にやらないと駄目。君はトランクを手に入れる。これは大前提。で、その間、依頼主にはてきとうに嘘をついておくしかないね」

「どんな嘘を」

「トランクは手に入れた。ただ、大宮で降り損なった。仙台までは新幹線が止まらないから、それまで待ってくれ。そう言っておく。大事なのは、トランクは手に入れた、ってところね。仕事はちゃんとやっている、ってことをさりげなく強調して。ただ、不運なことに降り損なっただけ。それならまだ、マシかもしれない」

「マシって何が」

「峰岸の怒りが」

一理ある、と七尾も思った。八百屋にお遣いを頼まれた子供が、「野菜を買えずに、帰れない」と泣くよりは、「野菜は買えたけれど、道が工事中でなかなか帰ってこられない」と説明するほうが、信頼を得られるようには思えた。叱られる度合いも変わってくるはずだ。

「そういえば、君は、蜜柑たちに顔を知られているっけ?」真莉亜の声が引き締まる。明らかに、七尾と蜜柑たちとの対決を想定しはじめているのだ。

七尾は記憶を辿《たど》る。「たぶん、知られていないと思う。仕事で鉢合わせになったこともない。俺は、前に一度、彼らがどこかの飲み屋にいる時に教わったことがある。あの男たちが有名な、蜜柑と檸檬だ、って。業界で一番有能だと言われているぞ、とかね。見るからに物騒だったし、実際、その時も大暴れをして、ぞっとしたよ。だから顔をちゃんと見れば、分かる」

「あ、じゃあ、逆もあるじゃない」

「逆?」

「蜜柑たちに、誰かが君のことをこっそり紹介してるかもよ。あの、黒ぶち眼鏡の、若者こそが、業界でもっとも不運な業者だよって。だから、あっちも君の顔は知ってるかもしれない」

「そんなわけ」と言いかけ七尾も言葉を飲み込む。そんなわけあるはずがない、とは言い切れない。七尾の気持ちを察したのか真莉亜が、「でしょ。そんなわけがあったりするのが君の人生なんだよ。不運の、不細工な女神に好かれてるんだから」と得意げに言う。

「あ、今、不細工って」

「悩んでいる暇はないからね。さあ、三号車へ行って」

そこで七尾は、真莉亜の電話の周囲がざわついていることに気づいた。「外に出ているのか?」

「あ!」真莉亜が大きな声を出した。

「どうした」

「びっくり。これ、どういうこと?」

「何があった」と七尾は電話を耳に押し付ける。

「もう、すっかりやる気なくしちゃったよ」真莉亜は一人でぶつぶつ言い、嘆いている。

七尾は呆れて、電話を切った。

木村

電車の中のトイレってのはどうしてこうも薄気味悪いのだ。木村は腰を屈めて、トランクを触りながら顔をゆがめる。もちろん綺麗《きれい》に掃除はされ、特別に不潔なわけではないのだろうが、どうしても不快感が先に立つ。

前に置いたトランクの数字錠をいじくる。ダイヤルを一つ動かし、力を込める。びくともしない。次だ、と小さなダイヤルをこする。数字を一つ移動させて、開ける。開けようとするが動かない。

新幹線は小刻みに揺れる。

狭い部屋にいると、その圧迫感のせいか、自分の精神がぎりぎりと押し潰される気分になる。

少し前までの自分を思い出した。酒をやめられず、短時間であっても酒が切れると、不安になり、焦り、苛立《いらだ》った。渉はジジとババから指示されたのか、家中の酒をどこかに隠すこともしたが、木村は暴れるようにしてそれを探し、見つからなかったらヘアトニックでも良いから飲みたくなった。唯一の救いは、渉に暴力を振るうことがなかったことだろう。あの渉を殴りなどしたら、それこそ、体内に、後悔の膿《うみ》が充満し、死んでいる。

酒を我慢して、アルコール中毒の密林から必死に抜け出したというのに、当の渉は病院で意識を失っている。正確に言えば、渉が病院に運び込まれたからこそ、木村はアルコール中毒から脱することを決意できたのだが、「どうして俺がまともになったってのに、渉がいねえんだよ。ちっともやり直せねえじゃねえか」と嘆きたくなったのも事実だ。

車体の揺れが、細切れに、木村の体を突き上げてくる。

トランクの数字錠を指でこすった。開けるために力を込める。が、開かない。0000から0261まで試した。まだはじめたばかりではあったが、すでにその細かい単調な作業に嫌気が差している。どうしてあの王子のために、くだらない仕事をこなさなくてはならないのだ。屈辱と怒りで感情が爆発し、三度、便器を蹴《け》り飛ばした。そのたび正気が戻り、「今は冷静にならなくては」と思う。冷静に、王子の指示に従う素振りを見せ、機会を待て。あのガキを懲らしめるチャンスを待つのだ。

が、すぐに神経がぴりぴりとし、暴れたくなる。その繰り返しだ。

一度、王子が合図を送ってきた。ノックを二度、それから一度、コンコン、コンと戸が叩かれた。先ほどの取り決め通りであるならば、トランクを捜していた黒眼鏡の男でもやってきたのだろうか。外が気にかかるが、できることといえば数字錠を合わせ続けることしかなかった。やがて、もう一度、ノックが響き、男が立ち去ったことが分かる。

0500まで合わせたところで、木村は反射的に、「05:00」の数字の並び、ある日の夕方の五時を示す時計表示を思い出した。

その日、家の居間、渉の観ていた子供向けの番組が終わりかけの時間で、木村は、渉の脇でボトルの酒を飲み、横になっていた。月曜日であったが警備員の仕事は休みで、一日、酒と横臥《おうが》で過ごした。その時に家のチャイムが鳴った。新聞の勧誘だろう、と予想した。いつもであれば来客の応対は、渉にやらせた。酔った中年男が玄関に出て行くよりは、幼児とはいえ賢い少年が相手をするほうが、向こうも気分が良いに決まっているからだ。

が、その時は木村自身が玄関へ行った。渉はテレビに夢中であったし、さすがにそろそろ起き上がるべき頃合だった。

玄関の向こうには、学生服の少年が立っていた。

中学生に訪問を受ける理由など思いつかず、とっさに、宗教団体の勧誘だな、と決め付け、「うちは間に合ってるよ」と言い捨てる。

「おじさん」中学生は初対面とは思えない馴《な》れ馴《な》れしさで、とはいうものの図々《ずうずう》しさよりは泣きつくような素振りだった。

「何だよおまえ」酒のせいでいよいよ、現実には在らざるものを見るようになったのか、これは中学生の幻か何かか、と思ったが、そこで思い出す。少年の顔に見覚えがあった。いつだったか忘れたが、街中で遭遇した中学生だ。ひょろっと細長い体型で、白く面長の顔立ちは瓜《うり》を思わせる。鼻は高く、少し曲がっていた。「何で、おまえがここに来てるんだよ」木村は声を荒らげる。眉をこれきりというほどに顰《ひそ》めた。

「おじさん、助けてくれよ」

「何だよおまえ」面倒臭くて扉を閉めようとしたが、やはり気にかかる。木村は外に出た。中学生の襟首、学生服の詰襟をつかむと力一杯引っ張り、地べたに押し倒した。あっという間に転がった瓜顔少年は、痛い、とさっそく泣きべそをかく。容赦をするつもりもなかった。

「何でこの家、知ってんだよ。おまえ、前に外で会った奴だよな。えっと王様じゃなくて、何だっけか、王子か、王子様の機嫌を損ねてびくびくしていた中学生だ。どうやって、ここが分かった」

「つけたんだ」と彼は呻《うめ》きながらも、しっかりと言う。

「つけた?」

「塾に行く時、この近くを自転車で通るんだけど、おじさんが歩いているのが見えて、つけたんだ。だから、家の場所は知ってて」

「つけるならもっと色っぽい女にしろよ。それとも何か、そういう趣味でもあるのか。おっさん好きなのか」木村は冗談めかして言ったが、その裏には、その中学生が不吉で、陰鬱《いんうつ》な事柄を運んできたのではないか、という不安があった。怯《おび》えを押し隠すために、無意識が、木村に、軽口を発させた。

「そういうんじゃないよ。ただ、もう、おじさんしか頼れる人いないから」

「また王子様か」木村は息を吐き、瓜顔の少年に吹きかける。酒臭いかどうか自分では判断できないが、少年の煙たそうな表情を見る限り、それなりに臭いはあるのかもしれない。

「死んじゃうよ」

「酒の臭いで死ぬなら、煙草よりも酒を本気で禁止しろよ」

「そうじゃないって。タケが、死んじゃうんだ」

「タケってのは誰だ。また、おまえの同級生か」木村はうんざりしながら言う。「この間も誰かが自殺したんだろ。どういう学校なんだよ、おまえんところは。うちの子は絶対、入学させねえからな」

「今度は自殺とかじゃなくて」瓜顔少年は興奮していた。

「俺はおまえたちなんて、どうでもいいんだよ」

木村はその少年を蹴り飛ばし、知るか、と叫んで家のドアを閉めることもできた。が、瓜顔の少年がそこで、「人じゃなくて、犬なんだ。タケってのは、朋康《ともやす》の飼っている犬で」と言うので、気が変わる。

「はあ？　何だよそれは。ややこしいな」木村は言ったが、好奇心が湧いていた。家の中の渉に、「渉、外に出てくる。おとなしくテレビを観ていろよ」と伝えた。渉の行儀の良い返事が戻ってくる。「しょうがねえな、ちょっとだけ見に行ってやるよ」

住宅街の片隅の公園は、木村もよく訪れる場所だった。遊具や砂場のある場所と、その奥の雑木林がセットになっている。街中にしては広々とした贅沢な公園だった。

その公園に至るまでの道すがら、木村は、少年から事の次第を聞いた。

はじまりはクラスの同級生の一人の親が個人医院を経営しており、「うちに、医療用の電気ショックがある」と言い出したことだ。AEDのように、心室細動により動かなくなった心臓にショックを与えるための器具らしかったが、それよりも若干、強力な器具で、まだプロトタイプとのことだった。AED同様、使い方は簡単で、心臓の位置を挟むように二つの電極パッドを接着させると器械が心電図を解析する。電気ショックが必要と判断した場合、ボタンを押せば、電気が流れる。

「王子がそれを聞いて、すぐに言ったんだ。『それがどれくらいの力があるか、やってみよう』って」瓜顔の少年は口元をゆがめた。

木村も苦虫を嚙《か》み潰す。「王子様はそういうことを考える、尊いお方なんだよな」とからかう。「で、実際、どうなるんだ？」

「自動式だから、正常な人間の場合には作動しないんじゃないか、ってその医者の息子は話をしたんだけど」

「そういうものなのか」

瓜顔の少年は顔をしかめて、かぶりを振る。「そう言ったら、王子が諦《あきら》めるかと思ったみたい」

「王子はやってみるんだな、それを」

少年はつらそうにうなずいた。

そして王子は今日、医者の息子に、ショック用の器械を持ち出させた。

「今、公園でやろうとしてるってのか」

「みんなを集めて」

「ちなみに、それは心臓が止まった奴に使う器械なんだろ」

「そう」

「もし、正常な人間にそいつを使ったらどうなるんだ」

少年の顔が歪《ゆが》む。「俺、こっそりなんだけど、医者の息子に訊《き》いたんだ。そしたら、『うちの父親に聞いたら、死んじゃうかも、だって』」

「そうなのか」

「AEDは自動だし、そんなことにならないけど、それはプロトタイプだし、強いから」

木村は、げえ、と舌を出す。「で、王子様はその、犬のタケちゃんを実験台にしようとしたわけか。なるほどな。さすがの王子様も、いきなり人間で試す度胸はなかったわけか」

瓜顔の少年は首を横に振った。それはただの否定というよりも、木村の想像が王子の思惑を超えていないことに落胆するようでもあった。この男では、王子には勝てないかもしれぬ、という失望だ。

「そうじゃないんだ。はじめは王子は、朋康で試そうとしたんだよ」

「何か、失点があったのか。その朋康君は」おそらくあったのだ、とは推測できる。木村は自分が過去に関わってきた、物騒な集団のことを思い出す。集団を率いる人間は、仲間に暴力を振るう際、たいがい、罰則か見せしめといった目的を結びつけることが多かった。そのほうが、集団を引き締め、恐怖を浸透させ、すなわち仲間を従順にさせる効果があるからだ。同級生にここまで恐れられる王子であれば、同じことをやるはずだ。電気ショックで罰を与え、周囲にその恐怖を再認識させる。

「朋康は少しのろいんだ。動きが。こないだも本屋で漫画を万引きする時、逃げ遅れて捕まりそうになった」店員に取り押さえられた朋康を、別の仲間たちが、その店員を背後から蹴り飛ばし、それでどうにか救ったのだ、と説明する。「倒れてもずっと蹴ってるから、その店員、気絶して大変だったみたいだけど」

「そんなに必死な思いまでして、万引きなんてするなよ」

「そういうことが続いて、でも、朋康は少し生意気なところもあって」

「鈍くて生意気だったら、そりゃあ、王子に怒られるだろうな。僕のパパは弁護士で、偉いんだぞ、とか言っちゃうタイプか、朋康君は」木村はたまたま頭に浮かんだという理由だけで、弁護士、と口にしたが、直感とは時折当たるものらしく、瓜顔の少年は、「そうなんだよ。あいつのお父さん、弁護士なんだ」と言うから驚かざるを得ない。

「だけどな、弁護士なんて別に怖くねえだろうが。王子はもともと法律の外にいるんだろ」

「でも、朋康の父親、怖い人の知り合いもいるらしくて、それで強がってるところもあって」

「ああ、そりゃあ嫌われるな。ただの自慢話だって煩わしいもんだが、もっとうんざりなのは、知り合いについての自慢話だ。まあ、そういう奴は痛めつけたほうがいいな」木村は半ば冗談ではあったが、半分は本気だった。

「朋康がその医療器具の実験に選ばれたんだけど、当たり前だけど、朋康は嫌がって。公園で泣いて、土下座して、許してくれって喚《わめ》いて」

「で、どうした王子様は」

「じゃあ、やめてあげるから、犬を連れてきて、って言ったんだ。朋康の飼ってるタケちゃん。俺、小学校の時から朋康を知っているんだけど、その頃からいる犬で、すごい可愛がってたんだけど」

ふん、と木村は鼻で笑ってみせる。王子の思惑は分かった。もはや医療器具の実験など二の次なのだろう。朋康が自分の身を守るために、大事にしている犬を差し出すのを楽しみたいのだ。そうすることで、朋康の心を踏み躙《にじ》りたいだけだろう。手に取るように分かる。分かるが、本当にそこまでやるのか、と動揺もあった。「いいねえ、王子様は。そこまで性格が悪いと逆に分かりやすい」

「おじさん、王子はそんなに分かりやすくはないよ」

心配するように瓜顔の少年が言ってきた時、公園の入り口が見えた。

「あのさ、俺は一緒には行けないからここらへんで帰るよ。ちくったと思われたら、まずいから」

勝手なもんだな度胸がねえな、とからかう気持ちにはなれなかった。実際のところ、この少年も必死なのだ。仲間を裏切ったとばれたら、どんな目に遭うか分かったものではない。少なくとも、医療器具の実験台に選ばれるのは間違いないだろう。

木村は、「じゃあ、さっさと帰れ。俺はたまたま通りかかったふりしてやるからな」と手を振る。怯えた幼児のようにこくりとうなずき、少年はその場を立ち去ろうとする。あ、待てよ、と木村は呼び止めた。少年が振り返った。そこに左の拳《こぶし》をぶつけた。頬を狙い、思い切り、殴った。少年の顔が、がくんと揺れる。目を白黒させ、地面に手をついた。

「おまえも、悪いことそれなりにやってんだろ？　今のはそのお仕置きな。殴られておけよ」木村は吐き捨てる。「でも、何で俺なんだよ。何で俺に助けてもらいに来たんだ。ほかに大人いねえのかよ」よりによって酒好きの子連れの男に救いの手を求めるとは、明らかに選択を誤っている。

「いないんだよ」少年は殴られた顎《あご》を何度も手で触り、血がついていないかどうかを確かめている。怒る様子はなく、一発鉄拳《てつけん》を食らうくらいで済めば御の字、といった気配すらあった。「ほかに、いないんだよ。王子を止められる人って」

「警察に言えよ」

「警察は」少年は言いよどむ。「無理だよ。警察のほうが無理だって。ああいうところはもっと証拠とかいるじゃん。警察はさ、分かりやすい悪い奴しか捕まえられないんだ」

「何だよ、分かりやすい悪い奴って」と言ったが、木村にも理解できた。物を盗んだり、人を殴ったりする人間については、法律が機能する。条文に当てはめ、罰則を与えればいいからだ。が、そうではない、もっと曖昧模糊《あいまいもこ》とした悪意となると、簡単には行かない。法律は効力がない。「まあ、王子様ってのは、自分の王国の城の中で、法律を作ったり変えたりする側だからなあ」

「そうなんだよ」少年は顎を撫でながら少しずつ遠ざかっていく。「おじさんは、そういう城の中のルールとかは関係なさそうじゃないか」

「酔っ払いだからか」

それには答えず、少年は消えた。アルコールのせいで見えた幻ではないか、とやはり思った。


公園の中に踏み込む。まっすぐ歩けている。と自分では思うが、本当にまっすぐ進んでいるかどうかは分からなかった。おまえはそもそも人生をまっすぐ歩けていないのだから、と自分の両親が嘆いてくるのが聞こえるようだ。手に息を吹きかけ、においを確かめるが、それでも判断できない。

奥へと進み、樹の立ち並ぶ薄暗い場所へと入っていくうちに、奥のほうから声とも音ともつかない、精神の暗いざわめきのようなものが漂ってきた。

なだらかな下り坂、林の底とも言えるその場所には木々の落とした葉が溜まっている。黒い影が集まっていた。中学校の制服を着た者たちは、儀式を為《な》す怪しげな集団に見えた。

最初、木村は樹の陰に隠れた。靴が葉を踏む。薄紙が擦れ合うような、音が出る。まだ距離があるせいか気づかれた様子はない。

顔を出し、もう一度、中学生たちに目をやり、観察する。酔いが飛んだ。十人近くの学生服の少年たちが、犬を縛り付けている。はじめは何にくくりつけているのかは分からなかったが、すぐに、それが別の中学生だと分かる。おそらくは飼い主の朋康だろう。雑種犬を、朋康に抱きつかせるような恰好で重ね、ガムテープでぐるぐる巻きにしていた。「大丈夫だから、タケ。大丈夫」と宥《なだ》めるようにしている朋康の声が聞こえてくる。自分の飼い犬の不安を取り除こうと一生懸命に呼びかけているのだろう。健気《けなげ》で胸を打つ、と木村も思った。

もう一度、樹に身体を隠す。ほかの、犬と朋康を取り囲む中学生たちは無言だ。興奮と緊張が満ちている。犬が吠《ほ》えないことが不思議に思え、もう一度、顔を出し、眺めた。犬の口には大きな布のようなものが被《かぶ》され、ぎゅっと閉じられている。

「おい、早く貼れよ」中学生の誰かが言う。医療器具のパッドを付けているところらしい。

「貼ってるよ。これがこっちでいいんだろ」

「でも本当にこれ、使えるのかよ」

「使えるに決まってんだろ。何だよ俺が嘘ついてるようなこと言うんじゃねえよ。おまえこそ、さっき朋康を殴った時に、ごめんって謝ってたじゃねえか。おまえ、嫌々やってんだろ。王子に言うぞ」

「言ってねえよ。いい加減なこと言うんじゃねえよ」

こりゃあ末期的だ、王子様の支配は本当にすげえな、と木村は感心した。恐怖で集団を統率していくと、それがうまく行けば行くほど、集団を構成する末端の人間たち同士はお互いを信用しなくなる。その暴君への怒りや反発を、仲間で共有し、反抗の火種にするようなことにはならない。自分だけは叱られぬように、自分だけは罰を受けないように、とそれだけを望み、末端同士が監視し合うようになるのだ。木村が拳銃を使い、非合法な仕事をしていた頃には、寺原という男の存在をよく耳にしたが、その寺原のグループでは、社員たちは互いに疑心暗鬼に囚《とら》われていたらしかった。自分がミスをせず、寺原の注目が別の社員に向かうことだけを祈り、つまりはいつだって、仲間内で生贄《いけにえ》を探している状態だったのだろう。

同じ状況じゃねえか。

木村は顔をゆがめる。落ち葉の上でがさごそと、医療器具で危険な実験を試みようとしている少年たちには、悪戯《いたずら》を楽しむ余裕もなければ、スリルを味わう高揚もないに違いなかった。あるのは、恐怖だ。自分を守るために、物騒な仕事をこなそうとしている。

木村は自分の足元を見て、履いているのがサンダルであることに今頃、気づく。これから何が起きるのか、公園でどういう展開になるのかは想像できていたものの、それに対する準備は穴だらけだった。サンダルを脱ぐか？　いや、裸足《はだし》では動きに限界がある。銃を取りに帰るか、そのほうが手っ取り早いかもしれねえ、でも面倒臭えな、と思いを巡らせていると、「ごめんごめん。やっぱり無理だよ。タケが死んだらやだよ」と縛られた朋康が叫んだ。林に広がる様々な葉が、その声を吸収していくようでもあったが、木村の耳には確かに届いた。そういった悲痛の声は、集団の行動を牽制《けんせい》するどころか、せっつくことになる。生贄の悲鳴は、嗜虐《しぎゃく》心を刺激するからだ。

木村は樹の陰から出て、ゆっくりとなだらかに下る地面を踏み、集団に近づいていく。「あ、おっさん」と中学生の一人がすぐに気づいた。見覚えはなかったが、おそらくは、公園まで木村を連れてきた瓜顔の少年と同様、街中で遭遇した仲間の一人だろう。

落ち葉をサンダルで踏みながら少しずつ、歩み寄る。「おいおい、ワンちゃんを苛《いじ》めたら駄目だろう。タケちゃん、助けてやれよ」と木村は集団を眺める。医療器具らしきものが地面に置かれている。そこから延びたパッドが犬に貼られていた。「タケちゃん、こんな目に遭って、可哀想に。同情するよ。この酔っ払いのおじさんが来たからにはもう大丈夫だよ」

周りの少年たちが立ち尽くしているのをいいことに、木村は犬に近寄り、パッドを剝《は》いだ。朋康と犬を繫《つな》げているテープも剝《む》いていく。ガムテープは粘着力が強く、毛が付着するため、犬は暴れた。が、どうにか外れた。

おい、やばいって、と背後から声がする。「このおっさん、止めねえと」

「少年よ大いに悩め。俺は、おまえたちの仕事の邪魔をしているんだから、早くどうにかしないと王子様に怒られるぞ」と木村は茶化《ちゃか》すように言った。「というか王子はどこだよ」とテープを切りながら、言った。

「おじさん、何でそんなに強気なの」そこでひときわ澄んだ、穏やかな声がした。

木村は顔を上げる。少し離れた場所に、王子の眩《まぶ》しいばかりの笑顔があった。石が飛んできた。

がちゃ、とトランクが開き、木村の回想は止まる。数字錠は、0600まで来たところだった。王子様はやっぱりついているのか。四桁《けた》の数字を全部試すことを考えれば、ずいぶん早く正解に辿り着いたことになる。いったん閉めたトランクを便器の上に置き、改めて開く。

中には綺麗に一万円札が敷き詰められている。特別な感慨はなかった。新札ではなく、使い古された紙幣が並び、その厚みもそれなりにあったが、動揺するほどの額とも思えなかった。過去にはこれよりも数倍多い額を運んだこともある。

木村はいったん蓋《ふた》を閉じようとするがそこで、蓋の裏側に数枚のカードがささっていることに気づく。抜き取ってみると、銀行のキャッシュカードだった。五種類あって、いずれも異なる銀行のものだ。それぞれ、カードの表面に油性のペンによるものなのか、四桁の数字が書かれていた。

このカードを使って、残高を好きなだけ引き落とせ、ということか。紙幣の山に加えて、カードも付いてくるとは贅沢なプレゼントだ。最近は、非合法な取引などではこういうやり方が流行《はや》っているのだろうか。

ふと思いつき、束の中から紙幣を一枚、引き抜く。「どうせ、こういうのは一枚くらいなくなっても問題にならねえんだよな」と言いながら、それをびりびりと裂いた。一度やってみたかった、というだけの理由からだ。トランクの蓋を閉め、どけると、その便器の中に破いた紙幣を投げ捨てた。

センサーに手を翳《かざ》すと、便器に勢い良く水が流れた。トイレから外に出る。目の前の王子に、よくやった、と誉められることを、木村は無意識に期待していた。

果物

「さあ、どうしようか蜜柑ちゃん」檸檬は、窓際の死体と通路側の蜜柑に挟まれて座っていることを窮屈に感じ、「ちょっと席、替わってくれよ。俺、真ん中は嫌だな」と言った。

「おまえ、どういうつもりなんだ」蜜柑が強張った目つきで言ってくる。その場をどくつもりはないらしい。

「どういうつもりとはどういうことだ」

「檸檬、おまえ、ホームに峰岸のところの奴がいたのは分かっていただろ」

「分かっていたっての。馬鹿にすんなよ。だから手を振ってやったんじゃねえか」

「何でそいつの手を振ったんだ」蜜柑が苛立ちを必死に抑えるようにして、窓際で目を閉じた峰岸のぼんぼんを指差した。興奮しているにもかかわらず、周囲を気にして小声で喋っているのが、檸檬には可笑しくて仕方がない。「おまえの喋り方、あれだな、スターどっきり丸秘報告の、寝起きレポートみてえだな。その、囁き方」と檸檬は言ってから、前に聞いた話を思い出す。「寝起きと言えば、だ。寝起きが悪い殺し屋の話を聞いたことがあるか」

蜜柑は軽口に付き合うつもりはないようだったが、「ある」と短く応じた。

「睡眠中に起こされると、怒って、そいつを撃ち殺すらしいよな。しかも、他人が起こされるのを見ても、腹が立つっつうんだからたちが悪い」

「仲間が起こそうとしても、怒ったんだろ。だからそのうち、そいつと仕事をする奴らは直接、会わないで連絡を取り合うようにした。そう聞いた。駅の伝言板に、指示を書いたり」

「冴羽獠《さえばりょう》かよ」檸檬はずいぶん前に読んだ漫画のことを思い出す。どうせ、蜜柑は知らないのだろう、と思うと案の定、「誰だ」と言ってくる。「昔の殺し屋だよ。でもよ、伝言板ってのは古い」

「こういう仕事はとにかく、連絡手段の確立が一番、面倒なんだ。証拠を残さず、確実に相手に情報を伝えるやり方を考えるのがな。しかも、その方法に凝りだすとだいたい失敗する」

「そういうものか」

「たとえば、さっきも言ったが、ビルの電光掲示板を使って、連絡を取るとするだろ。仮にそうすると決めたところで、メッセージの発信元に仲間を送り込んだり、そうでなかったら、発信元の担当者を取り込まなくてはいけないわけだ」

「逆にいえば、発信元の人間さえ押さえちまえば、どうにかなるってことじゃないか」

「そこまで凝る意味がない」

「でもよ、その、寝起きの悪い殺し屋は優秀だったんだろ。俺は聞いたぜ。とにかく強いってな。伝説の業者」

「伝説なんてのは、自分で言ったもんがちだ。そんな業者、もとからいないんだ。伝説は伝説でも、都市伝説のたぐいだろうな。もしくは、そいつらは、連絡手段を考えすぎた挙句に、夢の中でやり取りすることにでもしたんじゃないか。だから、今も眠ったままだ」喋っているうちに蜜柑の声が自然と大きくなる。

「俺は、おまえが寝てても起こさねえけどな。優しいだろ」

「おまえはいつだって、俺よりたくさん眠っているからな」

「あのな、こいつが死体じゃないって思わせるには、動くところを見せたほうがいいだろうが」

「眠ったような状態で、手だけ振っている男がいたら、そいつは人形か、もしくは、死んだ男の手を誰かが揺すっているだけだ」

「うるせえなあ。それなりに効果はあったはずだ」檸檬は貧乏揺すりをはじめる。「あのさっきのオールバック男だって、今頃、峰岸に報告しているぜ。五文字だ。『異状なし』ってな。ちっちゃい『よ』は字数に含まない」

「報告してるのは間違いない。『峰岸さんのおぼっちゃま、様子が変でしたよ。あれはたぶんまずい事態が起きてるかもしれませんね』」

「おまえのは、何字なのか分からねえんだよな」

「字数じゃない」

檸檬は生真面目に回答する蜜柑の横顔を見ながら、こいつはどうしてこういつも肩に力が入ってるんだろうな、と思う。「まあいい。じゃあ、蜜柑、おまえは今の状態をどう考えているんだよ」

蜜柑は時計に目をやった。「俺が峰岸なら、次の停車駅の仙台に部下を向かわせる。武器をじゃらじゃら持たせた物騒な奴らだな。で、中にいる二人組を逃がさないように、ホームに立たせておく。

二人組が車内に残るようだったら、中に乗せる。幸いなことにこの新幹線は空席が多い。今頃、指定席をごっそりみんなで買ってるんじゃねえか？」

「その、狙われた二人組は悲惨だな」

「どこの誰なんだろうな」

「ってことは、仙台に着いたら、むさくるしい男がうじゃうじゃ新幹線に乗ってくるのか。そいつはつれえな」檸檬は車両全体に、銃や刃物を持った髭《ひげ》の男たちが出現する状態を思い浮かべ、ぶるっと身体を振りたくなった。「峰岸の部下ってのは若い女はいねえのかな。水着とかで乗り込んでこねえかな」

「どっちにしろ銃を持ってりゃ一緒だろ。あ、水着だな、と思った時には撃たれてるかもしれない」

車内の扉が開く。進行方向、四号車の方向から乗客の男が一人こちらに向かってくる。若い男だった。

「檸檬先生」蜜柑が声をかけてきたので、檸檬は少しはっとする。

「何だよ、蜜柑君」

「俺の小噺《こばなし》を聞くか」

「やだよ。おまえみたいに真面目な男が、『笑える話なんだけど』とはじめる話は九割方笑えねえんだよ」

構わず蜜柑は、「この間、うちの近所で知り合いに会ったんだ」と言った。蜜柑が何を言いたいか、その瞬間に分かった。檸檬は自分の顔に笑みが浮かばぬようにと気をつけながら、「俺も知ってる」と言った。

「そうか」

会話がやむ。

新幹線の外の景色が次々と通り過ぎていく。ゴルフの練習場やマンションが後ろへ流れていくのを眺めているうちに、檸檬はまた、機関車トーマスのことを思い出した。「あのな、機関車トーマスの話の中ではな、ソドー鉄道の局長、トップハム・ハット卿が、トーマス君やパーシーたちにこう言うんだ。『おまえは本当に役に立つ機関車だな』ってな。ハット卿はそう言うんだ」

「誰だ、そのハット卿ってのは」

「ふとっちょの局長だっての。何度、言えば気が済むんだよ。『いつもくろいシルクハットをかぶっているソドーてつどうのきょくちょうです。よくはたらいたきかんしゃをほめてくれますが、わるいことをしたきかんしゃをしかります。きかんしゃたちにそんけいされています』ソドー鉄道の社長みたいなもんだ。それはそうとして、いい言葉だろ」

「何が」

「おまえは本当に役に立つ機関車だ、って台詞《せりふ》だ。誰だってな、おまえは役立つ、と言われたら嬉《うれ》しいもんだ。俺だって言われてえよ、おまえは本当にいい機関車だな、ってな」

「それならちゃんと役立てばいい。いいか、今日の俺たちは、役立つ機関車からはほど遠い」

「俺たちは機関車じゃねえからな」

「おまえが言いはじめたんだろうが、機関車の話は」蜜柑が鼻息を荒くした。

「蜜柑、おまえ、俺がさっきあげたシール、出してみろよ」

「おまえに戻したぞ」

「ああ、そうか」檸檬はポケットから、折り畳んだシールを開いた。

「どれがパーシーか分かるか？」

「知らない」

「俺と一緒に仕事をして何年だよ。かなり長いはずだ。いい加減、トーマス君の仲間の名前くらい覚えろよ」

「じゃあ、おまえは、俺の薦めた、『禁色』を読んだか？『悪霊』は読んだか」

「やだっての。おまえの薦めるやつは、文字しかない」

「おまえの薦めるやつには、蒸気機関車しかいない」

「ディーゼル機関車もいるぜ。まあいい。そんなことよりも、だ。俺は今、閃《ひらめ》いた」

「何だ」

「名案だ」

「おまえみたいにいい加減な男が、『名案がある』とはじめる話は九割方、大したアイディアではないんだろうが、聞いてやる」

「あのな、いいか。おまえは、この峰岸のぼんぼんを殺害した犯人を見つけよう、と言った。もしくは、なくなったトランクを、だ。峰岸に怒られるってな」

「そうだ。で、俺たちはどちらも見つけられていない」

「ただ、その方針は間違いだったんだ。いや、間違いではないけどな、うまいやり方じゃなかったわけだ。でもまあ、落ち込むなよ。誰だって失敗はある」

「それ以外に解決の方法があるのか」

「ある」檸檬は口元が緩んでしまうのを堪《こら》える。

蜜柑が少し目を強張らせた。「おい、近所の知り合いにはばれないように言えよ」

「分かってる」と檸檬は答える。「あれだ、『犯人は見つけるんじゃない。作るものだ』って名言を吐いたのは誰か分かるか？」

「どうせ、おまえの好きな機関車トーマスに出てくる誰かだろうが」

「何でもかんでもトーマス君の話をするわけがねえだろうが。俺だよ、俺。俺の台詞だ。『犯人は見つけるんじゃない。作るもの』ってな」

「どういうことだ」

「この新幹線の中でてきとうな人間を見つけてな、そいつが犯人だってことにすればいい」

蜜柑の顔に変化が訪れる。檸檬は、俺の名案に驚いたに違いない、と嬉しくなる。

「悪くない」蜜柑がぼそっと言った。

「だろ」

「果たして峰岸に信じてもらえるかどうかは分からないが」

「まあな。ただ、何もしないよりはマシだ。俺とおまえは、いや、おまえと俺は仕事を失敗している。ぼんぼんは見殺しにするし、トランクはなくした。それはそれで怒られるだろう。ただ、犯人を始末すればまだマシだ」

「トランクのほうはどう言い訳する」

「まあ、その犯人がどっかに捨てちまったことにするか。とにかくだ、それで全部が解決するとは思えねえけどな、こうなった原因を作った誰かを一人用意することで、ほら、何というか」

「峰岸の怒りは分散するかもしれない」

「そう、俺が言いたいのはそれだ」

「誰にする？」蜜柑が、自分の提案を受け入れ、さっそく実行に移そうとしていることに、満足感を覚えながらも億劫《おっくう》さを感じているのも事実で、檸檬は、「え、本当にやるのかよ」と思わず言ってしまう。

「おまえが言い出したんだろうが。おい、檸檬、ふざけたことばっかり言ってると、さすがに俺も怒る。いいか、俺が好きな小説の中にこういう文がある。『私は、その男を軽蔑《けいべつ》する。足元の大地が割れ、頭上からは巨岩が転落してくるというのに、歯を見せているからだ。化粧の具合を確かめているからだ。私の軽蔑が嵐となり、ここを荒らしたとして彼は』」

「分かった、分かった」檸檬は手を左右に振る。「怒らないでくれ」

怒った蜜柑がどれほど怖いか、檸檬はよく承知していた。普段は、小難しい本などを読み、必要最低限の暴力しか振るおうとせず、淡々としているが、一度怒ると、冷酷さが増し、手が付けられなくなる。表情からは怒っているのかどうかはっきりせず、余計に厄介だった。前触れや警報もなく、突然、山が噴火するかのような恐怖がある。が、蜜柑が、小説や映画の引用を口にしはじめたら、要注意だと檸檬は知っていた。興奮により、頭の中の記憶の箱がひっくり返されるのか、自分の気に入った小説の文章などをとうとうと喋りはじめる。それは怒り出す兆しにほかならなかった。

「分かった。話を真面目に進めよう」檸檬は両手を小さく挙げる。「俺はその、濡《ぬ》れ衣《ぎぬ》を着せるのに、ぴったりの男を見つけたんだ」

「誰だ」

「おまえももう気づいてるだろ。峰岸のことを知っていそうな奴で」

「俺の知っている奴か。近所の」

「そうだ、近所の、俺たちの知っている奴だ」

「なるほど、いい案だ」蜜柑がそこで腰を上げた。「トイレに行ってくる」

「おい、どういうことだよ」

「今のうちに小便行ってくるんだ」

「もし、その前にチャンスがあったらどうすりゃいい。近所の知り合いと喋るチャンスがあったら。おまえが戻ってくるまで、待てなかったらどうするんだよ」

「任せる。おまえ一人でも平気だろ。たぶん、二人でやるよりも静かに終わる」

檸檬は、自分が信頼されているようで少し嬉しくなる。「まあな」

「他の人の迷惑にならないようにしろよ」

蜜柑が車両の外に向かっていくのを檸檬は見送る。隣の峰岸のぼんぼんの死体に顔を寄せ、その頭を手で持つと、人形を動かすように顔を上下させた。「檸檬、おまえは本当に役に立つ機関車だな」と腹話術を真似するようにした。


悩んでいる暇はない、と真莉亜に言われた。が、七尾は悩んでいる。悩みながら、三号車へと向かった。

蜜柑と檸檬のことを考える。すぐに、胃が痛くなる。物騒な仕事には慣れていたが、優秀な業者がどれほど厄介かもよく知っていた。

三号車のドアが開いた瞬間、覚悟を決めた。中に、彼らはいるだろう。自然を装わなくてはならない。俺はトイレから戻ってきた三号車の乗客だ、怪しくはない、と自らに言い聞かせる。そういう素振りで入っていくべきだ。車内に空席は多かった。しれっとどこかに腰を下ろすのには適しているが、大勢の中に身を隠すのには向いていない。顔を上げ、さり気なさを装い、席を見渡す。いた。向かって左側の三席並んだ座席の、真ん中あたりに男が三人座っている。窓際にいる男は窓によりかかるようにし、死んだように眠っているが、その横の二人は起きている。通路側の男は真面目な顔をし、真ん中の座席の男を問い質《ただ》すような、そういう様子だった。二人は背恰好が似ていた。髪は長めで、細身で、折り曲げた脚が余るほど長身に見える。

どちらが蜜柑でどちらが檸檬であるのかは分からない。

彼らの近くの席に座ることにしたのは、一瞬の判断だった。彼ら三人の座席の後ろがちょうど空いていた。そのさらに後方も空いている。安全を確保するためには、もっと離れるべきだったが、手っ取り早く、状況を知るためにはなるべく近いほうがいい。真莉亜に脅されたこともあるし、ミス続きによる動揺もあった。七尾の頭には瞬間、自らの失敗による失点を取り返そうと、普段は仕掛けないような突破を試みるサッカープレイヤーの姿が浮かんだ。ミスを挽回《ばんかい》するため、リスクを負ったプレイに出る。そういったケースで、失敗プレイヤーが活躍する場面など観たことがない。空回りは空回りの結果しか残さないものだ。が、ミスを犯した選手はそうせざるをえないのだ。

彼らの一つ後ろに座った。車両に入ってきた時、一瞬だけ目の合った蜜柑もしくは檸檬に、七尾の正体に気づいた様子がなかったことも後押しとなった。よし、彼らは、俺のことを知らない、と安堵《あんど》した。自分の経験から、座席の背後に対しては無頓着《むとんちゃく》になるものだ、という判断もあった。

息を殺し、目立たぬように気をつけながら、前の座席の背中、その網の中にささっている冊子を抜き取り、開く。通信販売のカタログのようなもので、さまざまな商品が並んでいた。それをめくりながら、前の二人の会話に耳を澄ました。

少し前屈みになると、すべてではないものの、やり取りが聞こえる。

真ん中に座る男は、トーマスがどうこう機関車がどうこう、と口にした。真莉亜の話によれば、機関車トーマスが好きなのが檸檬のはずだ。となれば、後ろから見て左側の男が、文学好きの蜜柑ということになる。

怪しまれぬように、と神経を尖らせつつ、鞄《かばん》の写真が並んだ頁をめくる。ここに、「峰岸のトランク」という商品が載っていたらすぐに購入するのに、と思った。

「いいか。おまえは、この峰岸のぼんぼんを殺害した犯人を見つけよう、と言った。もしくは、なくなったトランクを、だ。峰岸に怒られるってな」

檸檬の声が聞こえてきて、七尾は危うく、びくっと身体を動かしそうになった。トランクは彼らの手元にもない。それが分かった。そして、「峰岸」という言葉に反応しそうになった。峰岸ではなく、峰岸のぼんぼん、とは誰なのか。言葉をそのまま受け取れば、峰岸の息子ということになる。峰岸に息子がいたのか？　真莉亜はそれを言っていただろうか。思い出せない。しかも、檸檬は、「殺害した犯人」と言った。峰岸の息子が殺害された。ぶるっと背中が震えそうになる。いったい誰が？　誰がそんな大それたことをしたのだ。

以前、居酒屋の店主が、七尾や他の人間の前で、「世の中には二種類の人間がいる」と言い出した時のことを思い出す。その手の表現はさすがに新鮮さがなく、七尾は苦笑したが、「何？」と儀礼的に聞き返した。

店主は言った。「峰岸のことを知らない奴と、峰岸のことが怖い奴だ」

周囲の反応が今ひとつだった。

それを察知し、店主は続けた。「それと峰岸本人だ」

「三種類じゃねえか」と周りから非難を浴びていた。

七尾はそのやり取りに笑いながらも、峰岸はやはり、恐ろしい、恐れているに越したことはない、関わりにならないほうが吉、の思いを強くしたものだった。

「犯人は」檸檬が、蜜柑のほうに指を立て、誇らしげに言うのが聞こえてきた。その後の言葉は少し聞き取りにくかったが、最後に、「作るものだ」と言ったのは分かった。

やがて、すっと通路側の男、蜜柑が立ち上がり、七尾ははっとする。顔を窓に向け、身体を強張らせた。「トイレに行ってくる」と声がする。蜜柑はトイレのある前方、四号車側のデッキへと向かっていくところらしい。

檸檬が、「おい、どういうことだよ」と呼び止めた。

「今のうちに小便行ってくるんだ」と蜜柑が答えた。

「もし、その前にチャンスがあったらどうすりゃいい。近所の知り合いと喋るチャンスがあったら。おまえが戻ってくるまで、待てなかったらどうするんだよ」

「任せる。おまえ一人でも平気だろ。たぶん、二人でやるよりも静かに終わる」「他の人の迷惑にならないようにしろよ」蜜柑はそう言い残すと背を向け、三号車から姿を消した。

その途端、車内が静まり返った。ように七尾は感じた。もちろん車体が揺れ、窓の向こうを流れ行く景色ががたがたと音を立てるが、蜜柑と檸檬の会話が消えた途端、車内が静寂に包まれ、時間が止まったかのような錯覚に襲われた。

七尾は冊子をめくる。字を追っても、理解はできない。文章を上滑りするように読みながら、「今なら」と思っている。「今なら、檸檬一人だ。接触するのなら、今がチャンスではないか」と必死に考えていた。

「接触してどうするんだ」と問い返してくる自分もいる。「俺は、トランクを見つけなくてはならないのだから、トランクを持っていないあいつらと話しても、意味がない」

「だが、ほかに頼る相手もいないじゃないか」

「あいつらに頼るのか？」

「峰岸のことを逆手に取って、交渉できるかもしれない。よく言われるように、敵の敵は味方だ」

全貌はつかめていないが、蜜柑たちも、峰岸のためにトランクを運んでいるのは間違いなかった。そして、七尾は、蜜柑たちのトランクを奪うように峰岸から依頼されていた。つまり、峰岸は、蜜柑たちに依頼しつつ、七尾たちには、そのトランクを奪うように頼んだことになる。そこに何か企《たくら》みがあると想像することはできる。だから、「実は、俺も峰岸から仕事を頼まれたんですよ」と打ち明ければ、訝り、警戒しながらも、何らかの仲間意識を持ってくれるのではないだろうか。「トランクを見つける」という意味では同じ目的を抱いているのだから、最初に横取りした事実を無視すれば、お互いに協力し合うことも可能性としてはあるのではないか。たとえば、一度きりの浮気を許し合い、生涯を添い遂げる夫婦は何組もいるだろうし、それと似たように、これからタッグを組もうじゃないか。そう提案したかった。

冊子をぺらぺらとめくり、閉じる。前の背もたれの網の中にそれを入れる。なかなかうまく入らず苦労するが、それでも、どうにか収めると、意志を固めた。不意を突き、先制攻撃を仕掛ければ、檸檬の動きを封じることができるかもしれない。それから、こちらの事情を説明する。よし、と七尾は身体を起こし、立った。

「よお」目の前に檸檬の顔があった。

何が起きたのかすぐには分からなかった。それは確かに知っている顔ではあった。

「よお、元気か」とまるで、昔からの知り合いだったかのように言われた。檸檬は、七尾の座る座席のすぐ脇、通路に立ち塞《ふさ》がるように立っている。

頭に浮かんだ疑問符を解きほぐすことよりも先に、体が動いた。まず、顔を伏せる。すると頭上を檸檬の拳が飛ぶのが分かった。一歩間違えれば、そのフックが頭にぶつかっていた。

すぐに七尾は顔を上げる。檸檬の右手をつかんだ。それを思い切り、捻《ひね》り上げる。檸檬を背後から押さえる。他の乗客にばれないように、と最小限の動きにしたかった。ここで大騒ぎになることは避けたい。警察沙汰《ざた》やニュースになったら、峰岸に自分たちの失敗が気づかれるのも早くなる。今はまだ時間が必要だった。

幸いなのは、檸檬側も、目立つことを避けたがっていることだった。必要最小な動きしか見せない。檸檬がぶるぶると痙攣《けいれん》するように、右手を震わせた。つかんでいた七尾の手が外れてしまう。

少しの隙が命取りになる、とは分かっていた。ただ、どうしても周囲が気になり、視線をやる。乗客の大半が眠るか、携帯電話や雑誌に目をやっていた。が、車両後方で、座席に立ち上がっていた幼児が、こちらをじっと見て、興味深そうにしているのが分かった。まずい。檸檬の胸に肘《ひじ》をぶつける。ダメージを与えるものではなく、バランスを崩させるためのものだった。相手が避けたタイミングで、七尾は身体を滑らせ、先程まで自分が座っていた窓際の座席に腰を下ろした。立ったままでは、遅かれ早かれ、注目を集める。

檸檬も座席に腰を下ろしてきた。真ん中の席を挟んで、二人は手を振るった。倒れ気味の前の座席の背もたれが邪魔だったが、どうすることもできない。

座ったまま、誰かと戦うことなど、はじめての経験だった。

上半身を揺すり、手を繰り出す。相手の拳は、後ろに反り返ってかわすか、もしくは腕で受ける。

相手も似たようなものだった。檸檬が、七尾の脇腹を狙い、下から抉《えぐ》るように、鋭いパンチを放ってきた。そのタイミングを狙い、肘置きを使った。収納されている肘置きを、左手で勢い良く、倒した。檸檬の右腕がそれにぶつかり、ごん、と鈍い音を出す。舌打ちが檸檬から聞こえる。よし、と思ったのも束の間、いつの間にか檸檬は左手に刃物をつかんでいた。小型ではあるが、鋭い光を発するそれは、鋭く宙を横切った。七尾は前の背もたれに入っている、冊子を引っ張り出した。その冊子を両手で広げ、刃物を受け止める。ナイフが、紙を、印刷されている田園風景の写真を突き刺した。すぐにその紙で、刃物を巻き取るようにしたが、それより前に相手はナイフを引き抜いている。

銃でないことが救いだった。銃声を気にしているのか、もしくはこの接近した格闘では、銃よりもナイフが有効だと判断したのか、それともそもそも銃を持っていないのか。どちらにせよ、檸檬は銃を使ってはこない。

もう一度、相手が刃物で突いてくる。七尾は先ほどと同様、冊子で避けるつもりだったが、思うように動かなかった。左腕に刃物が刺さった。痛みが走る。一瞬だけ視線をその傷口に走らせる。深くはない。また、檸檬を見る。七尾は手を飛ばし、檸檬の左手首をつかむことに成功する。手前にその檸檬の手を引っ張り、もう一方の手で、肘置きを力一杯に落として、殴った。手からナイフが落ち、座席の下に転がる。呻き声が聞こえた。七尾はさらに畳み掛ける。右の指を二つ突き出し、檸檬の両目を狙う。加減する余裕もなく、相手の眼球を突き刺すつもりだったが、檸檬はそれをすんでのところで、避けた。指が当たったのは瞼《まぶた》の脇だ。檸檬はぐっと顔をしかめた。もう一度、と七尾が眼球を狙おうとした時、檸檬の手が彼自身の脇に向かった。何かに触れた、と分かったが、七尾がまばたきをして目を開けた時には、銃が飛び出していた。左の腿《もも》のところ、低い場所に構えられている。

「本当は使いたくなかったけどな、もう面倒だ」小声で檸檬が言う。

「撃ったら騒ぎになる」

「しょうがねえよ。緊急手段だ。蜜柑だって、説明すれば分かってくれる。だいたいな、他の奴らに迷惑をかけずに戦えるわけがねえんだよ」

「俺のことを知っていたのか」

「おまえが緊張して、車両に入ってきた時に分かったぜ。『あ、生贄の僕ちゃん、見っけ』てなもんだ」

「生贄？　何の生贄だ」

「おまえ、あれだろ、真莉亜ちゃんのところで働いてる奴だろうが」

「真莉亜のことも知っているのか」七尾は言いながら、檸檬の顔と腰の位置にある銃とを交互に見つめる。いつ撃たれてもおかしくはない状況だ。

「同業者だからな。マックはモスのことをよく知っている。ヤマダがヨドバシを知ってるのと一緒だ。ただでさえ狭い業界な上に、なんでも請け負う業者ってのは限られてるしな。仲介のあのおっちゃんからも聞いたことがある」

「『いい知らせと悪い知らせ』のあの？」

「そうそう。あいつの言うことはたいがい、悪い知らせばっかりだけどな。でも、真莉亜ちゃんの名前はよく聞くよ。ここ数年、真莉亜ちゃんは、眼鏡君のマネージャーになったってのも聞いた」

「眼鏡君の評判はどうなんだろう」七尾は集中力を切らさぬように、と気を配りながら、できるだけ余裕のあるふりをする。

「悪くねえよ。トーマス君の仲間で言えば、マードック級じゃねえかな」

「それは、キャラクターの名前なのかい」

「まあな。恰好いいぞ、マードックは」と言った後で、「どうりんが10こもついたとてもおおきなきかんしゃです。とてもおちついていて、しずかなばしょがすきです。でも、しゃこでなかまたちとおしゃべりするのは、たのしいとおもっています」と続ける。

「え」

「マードックの説明だよ」

突然の朗読に、七尾は戸惑ったが、「静かな場所が好きです」という部分は、自分に当てはまるな、と苦笑した。穏やかな時間が望みだ。にもかかわらず、こんなことになっている、と自嘲《じちょう》する。

「眼鏡君の顔は写真で見たことがあった。こんなところで、のこのこ近づいてくるとは思わなかった。偶然か?」

「偶然のような、そうでもないような」

「あ、そうか、おまえだな、トランクを取ったのは」檸檬がそこではっとしたようになった。「ちょうど良かった。おまえに濡れ衣を着せる必要もねえわけだ。おまえが犯人なんだからな」

「話を聞いてくれ。君たちも峰岸から、トランクを運ぶのを頼まれたんだろ」

「お、やっぱり、おまえも関係してるのか。知ってんだな」

「俺も、峰岸から依頼されたんだ。トランクを奪うように」

「どういうことだ」

「峰岸は、君たちに内緒で、俺を雇ってる。理由は分からないけど」

「本当か?」

檸檬は特別、根拠があって、そう言ったわけではないだろうが、七尾はその、「本当か?」の念押しに、動揺を覚えた。峰岸からの依頼かどうか、完全に確認が取れたわけではない。

「何で峰岸が、おまえにトランクを奪わせるんだよ。俺たちは、峰岸のところにトランクを運ぶ予定だったんだぜ」

「おかしいだろ」そのおかしさをもっと強調したかった。

「いいか、たとえば、機関車トーマスが貨車の荷物を、別の機関車に運んでもらう時の理由は、二つだ。トーマス君が故障で動かなくなっちまった場合か、もしくは、トーマス君が信用されていない場合だ」

「君たちは故障したのか？　違うだろ。一つ目じゃない」

檸檬は舌打ちをする。「じゃあ、俺たちを信用してねえってことか、峰岸は」

彼の構えた銃の口がぐっと引き締まるようだった。明らかに檸檬は不愉快になっており、その機嫌の悪さが、引き金に触れる指に力を加えそうだった。「なあ、おまえ、トランクを早く返したほうがいいぞ。どこにある。いいか、俺がここでおまえを撃つ。のた打ち回っているおまえの服をごそごそやれば、指定席券が出てくる。おまえの席に行けば、トランクが見つかる。そうだろ。それを考えれば、撃たれる前に、トランクを俺たちに渡したほうがいい」

「そうじゃない。俺もトランクを捜しているんだ。俺の指定席にもトランクはない」

「よし、撃つぞ」

「本当だ。もし、トランクを持っていたら、わざわざこの車両に来たりしない。俺はてっきり、君たちがトランクを持っていると思って。だから危ないのを承知で来たんだ。そうしたら、本当に危なかったけれど」七尾は言いながら、落ち着くように、と内心で唱える。怯えや興奮は相手を優位にさせる。自分の不運、つきのなさにはまだ慣れないが、銃口には慣れてはいた。うろたえるほどではない。

檸檬は明らかに、七尾の言葉を信じていなかった。それでも考えを巡らせていた。「じゃあ、誰がトランクを持っているんだよ」

「それを知っていたら、俺も困らない。ただ、シンプルに考えれば、もう一人、もう一組いるってことじゃないかな」

「もう一組？」

「俺と君たち以外にも、トランクを欲しがっている人間がいて、今、持っている」

「それも峰岸が関係してんのかよ。何考えてんだ？」

「何度も言うけど、俺だって状況が分からない。頭だって悪いんだよ」人より優れていたのは、草サッカーの技術と危なっかしい仕事だ。

「眼鏡をかけてんのに、頭悪いのかよ」

「眼鏡をかけてる機関車はいないのか」

「ウィフってのはそうだ。眼鏡をかけたタンク機関車で、悪口を言われても怒らない、いい奴だ。ただ、まあ、頭はあんまり良くないかもな」

「峰岸はもしかすると、業者を信じていないのかもしれない。俺とか君たちとかを」七尾は思いつくがままに、喋る。こちらが喋り続けている限り、撃たれないような期待もあった。「だから、トランクを運ばせるにしてもいくつかの業者を経由させるつもりなのかも」

「何でそんな面倒なことすんだよ」

「昔、子供の頃、近所の男に買い物を頼まれたんだ」

「何の話だ」

「言われた通りに、駅で雑誌を買ってきたらお駄賃をやる、と言われて、張り切ってやった。そうしたら、男は、『雑誌が折れ曲がってるじゃないか。これじゃあお駄賃はやれない』と平然と言ったよ」

「どういうことだ」

「ずるい大人は、はじめからお駄賃を渋るために、口実を用意しておくんだ。だから、峰岸も、君たちに対して、『トランクはどうした。しくじったんだから、許さないぞ』と言える」

「そのために、おまえにトランクを横取りさせたのか？」

「たとえば、だよ」七尾は自分で発言しながら、なるほどこれは実際そうかもしれないぞ、と思いはじめていた。つまり、峰岸は、雇った業者たちに、「よくやってくれた」と報酬を満額払うことが嫌なのではないか。だから、業者たちが負い目を感じずにはいられない状況をわざわざ作り出しているのかもしれない。

「許さない、って具体的にはどう許さねえんだよ」

「お金を払わないか、もしくは、銃で撃つとか。『面倒な仕事は誰かにさせよう』『だけど、お金を払うのは嫌だな』『使い捨てできたらいいな』とそんな考えなんじゃないかな」

「俺たちを邪魔させるために、別の業者を頼んだら、結局、そっちの金もかかるんだから、得にはなんねえだろ」

「簡単な仕事なら、より安い業者に頼める。たぶん、トータルで見ると出費は少なくて済む」

「頑張った機関車には、おまえは本当に役に立つ、と褒めてやらないと駄目だろう」

「他人を褒めるのが死ぬほど嫌だ、という人間もいる。峰岸もそうじゃないかな」

なるべく銃口に意識を向けないように、七尾は気をつける。檸檬の頭から、引き金を引く行為をできるだけ忘れさせたかった。

「君の仲間の、蜜柑はトイレからまだ戻らないのか」

「確かに遅《おせ》えな」と言いながらも檸檬は視線を移動させなかった。「トイレが混んでるのか？」

「彼が実は、君を裏切っているってことはないのか」思い付きを口にする。

「蜜柑は裏切らねえよ」

「そもそも、彼がトランクを別の場所に隠したのかもしれない」相手を動揺させることが目的だった。かと言って、怒らせてしまい、引き金を引かせたら元も子もない。そのバランスを手探りする。

「蜜柑は裏切らない。俺とあいつの間に信頼感があるってわけじゃねえぞ。ただ、あいつはいつも、冷静だ。俺を騙《だま》しても面倒なだけだってことはよく知っている」

「君が今、ここで格闘しているのも知らず、のんきにトイレに並んでいるなんて、腹は立たないのかい」仲間割れに持っていけないか、と試みる。

檸檬が少し表情をゆがめた。「あのな、蜜柑も、おまえのことは気づいてた」

「え」

「おまえが入ってきた途端な、あいつは、『うちの近所で知り合いに会った』と言った。唐突にな。それは合図なんだ。近くに、知った顔の奴がいるぞ、って意味だ。その本人に悟られないように、そうやって喋る。あいつはトイレに立つ際も、おまえのことは俺に任せるって言い残したぜ」

「え、そうなの」七尾は自分の無能さを突きつけられた思いに駆られる。秘密のやり取りや暗号めいたものは、どの業者も使用している。彼らの会話の中に、そんなやり取りがあったかどうか思い出せないが、おそらく嘘ではないのだろう。

同時に、焦りが浮かぶ。自分のことを知っているのならば、蜜柑がいつ駆けつけてきてもおかしくはなかった。二対一となれば、勝ち目があるとは思えない。

「なあ、おまえ」檸檬が言った。「おまえ、寝起きが悪かったりしねえよな」

違うのか」

「寝起きが悪い、すげえおっかない業者がいたって話を聞いたからな。おまえがそうかと思ったんだ。

「寝起き？」

七尾は、そのような話は耳にしたことがなかった。だいたいが、寝起きが悪い、とは業者の特徴としては微笑ましい。「強いのか」

「伝説の機関車セレブリティーみたいなもんかもしれねえぞ。あのゴードンだって、一目置いてた」

「ごめん、たとえがよく分からない」

「いいか、おまえには俺を倒せない。仮に、おまえが、俺を殺したとしてもな、俺は死なねえよ」

「どういうこと？」

「檸檬様は不死身だからな、死んでも復活する。おまえの前に現れて、びっくりさせてやるよ」

「そんな脅しはやめてほしい」七尾は顔をしかめる。「幽霊とか死後の世界とかは苦手なんだ」

「幽霊より怖いぞ、俺たちは」

その時、自分たちの座っている場所とは反対側の窓に、すれ違う新幹線が見えた。一瞬のことではあるが、激しい音を立てて、後方へと走り抜けて行く。穏やかに疾駆することは許さないぞ、刺激があってこその人生だ、とお互いを揺らし合うかのようだった。

「あ、あれがマードックかい？」と呟《つぶや》いたのに深い意図はなかった。戦略と呼べるものではなかったし、ましてや勝算もなかった。ただ、先ほど、檸檬が口にした、マードックなる機関車のことが頭にあり、それはいったいどういう車体なのかと気にかけてもいたため、口に出していた。

檸檬が、「どれだよ」と何の警戒心もなく、後ろを向いたのは、七尾にとっても驚くべきことだった。檸檬は銃を手に持ってはいるものの、ごく普通の世間話に応じるように、肩越しに反対側の窓を見た。この機を逃してはならぬ、とさすがに分かった。拳銃を持った檸檬の右手を上から押さえ込む。それと同時に、別の手で相手の顎を叩いた。顎を鋭く揺すり、脳を震わせ、意識を失わせる。十代の頃、サッカーと同じく、犯罪の訓練をはじめた際に、何度か練習した技術だ。筋が切れるような、スイッチが入るかのような、音が聞こえる。がくん、と目を白くし、檸檬が座席に倒れる。七尾はその身体を窓際に引き寄せ、座らせる。倒れぬように、と傾ける角度を調整したが、ここで首の骨を折っておくべきではないかとも一瞬、考えた。が、躊躇《ちゅうちょ》した。狼に続き、この車内で再び殺人を犯すことは危険に感じた。さらに、ここで檸檬を殺害すると、残った蜜柑が激しく怒るのも間違いなかった。檸檬たちを敵に回してはならない。味方とも言いがたいが、ただ、ここで完全に敵対することが有益とは思えなかった。

　これからどうする。どうする？　どうする？

　頭の中は熱くなり、歯車が急速に回転しはじめる。

　檸檬の持っていた拳銃を取り、自分の背中、ベルトに差し込むようにした。ジャンパー下のシャツで隠す。携帯電話も持ち去ることにした。腰を屈め、床に落ちた刃物の位置を確かめる。拾おうとしたが、途中でやめた。

　どうする。思考の滑車がぐるぐる回り、次から次へとさまざまな考えが現れる。現れては、消える。どうする、どうする、と自分の内なる誰かが囁いてくる。

　前と後ろのどちらの車両へ行くべきか。蜜柑がトイレから戻ってくるかもしれない。そう思うと、前へは行けなかった。反対側、後方に足を進めるほかない。

　自分の取るべき行動について、逃げる段取りについて想像を巡らせた。後方まで逃げる自分、それを追ってくる蜜柑、そのままでは捕まる。いずれ袋小路だ。どこかで、どうにか、蜜柑をやり過ごす必要がある。

ウェストバッグを開けた。まずは、チューブに入ったクリームを取り出し、蓋を外すと、檸檬に切られた箇所に、薬を塗った。それほど血が出てはいなかったが、早く止血するに越したことはない。指で伸ばす。腕の内側や外側に痛みがある。殴られた箇所が内出血しているのだろう。檸檬の拳は、的確にこちらの肉や骨に打撃を加えてきた。動かし、触れるたびに、ずきずきとするが、どうすることもできない。

ウェストバッグの中からデジタル時計を出した。深く考える余裕もない。アラームの音量を最大にし、時刻をセットする。どれくらい時間がかかるだろうか。早すぎては意味がないが、遅すぎても困る。念のため、ともう一つの時計も使うことにする。一つ目よりも十分遅れの時刻に設定する。

その腕時計を一つ、檸檬の座っている席の下、床に置く。立ち上がり、残りの一つは頭の上、荷物棚に載せた。

それから立ち去ろうとしたが、一つ前の座席に目が行く。檸檬たちがそもそも座っていた三人掛けで、窓際には男がじっとしたままだ。不審に思い、席を移動し、その男に触れる。警戒しつつ、肩に手を載せるが反応はなく、まさか、と思い、首筋に手を当てると脈もなかった。死んでいる。誰だ？七尾は混乱のあまり、溜め息を吐くが、その場で立っている場合ではない。ただ、檸檬が座っていた席の前、網のかかった荷物入れに、飲みかけと思しきペットボトルが見えた。もう一つ細工を思いつく。ウェストバッグから、小さな薬包を取り出した。水溶性の催眠導入剤、睡眠薬だ。包みを破き、ペットボトルに注ぐ。振ってから、蓋を閉め、荷物入れに戻した。檸檬がこれを飲むのか、そして睡眠薬が効くのかどうか、それは見当がつかないが、可能性の種はあちこちに撒《ま》くほうが良い。

後ろの二号車へと足を進める。さて、どうする。七尾はまた自分に問いかける。

王子

一度、席に戻るべきかと思いはじめたところに、トイレの扉が開く音がして、木村が出てきた。むすっとした表情だった。

「何番だった？」

「何で分かるんだよ、開いたって」

「その顔を見れば分かるって」

「驚きもなければ、嬉《うれ》しそうでもねえな。王子様ってのは本当にツキが太《ふて》えんだな。0600だ」木村は言いながら、脇にあるトランクを見下ろした。「いったん、閉じてるぞ」

「じゃあ、戻ろう」王子は言うと、自分たちの車両に引き返す。トランクは木村に運ばせた。途中で、持ち主に見咎《みとが》められたら、すべてを、トランク自体も責任もすべて、木村に押し付ければいい。

席につく。木村を窓際に座らせる。ここが肝心だ、と王子は神経を尖《とが》らせた。ここで再び、木村を拘束することができれば、しばらくは安心できる。

「おじさん、また手足を繋《つな》ぐよ。おじさんの子供の無事が懸かっているから、おじさんが暴れることはないと思うんだけど、一応、さっきの状態に戻すよ」

拘束するかどうかは重要なことではないですよ。どちらでも構わないですよ。そう思わせることが肝心だった。実際のことを言えば、相手の手足が自由になるのとならないのとでは、状況は大きく異なる。木村と自分とでは体格差がある。いくら、子供の命を保険としているとはいえ、何かのきっかけで木村が自暴自棄となり、つまり死なばもろともの精神でぶつかってきたら、力では敵《かな》わない。暴力で対抗された場合、予期せぬ面倒なことが起きないとも限らなかった。安全を期すためには、先ほどと同じように身体の自由を奪うべきだ。ただ、そのこちらの都合や思惑を相手に悟られてはならない。

誰かを優位な立場からコントロールするのに必要なコツの一つはそれだ、と王子は承知している。「今ここが状況を変える一里塚ですよ」「局面を変えるとすれば、この場面ですから、全力で立ち向かうべきですよ」と教えてもらえれば、誰であっても行動するかもしれない。今が唯一のチャンスだと理解すれば、がむしゃらに抵抗を示すだろう。だから反対に、そのことを相手に察知させなければ勝算がある。多くの統治者はそれを得意とする。自分たちの意図を隠し、つまりは、その列車の終着駅については伏せたまま、乗客をごく自然に移送していく。途中で停車した駅で、乗客は降りることもできるのだが、そのことには気づかせない。自然を装い、列車を通過させる。人々が、「あの時、あそこで降りていれば」と後悔した時にはすでに遅い。虐殺にしろ、戦争にしろ、そして、自分たちには何のメリットもない法改正にしろ、そのほとんどは、「気づいた時にはそうなっていた」のであり、「こうなると分かっていたら、抵抗していた」となる。

だから、木村の手足に再び、バンドを付け直せた時、王子はかなり安堵《あんど》した。木村は、抵抗のチャンスが減ったことにすら、気づいていない。

王子は足元に置いたトランクを開いた。紙幣が敷き詰められているのを見て、「ふうん」と言った。「まあ、予想も期待も裏切らない荷物だな。トランクに札束ってのも芸がねえ。でも、カードが入っているのが少し、新機軸だ」

言われて中を検《あらた》めると確かに、蓋《ふた》の裏側の収納ポケットに、キャッシュカードが五枚入っていた。

それぞれにフェルトペンで四桁《けた》の数字が記されている。「これで、引き落とせってことなのかな」

「たぶんな。現物の紙幣とカードの二段構えっつうわけか。面倒だよな」

「でも、このカードを使って、引き落としたら居場所がばれたりしないのかな」

「警察じゃねえんだから、そこまでできねえだろ。それに、これを渡す側も受け取る側もまともな生《なり》業《わい》じゃねえんだから、暗黙の了解みてえのがあるんじゃねえか。裏切りはナシよ、ってな」

「そんなものなのかな」王子は束になった紙幣を一枚二枚めくってみる。「ねえ、おじさん、これ一枚くらい取ってみたでしょ」

木村の顔が強張《こわば》った。顔が歪《ゆが》み、頬が赤くなった。「何だよそれ」

「何となく、こういう荷物を目の当たりにしたら、おじさんはそういうことをやりそうな気がしたんだよ。せっかくだからって札束の一枚や二枚、千切って、トイレに流してみたりしたんじゃない？」

木村の表情が少し曇り、顔から血の気がすっと引くのも分かった。当たりらしい。張り合いがない。木村は今頃になって手足を動かしはじめる。すでにマジックテープで拘束された後だというのに。動くのであれば、その前に動くべきであったのに、だ。

「ねえ、おじさん、世の中で正しいことって何だか分かる?」王子は靴を脱ぎ、膝《ひざ》を折り曲げ、それを両手で抱える。座席に背をつけて、尻《しり》でバランスを取るようにする。

「正しいことなんてねえだろうが」

「そうそう、その通り」王子はうなずく。「世の中にはさ、正しいとされていること、は存在しているけど、それが本当に正しいかどうかは分からない。だから、『これが正しいことだよ』と思わせる人が一番強いんだ」

「分かりづれえよ。庶民の言葉で喋《しゃべ》ってくれよ、王子様」

「ほら、たとえば、『アトミック・カフェ』って映画があるでしょ。有名なやつ。核兵器を利用した作戦練習みたいなのが映っていて。核爆発を起こした後で、兵士がそこに歩いて攻めていく、って練習だよ。事前の説明で、兵士たちの前で、リーダーみたいなのが黒板に書きながら、言うんだ。『注意するものは三つだけ。爆発と熱と放射能だ』って。で、『この中で目新しいのは放射能だが、これが一番どうでもいいものだ』って教えてる」

「どうでもいいもの？」

「放射能は目に見えないし、匂いもない。命令通りにやれば気分も悪くならないよ、と兵士たちは教えられるんだ。で、核兵器が爆発して、まだキノコ雲が上がっている場所に向かって、兵士たちは歩きはじめるんだよ。いつもと同じ服で」

「何だよそれは。放射能ってのは大したものじゃないのか？」

「そんなことあるわけないよ。みんな、被曝《ひばく》して、大変だよ。ようするにさ、人というのは、何か説明があれば、それを信じようとするし、偉い人間が自信満々に、『心配はいらない』と言えば、ある程度は納得しちゃうってことだよ。そして、偉い人は、本当のことを全部話すつもりはない。同じ映画の中で、子供向けの教育番組が流れるけど、そこではね、アニメの亀が言うんだ。『核爆発が起きたら、さっと隠れろ！』って。机の下に伏せて、隠れれば平気だよ、って」

「馬鹿な」

「僕たちからすれば、馬鹿な話だけれど、国が冷静に、自信を持って断言すれば、それが正しいと思わざるをえない。でしょ。実際、それはその時には正しいことだったんだ。ほら、今となっては健康被害をもたらすから禁止されているアスベストも、昔は、耐火性、耐熱性に優れて、重宝されていたわけでしょ。それこそ、建物を作る際にはアスベストを使うのが正しいと考えられていた時代もあるわけじゃない」

「おまえは本当に中学生なのかよ。その喋り方」

馬鹿馬鹿しい、と王子は鼻で笑う。中学生らしい喋り方、とはいったい何なのか。本をたくさん読み、物事の情報をたくさん得ていけば、自然と話す言葉も変化する。そこに年齢は関係がない。「だいたい、アスベストはさ、危険があるって言われてから、禁止になるまで何十年とかかってるんだよ。その間、みんなはこう思っていたんじゃないかな。『本当に危ないんだったら、もっと大騒ぎになっているだろうし、法律で禁止されるはずだ。そうなっていないってことは、平気なんだろうな』ってね。今は、アスベストのかわりに別の素材を使うようになっているけど、でもそれも、今後いつ、やっぱりこれも健康被害があります、と言われるか分かったものじゃないよ。公害とか食べ物の汚染、薬害とかね。何を信じたらいいかなんて、誰にも分からないよ」

「『国ってひどいね、恐ろしいね。政治家って駄目だね』って言いたいのか。ありがちな意見だな」

「そうじゃないよ。ようするに、『ぜんぜん正しくないこと』を『正しい』と思わせることは簡単だって話だよ。だいたい、国や政治家だって、その時は、『正しい』って思い込んでいて、騙《だま》すつもりなんてないのかもしれない」

「だから、どうした」

「大事なのは、『信じさせる側』に自分が回ることなんだ」王子は言いながら、こんなことを説明しても木村には永遠に理解はできないだろうな、と思った。「それに、国を動かしているのは政治家じゃないよ。政治家以外の力、官僚や企業の代表とかね、そういう人たちの思惑が社会を動かしてるんだ。ただ、そういう人たちはテレビに出てこない。普通の人たちは、テレビや新聞に出てくる政治家の顔や態度しか目にしない。後ろにいる人たちにとっては都合がいいんだ」

「官僚批判もありがちだろうが」

「だけどね、みんな、『官僚が悪い』って思っても、具体的に、その官僚が分からないから、不満や怒りをぶつけることができないんだ。顔の見えない、言葉でしかない。それに比べて政治家は目に見える。だから、官僚はそれを利用するんだ。攻撃を受けるのは、前に立つ政治家で、自分たちは後ろにいる。邪魔な政治家がいれば、その人に不利な情報をこっそりマスコミに流すことだってできる」

王子は言いながら、自分が喋りすぎだと気づいた。トランクが開いたことに少し興奮しているのかもしれない、と思う。「結局、情報をたくさん持って、自分に都合がいいようにそれを提供できる人間が一番強いんだ。たとえば、このトランクがどこにあるのか、それを知っているだけでも人をコントロールできるはずだよ」

「で、その金、どうするんだよ」

「どうもしないよ。こんなのはただのお金でしょ」

「ただのお金って、そりゃそうだろ」

「おじさんだって、別に欲しくないでしょ。どんなにお金があったって、おじさんのあの間抜けな子供はどうにもなんないんだから」

木村の顔の皺《しわ》が深くなる。憎しみが、翳《かげ》を彫り込むかのようだ。単純だな、と王子は思う。

「だいたい、おまえはどうしてこんなことをしてる」

「質問が曖昧《あいまい》すぎるよ。こんなことってどれのこと？　トランクのこと？　それともおじさんを縛って、盛岡まで行こうとしていること？」

木村が返事に困っている。やはり、彼自身が分かっていなかったのだ。自分の質問したいことすらはっきりと分からず、漠然と、「どうしてこんなことを」などと口に出している。こういう人は絶対に、自分の人生の軌道を直せない、と王子は思った。

「どうして、渉をあんな目に遭わせた」やがて、木村はそう訊《たず》ねてきた。ようやく、何を訊《き》くべきか決定したらしい。

「何度も言うけど、渉君はさ、屋上にいる僕たちのところに勝手についてきて、勝手に落ちたんだよ。お兄ちゃん、一緒に遊んで、遊んで、って。危ないから駄目だよ、って僕は何度も注意したのに」

木村は、体から煙を出さんばかりに顔を赤くしたが、すぐに、「まあ、それはもういい」と自らの怒りを抑える。「そういうおまえのどうでもいい理屈は聞きたくもねえよ。俺が言ったのは、どうして渉に目をつけたんだ、ってことだ」

「それはもちろん、おじさんを苛《いじ》めたかったからだよ」王子は言い、わざとおどけて、指を口の前に立て、「内緒だよ」と囁《ささや》いた。

「おまえ」木村がそこで口を開く。その瞬間、木村の顔から急に緊張が消え、ごく自然にふんわりとやわらかくなったかと思うと、目が光った。途端に木村が若返り、十代の、たとえば王子と同じ中学校の同級生であるかのような面持ちになった。王子は急に隣の木村が自分と対等な立場となった錯覚に襲われる。「おまえさ、俺のことが怖かったんじゃねえか、もしかすると」

王子にとって、侮られることは珍しいことではなかった。中学生であること、外見が怖くないこと、大きな体格をしていないこと、そういった理由で、王子を見下し、からかってくる相手は多い。王子はいつも、その相手の侮りを恐怖に変えていく過程が好きだった。

が、その時の木村の言葉は、王子を少しだけ動揺させた。

数ヶ月前のことを思い出した。

昼間の公園、樹が生えた小さな林、少し落ち窪《くぼ》んだ土地のところで、王子は同級生たちと、医療器具による実験をしていた。いつも愚鈍で、足を引っ張る朋康に、電気ショックを与えよう、と王子が提案したためだ。提案というよりは、指示だ。AEDとは異なり、心臓が動いている状態で器具を使えば、もしかすると死ぬこともあるかもしれない。王子はそのことを知っていたが、説明はしなかった。与える情報は必要最小限にすべきだ。万が一、朋康の命に何かあればその時はチャンスだろう、とも分かっていた。パニック状態になり、混乱した彼らは、ますます自分を頼るしかなくなるからだ。

朋康は泣き、あまりに騒がしく懇願するので、その飼い犬を実験台にすることにした。その時点で王子の関心は、医療器具の効果よりも別のほうに移った。

自分が可愛がり、長い間、生活を共にしてきた愛犬を生贄《いけにえ》として差し出した朋康が、いったい、どういう精神状態になるのか。それが知りたくなったのだ。

朋康は犬に愛情を持っている。にもかかわらず、その愛犬を甚振《いたぶ》る。相反する行動を、どう正当化するのか。必死に言い訳を見つけ、自分は悪い人間ではない、と納得しようとするに違いなかった。

友人たちをコントロールするには、まずはそれぞれの自尊心を揺るがすことが効果的だ。自分はどれほど人間として劣っているのかを実感させる。そのために一番、手っ取り早いのは、性的なことを利用することだ。相手の性欲を暴露し、屈辱を与える。もしくは、彼らの親の性行為を、何らかの形で突きつけると、彼らは自分の頼りにしていた柱を失ったかのように動揺する。人が性欲を持っていることにいちいち驚く必要はないのだが、彼らは劣等感を抱く。簡単だな、と王子は思わずにはいられない。

そして次に有効であるのは、彼らに、誰かを裏切らせることだ。親や兄弟、友人でも良い。大事な誰かを見捨てさせ、自分の価値を暴落させる。だから、朋康の犬を甚振るのも、その一環だった。

が、犬を取り押さえ、電気ショックを与えようとしたところに、木村がやってきた。

以前、街中のデパートで会ったことのある男だとはすぐに気づいた。子連れで、不良少年がそのまま歳を取ったという風貌《ふうぼう》で、柄は良くなく、直線的な思考しかできない男、という印象だった。

その時も木村は単純に、犬や朋康を助けようとしているようで、「おいおい、ワンちゃんを苛めたら駄目だろう」などと言った。「少年よ大いに悩め。俺は、おまえたちの仕事の邪魔をしているんだから、早くどうにかしないと王子様に怒られるぞ。というか王子はどこだよ」

その笑い方が気に入らなかった。王子は、「おじさん、何でそんなに強気なの」と言って、拾った石を投げつけた。

顔面に石を食らった木村は後ろに倒れ、尻餅《しりもち》をつく。

「押さえつけてみようか」王子が静かに言うと、その声に従い、学生服の同級生たちが素早く、動いた。木村の両脇に一人ずつが立って、腕に抱きつくようにした。

「痛《いて》えな、何すんだよ」木村が騒いだ。

王子は正面に立つ。「おじさん、駄目だよ。もう少し周りをよく見ないと」

犬の吠《ほ》える声がするため、横に目をやれば、朋康と犬がいた。木村に全員が気を取られているうちに朋康は起き上がっていたらしい。震えて立ちすくんでいる。犬のほうは逃げようとせず、まさに飼い主である朋康を守るように、勇ましい声を発している。もう少しだったのかもしれない、と王子は残念に思った。犬と朋康との信頼関係が壊れるのには、もう少し決定的なこと、たとえばもう少しの痛みやもう少しの孤独が、もう少しの裏切りが、必要だった。

「王子様、おまえ、こんな風に仲間を引き連れて楽しいのか？」

いくら中学生とはいえ、三人がかりとなれば、木村も自由には動けない。後ろから羽交い締めするような者が一人、両腕に一人ずつ、だった。

「自分の置かれている立場を無視して、強がるのって、すごく情けないし、くだらないですよ」王子は言う。

「あのな、自分の立場なんてのは行動次第で次々、変わっていくんだよ」木村は両腕の自由が奪われているにもかかわらず、何事もないかのような、平然とした態度だった。

「このおじさんのお腹、殴りたい人いる？」王子は、他の同級生に目をやった。その途端、風が吹き、地面に落ちている葉がざわざわと転がる。彼らは突然、仕事を命じられたことにはっとし、お互いに見合い、その後で、我先にと木村の前にやってきて、いそいそと拳《こぶし》を振った。腹を殴られた木村は、「うえ」と苦痛そうに喘《あえ》いだが、「酒飲んでたから、気持ち悪い。吐きそうだ」と続けた声には余裕があった。「あのさ、おまえたち、王子様に命令されたからってそんなに必死に、従う必要もねえだろうが」

「おじさん、じゃあさ、実験台になってくれる？」王子は地面にある、医療器具に視線を落とした。「電気ショックらしいんだけど」

「いいぜ」木村は平然と言った。「俺は自分の身体を犠牲にしてまで、研究を続けたキュリー夫人に憧《あこが》れてるからな、願ったりだ」

「強がってもいいことないよ」愚かだな、と王子は思った。この男はこうやって今まで生きてきたのだろう。努力や我慢とは無縁で、自分の欲望のままに、身勝手に行動してきたに違いない。

「そうだな。強がるのをやめるよ。怖いよ、怖いよ。王子様」木村は泣き真似をする。「助けて、助けて王子様。キスミー、キスミー」

腹も立たなければ、面白いとも思えなかった。どうしてこういう人間が今まで無事に生きてこられたのか、そのことのほうが不可思議だった。

「じゃあ、やってみようよ」王子は、同級生に視線をやった。彼らは指示通りに、木村を殴ったものの、その後で取るべき行動も分からずに、ぼうっとしている。

王子の言葉に、数人が動き、医療器具を持ち、木村に近づく。器具から延びたコードを引っ張り、その先の電極パッドを上半身に二つ貼り付ける必要があった。持った一人が腰を下ろし、木村のシャツを持ち上げ、裸にパッドを当てようとした。そこで木村が、「おい、おまえ、そんなに無防備に、俺の前に腰を下ろしてどうすんだよ。蹴《け》り飛ばすぞ。俺の脚は自由が利くんだから。おい、王子様、俺の脚も誰かに縛らせたほうがいいぞ」と言った。

余裕のあるふりなのか、自棄《やけ》を起こしたのかは分からない。が、その助言に従い、王子は、別の一人に木村の両脚を押さえつけるように指示を出した。

「あのさ、おまえらの仲間に女の子はいねえのかよ。男にこんなに抱きつかれてもさっぱり嬉しくねえし。おまえら全員、精子臭《くせ》えんだよな」

木村の言葉を、王子は聞き流す。パッドを取り付けさせる。

もしここで木村が死ぬことがあったら、と考えた。そうなったら警察には、「この知らないおじさんが、どこからか医療器具を持ってきて、自分につけて遊びはじめたんです。酔っ払っていたみたいで」とでも言っておけば良いだろう。死んだのが、アルコール依存の危なっかしい男であれば、世間はさほど目くじらを立てないはずだ。

「じゃあ、やってみようか」王子は、木村の前に立つ。いまや学生服の中学生四人にしがみつかれた恰好《かっこう》の木村は、見方によっては、自由を奪われた十字架のキリストのようでもある。

「あ、ちょっと待ってくれよ」木村はそこでふと言う。「まずいことに気がついたぞ」と力の抜けた声を出した。それから、横に顔を向け、そこに立つ、つまり左腕をつかんだ中学生を見た。「おまえさ、俺の口にニキビみたいのができているんだけど、見えるか？」

「え」とその左腕担当者は目をしばたたき、顔を近づける。瞬間、木村の口から何かが飛んだ。溜《た》め込んだ唾《つば》を強く噴いたものだった。顔面に勢い良く飛んできた唾に、左腕担当者はとても簡単に、混乱した。手を離し、自分の顔を拭《ぬぐ》おうとする。

自由になった左腕を木村は迷わず振り回した。屈《かが》んで脚を抱いている一人の、その脳天と呼ぶべき頭頂部を、拳で思い切り突いた。突かれた者は目を白黒させ、頭を庇《かば》うように抱える。木村の両脚が解放された。

木村は膝を折り、後ろに立つ者の脛《すね》を蹴り上げた。最後に、右腕担当者に頭突きをする。痛みに喘ぐ中学生が四人、あっという間にできあがる。

「じゃじゃーん、はい、王子様、見たか。中学生が何人かかってきても痛くも痒《かゆ》くもねえんだよな。次はおまえにお仕置きだ」手を叩《たた》きながら木村が、王子に歩み寄る。

「みんな、この、おじさん、どうにかしよう」と王子は、同級生に命じた。「怪我させたりしてもぜんぜん問題ないから」

呻《うめ》く四人のほかに、同級生三人がその場にいた。木村の動きを見たばかりだからか、明らかに恐れとためらいがある。

「ここで、ちゃんとやらなかった奴は、罰ゲームだね。親も兄弟姉妹もみんな罰ゲーム。いいよね」王子が言うと、同級生が我先にと動き出した。電気ショックを仄《ほの》めかすだけで、わらわらと、こちらの指示に従う彼らは、ロボットそのものだ。

が、木村はあっという間に全員を伸《の》した。刃物を持った中学生を、次々と殴っていく。詰襟をつかみ、ボタンを飛ばし、袖《そで》で振り回し、暴行した。節度も遠慮もない、やり方だった。倒れた者が口から血を流しているにもかかわらず、何度も、肘《ひじ》や、手のひらと手首の間の固い部分で殴った。一人か二人は指の骨をわざわざ折られた。酒のせいなのか、疲れのせいなのか、足元はふらふらと不安定で、それがますます、異常な人間の振る舞いに見える。

「おいおい王子様、どうだよ、おまえがいくら威張ったところで、俺一人止められないじゃねえか」木村は涎《よだれ》でも垂らすかのような、半分恍惚《こうこつ》とした顔つきで言う。

王子はなんと答えるべきか、頭を働かせるがすぐには言葉が出てこなかった。

そうこうする間に、木村は、王子の前に立ち、両手を乱暴に動かした。何が起きたのか、すぐには分からなかった。学生服が力強く、左右に引っ張られたのだ。ボタンは引き千切られ、飛び、生地が破ける音がする。そして、木村はいつの間にか、医療器具を抱えていて、そのパッドを王子の身体につけようとしている。

王子はそれを振り払った。

「おまえ、俺のことが怖かったんじゃねえか」新幹線の座席にいる木村は少し勝ち誇ったように言った。「だから、仕返しをしようとした。怖かった自分をなかったことにしたくて、消したかったんだろ。そうだろ？」

王子は咄嗟《とっさ》に、「そうじゃない」と答えようとしたが、言葉を飲み込む。感情的になった人間は、その時点で負けだ。

怖かったのか？　と自分に問いかける。

あの公園で、縦横無尽に動き回り、血が飛ぶのも気にかけず、暴力を発散させた木村に、劣等意識を抱いたのは確かだ。木村には、明らかに肉体の力が満ち、知識や常識に縛られない奔放さがあった。社会経験の乏しさを頭で補っている王子としては、自分にないものをまざまざと見せ付けられたショックを感じずにはいられず、つまり、目の前で同級生を殴りつける木村こそが本来の人間であり、自分は偽物の、ただの書割だと指摘された思いだった。

だからその瞬間、王子はその公園から逃げることにした。朋康と犬が走り出したのをいいことに、あたかもそれを追うかのようなふりをして、その場から離れた。

もちろんすぐに冷静さを取り戻した。木村は人生における落伍者《らくご》に過ぎず、無邪気に暴力を振るうのも、後先を考えていないだけだ、とも分かった。ただ、ほんの一瞬であっても、自分を狼狽《ろうばい》させた木村のことを、憎む思いは日ごとに強くなった。どうにか木村を恐怖させ、跪《ひざまず》かせなければ気が済まない。

木村を制御できないくらいでは、自分の力も高が知れている。これは、自分の力を確認するための、実力テストを受けるかのようなものだ、と理解していた。

「おじさんなんて怖くないよ」と王子は答える。「おじさんの子供はさ、実力テストみたいなもんだったんだよ。クイズというかさ」

木村は意味が分からずきょとんとしているようだったが、重体の息子を軽々しくからかわれたのは察したらしく、顔を赤くする。先ほど浮かんだはずの、余裕の表情があっという間に崩れる。これでいい、と王子は思った。

トランクを自分の足元に持ってくると、数字錠が0600になっているのを確認し、開けた。

「金、欲しくなったか？　王子様もさすがにお年玉ではそんなにもらえねえだろ」

木村の軽口を聞き流す。中に入っていた、キャッシュカードを取り出し、自分の尻のポケットに入れた。それから、トランクを閉める。ハンドル部分をつかんだ。

「どうすんだよ」

「持ち主に返そうかなって」

「どういう意味だ」

「そのままの意味だよ。最初にあった場所に、あのゴミ箱のところに戻しておこうと思うんだ。あ、そうじゃなくて、見つけてもらいやすいように、荷物置き場に無造作に置いたほうがいいかもしれないね」

「何がしたいんだ」

「中身も分かったし、正直、少しどうでもよくなったんだ。あとはこのトランクを誰かと誰かが奪い合うのを見物するほうが楽しい。中身のカードはもらっちゃったから、きっと困る人がいるかもしれないけれど」

木村が顔をしかめ、まじまじと見てくる。王子の考えていることが、その行動の原理が分からずに、困っている。

金や名誉のためではなく、もっと別の、人間の営みを観察したい、という欲求が、彼には珍しいのかもしれない。

「行って来るよ」と席を立つ。トランクを引き摺《ず》り、移動する。

槿

電話をかけ、仕事は終わった、と告げる。その相手は、同じ業界の仲介業者とも言える男だった。昔は自分で働いていたが、身体に贅肉《ぜいにく》がつき、動作が鈍くなり、五十を過ぎてからは窓口役に徹し、それが成功した。

槿《あさがお》は個人で仕事を請け負っていたが、その男から紹介された仕事も、最近は引き受ける。六年前、《令嬢》なる会社に打撃を与える大掛かりな計画があり、その仕事を受けた際に、他の業者とのやり取りが煩雑で、面倒に感じたことも関係していた。

あの一連の出来事も、先ほどのスクランブル交差点からはじまった。当時の記憶が、蘇《よみがえ》る。家庭教師をすると言い出した男、二人の子供たちと女、ブライアン・ジョーンズにパスタ、と脈絡なく、過《よぎ》る。頭の中を、ふわりとそれらの記憶が浮遊した後で、ゆらりゆらり埃《ほこり》が舞いながら、落ちるように、記憶の場面が沈む。

電話の向こう側で仲介の男は、ごくろうさま、の後に、ちょうど良かった、と言った。

面倒な予感がした。

いい知らせと悪い知らせがある、と続けた。

苦笑する。仲介業者はそれが口癖だ。

どちらも知りたくない。

そう言うなよ。じゃあ、まず、悪い知らせからだ。男は言う。実は今、急に知り合いから電話がかかってきた。少し面倒な仕事で、しかも、時間がない。

大変だな。槿は感情を込めず、儀礼的に言う。

で、良い知らせのほうだ。その、急な仕事の現場は、今、おまえがいるそこから近いんだ。

槿は立ち止まる。周囲を見渡すが、幅の広い車道とコンビニエンスストアがあるくらいだ。

どちらも悪い知らせに聞こえる。

依頼というか、世話になった知人からの頼みで、断りきれないのだ。彼は正直に打ち明けた。

俺には関係がない。別に、引き受けたくなかったわけではないが、一日に二件の仕事を請け負うことは好ましくなかった。

いや、大先輩からの頼みなのだ。クラシック、古典のようなものだ、と仲介業者は勢い込む。ゲームで言えば、ハイドライドだとかザナドゥみたいなものだ、敬意を払うべきだろう、と押してくる。

分かる比喩《ひゆ》を使ってくれ、と言うと、音楽で言えば、ローリング・ストーンズだ、と答えがある。

それなら知っている。槿は少し笑う。

いや、フーかもな。解散したんだけど、時々、復活する感じで、それだ。

それだと言われてもな。

昔のものは嫌いか?

古くから存在しているものには、敬意を感じる。長く生きていることは、それだけで、優秀だってことだ。で、いったいどういう依頼なんだ? とりあえず、用件を聞くだけは聞く。

仲介業者は引き受けてもらえたかのように喜び、喋り出す。

依頼内容を聞き、槿は噴き出しそうになる。

あまりに曖昧だった上に、どう考えても自分は適任ではなかったからだ。

なぜだ。なぜ、適任じゃないのだ。

俺の仕事は、車の通りがあるところか、駅のホームだ。建物の中を、乗り物は走り抜けない。室内は、俺の分野じゃない。他の業者に仕事を回せばいい。

そうなんだが、時間がない。ちょうど槿のいるところのすぐなんだ。他の人間に頼んでいる時間はないかもしれない。実は俺もそこに向かっている。ここ数年、仲介業に本腰を入れて、自分で仕事をすることなどついぞなかったが、今日はどうも仕方がない。俺が実行部隊になるしかない。

時にはいいじゃないか。大先輩からの依頼なんだろ。

不安なんだ、と相手は、社会に出るのが怖い、と打ち明ける若者じみた、か弱い声を出す。久々の仕事だから不安なんだ、と。だから、槿も来てくれないか。

行って、どうする。俺は、俗に、押し屋と呼ばれている。それは仕事内容が違う。砲丸投げの選手に、マラソンをさせるようなものだ。

来てくれるだけでいい。もう、俺は到着するだろう。

そうか、槿、ありがとう。恩に着るよ。

健闘を祈る。

どこをどう聞けば、引き受けたように聞こえるんだ。

果物

蜜柑はトイレから出て、洗面台を離れるまではまったく慌てていなかった。

先ほど、三号車にやってきたのが同業者だとは、すぐに分かった。自分たちよりは少し若く、黒い眼鏡をかけているためか、知性があるように見えた。そして、ナイーブな趣があり、本人は平気を装っているつもりかもしれないが、明らかにおどおどしていた。脇を通り過ぎながらも、こちらに視線をやりたくて仕方がない様子だった。その不自然さに、蜜柑は笑いそうになるのを堪《こら》えた。

タイミングの良さに驚いた。

まさに、生贄に相応《ふさわ》しい人物ではないか。檸檬が言ったように、誰かに罪をなすりつけるのであれば、これほど適任の男もいない。袋小路の暗闇に、一縷《いちる》の光が射した、と小さく感動した。

檸檬を残し、席を立ったのは、実際にトイレに行きたかっただけだった。尿意を我慢したままでは動くのに支障がある。事が起きる前に用を足すべきだと判断した。檸檬一人に任せても問題はないだろう、とも思った。

あの黒眼鏡の男は、真莉亜に雇われている男だ。トイレで小便をしながら、記憶を辿る。自分たちと同様、特に仕事は選ばず、陳腐ながらも分かりやすい名称で言えば、「何でも屋」と呼ばれるたぐいの業者だ。今まで仕事で鉢合わせになったことはなかったものの、「新人だが、有能」という噂を耳にしたことはある。

有能とは言っても、檸檬が持て余すほどではないだろう。今頃、あの眼鏡の男は、檸檬に殴られ、大人しくなっているに違いなかった。そう思いながら、蜜柑はゆっくりと手を洗う。石鹸《せっけん》で指を念入りにこする。水を切り、乾燥用の送風口に手をかざす。

電話が鳴った。尻ポケットに入れた薄型の携帯電話が静かに振動する。表示を見れば、知った名前がそこにはあった。都内で、小さな書店を経営している、太った女だ。写真集から、露出度の激しいものまで、たくさんの成人向け雑誌を揃えた店で、時代遅れの紙媒体にこだわった商売を続けていた。それなりに固定客はいるものの、売り上げは高が知れている。が、どういうわけかその女店主のところには、非合法な仕事やそれに携わる業者たちの情報が集まる。その情報を得るために人が立ち寄り、かわりに別の情報を置いていく。その循環により、桃と呼ばれる店主は多種多彩な情報の拠点となっていた。蜜柑や檸檬も仕事内容によっては、桃のところへ出向き、必要な情報を買い、時には、売る。

「蜜柑、あんたさ、何かまずいことになってるわけ？」電話の向こうから桃の声がした。列車の揺れがひどく、蜜柑はデッキの窓際に移動し、少し声を大きくする。「何がだ」ととぼける。

「峰岸のところが、人を集めているみたいなんだよね。仙台と盛岡に」

「仙台？　何でそんな街に峰岸が人を呼んでるんだよ。あれか、よく言うオフ会というやつか」

桃の溜め息が聞こえる。「檸檬が言ってたけど、あんたの冗談は本当につまらないね。真面目な男の必死な冗談ほど、笑えないものはない」

「悪かったな」

「部下に限らないみたいよ。とにかく腕の立つ人間で、仙台に行ける人間を大急ぎで欲しいみたい。うちにも複数から、連絡あったけどね。数十分後に仙台に集まれ、って普通のアルバイトだって無理だよ。都合よく集合できるわけない」

「で、俺たちにそのアルバイトをやらないか、という打診か」

「まさか。そうじゃなくて、あんたたちと峰岸の息子が一緒にいるところを見た、って情報があったから。もしかすると、あんたたち、峰岸相手に喧嘩《けんか》でもするつもりなのかって思って」

「喧嘩?」

「たとえば峰岸の息子を監禁して、取引するとかさ」

「まさか、俺たちだって、それがどれだけ恐ろしいことかは分かる」蜜柑は苦笑する。重々承知しているにもかかわらず、今や、恐ろしい事態に陥っている。「逆だ。息子を助け出すように、峰岸に頼まれたんだ。で、今、新幹線で移動中だ」

「じゃあ、何で、峰岸は人を集めてるんだろう」

「俺たちを歓迎する準備じゃないか」

「それならいいんだけど。わたし、あんたたち好きなんだよね。だから、危険な目に遭うんじゃないかって心配で、一応、忠告しておこうと思ったんだけど。やっぱり、人様の役に立つのは気分いいからね」

また何か新しい情報があったら教えてくれ、と蜜柑は言いかけたところで、「そういえば、ほら、真莉亜のところが雇ってる奴がいるだろ」と訊ねた。

「てんとう虫君ね」

「てんとう虫?」

「ナナホシテントウムシ。あれもまた可愛い男の子だから、わたし好きだけどね」

「桃が好きだという業者はたいがいいなくなるって噂を聞いたことがある」

「たとえば?」

「蟬」

「ああ、あれは本当に残念だったね」桃はしんみりと語る。

「そのてんとう虫君ってのは、どういう奴だ」

「無料じゃあ教えられない」

「人様の役に立ちたい人が、さっきいたじゃないか。そいつに替わってくれ」

桃の笑い声は、ドアが振動で揺れる音とまざりあう。

「七尾君は礼儀正しくて、おどおどしているけど、なかなか侮れないよ。強いから」

「強いのか?」そうは見えなかった。事務処理でもしているほうがお似合いに見えた。

「強いというか、速いのかな。そう言ってるのがいたよ。『殴り合おうとした時には、やられてた』って。バネみたいなんだって、動きが。ほら、真面目な人間ほど興奮すると手がつけられないでしょ。もともと荒っぽい人間よりもたちが悪いっていうか。どっちかといえば、七尾君はそういうタイプ。真面目で、切れると怖い」

「でもまあ、檸檬と互角ってことはないだろ」

「少なくとも、甘く見ないほうがいいと思うよ。舐《な》めた結果、痛い目に遭った奴はかなりいるんだってさ。噂はよく聞くし。それこそ、七尾君にやられた業者でオフ会開けるくらいらしいよ」

「つまらない」

「ほら、あんたもてんとう虫を捕まえたこととかあるだろ。虫のほうの。人差し指を立てると、可愛らしく昇っていってさ」

子供の頃の自分が虫をどう扱っていたのか、思い出せなかった。片端から痛めつけた記憶もあれば、死んだ虫を泣きながら土に埋めた光景も思い出せた。

「でもって、てんとう虫ちゃんは、指のてっぺんまで行くとどうするか分かる?」

自分の人差し指を小さな肢《あし》を細やかに動かしながら、昇っていく虫の感触が蘇る。ぞくぞくとした気味悪さと、くすぐったさによる小さな快感がまざる。ああ、俺もそれをやったことがあるのだな、と蜜柑は知る。指の頂に到着した虫はすっと息を吸うような間を見せ、その後で、翅《はね》を広げ、指から浮く。「飛ぶんだろ」

「そうそう。七尾君はさ、飛んじゃうらしいのよ」

さすがに蜜柑も返事に困った。「飛べる人間がいるのか」

「いるわけないでしょ、蜜柑、あんたは本当に真面目だねえ。比喩よ、比喩。追い詰められると、頭がぶっ飛んじゃうってことと」

「おかしくなるのか」

「回転が速くなるの。集中力なのかね。追い詰められてからの、瞬発力というか反射神経というか、発想が尋常じゃないらしいのよ」

蜜柑は電話を切る。まさかなと思いつつも、ざわざわと焦りが背筋を走る。檸檬が無事であるかどうか、急に気になった。三号車に早足で戻る。ドアが開き、目に入ったのは、目を閉じた檸檬の顔だった。先ほどまで座っていた座席よりも一つ後ろの席、魂の抜けた峰岸のぼんぼんが腰掛けるその真後ろに、檸檬がいた。動かない。やられた、と蜜柑はすぐに分かった。近づいて座席に腰を下ろし、まずは檸檬の首筋に手を当てる。脈はあった。かと言って、眠っているわけでもない。瞼《まぶた》を無理やり引っ張り上げる。気を失っていた。

「おい、檸檬」と耳元で声をかけるが、動かない。

手の甲で頬を叩いた。

立ち上がり、周囲を見渡す。七尾の姿は見当たらない。

ちょうどそこに車内販売のワゴンが、背後からやってきたので、呼び止めた。声の調子を抑え、「冷たい飲み物をくれ」と頼み、缶入りの炭酸飲料を買った。

ワゴンが三号車から出て行くのを見送ったところで、その缶を檸檬の頬にくっつける。首にも当てた。冷たさで目を覚ますかと期待したのだが、ぴくりとも動かない。

「まったく、だらしないな。役に立つ機関車どころか、使えない機関車じゃないか」とぼそっと溢《こぼ》し、「そもそも、機関車ではないしな」と続けた。

がばっと檸檬が起きた。上半身が跳ね上がったが、目は虚《うつ》ろだった。隣の蜜柑の肩をつかむようにし、「誰が使えない機関車なんだよ」と大きな声を出した。蜜柑は慌てて右手で檸檬の口を押さえ込む。車内で大声で、そんな台詞《せりふ》を叫ばれては困る。が、新幹線がトンネルに入り、振動の音が激しくなったため、檸檬の声はさほど目立たずに済んだ。

「落ち着け。俺だ」蜜柑はつかんだ炭酸飲料の缶を、檸檬の額にあてがうようにして声をかける。

「あ?」檸檬が我に返る。「冷てえじゃねえか」と缶をつかむと無断でプルトップを開け、飲みはじめる。

「何があった」

「何が? 炭酸だよ。炭酸があった」

「そうじゃない。今、ここで何があったんだ。知り合いはどこだ」と反射的に隠語を使った後で、言い直す。「七尾はどこに行った? 真莉亜のところの」

「あいつ」檸檬は勢い良く、その場に立つ。蜜柑を押しのけ、通路に飛び出そうとするので必死に止めた。

「待てよ、いったい何があった」と座らせる。

「油断した。俺はどうなってた」

「電池が切れたみたいに、寝てたぞ。失神させられたのか」

「俺がやられるわけがねえだろうが。電池が切れただけだ」

「まさか殺そうとしたのか？」蜜柑が想定していたのは、暴力を振るい、拘束することだった。

「つい、興奮してな。だってな蜜柑、あいつ意外に、強《つえ》えんだよ。強い敵が出てくると、何だか盛り上がってきちゃうじゃねえか。ゴードンが、『俺様はソドー島で一番速い機関車だ』と威張ってな、むきになって加速する気分が分かる」

「桃から電話があったから少し聞いたんだけどな、あの男を舐めてると痛い目に遭うらしい」

「そうだな。舐めてた。マードックがいるわけねえんだよ」檸檬は言った後で視線を動かし、「何だよ、俺の席はこっちじゃねえか」と峰岸のぼんぼんが座っている三人掛けへとふらふらと移動した。まだ、頭がぼんやりとしているのが見て取れる。

「おまえは少しここで休んでろ。俺が捜しに行く。新幹線からは降りてはいない。俺があっちのトイレに行ってることを知っているなら、たぶん、後ろの二号車のほうに逃げるしかなかったはずだ」

蜜柑は席を立ち、通路を進む。ドアが開く。二号車へと続くそのデッキには、トイレや洗面所がない。人が隠れられる空間がないのは一目瞭然《りょうぜん》だった。

もし七尾が後方に向かったとすれば、一号車の端まで行けば追い詰めることができる。姿を隠せる場所は多くない。座席に腰掛けるか、通路にしゃがむか、左右の天井近くの荷物棚に寝そべるか、そうでなければデッキの隙間かトイレ、洗面所、その程度だ。虱潰《しらみつぶ》しに、二号車と一号車を隈《くま》なく見渡していけば、捕まえることができる。

先ほど見かけた、七尾の恰好を思い出す。黒い眼鏡に、Gジャン、下は薄い茶色のパンツだったか。

二号車に入る。乗客が見える。座席の三分の一ほどが埋まっている形で、当然ながら、進行方向を、つまりは蜜柑のほうに顔が向いている。

一人一人の姿を確認するよりも先に、全体を一つの映像として大まかに捉《とら》えた。自分が入ってきた瞬間の、空間の状態をカメラで撮影する感覚だ。不自然な動きが生じないかどうかを把握する。急に立ち上がったり、顔を背けたり、身体を強張らせただけでも、目立つ。

蜜柑はゆっくりと通路を進んでいく。あまり目立たぬように気をつけながらも、各列を注意深く、眺めていく。

気にかかったのは、車両の真ん中あたり、向かって右側、二人掛けの座席にいる男だった。窓際で、背もたれを最大限に倒し、寝ている。帽子を深く被《かぶ》り、顔が完全に隠れているが、その、西部劇から引っ張り出してきたかのようなテンガロンハットが胡散臭《うさんくさ》かった。赤茶色でかなり目立つ。隣には誰もいない。

七尾だろうか？　この隠れ方でばれないと思ったのか？　もしくは、不意をつくつもりなのか。いつ飛び掛かられても対応ができるように、意識を集中させ、近づく。横に立った瞬間、そのテンガロンハットをひょいと持ち上げる。相手が向かってくるのを覚悟していたが、そうはならない。ただの、熟睡した男だった。七尾とは顔も違えば、年齢も差がある。別人だ。

気にしすぎたか、と詰めていた息を吐く。すると次に、二号車の先、一号車へ続くデッキのところに、緑色の服がうろつくのが目に入った。蜜柑は自動扉からデッキへと出る。その緑色のノースリーブを着た乗客がまさにトイレに入るために、扉に手をやっていた。

「待て」と蜜柑が思わず、声を発する。

「何よ」こちらを向いたのは、女性の恰好をしているものの、明らかに性別は男だった。背が高く、肩幅もある。露わになった二の腕も筋肉質だ。

何者かは分からないが、少なくとも七尾ではないのは確かだった。

「何でもない」蜜柑が答える。

「あなたいい男ね。トイレの中で何かする？」とからかうように相手は言った。

蜜柑はその場で、その女装男を殴りつけたい衝動に駆られるが、我慢した。「黒い眼鏡の若い奴を見なかったか」

女装男が、にかっと笑う。鼻の穴が広がる。鼻下の髭《ひげ》が青々としていた。「わたしのウィッグを取って、どっかに行った若い子？」

「どこへ行った」

「知らないわよ。見つけたら、取り返して」女装男は言うと、「おしっこ洩《も》れちゃう」とトイレの中に姿を消した。何とも騒がしい、と蜜柑は呆《あき》れる。

鍵《かぎ》が閉まった。

もう一つの個室トイレは空いていた。中を覗《のぞ》くが、誰もいない。洗面台や男用のトイレも無人だった。

女装男が口にした、ウィッグのことが気にかかった。七尾がウィッグを奪い、変装をしているのか？　そうだとしてもすれ違った乗客は一人もいない。

となれば、一号車のほうにいるとしか考えられなかった。

念のため、荷物置き場も見ることにした。シールがたくさん貼られたトランクがある。隣には、段ボールがあった。蓋が開いている。中を覗くと、プラスチック製の箱が入っていた。六面すべてが透明で、水槽のように見えたが、中身は空だ。持ち上げようとしたところで、上部がずれたのでやめる。

上に透明の板がはめ込まれているが、それがずれていたようだ。毒性の気体でも入っていたのではないか、と少し恐怖を感じるが、それに構っている余裕もない。

立ち上がり、デッキを進む。一号車に続く扉が開く。また、その光景を大まかに捉える。こちらを向いている座席と、いくにんかの乗客の姿が目に入る。真っ先に気にかかったのは、三人席の真ん中あたりに置かれた黒い影だ。人の巨大な頭髪かと思い、ぎょっとしたが、すぐにそれが開かれた傘だと気づいた。折り畳み式だろうか。誰もいない席に、ぽつん、と置かれていた。

傘の二列前の座席に眠っている客がいるが、それは七尾ではない。開いた傘に何の意味があるのか。爆発するとも思えない。囮《おとり》の一種だ、と蜜柑は直感した。この傘に注意を向けさせ、別のことから気を逸《そ》らせようとしているのではないか？　はっとし、たまたま視線を下にやったが、そこで、通路に短く紐《ひも》が延びているのを見つけた。足を引っ掛けぬように跨《また》ぎ、確認すると、それは梱包《こんぽう》用のビニールロープだった。向かって左の三人掛けの座席と右側の二人掛けの座席、両方の肘掛けにくりつけ、座席の下をくぐらせ、床近くを這《は》わせているのだ。何かの使いまわしなのかテープは少し、ささくれ立っている。

なるほど、と蜜柑は察した。傘に注意を惹《ひ》かせ、足元から注意を奪い、ロープで転ばせるつもりだったのではないか。

あまりに単純な作戦に蜜柑は苦笑するが、同時に気を引き締めた。

七尾は、追い詰められた時、頭の回転が速くなる。桃はそう言った。

限られた時間で、できることをすべてやっているのかもしれない。檸檬を気絶させてから、それほど時間は経っていない。その間に、ロープを張った。傘も七尾の仕業だろう。追ってくる敵を、蜜柑のことを、それで躓《つまず》かせようとしたに違いない。では、躓かせて、どうするつもりだったのか？　蜜柑は考える。パターンからすれば二つだ。躓いた相手に攻撃を加えるか、もしくは躓かせた隙に逃げるか。となれば、この近くに本人がいるはずだ。素早く、周囲に目をやる。が、近くの座席にいるのは、着飾った十代の若い女が二人と、ずっとノートパソコンに向き合っている、坊主頭の男だ。女たちは、蜜柑を少し気にしたが、騒ぎ出す様子はない。不倫旅行中としか見えない男女もいた。中年の男と若い女だ。七尾の姿はない。

そのすぐ後ろ、一番奥側、最後尾の座席に、少しだけ動く頭が見えた。二人がけの窓際だ。こちらを見て、急に腰を下ろしたような動作で、蜜柑はそれを見逃さなかった。

足早に進む。

ウィッグだ。ウィッグの載った頭が見え隠れしている。光沢のあるその髪の毛のような物体は、人工的だ。蜜柑を見て、急に寝たふりをしたようにしか見えず、あからさまに怪しい。

七尾か？　蜜柑はちらっと車内を眺めた。座席はすべて背を向けており、近くにも他の乗客はいない。

足早に近づき、さっさと攻撃を仕掛けようとした。が、そこでウィッグがすっくと立った。蜜柑は咄嗟に、一歩、離れる。ウィッグの男は両手を弱々しく挙げたかと思うと、「すみません」と言った。被っていたウィッグが斜めにずり落ちそうになるのを、手で押さえる。

七尾ではなかった。明らかに別人だ。丸顔で、髭を蓄えた中年男で、へらへらと媚《こ》びへつらう笑みを浮かべている。

「すみません、あの、俺も頼まれたんですよ」と顔を引き攣《つ》らせている。手には携帯電話を持ち、落ち着きのない様子でそれをいじくっている。

「頼まれた、誰に」蜜柑はまた車内を見渡す。「おまえに頼んだ男はどこに行った。黒眼鏡の若い男だろ」蜜柑は小声で言うと、男の胸元をつかんだ。安っぽい縞《しま》模様のシャツの襟をぎゅっと絞るようにし、腕に力を込める。少しではあるが、男の体が浮かぶ。「知らない知らない」と相手はすぐに言った。蜜柑は、静かにしろ、と言い含める。男には嘘を言っている素振りもなかった。「あの男がウィッグを盗もうとしたから、何すんだ、って言ったら、一万円くれて」と抑えた声で説明してくる。声は大きくなかったが、こちらのざわつきに気づいたのか、乗客の一人が腰を上げ、背もたれ越しに振り返るのが分かった。蜜柑はすぐに、相手の襟から手を離す。男は座席にどすん、と尻を突き、頭からウィッグを落とした。

この男もやはり囮か？

蜜柑はもう一度、二号車に戻ることにした。一号車を遡《さかのぼ》ると車両の半分あたり、通路の途中で、不倫旅行中と思《おぼ》しき男に、蜜柑は馴《な》れ馴《な》れしく手をかけた。相手はぎょっとした。

「あそこの傘、誰が置いたか知ってるか」と車両の中で、オブジェのように置かれた黒い傘を指差す。男は分かりやすいくらいに動揺し、目を白黒させた。隣の女のほうが落ち着き払っていて、「さっき、眼鏡の男の人が置いていきましたよ」と答えた。

「何の意味があるんだ、あれに」

「分かりませんけど、開いて乾かしてるのかと」

「どこに行った」

「戻ったと思います」と女は進行方向に、つまり二号車の方向に、指を差した。

どこですれ違ったのか。

三号車からこの一号車まで、それらしい人間は見当たらなかった。

二号車に続くデッキに目をやると、トイレから先ほどの女装男が出てきた。大きな身体を揺すり、まっすぐに一号車に入ってくる。面倒だな、と思っていると案の定、彼は、開いた自動扉から姿を見せ、「あら、どうしたの。こんなとこで待っていてくれたの」と立ちふさがった。

邪魔だ、と蜜柑は思いながら、「手を洗ったのか」とまずは言った。

「あら、忘れてた」女装男はあっけらかんと答える。


三号車からデッキに出た七尾は、どうする、どうする、と自らに問い続けていた。気絶した檸檬はしばらく眠っているはずだ。が、蜜柑はトイレから戻る。何が起きたのかに気づくまでにそう時間はかからないだろう。そして、追ってくる。四号車のほうへ、進行方向へと行ってくれれば助かるが、たぶんそうはならない。おそらく、七尾が後方に逃げたと考える可能性が高い。こちらに向かってくるはずだ。

二号車と三号車の間のデッキには、トイレも洗面所もない。ゴミ箱の前に立ち、例の突起をつまみ、壁のパネルを開けた。トランクを隠すことはできたが、人間が入るのは容易ではない。一目瞭然だ。

ここには隠れられない。では？　どうする。どうするのだ。

七尾は、自分の視界が狭くなるのが分かった。焦りのため、鼓動が早鐘を打ちはじめる。息が上がり、えもいわれぬ不安で胸が締め付けられる。頭を振った。どうする、どうする、と頭の中に囁き声が充満する。思考が、氾濫《はんらん》した水で押し流される。渦を巻き、思い浮かべた言葉や感情を、洗濯でもするかのようにごちゃまぜにする。七尾はその、焦燥感の洪水に身を任せた。激流が頭を掻《か》き回す。

もちろんほんのわずかな時間に過ぎず、たとえば、まばたきを数回するほどの間だったが、その奔流が止んだ途端、気持ちが切り替わった。頭の中の濁りが消え、思考や逡巡《しゅんじゅん》もなく、体が動く。先ほどとは打って変わり、視界が広くなる。

後ろへ向かっていく七尾の前で、二号車の扉が開いた。威勢の良い溜め息とでもいうような、噴射音が響く。座席がすべて進行方向を、七尾の入ってきたほうを、向いている。

通路を進んだ。

右側、二人掛けの座席の中に眠っている男が見えた。髪や眉毛《まゆげ》に白髪のまじった中年の男だが、背もたれを最大限に傾け、口を半分開けるようにして寝ている。鼾《いびき》が聞こえてくるかのような熟睡だ。その隣の席に、帽子が置かれていた。赤茶色のテンガロンハットは、ずいぶん目立つ。似合うかどうかははっきりしないが、その男の持ち物ではあるのだろう。七尾は通り過ぎる瞬間、帽子を拾い上げると、眠った男の頭に載せた。起きてしまうかと恐れたが、眠りが深いのかぴくりともしなかった。

蜜柑は、このテンガロンハットを見て、怪しむだろうか。その結果、何が起きるのかは分からない。何も起きないかもしれない。が、役に立たずとも仕掛けをいくつも作っておくことは重要だった。相手は勘ぐり、深読みをし、もしかすると尻込みをし、つまり、後手に回る。その積み重ねで勝負するほかなかった。

一号車へと繋がるデッキに出ると、周囲に目を走らせる。使えるものを探す。荷物置き場のスペースには海外旅行用のトランクがあった。シールが貼られ、使い込んだ跡がある。七尾はそれをつかみ、引っ張り出そうとするが重いため、諦《あきら》める。

隣には、段ボールがあり、ビニールロープで梱包されていた。

七尾はその、結び目を解く。箱を開くと中に、さらに箱があった。

透明のプラスチックのケースで、中には黒い紐が無造作に置かれている。

どうしてわざわざ紐を大事に、水槽のような入れ物にしまっているのか、と愉快に感じ、目を近づけ、七尾は小さく悲鳴を上げた。中に入っていたのは、紐ではなく蛇なのだ。粘り気のありそうな、光る皮に斑《まだら》模様があり、とぐろを巻いている。後ろに避け、デッキに尻餅をつく。どうしてここで蛇が出現するのか、これもまた自分の不運の一環なのか、不運の女神の趣向の一つなのか、と呆れ、嘆きたくなる。しかも、七尾が動かした拍子に、ケースの蓋が外れ、中から蛇が飛び出してきたものだから、もはや、驚きを通り越し、唖然《あぜん》とした。

滑るように這い、進行方向へと消えていく蛇を眺め、取り返しのつかないことをした罪の意識を覚える。とはいえ、のんびりと蛇を追いかける余裕はなかった。いつ後ろから蜜柑がやってくるかも分からなかった。七尾はケースを片付けると立ち上がる。箱を巻いていたビニールロープも戻そうとしたが、途中で思い直し、箱から外した。それをつかみ、手で丸める。見えなくなった蛇の行方については忘れよう。自らに言う。今は、逃げるほかない。

デッキの、トイレや洗面所は使用されていなかった。個室を確認するが、身を潜めようとは思えない。蜜柑が追ってきた際、トイレが使用中となっていれば、警戒されるのは間違いない。袋の鼠だ。

一号車に入る。座席と乗客が目に入る。二人掛けと三人掛けの座席の間、通路を早足で歩いていく。左手の三人掛けの座席に、眠っている男がいた。真上の荷物棚から傘が飛び出している。折り畳みのもので、無造作に置かれていた。迷わずそれを取ると、すぐさま開く。ばさっと音がし、傘が空間に広がる。乗客の視線が集まったが、七尾は素知らぬ顔でそれを二つ後ろの背もたれに引っ掛けた。

それから、手にあったビニールロープを三人掛けの真ん中の席の肘掛けに結びはじめる。膝を床に突き、しゃがみ、その紐を座席の下に通し、通路を横切り、今度は二人掛けの座席の下まで引っ張る。

座席と座席の間から引っ張り上げると、こちらもやはり、肘掛けに結びつける。足元に紐を張った形だ。

転ばぬように気をつけながら、自分のことであるから仕掛けた罠《わな》に自ら引っかかる可能性は充分高いため、注意をしながら、紐を跨ぎ、後ろを振り返らず、一号車の奥まで行く。最後尾のデッキに出るが、そこには隠れる場所は見当たらない。もう一度、一号車に戻る。

傘とビニールロープ、仕掛けることができたのはそれだけだ。これで充分とはとうてい思えない。傘に気を取られた蜜柑が、足元のビニールロープに気づかず、転ぶ光景を思い浮かべた。その後で、近くの座席から姿を現した自分が、体勢を崩した蜜柑の頭を殴り、できることならば顎《あご》を殴り気絶させ、その隙に再び、逆方向の車両へ逃げる。そういった段取りを想像した。現実的か？　もちろん、そうは思えない。こんな単純な仕掛けに、蜜柑が引っかかるとも思えなかった。

一号車内をぐるりと見渡す。

視線を上げたところ、車両の一番端、出入口ドアの上の壁に、電光表示のパネルが見える。横長で、新聞社の配信したニュースが右から左へと流れていた。今、この車内で起きていることのほうがよほど、ニュースになるに違いない、と七尾は苦笑したくなる。

車内にはやはり、隠れられそうな空間は見当たらない。

じゃあ、と思い、七尾は開く扉を出た。二号車に戻ることにした。頭に蘇っていたのは、東京駅のホームで遭遇した場面だ。「何でグリーンじゃないわけ」と化粧の濃い誰かが言っていた、その時のことだ。女の服を着た、つまり女装の男が、怒っていた。そしてその、女装男の隣で、小柄な黒ひげ男が困惑していたのを思い出す。「グリーン席は無理でしょう。だけどほら、二号車の二列目って、君の誕生日と同じじゃない。二月二日」

トイレや洗面所の脇を通り過ぎる。蛇がいつ飛び出してくるのか分からず、びくびくしたが、どこにも蛇は見当たらなかった。ゴミ箱の中にでも入り込んだのか。

二号車に足を踏み入れる。二列目に、二人はいた。女装男は週刊誌を見つめ、黒ひげ男は携帯電話をいじくっている。頭上の荷物棚に目をやれば、紙袋がある。東京駅のホームで見かけたものだ。中に、派手な赤色のジャケットやウィッグが入っていた。あれを使い、変装すべきではないか。彼らの席の背後、一列目には誰もいなかったため、すっと体を滑り込ませ、背伸びをし、紙袋をつかむと、一息に引き寄せる。音が少し鳴った。背を向けている二人が気づいた気配はない。

扉からデッキへと出て、窓際に移動すると慌てて、袋の中を探った。ジャケット、ワンピース、ウィッグがある。ウィッグだけを取る。赤のジャケットはさすがに目立ちすぎるかもしれない。ウィッグで、どの程度、自分を隠せるのか。

そしてそこで、「ねえ、ちょっと泥棒やめてよ」急に言われ、七尾は飛び上がりそうになる。後ろに、女装男と黒ひげ男が立っていたのだ。二人とも険しい表情で、紙袋を盗んだな、と詰め寄ってきた。実は七尾の動きに気づいており、デッキまで追ってきたらしかった。

七尾はためらう余裕もなかった。時間がない。素早く男の右手をつかむと、身体を翻し、あっという間に黒ひげ男の手を捻《ひね》り上げた。「痛い痛い」と悲鳴を上げるため、七尾は、「静かにしてください」と耳元に鋭く、言う。そうしている間にも、自分が追い込まれていくのが分かる。蜜柑が近づいてくる足音が耳元で鳴るように感じた。今すぐやってきても、おかしくはなかった。

「ちょっと何すんの、お兄さん」体格のいい女装男が言う。

「時間がない。言う通りにしてください」七尾は早口で言い、「言う通りにしろ」と慣れない命令口調に変える。「言う通りにすれば、金もやる。ただ、協力しないんだったら首の骨を折る。本当だ」

「あなた、何言ってんの」女装男はさすがに驚いている。

七尾はまず、黒ひげ男の手を離し、くるっと自分のほうを向かせると、持っていたウィッグを被せた。「君は一号車の奥に行って。これを被ったまま。で、後から、人が来るから。そいつが自分のほうに近づいてきたら、彼女に電話をかけてくれ」

七尾は咄嗟に、女装男のことを、彼女、と呼んでしまうが二人には特に違和感はないらしかった。

どうする？　どうする？

頭の中が必死に回転する。段取りを、未来図を、頭の中の紙にデッサンし、消しては、素早く描き直す。

「何で電話しなきゃいけねえんだよ」

「数回呼び出して、切ってくれればいい」

「鳴らして、切る？」

「喋らなくていいから。ただの合図だよ。時間がない。とにかく。さあ、早く」

「おいおい、何を勝手なこと言ってるんだよ、お兄ちゃん」

その言葉を聞き流し、七尾は尻ポケットから財布を出すと、一万円札を引き抜き、男のシャツの胸ポケットに押し込んだ。「これはお礼」

黒ひげ男の目が少し輝いた。七尾は内心で喜ぶ。金で心が動くのであれば楽だ。「ちゃんとやってくれたら、さらに二万円足すよ」

思慮浅いのか、男は俄然《がぜん》、張り切りだした。「いつまで隠れてりゃいいんだよ。いったい誰がやってくるんだ？」

「背が高くて恰好良い男が来るから」七尾は、早く行って、と男を軽く、突いた。「分かったよ。やりゃあ、いいんだろ」と男は不似合いのウィッグを被りながら、一号車へ行こうとする。ただ、途中で一度立ち止まると、「おい、危険なことはないんだろ」と振り返った。

「大丈夫」七尾は言い切った。「びっくりするくらい安全なことだよ」

嘘ばっかりだ、と罪悪感に襲われる。


指示を理解したのかしないのか、しかめ面のまま男が一号車に消える。七尾は、女装男に向き合った。「君はこっちに来て」

幸いなことに女装男も、七尾に対し、抵抗や反感は見せなかった。乗り気だと言ってもいい。七尾はデッキを少し進み、個室トイレの前に移動することにした。「お兄さん、やっぱり恰好いいね。お手伝いしてあげるよ」としなを作るので、七尾は少したじろいでしまうが、すぐに早口で続ける。

「もっと恰好いい男が来るから。いいか、すぐにあっちから男が来る。君はこの通路に立っていて」

「二枚目モデルが来るわけだ」

「そうしたら君は、このトイレに入ってくる。その二枚目モデルに、君がトイレに入るところをしっかり目撃させる」

「どういうこと」

「いいから」七尾は焦る。

「その後、どうすればいいの」

「トイレで教える」

「トイレで、ってどういうことよ」

七尾は言い、トイレの扉を開けると中に片足を入れる。「俺はここの中に先に入っている。君は後から、その男を見た後で、入ってくる。もちろん、俺が中にいることはばれないように」

女装男は、指示が完全には納得できていない様子だったが、これ以上時間をかけるのは危険だと判断した。「言った通りにして。万が一、十分待って、誰も来なかったら、その時も中に入ってきていいから」と言い残し、トイレに入り、七尾は扉を閉めた。便器の横に立つ。うまくいくかどうかは分からない。扉が開いた時の死角を選び、入り口側の壁に背中をつけた。

少しして、扉が開いた。七尾の身体に緊張が走る。「おしっこ洩れちゃう」という台詞とともに女装男が中に入ってきて、そして、扉を閉め、鍵をかけた。

個室トイレの中、七尾は、女装男と向き合う。

「来た？」

「いい男だったね。確かにモデルみたいで、脚も長かったけど」

やはり蜜柑が追ってきた。覚悟はしていたものの、胃が痛くなる。

「こんな狭い場所で二人きりなんて」女装男は、どこまで本気なのか身体をくねらせ、接近してこようとする。キスしてあげても良いことよ、と唇を尖らせた。「静かにしてくれ」と七尾はできるだけ威厳を浮かべ、それは最も不得意なことの一つだったが、とにかく相手を黙らせるため、鋭い声を出した。外の音は分からない。

頭の中で、蜜柑の動きを想像する。デッキを一通り見た後で、一号車に行くはずだ。まずは車内を端まで確認しなくては話にならないだろう。使用していないトイレも、使用中のトイレもチェックするのは間違いないが、今、女装男が入ったばかりのトイレについては、警戒が緩むだろう、と七尾は読んでいた。檸檬の話からすれば、蜜柑も七尾の外見は知っている。となれば、今、トイレに入った女装男が、「七尾ではない」と分かったはずだ。トイレの中に二人いるとは、すぐには思い至らないに違いない。

一号車にそろそろ入った頃だろうか。想像を巡らせる。蜜柑は開いた傘に気を取られる。下に引っ張ったビニールロープには気づくだろうか。

気づく。

それを仕掛けたのが、七尾だと確信する。七尾がその車両に来ていたのは間違いない、と判断する。そうなればますます、一号車の最後尾まで確かめに行くはずだ。

さて、あの黒ひげ男は、七尾の言った通りに行動するだろうか。一列目にいて、蜜柑が近づいたのを見たら、電話をかけてくる。そういう約束になっていた。頼むよ、おじさん、と七尾がそう思った瞬間、女装男がかけていた小さなバッグから電話の着信音と思しきものが聞こえた。すぐに消える。ぴったりのタイミングだ。

「よし」七尾は言う。ぐずぐず考える必要はない。直感に従うしかない。「トイレから出て、一号車へ行くんだ」と女装男に言う。

「え」

「ここから出て、まっすぐ、一号車に行くんだ」

「行って、どうするのよ」

「さっきの男が声をかけてくるかもしれない。ただ、君たちは何も知らないって言ってればいい。俺に脅されて、言われたようにしただけで」

「あなたどうするの」

「知らなくていい。あの男に質問されても、分からない、で通してくれていい」と七尾は言う。チャンスは一度だ。女装男と一緒にトイレを出て、新幹線の進行方向へと行くしかない。蜜柑がこちらを見ても、女装男の姿が七尾の姿を隠してくれる。そのはずだ。

「そうだ」七尾はポケットから出した携帯電話を、それは狼から奪ったものだったが、女装男に手渡す。「これを、その男に渡しておいて」

「あ、お金、ちょうだい」

そうか、と七尾は思い出し、財布から二万円を出すと折り畳んで、渡す。「ありがとう。助かったよ」と言いつつ、助かったかどうかはまだ分からないな、と思い、「さあ行こう」とトイレの鍵を開ける。

左方向、一号車に女装男は足を進め、七尾は反対の右側を、ひたすらにまっすぐ行く。

木村

王子がトランクを持ち、後方の車両へと姿を消した。

木村は窓際に寄り、外の景色を眺める。思いのほか速度が速い。意識して眺めると、建物や地面がびゅんびゅんと後方に投げ捨てられていく。両手首と両足首を繋がれた状態は当然ながら不自由で、楽な姿勢を探すがうまくいかなかった。新幹線がトンネルに入る。轟々《ごうごう》と暗い響きが車体を包み、がたがたと窓を震わせる。お先真っ暗、という言葉が頭に浮かんだ。病院で寝たきりの渉の頭の中も、実はこのような状態なのではないか、四方八方が暗闇に包まれ、不安だらけなのではないか。そう想像すると、胸が苦しくなる。

王子はどこにトランクを置きにいったのか。持ち主の男と鉢合わせになっていたらいい気味だ、と思った。怖いお兄さんたちに、「おまえ、人のトランクを何してるんだ」と叱られ、痛めつけられればいい、と。が、すぐに気づく。王子の身に何かあれば、渉の身も危険なのだ。

あれは本当だろうか？

本当に、病院の近くで、王子の命令を待つ人間がいるのか？

木村は疑いたくなった。

はったりではないか。はったりで、木村を脅し、嘲笑《あざわら》っているのではないか。

その可能性はある。が、断定はできなかった。可能性がゼロでない限り、王子を守らなくてはならない。考えるだけで、憤怒の思いが、自分の体を熱くする。繋がれた両手を振り、周囲を殴りつけたくなる。必死に、荒くなった呼吸を落ち着かせる。

渉を一人で置いてくるべきではなかった。いまさらながらに後悔の念に襲われる。

渉が意識を失い、入院してからの一ヶ月半、木村は病院に泊まり込んでいた。常に眠った状態であるため、渉と会話をしたり、渉を励ましたりすることはできなかったが、それでも、肌着の交換、体位の変更など、やるべきことは尽きず、さらには夜に眠ることもなかなかできなかったため、木村は疲労が溜まっていた。六人部屋のその病室には、ほかにも入院患者がいた。いずれも少年か少女で、親が付き切りになり、看病をしていた。彼らは、無口で無愛想な木村には積極的に話しかけてこようとはしなかったが、かと言って、距離を置こうとしている様子もなく、木村がぼそぼそと、起きない渉に向かい、独り言を洩らすように声をかけていると、そのような木村の思いを察し、同じ気持ちを共有するかのような、同じ敵に立ち向かう同志の健闘を祈るかのような、眼差《まなざ》しを向けてきた。木村からすれば、自分の周りにいるのはいつだって自分の敵か自分を敬遠する者ばかりであったから、最初は気を許さなかったものの、彼らは間違いなく、木村側の、スポーツでいえば同じベンチに座っている選手、と思えるようになった。

「明日、一日、仕事に行かなければならないのだけれど、渉に何かありましたら、電話をください」

一日前、木村は、病院の医師のほかに、同じ病室にいる付き添いの親たちに、慣れない丁寧な言葉遣いで、頼んだ。

自分の親たち、ジジとババに連絡するつもりはなかった。渉を置き去りにして、いったいどういうつもりだ、どこへ行くのだ、と喧《やかま》しく説教されるのは間違いなかったからだ。まさか、渉の仇《かたき》を討つために中学生を殺害しにいくとは、あの悠々自適の、のどかな老人たちには理解もできないだろう。

「もちろん、問題ありません」同室の親たちは快く応じてくれた。彼らは、木村が毎日病院にいて、いったいどこから収入を得ているのか、長期休暇を取っているのか、それとももしかするととてつもない資産家なのか、それにしては個室ではなく大部屋にいるのは妙だ、と考えを巡らせていたのか、そこで木村の口から、「仕事に行かなければ」という台詞が飛び出したことに、安堵しているようでもあった。大抵のことは、病院側でやってくれるとはいえ、それでも必要な作業はお願いするほかなかったのだが、彼らは気前良く、引き受けてくれた。

「この一ヶ月半、渉は寝たきりでトラブルはないので、明日も特に何があるわけでもないはずなので」木村は説明した。

「意外に、お父さんがいない日に限って、目覚めちゃったりして」母親の一人が冗談を口にした。それは、皮肉ではなく、明らかに、希望を込めたものだと、木村にも理解でき、だからありがたく感じた。「そういうことってありそうだな」

「ありそうです」と母親ははっきりと言った。「もし、一日でお仕事が片付かないようでしたら、連絡してくださいね。こちらは大丈夫ですから」

「一日で片付きます」木村は即答した。やるべきことは単純だ。新幹線に乗り、生意気な中学生に銃を向け、発砲し、帰ってくる。それだけだ。と思っていた。

まさか、こんな状態に置かれるとは予想外だった。縛られた両手両足を見る。昔、家に遊びに来ていたあの繋がどうやって脱出奇術を真似たのか、思い出せないものかと考えるが、記憶に残っていないものは蘇りようがない。

とにかく、渉は眠ったまま、俺が帰ってくるのを待っている。いても立ってもいられなかった。気づくと腰を上げている。算段があったわけではないが、このままここにいるわけにはいかない、と体が通路側へと動いていた。病院に行かないとならない。

誰かに電話をかけるべきか、と思い、ポケットに手をやろうとしたが、両手首が縛られているため、バランスが崩れ、通路脇の座席の手すりに腰をぶつける。痛みが走り、また舌を打ち、うずくまる。

後ろから人がやってきた。若い女で、通路を塞《ふさ》ぐ形となった木村に困惑しつつも、怯《おび》えも浮かべ、「あの」と探るような声をかけてきた。

「ああ、悪いな、お姉ちゃん」木村は言って、立ち上がる。そこで閃《ひらめ》き、「お姉ちゃんさ、携帯電話貸してくれねえか」と訊ねた。

相手はきょとんとした。明らかに不審がっている。手首をバンドで繋がれているのを隠すため、両腕を不自然に膝の間に入れた。

「緊急で電話をかけてえんだよ。俺の電話、電池が切れちまったからな」

「どこに、ですか?」

言葉に詰まる。実家の電話番号が思い出せなかった。番号はすべて、自分の電話機に登録しているだけで、空で言える番号はなかった。数年前、料金の安くなる電話に切り替え、番号が新しくなったはずだった。「じゃあ、病院だ」と木村は、渉が入院している病院の名前を口にする。「そこに俺の息子が入院しているんだけどな」

「はあ」

「子供の身が危ないんだ。病院に連絡しねえとまずい」

「あ、あの、病院の番号は」女の乗客は、木村の勢いに圧《お》されたのか自分の携帯電話を取り出しながら、怪我人に接するかのように木村に近づき、「大丈夫ですか」と声をかけてくる。

木村は顔をしかめ、「病院の番号も分からねえよ」と吐き捨てた。すると女は、「そ、そうですか。じゃあ、すみません」と逃げるようにその場からいなくなった。

怒って追いかける気にはなれなかった。ここで、「とにかく警察に電話をして、渉を守るように言え！」と叫べば解決するのか、と一瞬、そんな考えが浮かぶが、できなかった。王子の指令を受けて行動するのが、どういう人間であるのかまだ把握できていない。中学生であるのか、それとも医療関係者であるのか、考えすぎかもしれないが、警察関係者に仲間が潜んでいる可能性もある。木村が通報を依頼したと知った王子が、強硬手段を取ることもありえた。

「おじさん、どうしたの。トイレに行くの？」王子が戻ってきて、通路側に腰掛ける木村に言った。

「それとも何か、良からぬことでも考えていたのかな」

「トイレだよ」

「足、縛られたままなのに？　もう少し待ってよ。漏れないでしょ。ほら、おじさん窓際に戻って」と王子は座席に腰を下ろし、木村を押してくる。

「トランクはどうした」

「置いてきたよ。もとあったそばの荷物置き場に」

「それにしては時間がかかったな」

「電話が来たからね」

「電話？」

「ほら、言ってたでしょ。僕の友達が、おじさんの子供の病院近くに待機してるって。で、定期的に電話をしてくるわけ。大宮の後に一度かかってきたのに、またかかってきたから一体どうしたのかと思ったら、『俺の出番はまだか。まだなのか。早く、あの子供の息の根を止めさせてくれ』って。何か、仕事がしたくて仕方がないみたい。でもちゃんと止めたから大丈夫だよ。もし、僕が、『そろそろ出番ですよ』って言うか、もしくはちゃんと応答しなければ」

「渉にちょっかいを出すんだろうが」

「ちょっかいじゃないよ」と笑った。「今は、息だけしている渉君を、息もしないようにするんだよ。二酸化炭素を吐かないようにするって意味では、エコって言えるのかもね。木村渉を殺すことは罪なのか？　いや、エコです」と大袈裟《おおげさ》に笑う。

これはわざとだ、と木村は自分の怒りを鎮める。王子はわざと神経を逆撫《さかな》でする言葉を選んでいるのだ、と。王子は話の中で、「おじさんの子供」と言う時もあれば、「渉君」と呼ぶ時もある。おそらくそこにも何らかの意図があるのだと、木村も気づきはじめていた。より相手を不快にするために、言葉を選んでいるに違いなく、そのような相手のペースに巻き込まれてはいけない、と自らに言う。

「その、出番を待っているのはどういう奴なんだ」

「おじさん、気になるんだね？　でもね、よく分からないんだ、僕も。お金で依頼した相手だから。白衣を着て、すでに病院にいるかもしれないよ。制服を着て、堂々と院内にいれば、さほど怪しまれないんだよ。堂々と嘘をつけば、信用されるんだ。でも本当に今は大丈夫だから、安心して。おじさんの子供にはまだ手を出さないように伝えておいたよ。『まだ、おあずけですよ。あの子を殺しちゃ駄目ですよ。どうどう』って」

「頼むから、おまえの電話の充電が切れるようなことがないように頼むぜ」軽口半分に言ったものの、本心でもあった。王子に電話が繋がらなかっただけで、王子の仲間が勘違いをして物騒なことをはじめたら、目も当てられない。

木村は、横にいる王子の顔を、忌々しいものを眺めるようにし、「おまえはどういう目的で生きているんだ」と言った。

「何その質問。そんなの僕にも分からないよ」

「おまえに目的がないとは思えない」

王子はそこで微笑んだ。無邪気さがふわりと散るような、屈託のない笑みで、木村は一瞬ではあるが、この弱々しい存在を庇護《ひご》しなくてはならない、とそういった思いに駆られた。「買いかぶりだよ。僕はそんなに賢くないし。ただ、いろんなことを試したいだけだ」

「人生経験のためにか」

「せっかくの、一度きりの人生の思い出に」嘯《うそぶ》くというよりも、本心のようにも聞こえた。

「無茶《むちゃ》ばっかりすると、その一度きりの人生が短くなるぞ」

「だね」王子はまた、邪心の欠片《かけら》もない表情を見せる。「でもね、そうはならない気もするんだ」

根拠は何だ、と木村は訊ねなかった。子供ならではの幼稚な説明が飛び出してくると思ったからではなかった。この王子には、治世者が生まれながらにして、ありとあらゆる者の生殺与奪の権利を備え、そのことに疑問を抱かぬような、そういった素朴な確信があるように思えた。国の王子とは、絶対的な強運を持っている存在に違いなかった。運のルールすら、王子が作り出すからだ。

「おじさん、あれ知ってる？　オーケストラとかで、演奏が終わった後に拍手が起きるでしょ」

「行ったことあるのかよ」

「あるんだ。で、あの拍手って最初からみんなが叩くんじゃなくてね、数人がまず叩きはじめるとそれに同調して、周囲の人間が手を叩き出すでしょ。で、だんだんその音が大きくなって、次第にまた小さくなっていく。手を叩く人が少なくなって」

「クラシックコンサートなんて、俺が行くと思うのか」

「あの音の強弱をグラフにすると、当たり前だけど小さな山みたいになるんだよね。最初は少人数で、少しずつ増えて、頂点に辿り着くとまた減ってきて」

「俺がグラフのことに興味があると思うのか」

「でね、それとはまったく別の、たとえば携帯電話が普及していく様子をグラフ化すると、これが、オーケストラの拍手のグラフとぴったり重なるんだって」

「俺に何て言って欲しいんだ。すごいね、自由研究で発表したら？　か」

「人はね、周囲の人間の影響を受けて、行動するってことだよ。人間は理性じゃなくて、直感で行動する。そして、自分の意思で何かを決断しているように見えても、まわりの人間から刺激や影響を受けている。自分は独立した、オリジナルな存在だと思っていたところで、グラフを構成する一員に過ぎないってこと。いい？　たとえば、誰かが、『自分の好きなように行動していいですよ』と言われたら、まずどうするか分かる？」

「知らねえよ」

「他の人を窺《うかが》うんだよ」王子はとても愉快そうに、言う。「好きに行動していい、と言われたのに、だよ。自由意思で行動していいのに、他人を気にするんだ。特に、『正解がはっきりしなくて、重要な問題』ほど、人は他人の答えを真似する。可笑《おか》しいでしょ。でもね、人はそうできている」

「そりゃ良かったな」木村はすでに、王子の話をつかみ損ねているため、適当にあしらう。

「僕はね、そうやって人が知らないうちに、大きな力にコントロールされているのが好きなんだ。自己弁護や正当化の罠にかかって、他人の影響を受けながら、人は自然とある方向に進んでいく。それを眺めているのが、楽しい。そのコントロールを自分ができたら最高。そう思わない？　ルワンダの虐殺だって、渋滞による事故だって、うまくやれば、僕にも起こせる」

「情報操作ってやつか」

「あ、おじさん、よく知ってるね」王子は優しい笑みをまた浮かべる。「でも、それだけじゃないよ。情報に限らない。人間の感情なんて、玉突きみたいなものだから、誰かを不安にさせたり、恐怖を与えたり、そうじゃなかったら怒らせたり、そうすることで特定の人間を追い詰めることも、祀《まつ》り上げることも、無視させることも、簡単」

「俺を盛岡に連れて行こうっていうのも、その自由研究の一環か」

「そうだね」王子はあっさりと認めた。

「いったい、誰を俺に殺させるつもりなんだ」木村は言った瞬間、記憶が蘇る。そのことを聞いたことすら忘れていたような、噂話の記憶だ。「昔、東京で有名だった男が田舎に帰って、生活をはじめたと聞いたことがある」

「あ、いいね。もう少し頑張って。近いよ」王子のからかうような口調が、木村は煩わしい。顔をしかめ、その絞った顔面から言葉をひねり出すようにした。「おまえ、まさか、峰岸さんに手を出すつもりじゃねえだろうな」

　王子の口元は、自然と湧き上がる喜びにより綻《ほころ》ぶようだった。

「そんなにその峰岸っておじさんは有名なの?」

「有名とかそういうんじゃねえよ。物騒な人間を集めた、物騒な社長ってとこだ。金は驚くほどあるし、常識や道徳心は驚くほどない」木村はもちろん、峰岸と会ったことはなく、物騒な仕事を請け負っていた頃も、直接、依頼を受けたことはなかった。が、当時のそういった穏やかならざる、非合法な業界においては峰岸良夫の力は大きく、たとえば、誰の引き受けた仕事であっても、もとを辿れば峰岸に行き着く、と言われており、木村のやった仕事の大半も、峰岸の下請け、もしくは孫請けだった可能性が高い。

「前はさ、寺原さんとかいうのがいたんでしょ」王子は昔話をせがむかのような、あどけなさで言った。ねえ、おばあさんは川に洗濯しにいったんでしょ、それからどうなるの。

「何で知ってんだよ」

「そんな情報はいくらでも手に入るよ。情報はある狭い範囲だけで共有できて、自分たちの秘密は外には絶対漏れない、なんて信じてのんびりしているのは、年寄りばっかりだ。情報は遮断できない。その気になれば、拾い集めることもできるし、わざと誰かに大事な情報を吐き出させることだってできる」

「インターネットか」

王子はまた、悲しみながら笑うかのような、顔つきになる。「ネットだってもちろんその一つだけど、それだけじゃないよ。お年寄りたちは極端なんだ。ネットを軽蔑《けいべつ》してみたり、恐れてみたり。何かレッテルを貼って、安心しようとしている。それにいくらネットを使ったところで、重要なのは情報の扱い方なんだよ。『テレビや新聞は嘘ばっかり垂れ流す! それを鵜呑《うの》みにしている大人は馬鹿だ』って叫んでいる人間も、もしかすると、『テレビや新聞は嘘ばっかり垂れ流す!』という情報を鵜呑みにしている馬鹿かもしれない。どの情報だって、ほんとと嘘が混ざっているに決まってるのに、どちらかが正しい、と断定するのはまったくなってない」

「王子様にはその真偽を見極める力があるってことですか」

「真偽を見極める、ってほど大したことじゃないよ。情報は複数から得て、取捨選択を行って、あとは自分で確かめるだけ」

「峰岸は、おまえにとって邪魔なのか」

「邪魔というか」王子は唇を尖らせる。いじけてみせる子供にも似た、あどけなさがある。「面倒臭い同級生がいてね。あ、ほら、おじさんも知ってるでしょ。僕たちが公園で遊んでいた時に、いた。犬を連れて」

ああ、と木村は言う。思い出そうと顔をしかめる。少ししてから、「朋康か」と名前が飛び出した。「あれは遊んでたわけじゃねえだろうが。甚振っていたんだろ」その朋康君がどうかしたのかよ、と言おうとして記憶が蘇る。「パパに言いつけて、怖い人に仕返ししてもらうぞ、とか言ってたんだっけか」

「強がりだろうし、気にしていなかったんだけど、朋康、本当に自分の父親に相談したらしいんだ。笑っちゃうよね。親に相談するなんてさ。で、その父親が怒っちゃってね。子供のことでムキになるなんて、情けないと思わない？　弁護士ってそんなに偉いの？」

「そういう父親にだけはなりたくねえよな」木村はわざとそう答えた。「で、そのパパはどうしたんだ」

「驚くことにね、告げ口したんだよ」

「誰にだ」

「その、峰岸さんにだよ」

木村は一瞬、驚くが、なるほど、と合点もいった。そこで、王子と峰岸が繋がるのか、と。「パパの知ってる怖い人は、本当に怖い人だったわけだな」

「おじさんみたいに自分で行動する人のほうが偉いよね。朋康の父親はぜんぜん駄目だ。僕は呆れて、がっくりしちゃったよ」という王子には無理をする様子はなく、それこそ、サンタクロースが父親だと知り落胆した、と嘆くかのようだった。「しかも、さらにがっかりしたのは、峰岸おじさんも、僕のことを甘く見てることだよ」

「どういうことだ」峰岸良夫のことを、峰岸おじさんと呼び、平然としていられることが、木村には信じがたい。しかもその落ち着きは、無知からではなく自信から来ているのだ。

「電話だけだよ。僕の家に電話をかけて、僕に対して、『朋康をもう苛めるな、さもないとおじさんは怖いから後悔するよ』なんて、子供に釘《くぎ》を刺すようなあしらいなんだから」

「子供じゃねえか、おまえ」木村は笑ってみせたものの、この王子がただの子供ではないことは分かっていた。

「仕方がないから、怖がってあげたよ。ごめんなさい。もうしません、って泣きそうな声で謝ったら、それでおしまい」

「ラッキーだったじゃねえか。峰岸だって、中学生を相手にしているほど暇はねえよ。本気出されたら、泣くどころじゃ済まねえぞ」

「それさ、本当なの？」きょとんとした面持ちで言う王子は髪が柔らかく、身体の線が細い少年は、品の良い、優秀な中学生にしか見えなかった。万引きはおろか、学校帰りの買い食いすらしなそうな優等生だ。自分がふと、甥《おい》を連れて新幹線で東北旅行にでも向かっている錯覚に襲われる。「本当にそんなに怖いの？」

「恐ろしいぞ、そりゃ」

「みんながそう思っちゃってるだけなんじゃないかな。映画のアメリカ兵が放射能は大したことないって思い込んでいたのと同じで、やっぱり、情報とか噂を鵜呑みにしているだけじゃないの。そうじゃなかったら、昔のテレビは面白かった、昔の野球選手は凄《すご》かった、って言い張るお年寄りと一緒なんじゃない。ただの、ノスタルジーかもよ」

「おまえ、舐めてると死んじゃうぞ」

「だから、そういう迷信に囚《とら》われすぎているんだよ。峰岸おじさんを甘く見ていると命が危ないぞ、って。それはね、歪んだ先入観が、集団の見解を作って、さらに現実を歪ませていくのと同じ、僕はそう思うよ」

「中学生らしい言葉を使えっていうんだよ」

「人はね、誰かが怖い、と教えてくれたことを怖がるんだ。テロでも、病気でも。自分で判断する能力も余裕もない。だいたい、その峰岸さんなんて、お金と脅しと暴力と人海戦術くらいしか能がないに決まってるんだ」

「それが怖《こえ》えんだろうが」

「現に、この僕のことを甘く見てるじゃないか。それも、僕が中学生だから、って理由でだよ」

「どうするつもりなんだ、王子様」

王子は平然としたまま、新幹線の前方を指差す。「盛岡に行って、峰岸おじさんに会うんだ。知ってる？　峰岸おじさんはさ、毎月一回、愛人との間の子供と会ってるんだよ。奥さんとの間にできた息子は、自分の後継者だけれど、馬鹿で、我儘《わがまま》で、無能らしいよね。だからなのか、愛人との間の娘が可愛いらしくて。まだ小学生らしいけど」

「よく調べたな。褒めてやるよ」

「違うよ。重要なのは、驚くことに、ここでも登場してくるのは、子供だ、ってことだよ」

「どういう意味だ」木村は眉をひそめた。

「昔の子供向け番組を見ていると、どんなに手強い敵にもたいがい最後には弱点が見つかるでしょ。で、そんな都合のいい話はないな、なんて子供の頃から思ってたんだ」

「今だって子供じゃねえか」

「でもさ、現実がそうなってるんだ。どんな人間にも弱点はあって、それはたいがい、子供や家族なんだよ」

「そんな単純なものかねえ」

「おじさんだって、僕に突っかかってきたのは子供の件があったからでしょ。人間は、自分の子供に対しては、びっくりするくらいに弱いんだ。峰岸おじさんだって、子供がいる。そこを突けば、それなりに弱点が見えてくるような気もするけど」

「峰岸の子供に悪さするつもりなのかよ」木村は様々な思いを同時に抱いた。一つは、単純な憤りだ。罪のない、小さな子供を、王子の都合で翻弄《ほんろう》するのだとすれば、それにはやはり許しがたい怒りを覚えずにはいられない。もう一つは、峰岸は、子供のことで弱みを露呈させたりするのだろうか、という疑問だ。「そんなことができると思うのか?」

「やらないよ」

「やらねえのかよ」

「まだ、ね。今日はまだ、初回だからやらない。顔見せ、というか、下見だ」

しい」

「峰岸に会えると思ってるのか」

「昨日から、その愛人と娘が岩手にやってきているみたいなんだよ。で、牧場近くの別荘地にいるらしい」

木村は眉根を寄せる。「調べたのか」

「それはね、秘密でも何でもないんだよ。隠してもいないよ。ただ、その別荘のまわりにはたくさん、警備がいるから入れない」

「じゃあ、どうするんだよ」

「だから下見だって。ただ、下見だからと言って、手ぶらはもったいないから、おじさんに活躍してもらおうと思って」

そうだ、と木村は改めて、重要なことを思い出す。王子は、自分に峰岸良夫を殺害させるつもりなのだ。「下見じゃないじゃねえか。本番だ」

「別荘地まで行ったら、僕が警備の注意を惹きつけるから、おじさんは中に入って、峰岸おじさんをやっつけてみてよ」

「できると思うのか」

「五分五分というか、勝利の確率二割くらいだと思うんだ。たぶん、失敗する。でもいいよ、それで」

「ふざけんじゃねえぞ」

「勝算があるとすれば、その娘を武器にした場合だよね。子供の安全のためなら、峰岸だって思い切ったことはできないよ」

「子供のことで怒った親がぶち切れると、おっかねえぞ」

「おじさんみたいに？　子供のためなら命も惜しくない？　一回死んでも、子供が心配で生き返ってきちゃう？」と明らかにからかい口調だ。

「かもしれねえぞ」木村は答えながら、墓場に埋められた母親たちが土から這い出てくる姿を思い浮かべる。親の思いからすれば、それは充分にありえる、と感じた。

「そんなに人間は強くないよ」王子は笑う。「とにかく、峰岸も娘のためなら何でもするよ。おじさんがどんな目に遭っても、僕は痛くないしね。僕はあくまでも、おじさんに命令された中学生だと主張する」

「俺は失敗なんてしない」強がりに過ぎなかった。

「噂を聞いたよ。峰岸おじさんは、銃に撃たれても死なない、って」言いながら王子はすでに半分にやけている。

「なわけねえだろうが」

「だよね。ただ、銃で狙われてもたびたび、生き延びてきたっていう事実はあるんでしょ。きっと、強運の持ち主なんだ」

「それを言うなら、俺も昔の仕事をしていた頃は幸運続きだったぜ」木村はむきになるように言っていた。嘘ではなかった。物騒な仕事をする際、ちょっとした失敗から危機に陥りそうになったことが二度ほどあったが、そのたび、別の業者が助けに来たり、運良く警察がやってきたり、と救われた。

「でもまあ、峰岸と王子様のどっちが運がいいかは分からねえな」

「それを調べたいんだよ」王子が嬉しそうに、好敵手を見つけた運動選手さながらに目を輝かせた。

「だから、今日これから、おじさんに命を狙ってもらいたいんだよ。どれだけ強運なのか、まずは小手試し。その結果がどうだろうと、また一つ、峰岸おじさんの情報を得られるのは事実だよ。少なくとも僕は、峰岸おじさんの別荘に近づけるし、警備の様子も分かる。峰岸のおじさんの行動を見学できる。下見の第一弾としては悪くない」

「俺が裏切ったらどうするつもりなんだよ」

「おじさんは、子供のために頑張るよ。お父さんなんだから」

木村は顎を鳴らすように左右に動かす。何を言っても平然とした口調で言い返してくる少年が、腹立たしくて仕方がない。

「おまえな」と言う。「おまえ、仮に、今回、峰岸さんにちょっかいを出してな、それがうまく行って、まあ、おまえにとって、うまく行くってのは何がどうなることなのか分からねえけどな、とにかく、おまえの思惑通りに、大人たちに一泡吹かせられたとしてもな」

「一泡吹かせたいわけじゃないよ。そうじゃなくて、もっと、何て言うんだろう、みんなを絶望的な気持ちにさせたいんだ」

絶望的、とはまた漠然としている、と木村は思った。「おまえみてえなガキに何をされようと、大人は相手にしねえよ」

「それだよ、おじさん」王子は口を開き、その白く美しい歯を見せた。「僕みたいなガキに、いいようにされて、それでいて何もやり返せない自分たちの無力さを知って、そして絶望してもらいたいんだ。自分が生きてきた人生がいかに無意味だったのかに気づいて、残りの人生を生きる意欲がなくなるくらいに」

檸檬の頭はまだ少し、ぼうっとしていた。窓の外を見る。吹き飛ばされるかのように、後ろへ通り過ぎていく建物を目で追いながら、顎《あご》を触る。痛みはなかったが、あっという間に意識を失っていたらしい。あの眼鏡、大人しい顔していたくせに侮れねえな。

隣の峰岸のぼんぼんに「なあ、危うく、おまえと同じ場所に行っちゃうところだったじゃねえか」と話しかける。返事はない。「何だよ、無視するんじゃねえよ」

ふと気づき、自分の身体を触る。先ほど取り出した銃がなくなっていた。人の持ち物取って行ったら駄目だろう、マードック、と顔をしかめる。

そして、先ほど、七尾が言っていたことを思い出した。

自分も峰岸から仕事を依頼されたのだ、とあの眼鏡男は言った。しかも、彼が奪ったはずのトランクも、別の誰かに奪われた、と。では、トランクは今、どこにあるのか。

蜜柑の様子でも見に行くか、と立ち上がり、通路を後ろへと進もうとしたが、そこまですることもねえか、ゆっくり休んでるほうがいいか、と思い直す。蜜柑に連絡を取ろうにも、携帯電話がなかった。あの眼鏡君、勝手に取りやがって、とむっとする。ストラップでつけていた、機関車トーマスのアクセサリーが惜しかった。

音が聞こえた時、最初は気にかけなかった。車体の振動に混ざるように聞こえてくる電子音は、どこかの座席で携帯電話が着信しているのだと思われた。うるせえな、誰の電話だよ、と他人事《ひとごと》として受け止めていたが、しばらくその音が鳴り止まないことに気づく。しかも思った以上に、近くから音が聞こえてくるのだと分かり、意識を向けた。音の出所に、神経を集中させた。

下だ。

座席の下、少し後ろから聞こえてくる。檸檬は腰を折り、床を見るがよく見えない。自分のパンツが汚れるのは気に入らなかったものの、放っておくこともできず、檸檬は膝《ひざ》を床につき、身体を折り曲げ、座席と床の隙間を見る。何もない。さらに後ろの座席か、と思い、移動し、またしゃがんだ。音はいっそう大きく響き、そのもとを探る。

小さな時計だった。

安っぽいデジタルの腕時計で、画面が点滅していた。誰かが落としたのか。落としたものなら拾っていけよ。檸檬は毒突き、それから、「これは怪しげな道具なのか?」と警戒した。爆弾とまでは思わないが、このアラーム音が信号となり、予期せぬことを引き起こす可能性はあった。放置しておくわけにもいかない。身体の角度を工夫し、手が伸びる姿勢を探すと、時計をつかみ、引っ張った。少し手間取るが、どうにか拾えた。身体を起こし、席に座る。

「ぼんぼんはこんな安物、見たこともねえだろ?」檸檬は自分の席に戻り、黒いバンドのついたデジタル腕時計を、峰岸のぼんぼんの死体にちらっと見せた。ボタンをいじくると音は止まった。特別な時計には見えない。盗聴器か?　と疑う。ひっくり返し、耳に近づけ音を確かめる。ただの腕時計だ。

捨てるべきかと悩んでいたところ、ちょうど二号車の方向から蜜柑が戻ってきた。

「眼鏡君はいたか?」檸檬は訊《たず》ねた。が、蜜柑の浮かない顔がすでに答えを口にしているようなものだった。

「やられた」

「じゃあ、反対か？　前のほうに逃げたわけか」檸檬は四号車に通じる方向の扉を指差した。

「いや、一号車のほうに逃げたのは間違いない。ただ、どこかで逃げられた」

「どこかで？　蜜柑、おまえが気づかないうちにか」檸檬は言いながら、自分の口元が緩むのが分かる。冷静沈着で、几帳面《きちようめん》に物事をこなしていく相棒が失敗をしたことが愉快でならなかった。「おおい、そんなに難しいことじゃないだろう。おまえはこっちから一号車に向かって、歩いていく。眼鏡君はここから後ろのどこかにいるわけだから、袋の鼠だ。どこかで遭遇するだろうが。しくじるほうが難しいぜ。もしくは、蜜柑、おまえ、またトイレに行って時間を潰《つぶ》しちゃったのか？　それとも、まばたきが長くて、目を閉じてたのかよ」

「トイレには行かなかったし、まばたきも長くなかった。ただ、あの男に協力している奴らがいた」蜜柑は面白くなさそうに顔をゆがめる。ああ、これは機嫌が悪いな、面倒臭えぞ、と檸檬は気を引き締める。日ごろ真面目な男が怒ると厄介なんだ、と。

「それならその協力者を絞め上げればいい」

「脅されたらしい。女装した男と、普通の恰好《かっこう》のおっさんの二人組だ」

「脅された、ってのは本当なのか」

「とぼけた二人だったが、嘘にも思えなかった」蜜柑は言い、忌々しそうに自分の右の拳《こぶし》を左手で触っている。その二人組に鉄拳《てつけん》制裁を下したのかもしれない。

「じゃあ、眼鏡君マードックは逆側に逃げているってことか」檸檬は進行方向に目をやる。「でも、誰も通らなかったぜ」

「おまえのまばたきが長かったんじゃないのか」

「俺は小学校の時、全校児童による、『まばたきしないで頑張ろう大会』で優勝してるんだよ」

「おまえと同じ小学校じゃなくて良かった。で、本当に誰も通らなかったのか？　一人もか？」

「そりゃあ、一人か二人、通っていったやつはいる。乗客だって移動するし、売り子のお姉ちゃんだって通る。ただ、あの眼鏡君らしき男は通らなかった」

「おまえはずっとこの椅子に座って、前を向いてたのか」

「そりゃそうだ。子供じゃねえんだから窓に張り付いたりしねえよ」檸檬は言いかけたところで自分が握っている腕時計の感触に気づき、「ああ」と息を吐いた。「これを拾ったな」

何だそれは、と蜜柑があからさまに怪しんでくる。檸檬は、「これが」と腕時計を揺すり、「アラームが鳴ってだな。で、そこに落ちてたから」と一つ後ろの座席下を指差し、「拾ったんだ」と言うが、そこで蜜柑の眼差《まなざ》しがこちらを見下すかのようなものになったので、「たった、それだけのことだ」と付け加えた。

「それだ」蜜柑が断定した。

「それ、ってどういうことだよ」

「あいつがそれを置いていったんだろ。眼鏡君は頭の回転が速いらしいからな、何かを企《たくら》んだ」

「これをどうするつもりだったんだ」

「いろいろ道具が好きな奴だな。ほら」と蜜柑が自分の手にある携帯電話を見せた。

「携帯電話、替えたのか」

「あいつが渡してきた。女装の男に、俺に渡すように託したらしい」

「何を考えてるんだ。あれか、電話をかけてきて、『もう許して』と泣いて頼んでくるのかもな」

檸檬は冗談のつもりで言ったが、そこで、蜜柑の持っている電話の液晶部分が光り、軽やかな音を発しはじめた。

「言ったそばから、かかってきたぞ」蜜柑が肩をすくめる。

天道虫

一号車のデッキで蜜柑をやり過ごし、三号車の手前まで戻ってきた。デッキから扉の窓を覗《のぞ》き、中を窺《うかが》おうとしたところ、扉が開いた。扉の感知器が、七尾の身体に反応し、作動したのだ。それすらも不運に思える。こういった流れに逆らうとろくなことはない、と七尾は経験上、知っているため、そっと三号車に入った。一番目の座席が空いていたため、そこに腰を屈《かが》め、身体を隠す。ばれぬように気をつけながら、前の背もたれの脇から頭を出し、前方を眺めると、檸檬が立ち上がるのが分かった。

眠ってはいない。睡眠導入剤を入れたペットボトルには口をつけていなかったらしい。檸檬が飲んで、眠っていてくれれば楽だったが、さすがにそこまで目論見《もくろみ》通りには行かない。落胆はしなかった。もともとが必死にばら撒《ま》いた仕掛けに過ぎず、一つ駄目であったからと、がっかりしている余裕はない。だいたい、檸檬が気を失ったのは、彼のそもそもの席の一つ後ろだった。自分の座席のペットボトルを飲む可能性は低かった。

もう一度、前に目をやる。

檸檬が身体を動かしている。仕掛けた腕時計が鳴ったのだと分かる。「誰の電話だよ」と檸檬が声を上げていた。俺だ、と七尾は答えたくなる。俺が床に置いた時計だ、と。

不運な自分のことだから、もしかすると設定した腕時計が故障したり、もしくは、切れるはずのない電池が切れたり、もしくは、檸檬が発見する前に何者かに拾われたりするような、不運も想像していたのだが、幸いにもそうはならなかったようだ。

タイミングを計る。

いつ立ち上がり、いつ檸檬の脇を通り抜けるべきか。今にも、背後から、一号車のほうから蜜柑が戻ってくるように思え、焦る。

浅く腰掛け、座席からずり落ちるような姿勢をしながら、頭をぎりぎり上に出し、前を見た。うるさいアラームは止まない。となれば檸檬は、どうするか。おそらく、拾うはずだ。

案の定と言うべきか、檸檬が立ち上がり、一つ後ろの座席に移動し、腰を屈めるのが見えた。

今だ。

内なる自分の合図に従い、七尾は立つ。迷わずに足早に進んだ。通路を素早く、通り過ぎる。檸檬が時計を拾うのに夢中になっている間に、横を抜けた。息を止め、気配を抑える。

三号車からデッキに出ると、一息ついた。止まるわけにはいかない。先へと進む。

四号車を通り抜け、さらに五号車を出るとそこですぐに携帯電話をいじくった。登録したばかりの、狼の電話番号にかける。デッキは、轟々《ごうごう》と流れる川の奔流さながらに騒がしかったが、耳を電話に押し付けると音を把握はできた。窓に寄りながら、喋《しゃべ》る。

「今、どこだ。どういうつもりだ」相手はすぐにそう言った。

「落ち着いて聞いてください。俺は敵じゃないんです」七尾はすぐに説明する。とにかく、相手がこちらに向かって走ってくるようなことは避けたかった。「君たちのトランクは取ったけれど、それも峰岸に依頼されただけで」

「峰岸に？」と蜜柑が訝《いぶか》るような言い方をする。隣で檸檬が何か喋っているのがうっすらと聞こえた。

たぶん、七尾が先ほど説明したことを、蜜柑に伝えてくれているのだろう。蜜柑は、すでに檸檬のいる場所まで戻ってきたというわけか。

「俺たちが敵対して、反発しあえばたぶん、峰岸の思う壺《つぼ》なんだと思います」

「トランクはどこにある」

「俺も捜しているんです」

「それを信じろって言うのか」

「トランクを持っているなら、さっきの大宮駅でとっくに降りています。俺が、君たちに接触して、こうして危ないにもかかわらず話をしているメリットなんてないですよ。そんなのあるわけがない。手を組んだほうがいいと思うから、俺も必死なだけです」

「俺はな」蜜柑の言い方は冷たく、それは檸檬の陽性な雰囲気とは反対のものに感じられた。用心深く、簡単な誘いには乗らず、論理的な判断を重要視するタイプなのかもしれない。「死んだ親父から言い残されたことがあるんだ。小説の中で体言止めを多用する作家と、会話の中に、『にもかかわらず』って言葉を使うような相手は信用するな、ってな。それとだ、こうも考えられる。おまえは、トランクを奪うだけじゃなくて、俺たちを始末するように依頼を受けているんじゃないか？　危険があるのに接触を試みているのは、俺たちに近づいて、命を狙うためじゃないか。おまえが必死なのは、これが仕事だからだ」

「もし、君たちを始末する依頼を受けているなら、さっき檸檬さんが意識を失った間に、やってます」

「そうしていたら、俺の始末が面倒になると思ったんじゃないか？　蜜柑と檸檬は一緒に倒そうと思ったんじゃないか」

「そんなに疑《うたぐ》り深くて、どうするんですか」

「だから今まで生きてこられたんだ。おい、どこにいる。何号車だ」

「移動しました。〈はやて〉じゃなくて、〈こまち〉に移ってますよ」七尾は半ば自棄《やけ》を起こす思いで、言った。東北新幹線の、〈はやて〉と〈こまち〉は連結して走行するものの、車両の中からは行き来ができない。

「幼稚園児でも騙《だま》されないような嘘を言うな。〈はやて〉から〈こまち〉へは行けない」

「幼稚園児は無理でも、大人は騙せることってあるじゃないですか」七尾は電話を耳に当て、身体が揺れるのを堪《こら》える。振動が激しくなる。「でも、どうするつもりなんですか。お互い、やれることは限られていますす」

「そうだ。できることは少ない。俺たちは、おまえを峰岸に突き出す。全部、おまえのせいにする」

「トランクをなくした責任をなすりつけてくるんですか」

「あとは、峰岸の大事な息子を殺した責任だ」

七尾は絶句する。先ほど近くの座席で彼らの話を耳にした時に、もしかすると、と想像はしたものの、現実のことだと分かると頭が混乱した。

「言ってなかったか。俺たちと一緒にいた峰岸の息子が突然、死んでいた」

「どういうことですか。それは」七尾は言ってからすぐに、蜜柑と檸檬の並びに腰を下ろしていた男の体を思い出す。呼吸もせずに、ぴくりとも動かず、明らかに死亡していた。峰岸の息子だったのか、と思い、ぞっとする。どうしてこの新幹線で、そんなことが起きるのか、と誰彼構わず恨みをぶつけたかった。「それは、まずいですよね」

「やっぱり、まずいよな」蜜柑は空とぼけた言い方をする。

七尾は、馬鹿な、と声が出かかる。どんな人間であれ、自分の子供を失えば、悲しみ、正気を失う。それが誰かの仕業だと分かれば、憤怒の炎でその誰かを焼き尽くさんばかりに怒るだろう。しかも、相手が峰岸良夫となれば、その炎の熱さは、焼かれる苦痛はいかほどなのか。想像するだけで、皮膚がめくれ、焦げはじめるかのような恐怖を感じた。「何で、殺したんですか」

その時、車体がひときわ大きく揺れた。まずい転んでしまうぞ、と足を踏ん張る。揺れに対抗するように身体を倒すと、顔を窓にくっつける体勢になった。するとその窓ガラスの外側に、ぺちゃりと液体が付着した。鳥の糞《ふん》なのかどこかに溜《た》まっていた泥のようなものなのか分からないが、七尾はその、目の前に飛んできた物体に驚いた。驚き、のけぞり、「うわ」と情けない悲鳴を上げると尻餅《しりもち》をついた。

やはりついていない、と七尾は溜め息を吐《つ》く。床に転んだ痛みよりも、自分の不運への呆《あき》れのほうが響く。

携帯電話が手から落ちていた。

通りかかった男がそれを拾った。生気に乏しいながらも、爽《さわ》やかな顔立ちのその男は、先ほど車内で会った男、塾の講師だった。躓《つまず》いた七尾の隣にいた。「あ、先生」と思わず、言ってしまう。

彼は携帯電話を拾うと、特に意図はなかったようだが電話機を顔に近づけ、聞こえてくる言葉に耳を貸していた。

七尾は慌てて、立ち上がり、返してくれ、と手を伸ばす。「いつも大変そうですね」と男は軽口を叩《たた》き、携帯電話を寄越した。そして、個室トイレへと消えた。

「もしもし」と声をかける。「電話を落としてしまった。話の続きを。今、何て」

舌打ちが響く。「俺たちが、峰岸のぼんぼんを殺したんじゃない。座席に座っていたと思ったら、いつの間にか死んでたんだ。ショック死なのか何なのか。いいか、俺たちがやったんじゃない」

「峰岸はたぶん、そんな言い訳は信じませんよ」俺だって信じない、と内心で続ける。

「だから、おまえがその犯人だってことで差し出すんだ。それなりに、信憑性《しんぴょう》があるだろ」

「ないですよ」

「何もないよりマシだ」

七尾は溜め息を吐く。蜜柑たちに、共闘を持ちかけてはいたものの、トランクの件のみならず、峰岸の息子の死まで共有することになるのであれば、得策とは言いがたかった。万引きの罪から逃れるために、殺人犯と、「手を組んで、司法と対決しよう」と主張するかのような愚かなことに思えた。デメリットのほうが大きすぎる。

「おい、どうした」蜜柑が言ってくる。

「まさか、君たちがそんな大変なことになってるなんて思わなかったから、驚いているんです」

「『君たち』じゃない。これは全部、おまえがやったことなんだ、眼鏡君」蜜柑は笑いもしなかった。

「おまえはトランクをなくして、峰岸の大事な息子を殺した。俺たちは、そのおまえを殺す。峰岸は怒るだろうが、怒りの矛先はおまえだ。もしかすると俺たちは、よくやった、と褒められる可能性だってある」

どうする。どうする。七尾は頭を必死に回転させる。

「そんなことはない。とにかく」と早口で話す。視線が窓に向かう。ガラスには、先ほど飛んできた液状の汚れが残っている。新幹線の走る勢いにより、形を変え、じりじりと広がっていった。「とにかく、この車内で殺し合ったりするのは利口じゃないです。そう思いませんか」

蜜柑の返事はない。

前に、男が立っていた。先ほど携帯電話を拾ってくれた塾の講師が、トイレから戻ってきたらしい。感情の読み取りにくい面持ちで、こちらをすっと眺めている。

「協力できないのなら、せめて休戦協定を結びませんか」目の前の彼を気にしながら、七尾は言う。「どの道、新幹線から僕も降りることはできません。このまま、盛岡までは大人しく、乗っていきましょう。盛岡駅に到着してから、決着をつければ、それでもまだ間に合います」

新幹線ががたんと短いながらも、激しい振動を見せた。

「二つ」蜜柑の声がすっと、耳に吹き込んでくる。「二つ言いたいことがある。一つ、おまえの口ぶりを聞いていると、おまえは、盛岡で決着をつける分には、勝算があると踏んでいるようだな」

「そんなことはないですよ。少なくとも、人数的にも不利だし。二対一だ」

「二対一にもかかわらず」

「あ、今、『にもかかわらず』って言いましたよね」

蜜柑が小さく微笑むのが、電話越しにも分かった。「二つ。俺たちは盛岡まで待てない。仙台で、おまえを差し出さないと危ないからだ」

「仙台駅で何かあるんですか」

「峰岸の仲間が、駅までチェックしに来ている」

「何をですか」

「峰岸のぼんぼんが無事かどうか」

「無事ではないですよね」

「だから、仙台までに眼鏡君に責任をなすりつけないとまずいんだ」

「そんな」七尾は言いながら、目の前の塾講師が依然として、そこにいるのが気になった。子供の悪い企みを目にした教師が、立ち去るに立ち去れず、立ち尽くしているのと似ている。「すみません、一回切ってもいいですか。すぐに電話します」

「『分かったよ。じゃあ俺たちは、眼鏡君から電話が来るまでゆっくり景色を楽しんでいようかな』なんて、言うと思うのか。電話を切ったら、すぐにそっちに行く」蜜柑が少し棘《とげ》のある言い方をする脇から、「いいじゃねえか。景色を楽しもうぜ」と檸檬の声が割り込んできた。

「どうせ同じ新幹線の中にいるんですから、焦ることはないですよ。仙台まで三十分もありますし」

「そんなのんびりしたことを言っていられないんだ」蜜柑は言うが、さらに檸檬が、「いいじゃねえか。面倒臭いから、電話を切っちまえよ」と騒がしく口を挟んでくる。

そして、実際に電話が切れた。

あまりのぶつ切りに、交渉が決裂した不穏さを覚え、七尾は電話をかけ直そうとしたが、蜜柑は軽率な行動は取らないタイプではないか、という思いもあった。慌てる必要はない。じっくりと行動すべきだ、と自らを宥《なだ》め、まずは一つずつ物事を解決すべきだと、こちらを窺う塾講師に、「えっと、何か？」と訊ねた。

「あ、いえ」彼は、自分が動いていなかったことにいまさら気づいたようだった。電池を換えた玩具《おもちゃ》さながらにぎくしゃくと会釈した。「さっき僕が電話を拾った時、相手の人が物騒なことを言っていたのが気になって、考え事をしちゃっていました」

「物騒なこと？」

「誰かが殺されたようなことを言っていたので。怖いなと思ってしまって」

たぶん、峰岸の息子の話の時だ、と七尾は思い出す。「でも、先生は怖がってるように見えなかったな」

「いったい誰がどこで殺されているんですか」

「この新幹線の中で、だ」

「え？」

「そうだったらどうする？　車掌のいるところに駆け込んだほうがいいかな。それとも、放送を流す？　『お客様の中に警察関係者はいらっしゃいませんか』とか」

「それなら」男は薄い笑みを口元に浮かべるが、それは指でなぞれば水に溶けるかのような弱々しいものだった。『お客様の中に犯人はいらっしゃいませんか』のほうが」

七尾は予想外の返事に声を立て、笑う。確かにそのほうが手っ取り早い、と。「冗談だよ。この新幹線でそんな恐ろしい事件が起きているなら、俺はこんなに落ち着いていないよ。トイレに駆け込んで、終点まで閉じこもってる。もしくは車掌さんに抱きついているよ。こんな閉鎖空間で、悪いことをしたらすぐに大騒ぎだ」

嘘だった。現に、七尾は、狼を殺害し、檸檬と格闘までしているが、車内は大騒ぎになっていない。

「でも、さっき言ってたじゃないですか。自分はついていないって。だから、そういう法則なのかな、って思っちゃいました。『新幹線に乗るといつも事件に巻き込まれる。ただし、事件に巻き込まれたくて新幹線に乗る時を除く』」彼は言うと、一歩、七尾のほうに近《うろ》づいた。七尾は一瞬、その男の目が急に迫力を伴い、浮かび上がるように感じた。大木の洞のようだった。自分と男との間に、目に見えぬ大木が出現し、その幹に空いた洞が二つ、暗い光を発しているのだ。じっと見つめていると吸い込まれ、その穴の先にある暗黒に溶けてしまう感覚を覚える。恐れに満ちていながらも、七尾を引き寄せる。不吉な兆しを感じる。それでも男の瞳《ひとみ》から、七尾は目を離せず、その目が離せないこと自体が、不吉さをさらに煽《あお》った。「君も」と訊ねた。「君は」と言い直す。「君は物騒な仕事をする人か」

「勘弁してください。違います」彼は小さく笑う。

「君がいたのは四号車の後ろ寄りだった。トイレなら、三号車との間にある。わざわざこんな遠いところまで来る必要はなかったんじゃないか？」七尾は、探るような目で、相手を観察する。

「単に、間違えたんです。前に向かって歩いてきちゃって。引き返すのも面倒なので、こっちまで来てみたんです」

ふうん、と七尾は疑いを残したまま相槌《あいづち》を打つ。

「僕も物騒なことに巻き込まれたことはあるんです」

「俺なんて今、巻き込まれている真っ最中だよ」七尾は反射的にそう言うと、自分の胸のあたりから、言葉が次々と飛び出してくることに気づいた。「恐ろしい男の息子が殺されたらしいんだ。俺はそれを目撃したわけじゃないんだけど。誰にも気づかれず、そのおぼっちゃんは死んだらしくて」

「恐ろしい男の、息子ですか」塾講師の男は独り言のように、口に出す。

「そうなんだ。いつの間にか死んでいたみたいだ」

どうしてそんなことを喋っているのか、むしろ喋るべきではない事柄にもかかわらず、するすると話している自分に七尾ははっとするが、言葉は止まらない。やはり、この男には、人の内面を引き摺《ず》り出すような力があるのかもしれない、と思った。言うなれば、自分の周囲半径何メートルかを、懺《ざん》悔《げ》室に変える力だ。「この男に余計なことを話すのをやめろ」という内なる忠告に、膜がかかり、はっきり受け止められない。男の目のせいだ、とは思った。が、浮かんだ、「目のせいだ」という意識がまた、膜に覆われる始末だ。

「そういえば、僕が巻き込まれた騒動の時も、恐ろしい男の長男が殺されたんです。恐ろしい男本人も殺されましたけれど」男は言った。

「誰の話だろう」

「言っても分からないと思います。その筋では、有名な人だったみたいですけど」男はその時だけ、苦しげな顔つきになった。

「その筋がどの筋かは分からないけれど、もしかすると俺も分かるような筋かもしれない」

「寺原という男で」

「寺原。ああ、有名人だ」七尾は即答した。「毒で死んだんだ」と思わず言ってから、そのようなことを唐突に口にしたことを後悔する。

が、塾講師は淡々としていた。「そうなんです。父親のほうは毒で。息子は轢《ひ》かれたんですが」七尾の頭で、毒、という言葉が小さな光を放った。「毒殺」と呟《つぶや》き、「蜂?」と自分に問うようにする。寺原を殺害したのは、スズメバチと呼ばれる業者だった。

「蜂ですか?」男が首を傾げる。

「峰岸の息子も、蜂にやられたのかもしれない。あ、もしかすると君がスズメバチか」思わず、前にいる男を指差してしまう。

「よく見てください。僕は人間ですよ」塾講師は声を立てた。「塾の講師、ただの鈴木先生です」と自嘲《じちょう》気味に言う。「蜂は昆虫です」

「確かに君は昆虫ではない」七尾も真顔で応じる。「君は、歩く神父だ」

スズメバチと呼ばれる業者が、具体的にどういう人間なのか、どういう風貌《ふうぼう》なのか、どういう特徴があるのか、七尾は知らなかった。真莉亜なら知っているだろうか、と携帯電話を取り出し、番号を呼び出そうとする。顔を上げると、男はすでに消えていた。今、自分が向かい合っていたのは、この世にあらざるものなのか、と七尾は怖くなり、電話をかけながら扉の窓から、五号車の車内に目をやる。すると、塾講師の彼が歩いていく背中が見え、胸を撫《な》で下ろす。幻ではなかった。

窓の景色に顔を寄せながら電話に耳をつけた。窓に付着した汚れはずいぶん、千切れている。

呼び出し音が鳴るが、真莉亜はなかなか出ない。今すぐにでも背後から蜜柑たちが追ってくるようにも思え、落ち着かず、知らず知らずにデッキをうろついてしまう。車両と車両の連結部は、うねうねと、爬虫類《はちゆうるい》の動きを模すように左右に揺れる。

「今どこ」真莉亜の声がそこでようやく、聞こえた。

「あれ」七尾は思わず、声を上げた。

「どうしたの」

「あった」呆然《ぼうぜん》としてしまう。

「あった？　何が」

七尾は自分から電話をかけたものの、すでにそれどころではなくなっている。目の前に、黒のトランクがあるのだ。デッキの荷物置き場に、もとからここにいたではないか、と言わんばかりの自然さで入っていた。

「トランクが」捜していたものがあまりにあっさりと出現し、実感が湧かない。

「トランクってあの、依頼されたやつ？　え、どこにあったの。よく見つけたじゃない」

「見つけたというか、今、真莉亜に電話をしようとしたら、目の前にあったんだ。普通の荷物置き場のところに」

「さっきは見落としてた場所？」

「真っ先に確認した場所だよ」

「どういうこと？」

「戻ってきたんだ」

「飼い主のもとに戻ってくる犬みたいに？　感動的ね」

「誰かが間違って持って行ったから、返してくれたのかな」

「君からトランクを奪ったけど、怖くなっちゃったんじゃないの？　で、返すことにした」

「峰岸のことが怖くて？」

「もしくは君のことを。『あの、七尾君が噛《か》んでるだなんて、危なすぎるよ。悪運を吸い込む壺みたいなものなんだから』とか。でも良かったじゃない。そのトランクを今度は離しちゃ駄目だよ。で、次の仙台で降りたらおしまい」真莉亜が心底、ほっとした息を吐いた。「危なかったけど、ぎりぎりセーフじゃない。どうにか無事に終われそうね」

七尾は顔をゆがめる。「それはそうなんだけど、蜜柑と檸檬が厄介だ」

「もしかして見つかっちゃったの？」

「悩まず、三号車に行け、と言ったのは君だ」

「記憶にない」

「俺の記憶にははっきり残ってる」

「百歩譲って、わたしが、三号車に行け、と言ったとしてね、蜜柑たちに見つかってピンチになりなさい、って言った？　言ってないよね」

「いや、君はそう言った」七尾は開き直って、嘘をつく。「俺の記憶ではそうだ」

真莉亜が失笑するのが分かる。「まあ、でも起きちゃったことは仕方がないから、どうにか逃げ切るしかないよね」

「どうやって」

「どうにか」

「逃げ切れって言われても、新幹線の中なんて限界がある。トイレにずっとこもってる?」

「それも一つの手だとは思う」

「虱潰《しらみつぶ》しに捜されたら、時間の問題だ」

「でも、新幹線のトイレのドアを無理やり開けるのも大変そうだし、時間稼ぎにはなるでしょ。そのうち、次の駅に、仙台に着くよ」

「仙台に着いて、トイレから出たところで蜜柑たちに待ち伏せされていたら、アウトじゃないか」

「そこはまあ、勢いでどうにか」

曖昧《あいまい》で、作戦とは到底呼べない指示ではあった。が、見当外れのアイディアでもない、と七尾は思った。個室トイレの出入り口は広くはないから、中で待ち伏せをし、攻撃を加えることはできる。刃物を使うか、もしくは、首を狙うか、どちらにせよ、広い場所で二人を相手にするよりも、狭い空間で待ち構えているほうが勝算はある。仙台に着き、相手の不意を狙い、トイレから飛び出し、ホームに逃げることもできる。かもしれない。

「それに、使用中のトイレはいくつもあるかもしれないからね。あっちも一つずつ確認するのはそれなりに時間がかかるはずだよ。運が良ければ、あちこちの個室が使われていて、蜜柑たちも全部を調べるのは大変な作業になるかもしれない。君の隠れているトイレが調べられる前に、仙台に着くことだってなくもない」

「運が良ければ? 冗談で言ってるんだろ」七尾は笑いを堪える。「俺を誰だと思ってるんだ。俺にとって、『運が良ければ』って言葉は、『絶対起きないけど』って意味と同じだよ」

「まあ、そうね」真莉亜はあっさりと認める。「あ、乗務員室もいいかもよ。車掌のいる」

「乗務員室？」

「そうじゃなかったら、グリーン車の先に、多目的室っていうのもあるはずよ。九号車がグリーンだからそこと十号車の間ね。赤ちゃんに授乳したりするのに使える部屋」

「そこをどう使えばいいんだ」

「もし、授乳したければ」

「授乳したかったら使ってみるよ」

「あと、一応言っておくけど、君の乗っている、〈はやて〉から〈こまち〉までは移動できないからね。連結してるけど、車内は繋《つな》がっていないから、〈こまち〉まで逃げようとしても無理だからね」

「幼稚園児でも知ってるよ」

「幼稚園児が知っていても、大人が知らないことはあるからね。あ、で、何の用？　電話をかけてきたのはそっちでしょ」

「そうだ。忘れてた。さっきの電話で、スズメバチのことを言っていただろ。虫じゃないよ。業者で、毒針を使う」

「寺原殺しのね。鯨も蟬もスズメバチが始末した、って噂もあるけど」

「どういう奴なのかな。特徴はあるのか」

「詳しくは知らない。男だと思うけど、女もいるらしいって噂も聞いた。一人か二人か。でもまあ、そんなに目立つ外見ではないだろうね」

それはそうだろうな、とは思った。業者ですよ、と分かる恰好をしているはずがない。「もしかすると俺の乗っている新幹線の乗客に、そのスズメバチが紛れ込んでいるかもしれないんだ」

真莉亜が一瞬黙った。「何それ」

「いや、確定したわけじゃないんだけど。ただ、外傷もなく死んでる男がいて、もしかすると毒針でも刺されたのかもしれない」

「だって、狼を殺したのは君でしょ」

「狼のことじゃないよ。別の」

「別の、って何それ」

「何それじゃないよ。別の死体の話だ」まさか峰岸の息子とは言えない。一方で七尾の頭に、「狼」の名が引っかかる。

「あのさ」真莉亜がほとほと呆れた声を出した。「何がどうなってるのか分からないけどさ、どういう新幹線なの。トラブルばっかりじゃない」

返す言葉はない。七尾も同感だった。蜜柑と檸檬、峰岸の息子の死体に、狼の死体、物騒な人間で満ちている。「でも、新幹線が悪いんじゃない。悪いのは俺だよ」

「そりゃそうよ」

「スズメバチがいたらどうしたらいいんだろう」

「最近はあまり名前を聞かないから、廃業してるのかと思ったけど」

その言葉を聞き、七尾の頭に、ある臆測《おくそく》が過《よぎ》る。スズメバチは、寺原を殺害したように、今度は、峰岸の息子を殺害し、一旗あげるつもりなのではないか。同時にまた、狼のことが思い浮かぶ。狼は寺原のことをやたら慕っていたではないか。

「毒針は痛いから、弱虫の君は泣いちゃうんじゃない」

「でも、昔、近所のおばあちゃんが糖尿病で、インシュリンの注射をやってあげたことあるよ。何回も」

「医療行為だから、たぶん家族以外がやったらまずいと思うよ」

「え、そうなの」

「そうだよ」

「あ、そういえば、蜜柑たちの雇い主も、峰岸みたいなんだ」

「え、どういうこと？」

「峰岸の依頼で、彼らはトランクを運んでいるらしい」七尾は言い、自分の考えを早口で喋った。「峰岸は、誰も信用できないのかもしれない。だから、複数の業者を用いて、業者の失敗を作り出し、優位に立とうとしているんじゃないかな。報酬をケチるつもりなのか、言いがかりで全員、処分するつもりなのか」


しばらく考え事をしているようだった真莉亜が、「あのさ」と言った。「もしそういうことなら、無理はしないで、降参するのも選択肢としてはあるかも」

「降参？」

「そう。降参というか、仕事放棄ね。トランクを運ぶのはもう諦《あきら》めて、蜜柑たちに渡しちゃうの。そのかわり、君の安全は保証してもらう。蜜柑たちだって、トランクさえ戻ってくるなら問題はないんだろうし、もし、峰岸が裏で何か画策してるんだったら、わたしたちが仕事に失敗しても、そんなには怒らないんじゃない？　報酬を放棄して、謝罪すれば、許してもらえるかもしれない」

「どうしたんだい、急に」

「何だか、そんなに複雑な仕事なら、手を引いたほうが被害は少ないような気がしてきた」


実際には、トランクだけではなく、「峰岸の息子の死」なる大問題も横たわっているのだが、真莉亜に伝える気にはなれなかった。彼女の溜め息と嫌みが増えるだけだ。

「感激したよ。仕事は二の次で、俺の身を気にかけてくれるのか」

「最悪の場合は、だよ。もし、頑張ってみてこれはもうやばい、と思った時は、そういう選択もあるってこと。仕事は二の次じゃない。一番。でもまあ、いよいよとなったら、しょうがないってこと」

「うん、分かった」

「理解した？　まずは、トランクを持ち出せるようにいろいろ努力するんだよ。それが無理だったら、だからね」

「了解」と七尾は電話を切った。

　努力などするものか。さっさと降参だ。

王子

　後ろの扉が開き、人が歩いてくるのが分かった。王子は自然を装い、背もたれに背をつける。通路を、トランクを持った男が通っていった。黒眼鏡をかけた男だ。立ち止まることも、周囲を見ることもなく、急ぎ足で前へと行く。木村もそれに気づいたようだが、黙ったまま、姿を見送った。

　眼鏡の男は七号車から出ていく。扉が、彼の背中を隠すように閉じた。

「あいつか」木村がぼそっと溢《こぼ》した。

「そうだね。トランクを見つけて、興奮しているんじゃないかな。で、もう一組、あのトランクを捜している人間がいるからね、これから追いかけっこだよ。どんどん前へ逃げていく。面白いね」

「おまえはどうするんだ」

「どうしよう」王子は実際、どうすべきか考えている最中だった。「どうしたら、より楽しめるんだろう」

「大人の揉《も》め事に中学生が首を突っ込むと痛い目に遭うぞ」

するとそこで、王子の抱えているリュックサックに着信があった。「おじさんの電話だ」と取り出す。画面には、「木村茂」とある。「これ誰？」と手の自由が利かない木村の顔の前に差し出した。

「知るかよ」

「おじさんの家族？　お父さんとか？」

ふん、と頬をひくひくさせた木村の反応は、正解だと言っているようなものだった。

「何の連絡だろう」

「どうせ、渉の様子を知りたいだけだ」

ふうん、と振動を続ける電話を眺めた王子は、「あ、そうだ、おじさん、ゲームでもしようか」と言った。

「ゲーム？　俺の電話にはゲームなんて入ってねえぞ」

「おじさんが親にどれだけ信用されているのか試してみようよ」

「おまえ、何を言ってんだよ」

「この電話に出て、助けを求めてみてよ。つかまっているから、助けて、って」

「いいのかよ」木村が訝ってくる。

「もちろん、子供のことは言っちゃ駄目だよ。おじいちゃんたちは孫のことになると、途端に甘くなるんだから」

王子は、自分の祖母のことを思い出した。親戚《しんせき》付き合いがほとんどない上に、ほかの三人は王子が小さい頃にすでに亡くなっていたため、実質、王子にとってはその父方の祖母だけが、唯一の老いた親族と言えた。あの人も、まるで分かっていなかった。王子はそう思う。祖母の前でも王子は当然ながら、礼儀正しく振る舞い、適度に子供らしさを浮かべ、何か買ってもらえれば素直に喜んでみせた。いい子だねえ、と目を細め、ずいぶん大きくなったね、と自分の先細りの未来を孫に託すかのように、目を潤ませた。

小学生の高学年の夏休み、祖母の実家で二人きりになった際に、「どうして人を殺してはいけないの」と質問をぶつけたことがある。その頃はすでに、大人がその問いかけにまともに答えようとせず、というよりも、まともに答えることができないと分かっていたので、祖母に対しても期待していなかったのだが、「慧、そんな怖いこと言わないでよ」と悲しみを浮かべ、「あのね、人を殺すというのは恐ろしいことなんだよ」と新鮮味のない説明をはじめたことにはやはり、落胆を覚えずにはいられなかった。

「じゃあ、戦争はどうなの？　人を殺したらいけないって言うのに、戦争はあるじゃない」

「だから、戦争だって恐ろしいんだよ。それに、ほら、人殺しは駄目だよ、って法律で決まってるんだから」

「殺人はいけません、って法律を作ってる国が、戦争したり、死刑をやったりしているんだよ。変じゃないのかな」

「おまえも大きくなったら分かるよ」

祖母の、その場しのぎの台詞《せりふ》に、ほとほと嫌気が差し、王子は結局、「そうだね。誰かを傷つけるのなんて、ひどいよね」と返事をした。

王子は電話の受話ボタンを押す。「おい、渉はどんな具合だ」と高齢と思《おぼ》しき男の声が聞こえてきた。通話口を手で押さえ、「おじさん、つながったよ。子供のことを言っちゃ駄目だからね。ルールを破ったら、もう、渉君は二度と起きないよ」と早口で説明し、電話を木村の左耳に近づけた。

木村は横目で、王子を窺い、どうすべきか悩みつつも、「渉は無事だよ」と答えた。そして、「それより、親父、これから俺が言うことをよく聞いてくれよ」と喋りはじめた。

王子は隣でそれを耳にしながら、苦笑している。本来であれば慎重に構え、状況や筋書きを確認すべきだろうに、どうして、こんなに簡単に流れに乗っていってしまうのか。王子は、「ゲームだ」と言ったがそのルールは説明していない。詳しい内容を聞いてからゲームをはじめるべきであるのに、と木村を哀れに思う。自由意思で行動しているつもりなのだろうが、結局は、他者にコントロールされている。急な電車がやってきて、「乗れ」と背中を押されれば、本来であれば、「列車の目的地」を確認し、乗車のリスクを検討すべきだ。が、そうはせず、とりあえず乗る。何と浅はかなのか。

「実は今、新幹線に乗ってるんだけどな。盛岡まで行く予定なんだ」木村は続ける。「はあ？　渉のことは関係ねえよ。大丈夫だっての。渉には、病院の人間が付き添ってるんだからよ」

どうやら、木村の父親は、渉を残して木村が新幹線に乗っていることに怒っているようだ。木村が必死に、その興奮を収めようと説明する。「とにかく」と言った。「とにかく、俺は今、悪い奴に捕まってるんだ。そうだよ。ああ？　本当に決まってるだろうが。嘘ついて、どうすんだよ」

王子は噴き出しそうになるのを我慢した。そんな言い方をして、信じてもらえるはずがないのだ。誰かに信じてもらうためには、それ相応の工夫がいる。喋り方や、説明の仕方について考慮し、あくまでも相手に信じて「もらう」のだ。木村は、自分のほうで努力をしようとはせず、相手に努力を強いている。信じてくれ、と押し付けているだけだ。

王子は電話機に自分の顔を近づけた。

「おまえ、また、酒を飲んでるな」向こうの父親の声が聞こえる。

「そうじゃねえよ。いいか、俺は今、捕まってるんだ」

「警察にか」

確かに、「捕まっている」と言われれば、警察に捕まっているとしか思えないな、と王子も同意したくなる。

「そうじゃねえよ」

「じゃあ誰にだ。おまえ、どうしたいんだ」木村の父親がうんざりした声を出す。

「どうしたい、ってどういうことだ。俺を救おうとか思わねえのかよ」

「スーパーの倉庫番をやりながら、年金生活の俺たちに助けを求めてるのか。母さんなんて膝痛めてるから、風呂《ふろ》場でしゃがむのもやっとだぞ。だいたい新幹線にいるおまえをどうやって助ける。何新幹線なんだ」

「東北新幹線だよ。あと二十分くらいで仙台だ。それにな、別に、新幹線までやってきて助けてくれって言うわけじゃねえんだよ。気持ちの問題だ」

「いいか、何が目的か分からねえがな。渉を放って新幹線に乗るなんて、おまえは何考えてんだ。さすがに俺も、おまえが分からねえな」

「だから。捕まってんだよ、俺は」

「おまえを捕まえて、誰が得する？　これは何の遊びだ」

木村の父親の台詞に、王子は、鋭いね、と小声で言った。これはただのゲームなのだから、遊びに過ぎない。

「だから」木村が顔をゆがめる。「もし、おまえが捕まっていたとしよう。新幹線の中で捕まる、ということがどういうことなのか俺にはさっぱり分からないけどな。もしそうだとして、だ。どうせ、おまえの自業自得としか思えない。というよりもな、捕まっている人間が、こうやって電話に出られるわけねえだろうが」

木村がぐっと言葉に詰まったのを見て、王子はほくそ笑む。そして、耳に電話機を当てた。「あ、すみません。僕、今、木村さんの隣の席にいるんですが。中学生なんですけれど」と話す。歯切れは良いが、幼さの残る喋り方をした。

「中学生？」木村の父親は、急に登場した王子の声に戸惑っていた。

「たまたま、隣に座ったんですけど、おじさん、ふざけているみたいなんです。そちらから電話がかかってきた途端に、『俺がトラブルに巻き込まれたふりをして、年寄りを慌てさせてやるぞ』とか言い出して」

木村の父親の溜め息が、電波を通じ、こちらの携帯電話からも飛び出してくるかのようだった。「そうか。俺の息子ながら、何を考えているのかさっぱり分からないな。迷惑かけていたら、ごめんよ。悪ふざけが好きなんだ」

「愉快なおじさんです」

「その愉快なおじさんは、酒を飲んでないだろうな？　もし、飲みそうだったら止めてくれるかな」

「はい。やってみます」はきはきと答える。たいがいの年長者には好意的に受け止められる、喋り方だ。

電話を切った後で王子は、木村の腕をつかむ。「おじさん、やっぱり駄目だったね。実の親子なのに、ぜんぜん信じてもらえなかったじゃないか。というか、あんな言い方じゃあ、絶対無理だよ」と言い、リュックのポケットから小さな袋を取り出し、中に入っている裁縫針を摘《つま》んだ。

「おい、何すんだよ」

「罰ゲームだよ。おじさんはゲームで負けたんだから、何か、ペナルティを受けないと」

「一方的だろうが」

王子は裁縫針を摘み直し、身体を屈めた。人間を支配するのは、痛みや苦痛だ。この車内で、電気ショックをするわけにはいかなかったが、針で刺すくらいであればできる。口実は何でもいいのだ。ルールを決め、強制的に実行することで、立場の違いを植えつけられる。戸惑う木村をよそに、素早く針を、指と爪の間に突き刺した。「痛え」と木村が悲鳴を上げた。王子は、「しい」と子供を叱るように言う。「おじさん、うるさいよ。静かにしないともっと刺すからね」

「ふざけるんじゃねえぞ」

「いい？ 声を出したら、もっと痛いところに突き刺すよ。黙って我慢するのが、一番楽に終わるんだから」王子は言いながら、さらに隣の指の爪に針を当てる。

木村が鼻の穴を膨らませる。目は三角になり、今にも声を張り上げそうだった。仕方がなく王子は、「次に、声を出したら、渉君の爪に針を刺すよ。そういう電話をかけてもいいんだ。僕は本気だよ」と耳元に吹き込む。

怒りで木村の顔面が赤く染まる。が、王子がはったりを口にする人間ではないと分かったからかすぐに青褪《あおざ》め、奥歯を嚙む表情になった。憤怒を堪え、なおかつ、針の痛みに備えようという表情だ。もうすっかり僕の支配下にある、と王子は思う。すでに、こちらの指示を聞いている。一度、命令に従った人間は、一歩、階段を下りた人間がそのまま下まで行くように、どんどんこちらの思うがままになる。下りてきた階段を上り直すのは、容易なことではない。

「じゃあ、行くよ」王子はあえてゆっくりと、針を指に突き刺していく。爪と肌の間に尖《とが》ったものを刺すのは、人間の肉体の隙間をなぞり、不要なかさぶたを剝《は》がすような快感があった。

木村が小さく呻《うめ》く。泣くのを我慢する小学生さながらに、痛みを堪えている顔が、可笑《おか》しくて堪《たま》らなかった。どうして、と不思議にも思う。どうして、自分ではない他者に過ぎない人間のために、たとえそれが自分の息子であったとしても、苦痛に耐えようとするのだろうか。他人の痛みを、自分で引き受けるよりも、自分の痛みを、他人に押し付けるほうがはるかに楽だ。

するとそこで、王子の頭に、どん、という衝撃があった。目の前が一瞬暗くなり、視界が消えた。針が、自分の手から落ち、床に転がるのが分かった。

体勢を戻す。

痛みに耐えかねた木村が、膝と腕で挟むようにして、叩いてきたのだと分かった。見れば、「してやったり」という興奮と、「やってしまった」という後悔と焦りが浮かんでいる。

首が痛む。王子は怒らなかった。かわりに同情の笑みを浮かべ、「痛くて思わず、爆発しちゃった？」とからかう。「僕で良かったね。僕はクラスでも、『気が長くて、いつも落ち着いている』って担任教師に言われているんだ。僕じゃなかったら今すぐ電話をして、おじさんの子供に何かさせるところだよ」

ふん、と木村は鼻息で答える。彼もどうしたらいいのか分からないのだろう。

七号車の背後の扉がまた、開いた。意識を向ける。二人の男たちが横を通り過ぎていく。細身ながら、手足が長い体型で、車内に隈《くま》なく視線をやっていた。目つきが悪く、むすっとしたほうの男が、王子のほうを見て、「あ、パーシーじゃねえか。おまえ、さっき会ったよな」と声をかけてきた。髪はライオンの毛のように、寝癖がついている。見覚えのある男だった。「まだ、捜してるんですか？

何でしたっけ」

「トランク。まだ捜してるんだよ」顔をにゅっと近づけてくるので、木村の手足の拘束に気づかれてしまうのではないか、と警戒した。注意を逸《そ》らしたいため、すっと立ち上がり、男と向かい合う。進行方向に指を出し、「今さっき、トランクを持った人があっちに行ったのは見えました。眼鏡をかけていて」と素朴な言い方を意識して言う。

「おい、今度は嘘じゃねえだろうな」

「嘘なんかついていません」

もう一人の男が振り返り、「さっさと行くぞ」と寝癖の男に、ぼそりと洩《も》らす。

「あっちはどんな展開になっているんだろうな」と寝癖の男が言う。

「対決中かもしれないな」

対決？　いったい何の対決なのだ。王子の中の好奇心がむくむくと首をもたげる。

「マードックと蜂さんの対決か。あ、でも、蜂と言えば、ジェームスなんだよな」

「また機関車トーマスの話か」

「ジェームスが鼻を蜂に刺されたのは、有名だろ」

「一般的には有名じゃない」

そして二人は先へと進んでいく。会話の意味はまったく分からなかった。それだけに興味が湧く。

「ねえ、僕たちも少ししたら前に行ってみようか」と木村に訊ねる。

木村はむっとしたまま、答えない。

「みんな、集合するのかもしれない」

「だとしたらどうなんだ」

「行ってみようよ」

「俺もか」

「僕の身に何か起きたら困るでしょ。守ってくれないと。自分の息子を守るように、僕を守るんだよ、おじさん。言ってしまえば僕は、渉君の命を助けていることになるんだよね。命の恩人だ」

果物

その少し前の時間、王子のいる七号車に来る手前でのことだ。五号車を出たところで檸檬が、「仙台まであと三十分しかないぜ」と腕時計を見た。デッキのところで立ち止まる。

「眼鏡君は、三十分もある、と言っていたけどな」蜜柑は言う。

トイレの錠の部分を覗くと、女性用の個室が使用中となっていた。ほかのトイレは空室で、誰もいないことを確認済みだ。

「女用のトイレに隠れてる可能性もあるか?」檸檬は面倒臭そうに言う。

「俺に聞くなよ。だけど、当然、あるだろう。あの眼鏡君だって必死だろうから、男用だろうが女用だろうが、隠れる可能性はある」蜜柑は言う。「もしそうだとしても、すぐに見つかるけどな」

七尾からの電話の後で、「車内に隠れるにも限界がある。あの眼鏡君だって、すぐに見つかるぜ」と言ったのは檸檬だ。

「見つけてどうする」

「俺の銃は取られちまったから、おまえので撃ち殺しちまえよ」

「車内で騒ぎが起きるのはまずい」

「トイレでこっそり殺して、閉じ込めておくか」

「減音を持ってくれれば良かったな」蜜柑は本当にそれを残念に感じていた。拳銃の先に装着して、銃声を抑える減音器、サプレッサーを、蜜柑たちは持ってきていなかった。今回の仕事では使う必要がないと思ったからだ。

「どこかで手に入らねえかな」

「車内販売で売ってたらいいけどな。サンタにでも頼んだらどうだ」

「今度のクリスマスは、銃にくっつける減音器が欲しいです」檸檬が拝むように手を合わせる。

「冗談はおいて、状況をまとめるぞ。まず、俺たちは、峰岸に、ぼんぼんを殺害した犯人を差し出したい」

「それがあの眼鏡君だ」

「ただ、あいつを殺したとして、その死体をばれないように運ぶのは一苦労だ。峰岸のところまで連れて行くとしたら、生きたまま、連れて行くほうが楽だろ。殺すと後が面倒だ」

「でもよ、峰岸の前で眼鏡君が、僕は何もやってないよ濡《ぬ》れ衣《ぎぬ》だよ、とか泣き出すかもしれねえぞ」

「どんな人間だって、濡れ衣だ、と言うものだ。気にすることはない」

車内を虱潰しに点検し、七尾を捜すことにした。座席や荷物置き場、トイレや洗面所など、限なく見ていけばいつかは、見つかるに違いない。使用中のトイレがあれば、中の人間が出てくるのを待つ、と決めた。

「じゃあ、この使用中の個室は俺がチェックするから、おまえは先へ行けよ」檸檬が言って、進行方向を指差す。「あ、でも、逆の発想もあるぜ」

「逆の発想？」大して良いアイディアではないだろうな、と蜜柑は分かっていたが、聞き返す。

「トイレを俺が、片端から閉めていく作戦だ。そうすりゃ、あいつを見つけられないにしろ、隠れ場所はどんどん減っていくじゃねえか」

先ほど二人で、峰岸のぼんぼんの死体を三号車と四号車の間のトイレに隠したばかりだった。自分たちが席を離れている間、座席に置いておくのも不安だったからだ。個室トイレの中、便器の奥にもたれるように、峰岸のぼんぼんを置き、あとは檸檬が細い銅線を使い、外から鍵《かぎ》をかけた。鍵のフック部の凸凹に巻きつけた銅線を、トイレの外まで引っ張り、ドアを閉じると同時に強くその銅線を押し下げると、角度の工夫はいるものの、うまく鍵がかけられる。「これで密室殺人のできあがりだ」と檸檬は得意げだった。そして、「昔の映画で、でっかい磁石を使って、鍵を外から開けるやつがあったよな」と急に言い出した。

「『リスボン特急』か」見るからに強力そうな、大きなU字形磁石でドアの外から、鍵のチェーンを動かす場面は可笑しかった。

「セガールが出ていたやつだったか」「アラン・ドロンだ」「そうかあ？　『暴走特急』じゃなかったか」「暴走はしない」

トイレの前で少し待っていると、思いのほか早く、ドアが開き、中から痩《や》せた婦人が出てきた。白いブラウスを着て、服装は若かったが、厚い化粧からもほうれい線の刻みははっきり分かる。萎《しお》れた植物を、蜜柑は思い浮かべた。後方へと去っていく、婦人を見送る。「あれは違うな。てんとう虫君ではない。分かりやすくて良かった」

六号車に入り、座席に座っている乗客の一人一人を見て、七尾ではないことを確認し、先へと進む。

まさかとは思うが、座席の下や荷物棚に不審な人影がないか、もしくは、あのトランクが存在していないか、見ていく。幸いなことにどの乗客も、ぱっと見ただけで七尾とは別人物だと分かった。年齢や性別が明らかに違うのだ。

「さっき電話で喋った桃が言うには、峰岸は、仙台駅に集合できる業者を集めているらしい」

「駅のホームにぎっしり、人相の悪い奴らが並んでるのかもな。気色悪いねえ」

「急に集合をかけても、それほど集まらないだろう。腕の立つ奴は、予定がぎっしりだしな」六号車を出たところで、檸檬に言う。

「峰岸の部下が、乗り込んできて、有無を言わさず、俺たちを撃ったりしてな」

「ありえなくはないが、可能性は低いかもしれない」

「何でだよ」

「峰岸のぼんぼんに何が起きたのか、俺たちは唯一の証人とも言えるだろ。状況が分かっているのは俺とおまえだけだ。そうだとすれば、手がかりなんだからな、すぐに殺すわけにもいかない」

「なるほど。そうだな、俺たちは役に立つ機関車だ」檸檬は素直にうなずいている。「あ」

「どうした?」

「俺があっち側なら、どっちかは殺すぜ」

「あっちとかどっちとか指示語ばかりの小説は、ろくでもないぞ」

「いいか。峰岸のところに連れて行くのは、俺かおまえ、どっちかでいいってことだよ。証人は一人でいい。そうだろ。二人揃ってると危ないしな、早めにどっちかは消したほうがいい。客車は一台あればいい」

電話に着信があった。自分のものと思ったがそうではなく、七尾が、女装男に託し、渡してきた携帯電話のほうだった。見知らぬ番号が表示されている。出れば、七尾の声がした。「蜜柑さん？　檸檬さん？」

「蜜柑」と答える。目の前に立つ檸檬が、誰からだ、と訊ねるような顔をするので、片手で円を作り、目の位置に構え、「眼鏡」を表現する。「今どこだよ」

「新幹線の中です」

「奇遇だな、俺たちもだ。どうした、電話をかけてきて。取引をもちかけても無駄だぞ」

「取引というか、降参です」七尾の声からは必死さが伝わってくる。

車両内に比べると、デッキの振動は激しく、野ざらしのまま進んでいくような響きがあった。

「降参？」よく聞こえずに蜜柑は聞き返す。声が大きくなってしまう。隣の檸檬の目つきが鋭くなった。「降参？」

「実は今さっき、トランクを見つけたんです」

「どこでだ」

「デッキの荷物置き場に。気づいたらありました。さっきはなかったのに」

それは何とも怪しいな、と蜜柑は気を引き締める。「どうしてトランクが戻ってきたんだ。誰かの罠《わな》じゃないのか」

七尾が一瞬、黙る。「その可能性は否定できないですけど、ただ、トランクは戻りました」

「中身は？」

「中身は分からない。数字錠の開け方は分からないし、そもそも何が入っているのが正解かも分からないんだから。でも、とにかく、トランクは君たちに渡そうと思うんだ」

「俺たちに？　何でだよ」

「このまま新幹線の車内で逃げ切る自信もないし、君たちに命を狙われてびくびくするよりは、降参して楽になりたいから。トランクは車掌さんに預けた。たぶん、そのうち車内アナウンスがかかるから、嘘じゃないと分かるはずだ。それを持って、後ろの車両に引き返してくれないか。俺はそのまま、仙台で降りる。この仕事からも降りる」

「仕事をやり遂げないと、真莉亜に怒られちゃうぞ。で、依頼人の峰岸はもっと怒るだろうな」

「でも、たぶん、君たちに狙われるよりマシだから」

蜜柑はそこでいったん、携帯電話を横に避《よ》け、「眼鏡君は降参らしい」と言い、七尾の言葉を要約して、話す。

「利口だな。俺たちの怖さを分かったんだな」と檸檬は満足げにうなずく。

「でも、峰岸のぼんぼんのほうは解決しない」蜜柑は電話を口元に戻す。「俺たちのシナリオでは、おまえが犯人なんだからな」

「本物の犯人を見つけたほうがもっと、信憑性が増します」

「本物？」蜜柑は予想外の言葉に少し声を大きくした。

「ええ。スズメバチって知ってますか」七尾が言う。

「眼鏡君は何て言ってる？」隣にいる檸檬が首を傾げた。

「スズメバチを知ってるか、だと」

「知ってるに決まってるだろうが」檸檬は携帯電話を横取りし、「俺は昔、カブトムシを採りに行ってな、追われたことだってあるんだよ。いいか、相当、怖いぞ、スズメバチは」と唾《つば》を飛ばした。が、すぐに、電話の向こうの七尾の返事に眉《まゆ》を顰《ひそ》めている。「はあ？　何だよ、それは本当のスズメバチですよね、って。おまえの言ってるのは、偽物のスズメバチなのかよ。偽物っているのかよ」

蜜柑は察した。替われ、と仕草で示し、電話を再び手に取る。「あれか、毒で殺す業者のことか。スズメバチか」

「それです」七尾がはっきりとした声を出す。

「正解だと何かもらえるのか」

「犯人がもらえます」

蜜柑ははじめは意味が分からず、からかうな、と怒ってみせようとしたが、すぐに閃《ひらめ》くものがある。

「スズメバチがこの新幹線に乗ってるっていうのか」

「おい、まじかよ。俺、蜂は怖いんだよ」檸檬が頭を庇《かば》うように手を上げ、どこから蜂が飛んでくるのだ、と警戒する。

「たぶん、そのスズメバチが、峰岸の息子を刺したんじゃないですか。それなら目立った外傷がなくても不思議じゃないし」七尾は続ける。

スズメバチなる業者がどういった器具で仕事をするのかは分からなかったが、人為的にアナフィラキシーショックを起こすのだ、と噂で聞いたことはある。スズメバチに一度刺される分にはまだ問題がないが、その一度目でできた免疫が、二度目に刺された際に過剰反応して、ショック死に至る。それを防衛ショック、アナフィラキシーショックと呼ぶが、スズメバチなる業者は故意にそのショックを引き起こす、と聞いた。それを説明すると七尾は、「スズメバチって二回目に刺された時のほうが危ないんですか」と驚いていた。

「で、そいつはどこにいるんだ」

「分からない。どういう姿をしているのかも分からないんですけど、ただ、もしかすると写真があるかもしれない」

「写真？　あるかもしれない？」七尾の用件がなかなかつかめず、蜜柑は苛立《いらだ》ってくる。「早く、まとめを言ってくれ」

「六号車の一番後ろ、東京寄りの席、窓際に中年の男がいます。そのブルゾンの内ポケットに写真が入っているんですが」

「それがスズメバチなのか？　そのおっさんは誰だ」蜜柑は背後の六号車に引き返そうと身体を反転させた。確かに、寝ている男がいたような気はする。

「業者の一人です。最低の男ですけど。で、写真は、その男の今度の仕事の標的らしいんです。今から思えば、それはこの車内にいる女だったんじゃないか、って」

「その女がどうしてスズメバチだと思うんだ」

「大した根拠はないんです。ただ、その男は、寺原のことを慕っていました。自分の名づけ親だ、とか、俺がお気に入りなんだ、とか言って。で、寺原は」

「スズメバチに殺されたんだよな」

「ですよね。そして今日、新幹線に来たその男は、復讐《ふくしゅう》のためにその女を殺す、と言っていたんだ。恩返しとも言っていた。大して気に留めていなかったけれど、もしかするとあれは、寺原を殺害したスズメバチに、復讐するという意味だったのかも」

「臆測に臆測を重ねているだけ」

「あ、そういえば、明智光秀がどうこうとも言っていました。寺原を殺したスズメバチを、信長を殺した明智光秀に譬《たと》えていたのかも」

「まあ、納得したわけではないが、とりあえず、そのおっさんから写真を借りて、話を聞こう」

「あ、話は聞けません」

七尾が慌てて言うのを遮り、「ちょっと待ってろ。写真を見たら、またかける」と蜜柑は電話を切った。どうしたんだ、と檸檬が迫ってくる。

「俺が正解だったのかもしれない」

「おまえが正解？　何のことだ」

「峰岸のぼんぼんが死んだのは、アレルギーのショックじゃないか、と俺は言っただろ。当たりかもしれない」

六号車に戻り、通路をまっすぐに進む。こちらを向いて座席に腰を下ろす乗客は、長身の男二人が行ったり来たりすることにさすがに不審を抱いているのか、険しい視線を注いでくる。構わずに一番後ろの座席まで行く。

二人掛けの窓際に中年の男が寄りかかっていた。ハンチング帽を深く、被《かぶ》っている。

「この眠っているおっさんがどうしたんだ」檸檬が不満げに言う。「こいつはどう見ても、眼鏡君じゃないだろ」

「何だか、死んだように眠る男だよな」と口に出した時点で蜜柑は、この男が死んでいると確信していた。隣の空席に腰を下ろし、男の着ているブルゾンに触れる。特に汚れがあったわけではないが、不潔さを覚え、指先で摘むように服を広げる。ポケットには写真が確かに入っていた。引き抜く。窓際に傾いた首ががくんと揺れた。折れている。手で支え、窓にもう一度、寄りかからせた。

「ずいぶん、堂々としたスリだな」檸檬が囁《ささや》く。「しかもおっさん、起きないし」

「死んでるんだろ」蜜柑は、男の首を指した。

「寝違えすぎると、人って死ぬんだな」

後方の扉からデッキに出た。携帯電話を操作し、電話をかける。

「もしもし」と七尾の声がした。

周囲の、轟々と鳴る走行の音が自分の耳元を撫でていくようだった。「写真を取ったぞ」

檸檬も車両から出てきた。

「おい、流行《はや》ってるのか。ああやって首を折るのが」蜜柑は電話機に向かって、訊ねる。

「そういう奴なんです」七尾は苦しげに、答えとは呼べない答えを返してきた。

おまえがやったんだろ、とぶつけはしなかった。かわりに写真を見た。「これがスズメバチか」

「これ、と言われても見えないけど。でも、その可能性があると思います。もし車内にいたら、そう疑ったほうがいい」

当たり前かもしれないが、見知らぬ女の顔がそこにはあった。檸檬も覗き込んでくる。「スズメバチなんて、どうやって倒すんだよ。スプレーか?」と乱暴に言った。

「ウルフの、『灯台へ』に、スズメバチをスプーンで殺したって文章が出てくる」

「スプーンで?　どうやったんだよ」

「俺も毎回、読むたびにその一文が気になるんだ。いったい、どうやって殺したんだろうな」

そこで、七尾の声がぼそぼそと届く。聞き取れないため、「何だ?」と訊ねた。しばらく返事がない。どうした?　と再度、声をかける。ほどなくして、「あ、今、お茶を買っていたんです。売りに来たから。喉《のど》が渇いてるし」と七尾が言う。

「追い詰められているのに余裕があるんだな」

「水分や栄養は取れる時に取っておくべきだから。トイレもそうだけど」

蜜柑は、「じゃあ」と言う。「おまえの話を信じたわけじゃないが、とりあえず、この女がいるかどうかを調べてみる。乗客一人一人を見ていくのは大変だが、やれないこともないだろう」

そう言ったところで蜜柑は、もしかするとそれが七尾の作戦なのか、とはっとした。仙台に着くまでの時間稼ぎなのかもしれない。

「ああ」と檸檬が間延びした声を出した。写真の顔を指で突きながら、「これ、あいつじゃねえか」と口を尖らせたのだ。

「誰だ？」

何で分からないのだ、と檸檬は淡々と説明してきた。「車内販売の女だろ。ワゴンを運んで、さっきから行ったり来たりしてるじゃねえか」


そのさらに少し前、七尾はトランクを車掌に預けていた。八号車を通り抜けたところ、デッキの右手に、「乗務員室」のプレートがかかった小部屋があり、ちょうどそこから出てきた車掌とぶつかりそうになった。「あ、すみません」と七尾は謝罪する。こんなところでも衝突しそうになるのだから、やはり、ついていない。ダブルの礼服のような、立派な制服を着た車掌は思いのほか若く見えたが、七尾とは正反対に落ち着き払い、「どうかしましたか」と声をかけてくれた。

七尾は自分で深く考えるより先に、持ち歩いていたトランクを前に出した。「これ、この荷物を預かってくれませんか」

車掌は一瞬、きょとんとした。制帽が大きいからか、鉄道好きの少年がそのまま新幹線内で働きはじめたとでもいうような雰囲気もある。ダブルの制服は格調高く見えたが、態度はやわらかかった。

「そのトランクですか」

「トイレの中に置いてあったんです。五号車のデッキのところですけど」嘘が口を衝《つ》いて出た。

「あ、そうですか」若い車掌には、七尾を怪しむ素振りはなく、トランクを右から左から確認するようにし、数字錠がかかっていることを点検した後で、「車内アナウンスをかけてみますね」と約束してくれる。

七尾はお礼を言った後で、グリーン車に入り、さらにその先のデッキに出た。狼のことを考え、スズメバチとの関連を想像する。少しして、携帯電話を操作する。十号車との間で、〈はやて〉としてはそこが先頭だ。

蜜柑が出たので、用件を早口で伝える。降参すること、トランクを諦めること、車掌に預けたこと、峰岸の息子を殺したのはスズメバチかもしれないこと、その顔写真は六号車の一番後ろの座席の男、つまりは狼が持っていること、それらを必死に話した。

蜜柑が電話を切った。七尾は窓に身体を寄せ、恋人からの連絡を待つかのように携帯電話を握り締め、外を眺めた。トンネルに入る。暗いトンネル内は、水中に潜り、息を止めている気分になる。外の景色が出現すると、一瞬の息継ぎが許されたような開放感を得られる。が、すぐに、潜る。出る、潜る、出る、潜る、暗い、明るい、暗い、明るい、不運、幸運、不運、幸運、と頭の中で連想する。吉凶はあざなえる縄の如し、とは言うものの自分の場合は凶ばかりだ、と寂しい気持ちになった。

車内販売の女性がワゴンを押しながらやってきたのはその時だ。品物がぎっしり詰まっている。積み重なって塔のようになった紙コップが目立つ。

お茶をください、と頼んだのと同時に、蜜柑からの電話がかかってきた。携帯電話を耳に当て、販売員に小銭を渡す。どうかしたのか、と蜜柑が気にかけてくるので、お茶を買っているところだと説明した。

「追い詰められているのに余裕があるんだな」

「水分や栄養は取れる時に取っておくべきだから。トイレもそうだけど」

どうもありがとうございます、と女性販売員が礼を口にし、十号車へと向かった。

そこで、電話の向こうの蜜柑の声が飛び込んでくる。「おい、七尾、いい情報だ。車内販売の女がスズメバチみたいだぞ」

「え」

予想もしていなかった言葉に、七尾はぎょっとし、思った以上に大きな声を出してしまう。

車内販売のワゴンが止まった。

女性販売員は背中を見せたまま、顔だけをこちらに振り向けた。頬が少しふっくらとした、幼さの残る彼女は優しく微笑む。どうかされましたか、大丈夫ですか、とこちらを気にかける表情は自然だ。

七尾は携帯電話を切り、じっと彼女を見つめる。この女がスズメバチ？　そうとは思えない。彼女の足元から手までを観察する。

「どうかされましたか」女性販売員はゆっくりと、完全にこちらを向いた。エプロンのようなものを身に付けた姿は当然ながら、ワゴンを運ぶスタッフにしか見えない。

七尾は携帯電話をカーゴパンツの尻ポケットに挿した。「いいえ、何でもないです」と緊張を気取られぬように注意し、「その部屋は誰でも使えるんですか?」と左側にある、「多目的室」とプレートのかかった部屋を指差した。横開きの戸があり、「ご利用の場合は、乗務員にお申し出ください」と書かれている。真莉亜が言っていた、授乳の際に使える部屋とは、ここのことだろう。手をかけると使用中ではないらしく、すっと開いた。中には座る場所があるが、殺風景なものだ。

「お子さんの世話などで使う方が多いですが、車掌か乗務員に相談していただければ」と女性販売員が答える。張り付いたような笑みは人工的だった。単に、販売員の仕事用の笑みだからか、それとも別の緊張のせいなのかは判然としない。

多目的室の向かい側、通路の右側には、個室トイレがある。他のデッキのトイレとは異なり、大きなタイプだった。トイレの開閉用のボタンが、拳より大きな円形のボタンが、壁にある。車椅子利用者が押しやすいように、という仕様だろう、と七尾は察する。

女性販売員はまだ微笑んでいた。どうする、どうする、と七尾の頭の中で自分の呼びかけが響く。この女の正体を確かめるべきなのか？　もし、彼女がスズメバチであったとして、どうするのだ。

ぴりぴりと音がした。

何かと思えば、自分の手が、緑茶の入ったペットボトルを覆うラベルをぴりぴりと剝がしている音だった。意識するより先に、指が動いていた。

「あの、蜂が車内に入ってきていませんか？」多目的室の戸から離れた後で、ふと気になったことを口にするかのように、七尾は訊ねていた。包装ラベルを完全に剝がし終える。

「はい？」女性販売員は不意を突かれたように聞き返した。「ハチガ？」

「ほら、毒を持ってる蜂です。車内にいるような気がして」鎌をかけた。

「飛んでいたんですか？　駅に停車した時に入ってきたんですかね。怖いですね。あとで車掌に伝えておきます」

白を切っているのか、本当に何も知らないのか、相手の反応からは特別な動揺は把握できなかった。

女性販売員はにっこりと微笑み、再び七尾に背を向け、十号車へ進んでいこうとする。

「あ、いえ、俺のほうから車掌には伝えておきます」七尾は言って、やはり彼女に背中を見せた。そして、グリーン車へと再び、戻っていく素振りを漂わせる。神経を尖らせ、背中より後ろへ意識を集中させた。

持っていたペットボトルを少し掲げる。鏡代わりになるだろうか、と思ったところ、お茶が揺れるその色に、女の影が映った。足音もなく、すっと近づいてきていたのだ。

七尾は身体を反転させる。

女性販売員が立っていた。

ペットボトルを相手の顔面めがけて、放った。女はそれを避けるために身体を傾ける。七尾はすかさず相手の身体を押した。手加減なく、勢い良く、突き飛ばす。体勢を崩し、女はふらふらと後ろへと移動し、ワゴンにぶつかり、音が鳴り、高く積み上げられていた紙コップが落ちた。同時に、ワゴンの下に入っていた土産物の箱がいくつか、床を転がる。女は腰からずり落ちるように、床に尻を突いた。

瞬間、七尾の目には、ワゴンの下からくねくねと紐《ひも》のようなものが揺れ出てくるのが見えた。蛇だ、と気づく。

最後尾手前のデッキの、段ボールから飛び出した蛇に違いなかった。ワゴンの下に絡まり、ここまで移動してきたのかもしれない。蛇はささっとデッキの床を這《は》い、壁沿いに移動し、あっという間に視界から消えた。

女が、ワゴンにつかまりながら立ち上がる。右手に光るものがあった。針だ。

水色の可愛らしいシャツの上に、紺のエプロンのようなものを着て、運動するのには明らかに適していない恰好だったが、女は俊敏だった。つかつかと前に歩いてくる。迷いがない。どれほどの速さで、針がこちらに向かってくるのか、突き出されるのか、はたまた飛ばされるのか、動きの見当がつかなかった。

どうする。どうする。七尾は自分に問いかける。

女が寄ってくる。

七尾はまず、右手を小さく動かし、通路右側にある車椅子対応トイレの、扉開閉用の大きなボタンを叩いた。

扉がすっと、横に開く。

女は何事かと、一瞬ではあるが、その扉に目をやった。

七尾はそれを逃さない。左側に回るように身体を移動させると、開いたばかりのトイレの中に突き飛ばすように、女を蹴《け》った。女だろうが子供だろうが、相手がプロであったら容赦してはいけない。

女がよろけて、トイレに入ると、七尾も中に入る。狭く、すぐそこに便器があった。左手の拳を素早く、前に突き出す。相手の顔面を狙ったがそれは腕で避《よ》けられたため、すぐに右の拳を、今度は横腹を狙って、振る。当たった、と思ったが身体をずらされ、背中で受けられた。

女は敏捷《びんしょう》だった。焦りはあるのだろうが、七尾の動きに反応している。

針が飛んでくるような予感がある。

扉が自動で閉まりかかるところだった。七尾は内側のボタンを叩き、もう一度、開ける。飛び跳ねるように、トイレの外に出た。通路を挟んで反対側、多目的室の扉に背中がぶつかる。先程、檸檬に刺された腕のところに痛みが走る。

背中から、拳銃が落ちた。檸檬から奪ったものだ。ベルトから飛び出てしまったらしい。慌てて、拾おうとした時、自分の背中、その壁に金属がぶつかるような音がする。扉に当たり、床に落ちるものがある。針だ。女がいつの間にか、投げたのだ。

女も通路に出てくる。彼女は拳銃を蹴り、遠くへと滑らせた。

その間にも七尾は足を進め、ワゴンに近づいていた。床に箱が散らばっている。包装紙の巻かれた土産物だ。拾い、女のいるほうへ、楯《たて》代わりに持った。と同時に、その土産物が突き破られる。女が針で突いてきたのだ。間一髪、箱が間に合った。女は、針を指で挟んでいる。その拳を引いた。引き、さらに七尾に向かい、手を振った。ぐんと腕が伸びる。持っていた箱で再び、受ける。

箱を横に振る。女の右腕が箱ごと横に逸れた。

続けざまに、右脚で女を蹴った。つま先で腹を突く。打撃を与えた感覚があった。女は腹を押さえたまま、尻餅を突いて、後ろに倒れる。

よし、と七尾はさらに攻撃を重ねようと前に出た。

ところが、車両と車両の連結部の床面に足を踏み出したところで、唐突に新幹線が揺れた。ほんの短い間だったが、獣が毛に付着した水を払うために、ぶるっと胴を震わせるかのような、そういう揺れだった。獣の背に乗るてんとう虫であれば、激しい地震に驚きつつも軽やかに飛ぶことができるのだろうが、七尾はそうもいかない。気づいた時には、その場で滑っていた。バランスを崩し、あっという間に尻で床を叩いた。

こんなところで、と思うよりも、やはりこうなったか、と感じる部分のほうが大きい。緊迫した接近戦の最中に、滑って転ぶとは、不運の女神はいつも気が利いている。

必死に起きようとした。女は、蹴られた腹を押さえて、まだ呻いている。

立ち上がるために手に力を入れるが、そこで痛みが走った。え、と思い、血の気が引き、慌ててその手を見れば手の外側に針が刺さっていた。目を疑う。背中の毛が逆立った。先ほど、女が投げ、扉に当たって落ちた針の、その先端部が折れ、釣り針のように曲がっていたらしい。七尾の手がちょうどその上を向いた尖った部分に刺さったのだ。ただの針ではあるまい、と七尾にも理解できた。毒があるはずだ。

一瞬のことではあるが、さまざまなことが同時に頭に浮かぶ。正確に言えば、単語や見出しに過ぎないものだ。「何たる不運」「スズメバチ」「毒」「死ぬ」「どうしてこんなについていないのだ」と思った後で、「死ぬのか?」とその場でへたり込みそうになった。「こんなに呆気《あっけ》なく?」

どうする、どうする、と囁き声が頭を掻《か》き回す。視野が狭くなった状態ではあったが、必死に周囲を見る。倒れた女と、ワゴン、落ちた商品がある。毒が身体を駆け回る感触を覚える。皮から刺さった毒が、どう広がるのか。例によって、焦りが洪水を起こし、思考を攪拌《かくはん》する。どうする、どうすると自らの問いかけが充満する。

ぱっと唐突に、思考の洪水が終わり、視界が良くなる。頭の中は空になる。やるべきことは一つに思えた。

七尾は刺さっていた針を引き抜く。

迷っている時間はない。

女のすぐそばに、もう一つ針が落ちているのが見えた。立ち上がり、近づく。

鳩尾《みぞおち》を押さえた女はようやく上半身を上げたところだった。床の上で手をばたばたと動かしている。何かと思えば、七尾が先ほどまで持っていた拳銃を、デッキに転がるそれを、つかもうとしているのだ。

七尾は焦り、慌てて駆け寄り、その銃を拾い上げ、その後で、落ちていた針をつかみ、躊躇《ちゅうちょ》せず、相手を励ますために相手を叩くかのような自然さで、女の肩に突き刺した。餌を待つ鳥の雛《ひな》が嘴《くちばし》を開くかの如く、女は口を開き、その後で自分に刺さったその針を見て、目を丸くする。

七尾は一歩、二歩と下がる。

女は、自分の毒針が刺さっていることに啞然《あぜん》としている。

毒がどれくらいの時間で、どういった症状を引き起こすのか七尾には分からない。立っているこの瞬間に、呼吸が荒くなり、意識を失い、つまり自我が永遠に消えるのではないか、と恐怖を覚えた。ばちん、と電源が切れ、それきりになってしまう、と思うと立っているのも限界で、冷たい汗があちこちから出てくる。頼む、早く、早くしてくれ、と七尾は念じる。すると女が慌てて、自分のエプロンを触りはじめ、そのポケットから、小さなフェルトペンのようなものを取り出した。必死さに満ちている。そのペン型の器具のキャップを取る。倒れたまま膝を曲げ、太腿《ふともも》を持ち上げ、そこにペンを押し当てようとしていた。

七尾はためらわなかった。つかつかと近づき、女の横で屈むと、一気に女の首を折った。

女の手からそのペン型の器具を取り上げる。注射器のようだった。子供の頃によく、近所の老人にインシュリン注射をしたことを思い出す。果たして、あれと同じやり方で良いかどうかと悩みそうになるが、悩んでいる時間ももったいなく、行動する。カーゴパンツの左の膝に開いた小さな穴に指をかけ、乱暴に引き裂いた。そこから覗く太腿に、ペン型の注射器を押し付ける。これが解毒剤なのかどうか。皮下注射で良いのかどうか。そもそも、間に合うのかどうか。七尾は自分の内に、ぷつぷつと湧く、疑問の泡から、不安の粒から、目を逸らす。

太腿に刺さった注射の針は、覚悟していたよりも痛まなかった。しばらく押さえ、それから器具を離す。立ち上がった。心なしか鼓動が激しくなるような感覚に襲われる。

首が曲がった女の身体を抱き起こし、移動し、多目的室の中に入れた。女の身体を内側の壁側に寄りかからせ、扉があまり開かぬようにした。少しだけ開く扉の隙間から、七尾は外に出る。

どの程度、誤魔化《ごまか》せるかは分からないが、扉がまともに開かなければ、故障か使用中だと乗客も判断するかもしれなかった。「使用中」のパネルをドアノブに引っ掛けた。

それから七尾は、落ちた商品をワゴンに載せる。格闘の痕跡《こんせき》が残ってはまずい。片付けたワゴンをデッキの隅に移動し、止めた。

拳銃の弾倉を、グリップから取り外し、ゴミ箱へと捨てる。自分の不運からすれば、拳銃が役立つ場面よりも、敵に銃を取られ、武器を提供する羽目になることのほうが容易に想像できた。今も、女に危うく銃を奪われるところだったのだ。銃を持っていないほうが危険が少ないのでは？　七尾は咄嗟《とっさ》にそう判断していた。

空となった拳銃だけを背中のベルトに挿す。弾はなくとも威嚇やはったりには使えるかもしれない。ゴミ箱近くの壁に背をつけ、膝を折り、座った。

息を吐く。

針の刺さった手を眺める。

ちょうど十号車から中年の男が、乗客の男性が、出てきたところだった。置かれているだけのワゴンに目をやったものの、特に気にした様子もなくトイレに消える。ぎりぎりだった。もう少し時間がかかっていれば、騒ぎを目撃されていたはずだ。ついているんだかついていないんだか分からない、と思いながら自分の呼吸と対話をするように、無事を確かめる。まだ生きている。まだ生きている。そうだよな？　自らに呼びかける。新幹線の揺れが下から体を突き上げた。

木村

「早く行ってみようよ。面白いことが起きるはずだから」王子が、木村の背を押してくる。手足のバンドは外れているが、自由になった感覚はなかった。もちろん王子に対する憎しみは身体を覆っている。ただ、それを爆発させることができない。ぶっ殺してやる、とぶるぶると震える自分を、どこかガラス越しで眺めている印象で、それはよく似た他人の感情を勝手に想像しているだけにも思えた。

七号車の通路を、前へ向かって進んでいく。後ろにいるのはただの中学生であるにもかかわらず、油断ならない獣に後をつけられている、そういった恐怖を感じた。俺は、この中学生に怯《おび》えているのか、と信じがたい思いを抱く。それすらも靄《もや》がかかった感情だった。この中学生に人を脅かし、恐怖を植え付ける能力が、本当にあるのだろうか。頭を振り、考えを振り払う。

デッキに出ると、背の高い男がいた。出入り口の扉のところに背をもたれさせ、退屈そうに腕を組んでいる。目つきは悪く、寝癖なのか髪は、子供が描く太陽の絵のごとき輪郭となっていた。

先ほど、七号車を通り抜けていった二人の男のうちの一人だ。

「おお、パーシーじゃねえか」男は退屈そうに口を開いた。由来は分からないが、何らかのキャラクターだろうと推察できた。

「何をしているんですか、こんなところで」王子が、男に訊《たず》ねる。

「俺か。俺はトイレが空くのを待ってるんだよ」と男女共用の個室トイレの扉を指差す。取っ手部は見えなかったが、使用中なのだろう。「人が出てくるのを待っている」

「もう一人のお兄さんは」

「蜜柑は先へ行った。用事があるんでな」

「蜜柑？」

「ああ」男は警戒心も見せず、得意げな顔になった。「俺は檸檬って名前で、あいつは蜜柑。酸っぱい奴と甘い奴だな。おまえはどっちが好きだ？」

王子は、質問の意味が分からないよ、というかのように無言で首を傾ける。

「おまえは何だ。お父さんと一緒にトイレか」檸檬は言った。

そうか、この憎らしくもおぞましい中学生が、俺の息子に見えるのか、と木村は、その誤解に眩暈《めまい》を覚える。

新幹線が揺れる。暴れる風を必死に抱えて、走っているような雰囲気がある。それはそのまま、酒への思いを断ち切ろうと必死だった頃の自分を思い出させた。アルコールを我慢する時、木村はこの、走行する新幹線以上に、身体を揺すり暴れていた。

「この人、お父さんじゃないんです」王子は言った。「あ、僕、行ってくるから、おじさん待っててね」と無邪気な、見ているこちらの胸に日が射すような、あどけない笑みを浮かべ、小便用のトイレへと向かった。理屈ではなく、動物的な反応かもしれないが、その爽《さわ》やかな笑顔に気を許しそうになる。「おじさん、ちゃんと待っててね」

ちゃんと待っていろ、とは、余計なことは話さず待っていろよ、という意味だと木村にも理解できた。デッキに、寝癖の男と二人きりで立っているのは、居心地が悪い。不機嫌そうな目つきで、じろじろと見られる。

「おっさん、アル中だろ」檸檬が短く言った。

相手の顔を振り返る。

「当たりか？　俺のまわりにアル中多かったからな、分かるんだよ、何となく。俺の親父もお袋もアル中だ。親が二人とも同じ中毒だとすげえぞ。止める役がいねえからな、ブレーキなしでどんどん加速していく。機関車トーマスで、ダックが貨車に押されて、止まれなくなって、床屋に突っ込んだ話があるだろ。あれみたいなもんだ。助けてえ、止まらないよお、ってな。人生を直滑降で落ちていくわけだ。俺はしょうがねえから、親から離れて、隅に隠れて、トーマス君観て必死に生きてきた」

木村は、檸檬の言っている内容が把握できなかったが、「俺はもう、飲んでいない」と答えた。

「そりゃそうだ。アル中は飲んだらアウトだぜ。ほら、俺を見ろよ。遺伝には逆らえねえからな、アルコールなんて一切飲まねえよ。水だ。同じ透明でもな、水とアルコールじゃ大違いだ」と手に持っていたミネラルウォーターのペットボトルを振り、蓋《ふた》を取ると飲んだ。「アルコールは頭を混乱させるけどな、水は反対に、頭を整理してくれる」

最初は特に意識もしていなかったが、見るとはなしに見ていると、その液体がアルコールに見え、さらには檸檬の喉《のど》が美味《おい》しいものを飲み干すように動くので、思わず、木村も引き込まれそうになる。

新幹線の揺れは単調ではなく、生き物にも似た不規則な動きを見せるが、時折、下から突き上げられ、ふわりと身体が浮く。その、ふわり、と突いてくる響きが、木村を現実から引き剝《は》がそうとする。

「お待たせ」と王子が戻ってきた。臆《おく》することもなく、かと言って馴《な》れ馴《な》れしさもなく、「ねえ、グリーン車のほうに行ってみよう」と木村に言った。「きっとグリーン車ってお金持ちが座ってるんでしょ」と見物好きの、無邪気な子供を装っている。

「そうとは限らないだろうけどな。まあ、それなりには余裕がある奴らなんじゃねえか」答えたのは檸檬だった。

個室トイレの扉が開き、中から背広の男が出てきた。木村たち三人の姿に気づいたものの、気にすることもなく、洗面所で手を洗い、七号車へ行った。

「やっぱり、七尾ちゃんじゃあなかったか」檸檬は言った。

「七尾ちゃん？」木村にはもちろん、その名前が誰のものか分からない。

「さてと、俺は前に行くからな」檸檬は言い、先へ進もうとした。

僕たちも行こう、と王子は、木村に目を向けた。それから、「トランクがどこかにないか捜してあげますよ」と言った。

「パーシーに手伝ってもらうまでもない。どこにあるのかはもう分かったからな」

「どこですか」

檸檬はそこで口を閉じ、王子をじっと見つめた。冷たい目は明らかに疑念で溢《あふ》れ、相手が中学生であるというのに、遠慮は皆無だった。肉食獣が獲物を狙うのに、その年齢を考慮しないのと同じかもしれない。「なんで、おまえに教えないといけねえんだ。おまえもトランクを狙ってるのか」

王子は動揺を見せなかった。「狙ってるわけじゃないけど、宝探しみたいで面白そうだから」

檸檬の警戒は緩まない。王子の内面まで、視線を突き刺し、その心理に触れようとするかのような、鋭い睨《にら》み方だ。

「いいよ、僕とおじさんとで勝手に捜すから」王子は拗《す》ねた言い方をする。もちろん、わざとだ。そうすることで子供らしさを演出し、裏に計算がないと示すつもりなのだ、と木村は想像する。

「邪魔するなよ。パーシーが頑張ろうとすると、ろくなことが起きない。たとえばほら、パーシーがチョコを頭から被《かぶ》ったことがあっただろ。そうじゃなかったら、石炭塗《まみ》れになるか、だ。パーシーが張り切ると、たいがい、そうなる」檸檬が先へ行こうとした。

「もし僕たちが先にトランクを見つけたら、褒めてね」あくまでも王子は、子供らしい反応を返す。「ね、木村のおじさん」と彼が言ってくるので、木村も反射的に、「中のお金の一割はもらいたいもんだ」と言った。深い意味はなかった。意見を求められたため、当たり障りのない言葉を打ち返しただけだった。頭の片隅に、トランクを開けた際に見た、紙幣の束やキャッシュカードのことが残っていたこともある。

「何で、トランクの中身を知ってんだ」

檸檬がそこで急に振り返り、目を強張《こわば》らせた。空気に緊張が走ったのが、木村にも分かる。

王子はその時も慌てた様子は見せなかった。木村のほうに一瞥《いちべつ》をくれ、そこには、失敗した人間を軽蔑《けいべつ》する棘《とげ》があったが、目立つような動揺はなく、「え、トランクの中身って本当にお金なんですか?」と檸檬に、無邪気な物言いをした。

会話が止まると、新幹線の揺れる振動だけが響く。

檸檬は、木村を睨み、王子を睨んだ。「俺も中身は知らねえよ」

「じゃあ、中身じゃなくてトランク自体が高級なんですね。みんなで捜してるなんて」

木村は横で聞きながら、王子の巧みさと度胸に感心していた。自分たちに向けられた警戒心を、少しずつよそへ逸《そ》らしていく。子供らしさを武器に、相手の注意を拡散させていくやり方は、誰にでもできるものではない。

が、檸檬は想像以上に猜疑《さいぎ》心が強いのか、「みんなで捜してる、ということを何で知ってる」と訊ねてきた。

王子の顔が強張る。わずかな、瞬《まばた》きをするほどの間でしかなかったが、王子のそういった表情を見るのははじめてのことだった。

「最初に会った時に言ってたじゃないですか」王子は屈託のない中学生に戻っている。「みんなで捜している、って」

「言ってねえよ」檸檬はむすっと顎《あご》を上げる。「気に入らねえなあ」と億劫《おっくう》そうに、頭を掻《か》いた。

木村はどう答えたものか分からなかった。本心を言えばそこで、「このガキは危険だぞ。先手を打って、どうにかしたほうがいいぞ」と檸檬を後押ししたかった。が、それはできない。王子が次の仙台で、仲間との連絡を取れなければ、都内の病院にいる渉の命が危ない。事実かどうかまだ明らかではないが、事実に違いない、と木村は感じていた。

「おじさん」王子が声をかけてきたが、ぼんやりしていたため、反応できなかった。「おじさん、木村のおじさん」と繰り返され、はっとする。「何だ」

「おじさん、何だか、失礼なことを言っちゃったみたいだね、僕たち。檸檬さん、怒ってるみたい」

「悪気はなかったんだが、苛立《いらだ》たせて悪かった」木村は頭を下げることにした。

「木村のおっさん」檸檬が不意に言った。「どう見ても、おまえ、真面目な大人じゃねえだろ」

「アル中だからな」木村は、相手が何を言い出すのか不安になる。同時に、背中に汗を感じた。物騒な仕事をしていた頃に何度か、遭遇したことのある場面と似ている。敵対する誰かに、自分の正体を疑われるパターンだ。不気味な緊迫感が、木村と檸檬の間に糸を張るように、広がっていく。

「そうだ、おっさん、寝起きはいいか?」

急な質問に、木村は、何だ?　と聞き返している。

「寝てるところを起こされたら怒り出すってことはねえのかよ」

「何だよそれは」

「寝起きはいいのか」

「誰だって、寝起きは機嫌が悪いに決まってんだろうが」

火花が弾《はじ》けた。同時に、自分の頭が後ろへ、がくんと揺れる。

殴られたのだ。口に拳《こぶし》が飛んできたと、遅れて、分かった。腕がどう動いたのか、拳がどう近づいてきたのか、まるで見えなかった。自分の口内に小さな塊が落ちる感触がある。舌で触ると、前歯が折れていた。手で口を押さえる。血が垂れてくるのを拭《ぬぐ》い、歯を取り出すと、ポケットに押し込んだ。

「何するの。おじさん、大丈夫?」王子は依然として、何も知らない中学生を演じている。檸檬に向かい、「やめてください。何で殴るんですか。警察、呼びますよ」と言う。

「もし、おまえがおっかねえ業者なら、これくらいのパンチは避《よ》けるんじゃねえかって思ったんだけどな。簡単に当たっちまったな。勘が外れたか」

「そりゃそうですよ、おじさんは、普通のおじさんなんですから」

「そうか」檸檬は、口から血を流している木村を眺めながら、拍子抜けした雰囲気も浮かべた。「俺の勘がな、どうもこう言ってんだよ。このおっさんは、俺たちと似た仕事をしているはずだってな」

「外れだよ」木村は正直に言った。「昔、危なっかしい仕事をしていた頃はあるが、何年も前に辞めた。今は真面目な警備員だ。正直、身体中が錆《さ》びてる」

「自転車の運転と一緒でな、何年、やらなくても身体は動く」

そんな馬鹿な、と言いたくなるのを堪《こら》えた。「そろそろ、前の車両に行ったほうがいいんじゃないのか」木村は歯茎から溢れてくる血を気にしながら言った。

「おじさん、大丈夫?」と王子は、背負っていたリュックサックを肩から外すと、その外側のポケットからハンカチを取り出し、木村に渡した。

「ハンカチがすぐ出てくる子供なんて、上品なおぼっちゃまだ」檸檬が口元をゆがめる。

王子がリュックサックを背負い直した。そこで木村は、そのリュックサックの中に、自分の持ってきた自動拳銃《けんじゅう》が入っていることに気づいた。王子の背中のリュックにさり気なく手を伸ばし、ファスナーを開け、引っ張り出せる。そう思った。

すぐに二つのことが頭を過《よぎ》る。

一つは、銃を取り戻したところでどうするのか、という疑問だ。拳銃を使い、脅すのか？　それとも撃つのか？　撃つのだとすればいったい誰に向かって撃つのか。檸檬か、王子か。望みはもちろん、この、良心の欠片《かけら》もない王子に銃口を向け、引き金を引くことだったが、それができるのであれば苦労はない。渉に危険が及ぶ、という状況に変化はなかった。気にするな。やれ。車両の揺れが、相変わらず、木村を小突くようだ。忍耐の鎖を破るように唆《そそのか》してくる。いつもシンプルに生きてきただろうが。やりたい時にやれ。人生は日々、減っていく。我慢は不要だ。憎らしい中学生は有無を言わせず、痛めつければいいだろう。たぶん、王子の言うことははったりだ。病院付近で待機している人間などおらず、渉も危険じゃない。安易な行動に走る自分を必死に閉じ込めるが、その蓋をぎりぎりとこじ開けようとする別の自分もいる。

「すべて王子の思惑通りなのでは？」

二つ目の思いはそれだった。

今、リュックサックは木村のすぐ目の前にある。だからこそ、銃の存在に気づいた。もしかすると、王子はそれを狙っているのかもしれない。木村が銃を取り出し、檸檬に対抗するのを期待しているのではないか。つまり、これもやはり、王子の思うがままではないか。

考えれば考えるほど、沼に落ち込んでいく。疑念が疑念を呼び、沼に沈まぬようにと、長い棒につかまるが、そもそもその棒が信用できるのかと不安になる。一方で、我慢の蓋の隙間をほじくり、後先を考えずに行動しようと欲する自分もいる。神経を弛めると、すべてがばらばらにほつれてしまいそうだった。

「よし、では、貨車の荷物を確認させていただきます」

軽やかな、とぼけた言い方が聞こえ、何かと思えば、檸檬が、王子の肩からリュックサックを奪っていた。え、と王子もきょとんとした。それほど、素早かった。伸びた手が、するっと宙を撫《な》でるような自然さで、いつの間にか荷物が奪われている。

木村は、自分の血の気が引くのが分かる。王子もさすがに緊張を見せた。

「パーシーとおっさん、いいか、よく聞けよ。このリュックに何が入っているのか、俺はまだ知らない。ただ、おっさんがちらちら視線をやってるのを考えれば、もしかすると、自分たちの立場が優位になるような道具が入っているんじゃねえか、って想像はできる」檸檬はリュックを持ち上げ、ファスナーに手をかけ、ほどなく、「お」と嬉《うれ》しそうに声を発した。「こんないいものが入ってたぜ」

木村はその、出てきた銃を見つめるだけだ。

「今の俺の気持ちを十五文字くらいで言えば、こうだな。『パパ、サンタはいたんだね！』字、余ってるか」どこまで真剣なのか、一人でとうとうと演説するかのように喋《しゃべ》る檸檬は、リュックの中から取り出した、サプレッサー付きの小型自動拳銃を眺めている。「車内で普通の銃を撃ったら、うるせえし、目立つだろ。ちょうど、困ってたんだ。何だよ、車内でもサプレッサー、手に入るじゃねえか。サンタに頼まなくても良かったな」

王子はそれをまんじりと見ていた。木村もあまりに突然の、流れるような動作に、反応ができない。

「いいか、一つだけ質問をするぜ」檸檬は銃の安全装置を外すと、銃口を木村に向けた。

「俺にか」と木村は思わず、言ってしまう。俺を狙うのか、と。本当に悪い人間は、俺よりもこの中学生であるのにか。口の先まで出かかった。

新幹線は木村の緊張を増幅させるかのように、脈動する。

「おまえたちが拳銃を持っていたのは事実だ。サプレッサーまで用意しているんだからな、アマチュアとは思えない。ガキとおっさんの組み合わせは珍しいが、驚くことでもない。物騒な奴らの中には、どんな組み合わせもある。大事なのは、おまえたちがどういう目的でここにいるか、だ。自分の意思か、誰かに頼まれたのか。何をするつもりなのか。俺たちにどう関係しているのか」

実際を話せば、自分たちはこの檸檬たちと直接、関係はない。拳銃にしたところで、木村が、王子を倒すために持ってきただけであるし、トランクに興味を持ち、ちょっかいを出そうとしたのはあくまでも王子の気まぐれだ。が、それを説明して、信じてもらえるとは到底、思えなかった。

王子が、木村を窺《うかが》う。「おじさん、どうしよう。怖いよ」と泣き出しそうな顔になる。その弱々しさに、庇護《ひご》しなくてはならない、と使命感を覚えるが、騙《だま》されるな、とすぐ自分に言い聞かせる。怯える少年のように見えるこの中学生は、あくまでも、ふりをする男に過ぎない。怯える少年のふりをする、狡猾《こうかつ》な存在だ。

「おまえたちももしかすると、峰岸に仕事を依頼されたのか？」檸檬が言う。

「峰岸？」木村は、王子の顔を見た。どうしてここで峰岸の名が出てくるのか、と驚く。

「いいか、これから俺はどっちかを撃つ。おまえかおまえか。どうして二人ともやらねえか、って言うとな、たぶん、蜜柑が怒るからだ。あいつはな、情報を聞き出す相手を殺しちまうと、たいがい怒るんだ。細けえんだよな、A型の人間はよ。まあかと言って、二人とも残してるのも厄介だからな。どっちかは撃つ。じゃあ、質問するぜ」檸檬はいったん、銃を下に向ける。片足の膝《ひざ》を少し折り曲げ、だらしない姿勢になった。「おまえたちのうち、どっちがリーダーだ。俺は背恰好《せかっこう》に騙されたりはしねえからな。ガキがリーダーだ、って可能性も捨てちゃいない。いいか、せえの、と言ったら、リーダーのほうが手を挙げろ。もう一人は、リーダーを指差せ。もし、二人の答えが矛盾するようだったら、たとえば二人が手を挙げたり、それぞれが相手を指差したりしたらな、嘘をついてるってことだから、その時はしょうがねえから二人とも撃つ」

「二人とも殺したら怒られるんじゃなかったのか」木村は半ば自棄《やけ》を起こす気持ちで、言った。

「おっさんもA型か？　細けえな。まあ、蜜柑に怒られるのは嫌だけどな、怒られて死ぬわけでもねえ。こっちの遊びのほうが大事だ」

「遊びなのか」木村は口を歪《ゆが》める。先ほど王子は、ゲームをやろう、と言い出し、檸檬も、遊びを楽しもうとしている。そんな人間ばかりなのか、とげんなりした。酒を飲んで満足していた自分が一番まともにも思える。

「じゃあ、行くぜ。二人とも正直に答えろよ」檸檬が口を尖《とが》らせる。

その時、デッキの通路を、若い母親と三歳ほどの子供が通過した。檸檬は黙り、木村たちも言葉を発しなかった。「ママ、早く戻ろー」と無邪気に言い、男の子が木村の背後を通り過ぎる。渉のことを思い出す。母親は明らかに、デッキで向かい合う木村たち三人を、不審に思っているようだったが、そのまま七号車に行く。

子供の声を耳に、「生きなくては」と思った。渉のために生き延びなくてはならない。どんな形であっても、俺は死なない。暗示をかけるように、何度も内心で唱える。

子供の消えた車両の自動扉が、間を置き、ゆっくりと閉まる。

それを確認した後で、「誰がリーダーだ？」と檸檬が嬉しそうに訊ねた。「せえの」

木村は迷わなかった。自分の右手を、肘《ひじ》から折り曲げ、挙げる。横を見れば、王子が人差し指を、木村の胸あたりに向けて、出していた。視線を前に戻す。檸檬の構えた銃口があった。すぐ隣の洗面所から、手を乾燥させる風が吹き出る音がする。まだ、誰かがいたらしい。木村はその音が聞こえてくる、洗面所のほうへと視線をやった。

銃声はしなかった。かちゃ、かちゃ、かちゃ、と鍵《かぎ》を回すような軽い音がするだけで、洗面所の手を乾かす風のほうが耳には残った。かちゃ、かちゃ、と音が続く。銃声だと気づくのに時間がかかる。サプレッサーで音が消えていた。撃たれたことも分からなかったほどだ。胸が熱い、とまず思った。痛みはなく、身体から液体が溢れる感覚だけがある。目の前がぼやける。

「おっさん、撃ってごめんな」檸檬は笑いながら、謝罪してくる。「まあ、これでおしまいなわけだ」

その声が聞こえてきた時には、木村は何も見えなくなっていた。頭の裏側に固さを覚える。倒れているのか。

痛みが頭の中に広がる。そして、新幹線の揺れだけを感じた。暗黒の中に放り投げられたかのように、目の前が、遠近感のない、黒い世界になっている。底があるのかないのか。

意識が消える。

少しして、宙に浮く感覚がある。引き摺《ず》られているのだろうか。

何が行われているのか分からなかった。撃たれてから、時間がどれほど経ったのかも判断できない。眠りに落ちるのとはまるで違う心細さが、木村を震わせた。

狭く暗い場所に閉じ込められる。

おじさん、おじさん、とどこかで声がする。

木村は自らの意識が今にも霧のように拡散し、そのまま消失してしまう、そういった不安の中、どうにか意識を繋《つな》ぎとめようとしていた。酒が飲みたい、と思った。肉体の感覚は消えている。不安と恐怖が心の芯《しん》をぎゅっとつかんでいる。締め付けてきて、苦しい。そうだ、最後に、確認しなくてはならない、と思った。父親としての感情が、唯一のマグマのように、噴き出した。

涉は無事なのか？

無事なのだろうな。

自分のこの死と引き換えに、息子の人生は続くはずだ。これで良かったのだ。

遠くで、王子の声が、家の外で鳴る風のように聞こえてくる。

おじさん、このまま死んじゃうよ。残念？　怖い？

涉は？　と訊ねたいが、息を吸うこともできなかった。

「おじさんの息子は助からないよ。後で僕が指示を出しておくからね。つまり、おじさんは無駄死にだよ。がっかり？」

状況は分からないが、涉が助からない、という言葉が木村を不安にさせた。

助けてくれ、と言おうとするが、口が動かない。血の気が引いていく。

「何？　おじさん、何言ってるの？　ねえ」王子の軽い口調がどこからか聞こえる。

涉を、と言おうとするが言葉が出ない。呼吸ができず、苦しくてたまらなかった。

「おじさん、頑張って。子供を助けて、ってちゃんと言えたら助けてあげるから」

王子に対する怒りはもはやなかった。息子を助けてくれるのであれば、この相手に縋《すが》るほかない。

意識が朦朧《もうろう》とする中、木村はそう考える。

口を動かそうとする。口内に血が溢れ、えずきそうになる。呼吸が荒くなる。「わたる」と発音しようとするが、力を振り絞っているにもかかわらず、声は出ない。

「え、何？　聞こえないよ。おじさん」

もはや、それを問いかけてくる相手が誰なのかも、木村は分からなかった。申し訳ないです、今すぐちゃんと喋るので、どうか息子を助けてください、とそれだけを念じる。

「おじさん、みっともないね。渉君は死んじゃうよ。おじさんのせいだよ」嬉々《きき》とした声が聞こえた。

自らが奈落《ならく》へと沈んでいく感覚に襲われる。木村の魂が何かを叫ぶが、それは外に届かない。

王子

「できたぞ」王子の目の前にいる、檸檬がそう言い、腰を上げた。

「これで鍵かかったんですか」

個室トイレの中に、虫の息となった木村を押し込め、その後で檸檬は細い銅線を用い、ドアの外から内鍵をかけた。ドアを閉めると同時に、思い切り銅線を倒す。一度目は失敗したが、二度目でがちゃりと鍵のかかった音がした。細い線を使い、外から鍵を引っ張る、という物理的な、原始的なやり方だった。銅線は扉に挟まれ、垂れ下がっていた。

「この、はみ出したのは」

「銅線はこのままでいいよ。気にする奴はいねえし、またこの銅線を上に引っ張れば開けられるしな」檸檬は言い、「寄越せよ」と手を伸ばしてきた。王子は預かっていた、ミネラルウォーターのペットボトルを手渡す。受け取った彼はすぐに水を飲んだ。

「でもよ、おまえ、最後に何をぶつぶつ話しかけてたんだよ」向かい合った檸檬が訊ねてくる。先ほど、血を流す木村をトイレに引き摺り、扉を閉める前に、「最後に声をかけてあげたいです」と王子は中に入り、木村に喋りかけていた。

「大したことじゃないです。おじさんには子供がいるから、その子供のことを。あとは、おじさんが何か言いたそうだったから、聞いてあげたかったんですけど」

「聞こえたか？」

「ほとんど言葉になっていませんでした」と言いながら王子は、「渉君は死んじゃうよ」と伝えた時の木村の反応を思い出す。すでに意識を失い、顔面蒼白《そうはく》であった木村が、自分の一言でさらに、青褪《あおざ》めたのが分かり、その瞬間、言いようのない満足感を得た。

死を前にし、絶望的であるはずの人間に、もっと深い絶望を与える。なかなかできることではない、と王子は自画自賛する。苦しみに耐えながらも、「息子を助けてくれ」と訴えようとした木村が、滑稽《こっけい》で仕方がなかった。まともに喋れないくせに、あの必死さは、可笑《おか》しい、と。

ルワンダでの虐殺、それについて書かれた本のことを思い出した。ツチ族は、主に鉈《なた》によって殺害された。酷《ひど》く痛めつけられた者も少なくない。だから、ある人物は自分の持っている財産を、いよいよとなったら相手に差し出そうと、決めていた。つまり、「銃で殺してもらう」ため、だ。殺さないでくれ、ではなく、楽に殺してください、と懇願し、賄賂《わいろ》を渡す。これほど低い望みがあるのか、と王子は感動した。全財産を差し出し、「楽に殺してください」と願うとは、これには興奮を感じずにはいられなかった。

死は絶望的なことだが、それが終点ではない。死を前にしても、もっと絶望を与えることはできるのだ、と王子は理解し、自分でもそれを実行しなくてはならないと考えていた。それは、音楽家がより難易度の高い曲に挑むかのような気分に近かった。

そういう意味では、木村の態度と表情は理想的だったのかもしれない。人間は死ぬ時ですら、他人の心配をするのか、子供のことを気にかけるのか、と可笑しくなる。それから、別のアイディアも浮かぶ。木村の死を使い、さらに他の人間を、その人間の人生を、甚振《いたぶ》ることができるのではないか、と。たとえば木村の息子や、木村の両親、だ。

「よし、行くぞ。ついてこい」檸檬が、首を前方へと傾けた。

檸檬の手際が良かったからか、血はそれほど、床には飛んでいなかった。ナメクジの歩いた痕《あと》のように、トイレまでうっすらと赤い線が延びてはいたが、檸檬がウェットティッシュのようなもので拭《ぬぐ》うと、すぐに消えた。

「どうしてもついて行かないと駄目ですか」王子は、自分が怯えて見えるように、しかも不自然ではないように、と注意しながら答える。「僕は、あのおじさんに言われるがままにしていただけで、何も分からないんです。この銃だって、どうしたらいいか、分かりませんし」

檸檬が撃った銃は、王子のリュックサックに戻されていた。

「俺はまだ、おまえを信じているわけじゃない。おまえも業者の一人かもしれねえしな」

「業者?」

「お金をもらって、仕事をする奴のことだ。俺たちみたいに、危なっかしい仕事をな」

「僕が? 僕、中学生ですよ」

「中学生にもいろいろいるだろうよ。自慢じゃねえけどな、俺は中学生の時には、人を殺してるぜ」

王子は口に手を当て、驚いた表情をしてみせた。内心では、少し落胆している。王子が、人を殺害したのは小学生の時だ。この檸檬という男は、自分の想像を超えてくれないのではないか、と急に、期待がしぼみはじめる。

「あの、お兄さん、どうして人を殺したらいけないんですか」ふと王子はその質問をぶつけた。すでに歩きはじめようとしていた檸檬が立ち止まる。デッキを通行する男がいたため、避け、「パーシー、こっちに来い」と出入り口付近の、比較的、空間が広い場所まで移動した。

「どうして人殺しはいけないの、なんて可愛げのない質問、パーシーがするんじゃねえよ」と不快感を滲《にじ》ませる。「パーシーは子供に人気なんだぞ」

「前から不思議で。だって、戦争とかで人を殺したり、死刑とかもあるわけでしょ。なのに、殺人はいけないなんて」

「今、人を撃ったばっかりの俺に、その質問をぶつけること自体が笑える」檸檬は言葉とは裏腹に、表情を緩めもせずに、続けた。「いいか、殺人がいけないってのは、殺されたくない奴らが作ったルールに過ぎねえんだよ。自分では何もできねえくせに、守ってもらいたい奴らが、だ。俺に言わせれば、殺されたくなければ殺されないように振る舞えばいいんだ。人に恨みを買わねえ、とか、身体を鍛える、とかな。方法はあるだろ。おまえもそうしたほうがいいぜ」

興味深い答えとは思えず、王子はそこで、「何だ」と言いそうになった。風変わりではあるものの、この男にしたところで、それ以外に生きる道がなかったがために、非合法な仕事をこなしているだけなのだ。大して珍しくもないタイプの人間で、哲学はどこにもない。期待を裏切られた、と憤りを覚えた。内面を充実させた上で、暴力を振るい、人を痛めつけるのであれば深みを感じるが、内面が空洞のまま、後先も考えずに暴れる人間は、単に薄っぺらいだけだ。

「何で笑ってるんだ、おまえ」檸檬の鋭い声が飛んできて、王子は、「いいえ」と慌てて首を振る。「ほっとしているんです」と理由を話す。王子からすれば、理由や理屈を紡ぎ出すことは、人をコントロールする際の基礎と言えた。理由を話す、理由を話さない、ルールを説明する、ルールを隠す、それによって多くの人が面白いほど簡単に誘導される。翻弄《ほんろう》される。

「あのおじさんに脅されて、怖かったので」

「おまえは、俺が銃を撃ってもあまり怖がっていなかったよな」

「あんなことがあったら普通じゃいられないですよ」

「そんなにあのおっさんは酷かったのかよ」

王子は怯えてみせる。「本当に怖かったです。酷い人でした」

檸檬がそこでじっと見つめてきた。鋭い目でこちらの顔面の皮を、柑橘《かんきつ》類の厚皮を、一枚ずつ剝《む》くかのように、剝く。皮の中から本音が出るのを恐れ、王子はそれを心の奥へと押し込める。

「おまえの言うことは胡散臭《うさんくせ》えな」

王子は、どう返答すべきか、頭を回転させた後で、弱々しく顔を振った。

「あ、そういや、似た話があるぞ」檸檬が細い目を光らせる。口元は少し嬉しそうに歪んだ。

「似た話？」

「ソドー島に、黒いディーゼルがやってきた時の話だ。ディーゼルはな、緑の蒸気機関車ダックが気に入らなかった。だから、追い払おうと思ってな、ダックの悪い噂を流すことにしたんだ」

「何の話ですか」王子は、檸檬が若干、高揚しながら話す様子に警戒しながら、自分の取るべき行動を必死に考える。

「『ダックがほかの機関車たちの悪い噂を流しているぜ』ってな、意地悪なディーゼルはそう言い回ったわけだ。ソドー島の蒸気機関車たちはいたって単純だから、ダックがそんな悪口を言っていたのか、ってみんなかんかんに怒った。まあ、濡《ぬ》れ衣《ぎぬ》だよな」

王子は、演説するかのようにあらすじを話す檸檬に、少し吞《の》まれそうになるが、その檸檬が、とうとうと喋りながらも手に銃を持ち、一回外したはずの減音器を、寿司《すし》でも握るかのような器用な動きで回転させ、いつの間にか装着しているのを見て、え、と驚く。儀式をはじめる前に衣装を調えるかのような、ゆっくりとしながらも馴れた手つきだった。いつの間に、銃を取り出されていたのか、まったく分からない。

「ダックはびっくりだ。いつの間にか嫌われ者になってたんだからな。で、自分が悪口を言って回っている、と濡れ衣を着せられたことを知ったダックが、何と言ったか、分かるか？」

檸檬は、王子に教え諭すかのような教師然とした顔つきで言う。手に持った銃に、減音器を付け終え、銃口を下に向ける。弾倉を確認するようにし、スライドを一度引いた。

王子は身動きが取れなかった。

子供の童話を話しながら着々と発砲の準備をしている、そのことに現実味が感じられない。

「いいか、ダックはこう言った。『僕には考え付きません！』とな。そりゃそうだ。そんな気の利いた悪口、そうそう思いつくわけがねえんだよ」

檸檬は右手をだらりと下げた。銃を握ったままだ。準備完了、いつでも撃てますよ、と銃が待機している。

「それが」王子は、銃から目を離し、檸檬をまっすぐに見た。「それがどうかしたの？」

「次に、ダックは感動的な台詞《せりふ》を吐く。おまえも覚えておいたほうがいいぜ」

「何て言うんですか」

「『蒸気機関車は、そんな卑怯《ひきょう》なことはしません！』」

王子の前に、銃口があった。檸檬が伸ばした腕の銃が、自分の額あたりに向けられている。銃は、先につけられた器具のせいでかなり長く、見えない串《くし》で突き刺されたかのような感覚だった。

「何で」と王子は言う。どうすべきか、頭を働かせる。これはかなりまずい。もちろん、そのことは分かった。

あくまでも、あどけない子供を装うべきか。人の感情をコントロールするのに、「見た目」は重要だった。たとえば、赤ん坊があれほど可愛らしくなければ、つまり、人間の、「可愛らしい」という感覚を刺激してこなければ、大変な手間をかけて育てようとは誰も思わないに違いない。いくら、コアラは凶暴である、と言われ、それを頭で理解したところで、子供を背負い、のんびりとしたコアラに警戒心を抱くのは至難の業だ。反対に、グロテスクで、不気味な姿のものに対しては、どれほど友好的な態度を取られたところで、気を許すことはできない。動物的な反応に過ぎないが、それ故に、誘導するのには効果があった。

人の行動は、頭ではなく、直感で決まる。

生理的な感覚は、人の心を操作する際の梃子《てこ》になる。

「何で、僕を撃つの。だって、さっき、一人は生かしておかないとって」とまずは言ってみる。先ほど、自分が決めたことを忘れているのかもしれず、それを思い出させるつもりだった。

「今な、気づいたんだよ」

「何をですか」

「おまえは、いじわるなディーゼルだ」

「そのディーゼルっていったい」

「いいか。『トップハム・ハット卿《きょう》のてつどうをてつだいにくるディーゼルきかんしゃです。とてもいじわるで、うぬぼれやです。きかんしゃたちをばかにして、ずるいことばかりしていますが、さいごにはわるだくみがばれて、ばつをうけてしまいます』ってな、それがディーゼルだ。どうだ、おまえと同じだろ」にこりともせずに、暗唱する。「おまえは、さっきのあのおっさんのことを、酷い奴だ、と言ったけどな、俺が思うには、あのおっさんはたぶん、ダックと同じでな、『そんなことは考え付きません』ってタイプだ。違うか？　知恵は働かねえ人間なんだ。アル中の駄目な大人だけどな、意地悪はできねえ人間だ」

「どういうこと」王子は冷静さを取り戻そうとする。銃口から意識を外す。この銃は恐ろしいが、恐ろしいと感じている暇があるなら、生き残る方法を考えるべきだ。パニックに陥った瞬間、敗者になる。取引か、懇願か、脅迫か、誘惑か、と王子は選択肢を並べる。まずは時間を稼ぐべきかもしれない。挑発すべきか。男の最も興味がある話題を探す。「あの、トランクのことだけど」

「まあ」檸檬は、王子の言葉を聞いていなかった。「あのおっさんが、ダックみたいにいい奴とはとうてい思えねえけどな、ただ濡れ衣を着せられてるって意味では一緒だ」

檸檬の長い指とも思える、その銃が、王子を睨んだまま、動かない。

「ちょっと待って。意味が分からないです。あの、僕、トランクのことで」

「おまえはパーシーじゃなくて、いじわるなディーゼルだった。俺としたことが気づくのに、時間がかかっちまったけどな」

その瞬間、撃たれる、と思った。目の前が暗くなり、自分が瞼《まぶた》を閉じたのだと気づいた。慌てて、見開く。

自分がここで死ぬのであれば、その時を目撃しなくてどうするのか。危険や恐怖に目を塞《ふさ》ぐのは弱い人間のやることだ。

王子は、恐怖を感じていないことに満足する。これでもうおしまい？　と物足りなさと呆気《あっけ》なさを覚えるような、それと似た感覚だけがあった。人生の最後を前に、ゲームが途中で終わる、そういった気分だ。どうせつまらない番組が続いただけだろうし、生きるのはここで終了ですよ、と宣言されたところで格別、困ることはないな、と思った。それは偽らざる本心で、最期の時に直面しても狼狽《ろうばい》しない自分が誇らしくもあった。

「おまえはディーゼルだ」

檸檬の声がした。

撃たれる。あの穴から僕の人生を破壊する弾丸が出てくるのか、と銃口を見据える。目を逸らすつもりはなかった。

少しして王子は、まだ撃たれていないことに疑問を抱く。

銃を持った右腕がゆらりと下に落ちたのが、見えた。

檸檬の顔に視線を向ける。目をしばしばさせ、表情をゆがめていた。左手を目頭に当てている。明らかに様子が普通ではない。頭を左右に振った後で、二度、欠伸《あくび》を大きくやった。

眠いのか？　まさか。王子は横へ、一歩、二歩と移動し、ゆっくりと銃口から離れる。「どうしたんですか」と声をかける。

薬だろうか。すぐにぴんと来た。以前、同級生の女子生徒を陥れるために、強い睡眠導入剤を使用したことがあったが、まさにこれと似た症状を見せた。

「くそ」檸檬が銃をふらふらと揺すった。危機感を覚えたのか、自分の意識が完全に薄れる前に、王子の動きを封じるつもりのようだった。「眠いじゃねえか」

王子は咄嗟《とっさ》に、両手で檸檬の右腕にしがみつき、相手の動きが鈍いのをいいことに、無我夢中で銃を奪い取った。檸檬は暴れるように、左腕を振り回してきた。王子はそれを避け、後ろに下がり、反対側の扉の前まで避難する。

檸檬は膝を折り、扉に寄りかかっていた。睡魔に圧《お》し掛かられ、潰《つぶ》れる寸前だ。両手で周囲の壁を探るような仕草をしたかと思うと、吊《つ》っていた糸を切られた人形さながらに、その場に崩れ落ちた。

王子は手に持っていた銃を、背中のリュックサックにしまう。減音器を外す余裕はなかった。

檸檬の足元に、ペットボトルがあった。ゆっくりと近づき、それを拾い上げる。ごく普通の、ミネラルウォーターだが、これに薬でも入っていたのだろうか。中を覗く。薬をここに？　誰が？　疑問も湧くが、すぐに別の思いにより、上塗りされる。

僕はついている。そうとしか思えなかった。

この危機一髪の、窮地の場面で、こんな大逆転が起きるだなんて、と感心した。

檸檬の背中側に立ち、両脇に手を入れる。持ち上げると、重いことは重いが、引き摺れないことはなかった。よし、と王子はいったん檸檬から離れ、先ほど木村を押し込んだトイレに向かった。はみ出した銅線をつかむと手を切らぬように気をつけながら、上へと引っ張り上げた。すると鍵が開く。

それから、檸檬のところまで戻る。トイレに檸檬を運ぶために、先ほど同様、背中に回り、抱え上げようとした。

襲われた。

寝入っていると思い込んでいた檸檬が両手をぐいっと伸ばし、背後にいる王子をつかんできたのだ。ブレザーの衿《えり》を引っ張られた。王子は前向きに転がるようにし、床に倒れた。景色が回転したため、状況を見失う。慌てて立ち上がる。檸檬がすぐに攻撃を仕掛けてくる、今度こそおしまいか、と体の毛が逆立つ思いだった。

「おい」檸檬は座り込んだままだった。視点は定まらず、手をゆらゆらと前に出し、酔っ払いにも似た姿で、「蜜柑に伝えてくれ」と呂律《ろれつ》の怪しい口調で言った。

どうやら、薬の力は強いらしく、意識を保つのも精一杯という様子だった。船を漕《こ》ぎつつも陸地に踏み止《とど》まろうとしているような、その滑稽な必死さに、王子は笑いそうになる。睡眠導入剤などではなく、もっと、たちの悪い薬だったのかもしれない。王子は銃を持ったまま、檸檬に近づく。顔を少しだけ、寄せた。

「蜜柑に、『おまえの捜し物は、鍵は、盛岡のコインロッカーにある』と伝えろ」檸檬は意識を失わぬようにと歯を食いしばり、それだけ言うと、がくりと頭を落とし、動かなくなった。

死んだのかと思ったが、呼吸はある。

もう一度、檸檬を引っ張り上げようとしたところで、檸檬の手の下に、小さな絵があることに気づいた。

床にシールが貼られていたのだ。

緑色の小さな機関車に顔がついた、子供向け番組のキャラクターだ。よほど好きなんだな、と呆《あき》れる一方で、ここにシールを貼ることで、仲間の蜜柑に、合図を残すつもりだったのかもしれない、と想像した。すぐに剝がし、丸めるとゴミ箱に捨てる。

それから、檸檬の身体を引き摺った。個室トイレに入った。中には、木村が倒れている。彼の体からは、血がじんわりと広がっていた。赤黒い血が、床に付着した尿と混ざり合うような気色悪さを、王子は感じ、思わず、「ばっちいよ、木村さん」と呟《つぶや》く。

誰か人が来てしまったら困るため、ドアを閉め、鍵をいったんかけた。便器の上に、力の抜けた檸檬を座らせると、リュックサックから銃を取り出し、ためらうこともなく檸檬の頭に銃の先を押し当てるが、返り血が怖くなり、扉のぎりぎりまで下がる。

距離を取り、狙いを定めると引き金を引いた。がちん、と響く音がする。減音器のおかげと新幹線の振動のせいか、小さな音だ。檸檬の頭ががくんと揺れる。撃った場所から、血がごぼごぼとあふれ出てくる。

寝ている間に撃たれ、人生が終わるのだから、間が抜けている。痛い、とも思わなかったのだろうか。

その血の、勢いがなく貧相な流れ方に、王子は笑いを浮かべずにいられない。電池が切れた玩具《おもちゃ》のほうがよほど尊厳があった。

こんな最期は嫌だな、とつくづく思った。

少し考えた末、拳銃はトイレに置いたままにした。持って歩くべきかとも思ったが、リスクもある。スタンガンであれば護身用という言い訳も立つが、拳銃ではそうもいかない。それに、木村と檸檬が銃で死んでいることを考えれば、拳銃がこのトイレの中に存在しているほうが説明は少なくて済む。トイレから出ると銅線を用い、ドアを閉め、鍵をかけた。

八号車のほうへと足を進めようとしたところで、ふと思い立ち、リュックサックの外ポケットから携帯電話を取り出した。木村の持っていたものだ。着信履歴を呼び出し、すぐにボタンを押す。

何度か音が繰り返された後で、「はい」とぶっきらぼうな男の声がした。

「木村さんのお父さんですか?」車両の振動が聞こえを悪くするが、気になるほどでもなかった。「はい?」と男は一回、聞き返した後で、「ああ、さっき電話に出た中学生か」と声を和らげる。のんびりとテレビを観ながらお茶でも飲んでいたかのような、長閑《のどか》な雰囲気に、王子は噴き出しそうになる。あなたのお子さん、あなたがお茶飲んでる間に死にましたよ、と言いたかった。「実は、木村さんがさっき伝えていたことって本当だったんです」

木村の父親は無言になる。情報を知らない相手に、重要なことを教える時、王子はいつもぞくぞくした。

「木村さん、こっちで危ない目に遭ったんです。木村さんのお子さんも危ないみたいですし」

「どういうことだ？　渉は病院だろう」

「僕もよく分からないんです」

「雄一に、あいつに代わってくれ」

「おじさんは今、もう電話に出られないです」

「もう、ってのはどういうことだ。新幹線にいるんだろ」

「おじいさんたちがのんびりしているから、いけなかったんだと思います」王子は感情を込めず、事実を話すように、淡々と言った。そして最後には、「警察には伝えないほうがいいかと思います」と付け足した。

「どういうことだ」

「あ、すみません。もう喋れないので切りますね」王子は電話のボタンを押す。

これでいい、と思う。あの木村の親たちは今から、さんざん悩むだろう。息子と孫に何が起きているのか分からず、不安に駆られ、おろおろとする。できることといえば、病院に電話をかけることだ。が、今の時点で何が起きているわけでもないのだから、病院からは、「問題ありません」と答えがあるに違いない。東北の田舎にいる彼らはそれ以上、どうすることもできない。警察にも届け出るとは思えなかった。したとしても、「妙な電話がかかってきた」程度だろう。

すべてが判明した後で、彼らは後悔するに違いない。王子は楽しみで仕方がなかった。

老後を穏やかに暮らそうとしていた老夫婦の、その貴重な残りの時間を、後悔と憤りで満たすのだ。他人の人生をぎゅっと潰し、そこから搾り出した果汁を、飲み干す。これほど美味しいものはない。

八号車へと進む。大したことなかったな檸檬さんも、と思う。子供も大人も人間は弱くて、取るに足らない存在だ、くだらない。

槿

タクシーの料金メーターが動かないほどの、短い距離の移動で、目的の場所に到着した。代金を払い、降車し、タクシーを見送る。片側二車線の県道を挟んだ向かい側に、その建物があった。高く、新しい外観だ。

あの仲介業者はすでに到着しているのだろうか。いつもは机と電話で仕事をしている事務方の男が、慣れない外での現場仕事に緊張している姿を想像し、槿はほほえましく思う。

自分にはそれはできない、と枠を作り、はみ出そうとしない人間に比べれば、好感が持てた。電話をかける。仲介業者は出ない。自分で呼び出しておいて、いったいどういうことか。憤りは感じなかった。が、途方に暮れた。帰ってしまおうか、と考えるが気にもなる。気づけば、県道を渡り、建物に向かっていた。

歩行者用信号が青になるのを待つ。車道を眺める。槿にはそれが川に思える。視界が狭くなり、光景の彩度が落ち、車道の上を、不定形の波を隆起させ、川が、右から左へとゆるゆる流れていく。歩道との境に設置されたガードレールは、その、緩やかに、たゆたう川が、道を逸れぬように、川べりから溢れぬように、と付きっ切りで見守る役割を果たしている。

川は、時に嵐に勢いを増すとはいえ、それ以外の時には、目立つとも目立たぬともいえぬ水面の揺れとせせらぎをたてる程度だ。

視界が戻る。川は消え、車道が現れる。景色のあざやかさが増し、色をつける。

横の植え込みに、交通安全の旗を入れる、アルミ製の筒が取り付けられていた。

それから、視線を下にやる。植え込みのところに蒲公英《たんぽぽ》の花があった。小さな黄色い花弁は、疲れを恐れず、はしゃぐだけはしゃぎ、くたっとそのまま眠り込んだ子供のような、あどけない生命力を感じさせる。地味な緑色をした茎がそれを、よろよろしながら支えている。黄色の小花を包む、緑の皮、その皮の下部が垂れ下がっている。セイヨウタンポポだ。

外来種であるセイヨウタンポポが従来のカントウタンポポを駆逐した。

そういった話を思い出す。

事実ではない。

カントウタンポポの減少は、人間がその育つ環境を侵したことが原因だ。セイヨウタンポポはその空いた土地に入ってきただけだ。

面白いものだ、と槿は思う。

人間は、セイヨウタンポポがカントウタンポポを減少させた犯人であるかのように、さも自分たちはその目撃者であるかのように気取っているが、実際には、その自分たちこそが犯人であるのだ。セイヨウタンポポはタフであるから、生き残りが多いだけで、仮にセイヨウタンポポが入ってこなかったところで、カントウタンポポは消えていった。

黄色い花のそばに、赤色が目に入る。

爪の先ほどの小さな、スポイトから垂らした水滴にも似た、てんとう虫がいた。赤い滴の上に、筆の先を尖らせ、墨汁で斑点《はんてん》をつけたような繊細なその殻に、槿は目を細める。

昆虫のこのデザインは、いったい誰が考えたものなのか。

環境に順応し、進化した結果だけとは思えない。赤色に黒の斑点の必然性などあるのか。グロテスクとも、奇抜とも言いがたい、昆虫たちの外形は、自然の産物とは思いがたいもので溢れている。

ちょこまかと葉を昇るてんとう虫を見つめる。指を寄せると、茎の裏へ回り込んだ。

気づけば、青信号で、槿は横断歩道を渡っていく。

仲介業者から電話がかかってきた。

果物

蜜柑は、なかなかやってこない檸檬を気にかけたが、九号車の前側の扉が開き、そのデッキに足を踏み入れた途端、眼鏡をかけた男が座り込んでいるのが分かり、それどころではなくなる。

トンネルに入り、振動音が変わった。周囲が急に暗くなる。水の中に潜ったかのような圧迫感が車内を覆う。

七尾は出入り口付近に、進行方向とは逆を向き、背中を壁につけ、膝を折る恰好で座っていた。はじめは、気絶でもしているのかと思った。瞼は開いているものの、意識が定まってはいないようだったからだ。

蜜柑はジャケットの内ポケットに、拳銃をつかむために手を入れようとしたが、そこで、七尾がいつの間にか銃を構えているのが目に入る。

「動かないで」と七尾は言う。座ったまま、銃をしっかりと向けてきた。「撃ちます」

新幹線はトンネルを抜け出た。扉の窓の向こうをちらと見やれば、収穫前の稲が植わる水田が広がっている。すぐにまたトンネルに潜った。

蜜柑は両手を小さく挙げる。

「妙なことを考えないほうがいい。俺は疲れているから、すぐに撃ちますよ」七尾は狙いをつけてくる。「結論から言うけど、峰岸の息子を殺した犯人はもう見つけた。スズメバチは」

蜜柑の視界の端、奥の出入り口近くに、車内販売のワゴンがあった。車内販売員の女の姿はない。

「楽勝だったか？　どこにいる」

「その多目的室に入れてある。辛勝です」七尾は言った。「これで、俺を始末する必要はなくなった。ですよね。ここでわざわざ俺と揉《も》めるメリットはありません」

「そうかな」蜜柑はじっと、七尾の動きを見つめる。隙はありそうだった。うまくやれば、銃を抜けるかもしれない、と頭の中で、動作の予行練習をしてみる。

「さっきも言ったけど、お互い、協力するほかないと思うんです。ここで、撃ち合っても仕方がありません。喜ぶのは別の奴だ」

「誰だ」

「分からないけど、別の、誰か」

蜜柑は、七尾と向き合ったまま、しばらく微動だにせず、考えた。ほどなく、「分かった」とうなずく。「銃はしまおう。とりあえずは、休戦だ」

「こっちは開戦した覚えもないんだけど」七尾がゆっくりと、膝を立て、手を壁につき、起きた。自分の胸に手を当て、深呼吸にも似た動作を繰り返す。女との対決で疲労したのかもしれない。自分の身体の無事を恐る恐る、確かめている。カーゴパンツが破れてもいた。床に、玩具の注射器のようなものが転がっている。蜜柑が視線をやると、七尾は慌ててそれを拾い、ゴミ入れに捨てた。

銃を背中のベルトにしまっている。

「薬でもやったのか」

「プロなんだから、解毒剤を用意していると思ったんだ。本当に危なかった。自分が刺されたら、解毒剤を取り出すんじゃないか、って期待したんだけど。一か八かだった」

「何のことだ」

「今、生きているってことは間に合ったってことかな」と言って七尾は自分の手を開いたり、閉じたり、と確認している。それから身体を少し折り、破けたパンツの布をいじくった。

蜜柑のポケットで携帯電話が震えた。すぐに取り出し液晶画面を確認すると、蜜柑は気分が重くなる。「俺たちとおまえの親分から電話が来てる」

「峰岸から?」七尾の目が見開かれる。少しずつ生気を取り戻してきていたのが、その名前を口にした途端、再び、青褪めた顔になる。

「もうすぐ仙台だからな。最終確認だろう」

「何の確認ですか」

「本当のことを言わないと、そろそろ怒っちゃうけど、それでいい?　って確認だ」

「いいわけないよ」

「おまえに電話を替わるから、そうしたらおまえから言ってやってくれ」

蜜柑は電話に出た。

「質問がある」名乗りもせずに峰岸が喋りはじめる。

「はい」

「息子は無事か」

ストレートな問いかけに、蜜柑は一瞬、言葉に詰まりそうになる。

「少し前に、連絡があった」と峰岸は喋る。「車内にいる息子の様子がおかしい、とな。『おたくの息子さんの状態、ちょっと変でしたよ、気にかけてあげたらどうですか』と言う。だから私は言い返した。『息子は一人で新幹線に乗っているわけではない。私が信頼した二人の男に同行を依頼している。心配は無用だ』と。すると相手はさらに言ったわけだ。『その信頼の根っこの部分を気にしたほうがいいですよ。同行していると言っても、息をしている息子さんなのか、それともぴくりとも動かない息子さんなのか分かりませんよ』」

蜜柑は苦笑しながら、「大宮で峰岸さんの部下が、勘違いしたんですよ。寝ている息子さんが、息をしていないように見えたんじゃないですかね」と言う。「では今、息子と電話を替わってくれ」と指示されたらどうするのだ？　と気づいた。ぞっとする。

前に立つ七尾も心細そうな顔でこちらを見ている。

「今、喋っていて気づいたんだが、『息子』という字には、『息』という字が入ってるな。息をしていてこその息子というわけか」

峰岸は、蜜柑の言葉など聞いてはいなかった。もともと彼は、自分から依頼や指示を発するだけで、他人からのアドバイスや言い訳など耳に入ってこないのかもしれない。受け入れる必要があるのは、報告だけなのだ。

「だからな」峰岸は続ける。「念のため、仙台駅で調べさせてもらうことにした」

やはりそうか、と気を引き締める。「調べると言っても、新幹線は待っててくれませんよ」

「降りればいい。君たちが、息子とトランクと一緒に仙台駅で降りるんだ。ホームには、私の部下が数人いる。君たちの同業者も雇った」

「駅にいる人たちがびっくりしますよ。そんなに好青年ばっかり並べてたら」

次の駅への到着を知らせる音楽が鳴りはじめた。軽やかなメロディが、能天気に響き、蜜柑は苦笑する。

「もちろん、予定通りに来るのならそれに越したことはないが、やむをえない場合は仕方がない。それに、だ。もう一度訊《き》くが、息子は無事なんだろう？　トランクも、だ」

「そりゃあもちろん」蜜柑は答える。

「それなら、すぐに確認は終わる。トランクと息子を部下に見せて、すぐにまた乗ればいい」

「息をしている息子さんを」

自動放送の後、マイクで車掌と思《おぼ》しき男が、アナウンスをはじめ、間もなく仙台に到着することを告げる。

「黙ってるが、どうかしたか」電話の向こうの峰岸が訊ねてくる。

「到着の車内放送がうるさかったので。仙台にそろそろ着くようです」

「おまえたちが乗っていたのは三号車だったな。部下たちはその出入り口付近で待っている。いいか、仙台に着いたらすぐに出るんだぞ」

「あ、ちょうど今、息子さん、トイレに行って」蜜柑は口走ってから、内心で毒突きたくなる。何だこの苦しすぎる言い訳は。おまえはもう少し頭が良かったのではないか。と自分が哀れむように言ってくる。

「君たちがやることをもう一度言う。三号車から降りて、トランクと息子を、部下に見せてくれ。それだけだ」

「実は今、車掌と少し揉めて」蜜柑は必死に話す。「九号車のほうまで移動していたんです。今から三号車に戻っても、間に合いません」

「それなら、六号車にしよう。三号車と九号車の真ん中だ。そこくらいまでは移動できるだろう？部下にも六号車の外で待つよう、今から、そう、指示を出す。君たちも六号車からホームに降りる。息子を連れて行け」

「これは興味本位で訊きますが」平静を装い、携帯電話に言う。「もし、俺たちのことを、仙台駅の部下さんたちが怪しいと判断したらどうなりますか。即座に撃ったりはしてきませんよね」

「息子とトランクは無事なんだろう？　それならば心配はいらない」

「峰岸さんの部下が判断を誤るかもしれない。もしそんな時に、ホームで物騒なことが起きたら困るんじゃないですか」

「誰が困る」

蜜柑はすぐには答えられなかった。「罪のない一般市民」という言葉はあまりにも中身がなく、説明にならないと思えた。「車内にはたくさん乗客がいる。発砲なんてしたら、パニックだ」

「そんなに乗客はいないはずだ」峰岸は断定口調だった。

「いや、満席ですよ」蜜柑は躊躇《ちゅうちょ》なく、嘘をついた。峰岸にこちらの空席状況が分かるはずがない、と思ったからだ。が、峰岸にはばれた。「満席なはずがない。大部分の指定席は私が押さえた」

「押さえた？」

「君たちがその新幹線で、息子を連れてくると判明した後で、空席だった分を全部押さえた」

「空席を全部？」予想外のことに蜜柑もさすがに声が裏返った。不可能とは思わないが、そこまでする必要があるのか、と疑問が湧く。

「できるだけリスクを減らすためだ。新幹線の車内で何が起きるか分からない。乗客は少ないほうが、君たちも、息子を守りやすい。そうだろ」

守りやすいも何も、おまえの息子はあっという間に死亡したぞ、と蜜柑は教えたい衝動に駆られる。そして、その数少ない乗客の中にも業者がいくにんも混ざっていたのだから、峰岸の買い占め作戦は効果があったとは思えなかった。

「いったい、いくらかかるんですか」

「大した額じゃない。一車両に百人乗るとしても、千人分だ」

蜜柑は顔をしかめる。金銭感覚が狂っていることにいまさら驚かないが、なぜなら自分たちに仕事を依頼する人間の大半は、狂った金銭感覚を持っているからなのだが、それにしても峰岸の、その金銭を使う用途、使い道の優先順位の付け方はおかしかった。新幹線の座席を買い占めるとはどういうことだ。もしそうだとするのなら車掌もおかしいと思わないものか。買われたはずの席が空席だらけなのだから、少しは妙に思うのではないか。

電話の向こうで、幼い女の子が騒ぐのが聞こえた。峰岸の娘、内縁の妻との間にできた娘、だろうか。その、微笑ましい父娘の関係と、今、この新幹線で起きている殺伐とした出来事との、あまりの落差に当惑する。峰岸という男は、実の息子について心配しながら、どうやって娘との安らぎの時間を過ごしているのか。一般的な物差しでは計測できない、歪んだ精神構造をしているとしか思えなかった。

「とにかく、おまえが、車内が満席だと言ったのは嘘だ。そうだろ？　満席なんかじゃない。嘘や大袈裟《おおげさ》な物言いはやめたほうがいい。すぐにばれる。ばれると、ばつが悪くなる。それに安心してほしい。仙台で君たちさえ抵抗しなければ、危ないことは起きない」

電話が切れる。

新幹線の速度が落ちはじめていた。緩やかなカーブを描き、車体が傾く。

考えている余裕はなかった。蜜柑は九号車を抜け、八号車へと入った。「どういうことになりました？」おろおろと七尾もついてくるが、返事はしなかった。足を踏ん張り、車体の揺れを宥《なだ》めるようにし、進む。座席の角を時折、つかみ、バランスを取った。

仙台駅に降りるためなのか、乗客の何人かが棚から荷物を下ろしている。向かい側の扉から子供が入ってきて、近寄ってきた。邪魔だ、と脇を通ろうとしたが、すると少年は、「あの、蜜柑さんですよね。檸檬さんという人がさっき捜していましたけど」と言う。

そうだ、檸檬のことを忘れていた。が、悩んでいる暇もやはりない。「檸檬はどこだ」

「用事があると言って、後ろのほうへ行きましたけど」

改めて少年を見る。つやつやとした黒い髪には分け目も作られておらず、猫のような大きな目をし、鼻筋が通り、品良く育てられたぼっちゃんだ、と思う。

構ってはいられない。蜜柑はデッキに出る。新幹線にブレーキがかかりはじめるのが分かった。

「いったい、どうするんだ。どこに行くんだ。何をするつもりなんだ」七尾がうるさい。

デッキには、降りるために、乗客が数人、集まっている。

蜜柑は荷物置き場に、トランクがあるのを見つけると迷わず、引っ張り出した。慌ただしい蜜柑たちに怪訝《けげん》な目を向けた。海外旅行向けの大きなもので、蜜柑たちが運んでいたものに比べるとずいぶん大きく、かなり頑丈な作りだった。

「そのトランク、どうするんですか」七尾が言う。

「時間がない。これで代用する」蜜柑はつかんだトランクを持ち上げ、七号車へと進む。トランクは頑丈そうではあるものの、重くなかった。

人を避け、七号車の中を進む。席から立ち、出口へ向かう客たちは、逆行する形で通ってくる蜜柑に、露骨に迷惑そうな視線を寄越した。

さらにデッキに出る。降りるための列ができている。六号車と七号車の間の、降り口に辿《たど》り着いた。デッキの真ん中あたりで立ち止まる。七尾も止まった。その後ろに少年もついてきた。

「いいか、仙台駅に着いたら一度、このドアからホームに降りることになった」早口で、七尾に説明する。

「峰岸がそう言ったんですか」

「部下たちが待っている。俺はトランクを持って、峰岸の息子と一緒に、ホームに降りなくてはいけない。で、部下たちがそれを確認する」

「これは、違うトランクだ」七尾が、蜜柑の持つ荷物を指差す。

「そうだ。そして、おまえは峰岸の息子じゃない」

「え」

「こうなったら、嘘で押し通すほかない。トランクも峰岸の息子も両方、偽物だ。いいか、おまえは何も喋らず、ぼうっとしてろ」

七尾は、蜜柑の言うことが飲み込めないのか一瞬、ぼうっとした。「俺が？」

新幹線が前につんのめるかのように速度を落とすと、すぐに後ろへ揺れた。足の踏ん張りが利かず、蜜柑は手を壁に当てて、身体を支えた。

「おまえが、峰岸の息子のふりをする」

新幹線の速度がどんどん落ちた。仙台駅のホームに進入していくのだ、と分かる。

「そんな」七尾の目が宙をさ迷いはじめた。「どうすれば」

「いいから、ついてこい」

そこで少年が口を挟んだ。「いっそのこと、無視したらどうですか。降りていかなければ、その部下の人たちも判断に困るんじゃないですか？　状況が分からないうちは、大胆なことはしないと思います。そのまま白を切って、新幹線に乗ったまま先へ進めるかもしれませんよ」

子供らしくない、と蜜柑は、少年の喋る内容が気に入らない。言わんとすることに一理あったが、方針を変える気にもなれなかった。「俺たちが降りなければ、部下が大勢、新幹線に乗ってくる。それはそれで厄介だ」

扉が開いた。

並んでいる乗客たちが順番に進みはじめる。「行くぞ」と七尾に声をかけた。


仙台駅ではアナウンスが響き、荷物を持っていた客が数人、新幹線に乗る。それを横目に七尾はホームで蜜柑と並び、立っていた。前には背広姿の三人組がいる。こちらは二人、あちらは三人、と内心で唱える。少し離れたところに、坊主頭のひょろっとした男が一人、さらに離れ、格闘家のような体格のいい男が二人、こちらを見ながら、じっとしている。

「サッカーのフリーキックみたいだな。みんなで壁を作って」蜜柑は落ち着き払っている。ように見えた。呼吸も乱れず、喋り方もゆっくりだった。

「蜜柑さんですね」背広の三人組の真ん中にいる男が言った。眉毛《まゆげ》はほとんどなく、目が細い。「蜜柑さんたちの噂はよく聞いています。今回は、峰岸さんから急に電話があって、どうしても確認をしなくてはなりません」

言葉の割に、口ぶりは淡々とした儀礼的なものだった。

少し顔を上げると、後方の車両のところから車掌が降り立ち、発車前のホームの様子を確認している。明らかに、七尾たちを気にかけていた。確かに、複数の男同士が向きあっているのだから、警戒したくもなるだろう、と七尾は思う。どこからどう見ても、別れを惜しむ遠距離恋愛の恋人同士ではない。友人の出発を仲間で見送りに来たようでもない。が、触らぬ神に、と唱えでもしているのか車掌は寄ってこなかった。

「ほら、こっちが峰岸さんの息子で、こっちがそのトランクだ。確認できたか。新幹線が出発する。もう乗っていいだろ」蜜柑は億劫そうに言った。

黒いトランクはこれと言って不審なところはなく、シンプルなものだった。目的の荷物だと言い張れば、どうにか信じ込ませることができるかもしれない。問題は、俺のほうだ。七尾は顔を上げることができず、自分の靴の先を見つめている。峰岸の息子の代理をしろ、と言われてもどうすれば良いのか、分かるはずがなかった。

「このトランク、開けてもらえますか」

「開かない。俺たちは開け方も知らない。だいたい、中身が何かおまえは知っているのか?」蜜柑が言う。「むしろ開け方を教えて欲しいくらいだ」

背広の男は黙って、黒いトランクに手を伸ばした。しゃがんだかと思うと、その取っ手の部分や数字錠に触れる。じっくりと壺《つぼ》の鑑定を行うような態度だったが、見る限り、彼もトランクの真偽の見分けはつかないようだった。

「このイニシャルは?」男が腰を下ろしたまま首を捻《ひね》り、蜜柑を見上げる。

トランクの下に、「MM」とアルファベットのシールが貼られていた。蛍光ピンクで、ラメ入りで、十代の女が好んで使いそうな種類のものだった。

「峰岸の、『M』だろうな」蜜柑は動じずに言った。

「次の『M』は何でしょう。峰岸さんの名前は、良夫ですが」

「峰岸の、『M』じゃないか」

「もう一個の、『M』のことですよ」

「そっちも、だ。だいたい、峰岸の名前が、良夫というのも妙な冗談みたいだな。というよりも、このシールは俺が貼ったわけじゃない。俺に訊くな。そろそろ新幹線が出るぞ。乗っていいか」

新幹線から降りる客はすでにいない。ホームから乗る客も見当たらない。あとは発車を待つばかりだった。

背広の男は立ち上がり、今度は七尾の真正面に移動する。「眼鏡をかけていましたっけ」と言ってきた。七尾は動揺で、その場でびくんと跳ねそうになる。すぐに眼鏡を外したくなる。それを堪える。

「俺が眼鏡をかけさせた。どこまで聞いているか分からないけどな、このぼんぼんは」蜜柑が言うと、背広の男の、眉毛のない顔が少し強張った。「この息子さんは」と蜜柑が言い直す。「物騒な奴らに監禁されていた。つまり、狙われてたわけだ。新幹線の中にも狙っている奴がいないとも限らない。変装くらいはさせないとな」

「で、眼鏡を?」

「その他もろもろだ。いつもの息子さんとは雰囲気が違うだろ」蜜柑は怯《ひる》むところなどまるでなく、悠然としていた。

「どうでしょうか」眉毛なしの男は礼儀正しい。ただそこで携帯電話を開き、「先ほど、息子さんの写真画像は送ってもらったのですが」と言う。携帯電話の画面に、峰岸の息子の画像が表示されているのだろう。それを七尾の顔に並べるようにした。

「おい、もう発車する」蜜柑が溜《た》め息をつく。

「あまり似ていません」

「そりゃそうだろう。すぐにばれないように、俺たちが雰囲気を変えた。髪やら、眼鏡やらな。じゃあ、行くぞ。峰岸さんにはちゃんと連絡しておいてくれ」蜜柑は、七尾の肩に手を置き、「戻ろう」と首をくいくいと傾けた。七尾はうなずき、これで助かる、芝居もおしまいだ、と安堵《あんど》したが、その安堵が顔に出ぬように、とできる限り、しかめ面をし、もったいぶった態度を取った。

そこで、眉毛なしの男が知らない名前を呼んだ。誰のことかと聞き流しそうになったところで、それこそが峰岸の息子のことではないか、と察し、顔を上げると、予感は的中したようで、眉毛なしの男がまっすぐに、「やはり、お父さんでないとトランクは開けられませんか」と訊ねてきた。

七尾は眉を顰《ひそ》めたまま、首肯し、「俺にはまったく」と言った。が、そこで何もしないでいることにためらいを覚えた。不安になったのだ。そのため、意識するでもなく、ホームに置いてあったトランクに手を伸ばした。数字錠を適当にいじくり、「こんな感じで開けば、苦労しないんだけど」とがちゃがちゃと動かした。そうしたほうが、説得力が増すように思ったからだ。さり気なく振る舞おうとする人間に限って、不自然な言動をする、の典型で、これはまったくもって余計なことだった。

四桁《けた》の数字錠が、無造作に操作しただけで、「当たる」わけがなかった。自分のように幸運に見離された人間であればなおさらだ、と七尾は思った。が、マーフィーの法則で言えばこうなる。「でたらめに合わせた数字錠が開くはずがない。ただし、開いたら困る場合を除く」

トランクが開いた。

乱暴に触っていたため、がちゃりと開放され、中から女性用の下着が雪崩を起こすように出てきた。眉毛のない男をはじめ、背広姿の男たちや坊主頭の男、格闘家然とした男たち、全員が凍りついたようになった。突然の光景に、明らかに思考が停止している。

この下着だらけのトランクが、峰岸のものではないことくらい、彼らにも分かったのだろう。蜜柑も呆然《ぼうぜん》としており、その場で最も落ち着いていたのが七尾だった。自分が、こういった不運なトラブルを引き起こすことに慣れていたからだ。小さく驚きつつも、「またか」と感じる部分もあった。もっと言えば、「こうなるんじゃないかと思っていた」ようなものだった。すぐに地面を蹴《け》り、車内に飛び込んだ。蜜柑もそれに釣られるように、デッキに入る。ほぼ同時に、背後でドアが閉まり、新幹線が動きはじめた。

窓の外に目をやれば、ホームで、眉毛のない男が携帯電話を耳に当てている。

「さて」出発をはじめた新幹線内のデッキで大きく息を吐いた蜜柑を見て、七尾は言った。「どうしよう」

新幹線は、七尾たちの混乱や騒ぎなど気にかけず、どんどん加速していく。

「何であそこで、トランクを開けるんだ、おまえは」蜜柑が訝《いぶか》る目つきを向ける。魂胆を疑ってくるようだったが、その涼しげな眼差《まなざ》しと亡霊じみた顔色からは、感情が読み取れない。

「ああやって、いじくってみせたほうが本当っぽい、と思ってもらえる気がしたから」

「本当っぽい？」

「俺が鍵を開けられないと、信じてもらえると思ったんだ」

「でも開いた」

「ついてたんだ」実際にはそれは、ついていなかっただけだが七尾はあえて、そう言った。「でも、あの人たち、怪しんでいるだろうね。偽物のトランクだとばれたし」

「たぶん、そうだろうな。大宮の段階ですでに俺たちの好感度は下がっていたけれどな、ここに来て、急降下だ」

「ただ、盛岡まではとりあえず、新幹線も停まらないから無事ということかな」七尾は言ってみる。

無理やり見つけ出した光明に、それは光明というよりはただの幻に過ぎなかったが、縋る思いだった。

「檸檬と似たようなことを言いやがって」蜜柑はそう口にした後で、「そういえば檸檬はどこ行ったんだ」と左右を見渡した。そして、「おい、おまえ、檸檬は後ろに行ったんだな」と近くにぽつんと立っている、あの中学生を指差した。まだ、いたのか、と七尾は思った。七尾と蜜柑のやり取りを聞き、今の仙台駅での出来事を見れば、物騒なトラブルが起きていることは分かるだろうに、逃げることもせず、誰かに異常を通達することもせず、まだ近くにいる。親はどこにいるのか、と疑問に感じる。この少年は真面目で、一般的なただの男子中学生に見えるが、もしかするとそれなりに鬱屈《うっくつ》を抱え、非日常的な場面に魅力を覚えているのだろうか。七尾は想像する。それとも単に、「新幹線の中でこんなことに遭遇したよ。僕は見たんだよ」と後に、友人たちに自慢をし、一目置かれたいと期待しているだけなのだろうか。

「うん」と少年はうなずく、「あの人、何か思い出したみたいで、慌てて、あっちに行ったんです」と六号車の向こうを指差した。

「仙台駅で降りたのかも」七尾は頭に浮かんだため、そう言った。

「どうして?」

「分かんないけど、もう嫌になった、とか?　この仕事が」

「あいつはそういうタイプではない」蜜柑は静かに答える。「役に立つ機関車になりたい奴だ」

「僕も、一緒に乗っていたおじさんがいなくなっちゃって、困ってるんです」中学生が、七尾と蜜柑を交互に眺めた。クラスの状況を把握して、役割分担の指示を出そうとする、学級委員や運動部の部長のようでもある。「あの」と小さく手を挙げた。

「何だよ、おぼっちゃん」

「さっきの話ですが、この新幹線、次に停まるのは盛岡じゃないですよ」

「え」七尾は意表を突かれ、大きな声を出した。「次はどこ」

「一ノ関です。二十分もしたら着きます。その後で、水沢江刺《みずさわえさし》、新花巻《しんはなまき》と来て、最後に盛岡です」

「〈はやて〉、って仙台の次は盛岡じゃなかった？」

「そうじゃないのもあるんです。これは、そうじゃないほうです」

「そうだったか」蜜柑も思い違いをしていたようだった。

携帯電話に着信があり、七尾がポケットから電話機を取り出すと、蜜柑が素早く、「出ろよ」と言った。「どうせ、おまえの真莉亜様からだろ」

出ない理由もなかった。

「どうせ、仙台でも降りられなかったんでしょ」と真莉亜の声が飛んでくる。

「何で分かったんだ」

「それよりも無事？　蜜柑たちに始末されちゃったかも、って不安だったんだから」

「蜜柑さんとは今、一緒にいるよ。替わる？」七尾は自嘲気味に伝える。

真莉亜が一瞬、黙った。心配になったようだ。「捕まったとか？」

「そうじゃないけど。お互い、困ってるから少し協力しつつ」言いながら窺うと、蜜柑は肩をすくめていた。「君の言う通り、トランクはもう彼に譲ろうと思うんだ」

「それ、最後の最後のどうしようもなくなった時はって話だけど」

「最後の最後のどうしようもなくなっちゃった時なんだよ、今が」

真莉亜がまた、黙った。そうこうしているうちに蜜柑にも電話がかかってきたらしく、携帯電話を耳に当て、少し離れた場所に移動していった。中学生はその場に取り残された形だったが、自分の席に戻るわけでもなく、デッキのあちらこちらを観察している。

「次の駅、どこだっけ」

「真莉亜、知ってたかい？　盛岡かと思ったけど違うんだ。次は一ノ関だ」

「じゃあ、そこで降りるべきだね。トランクはもういいから、そこでおしまい。何だかここまで来ると、不吉な列車に乗ってるとしか思えないからね。怖くて仕方がないよ。縁を切ろう」

「普通の新幹線に、不吉な男が乗っているだけかもしれないけど」七尾は苦笑いをする。

「蜜柑と檸檬に気を許しちゃ駄目だよ。怖いんだから」

「分かってるよ」

七尾が電話を切ってしばらくすると、蜜柑が戻ってきた。「峰岸からかかってきた」と言う。その表情に変化はなかったが、いくぶん面倒臭そうなのは伝わってきた。

「何て言ってたんですか」中学生が訊ねる。

蜜柑は、中学生に鋭い目を、「子供が首を突っ込むな」と釘《くぎ》を刺すかのような目をやり、七尾に対して、「盛岡まで来い、だと」と言った。

「盛岡まで？」

峰岸は怒るでもなく、むしろ、同情するかのような喋り方で、「どうして部下に、偽のトランクを見せたんだ」と質問をしてきたらしい。

「咄嗟に俺は考えた。謝るか、とぼけるか、開き直るか、だ。そして、『峰岸さんの部下が偉そうにしているから、からかってやりたかったんだ』と説明をした」

「どうしてそんな嘘を」余計に怒られるのではないか。

「いや、そのほうが峰岸も判断に困るはずだ。俺が裏切っているのか、それとも、ふざけているだけなのか。実際、俺たちは裏切っているつもりはない。ミスを犯しただけだ」

そのミスが致命的だったのだ。峰岸の息子を殺されてしまったのだから。七尾は胃のあたりを押さえる。

蜜柑の言葉を聞いた峰岸は少し笑い、「では」と言ったらしい。「後ろめたいところがないのなら、盛岡まで来るんだろうな。他の駅で途中下車などしたら、即刻、逃げたと見なすぞ。そして、あの時、逃げずに盛岡に行っていれば良かったな、もう一度やり直せないかな、と何万回と後悔したくなるほどのつらい目に遭わせるぞ」

「もちろん、盛岡まで行きますよ。息子さんも、峰岸さんに早く会いたがっています」蜜柑は答えた。

七尾に、電話のやり取りを説明した後で蜜柑は肩をすくめ、「峰岸自身も今から、盛岡駅まで来ることにしたらしい」と説明した。

「峰岸がわざわざ?」

「別荘で休暇を楽しんでいたはずなのにな」蜜柑は呆れる。「良からぬことが起きている予感がするから、自分の目で確かめに来たいんだと。そういう電話があったらしい」

「そういう電話って、どういう電話ですか」

「さっきの仙台駅で報告の電話をかけた人間だと思うが、『ご自分で、ホームまで出向いたほうがいいですよ』と忠告したんだと」

七尾は答えに困る。部下がそんなことを、峰岸に助言するものだろうか。「じゃあ」と少しして、言う。「じゃあ、健闘を祈ります。俺は次の一ノ関で降りるので」

蜜柑の構えた銃が、七尾を狙った。銃は、それほど大きくなく、銃を持つのではなく変則的な形のデジタルカメラを向けているようにも見える。

中学生が少し目を見開き、一歩、後ずさった。

「てんとう虫、おまえは俺たちと一緒に来ないと駄目だ」

「無理ですよ。俺はもう降りる。この仕事からも降りるし、新幹線からも降りる。トランクは乗務員室にあるし、峰岸の息子をやった女ならグリーン車の先の多目的室に押し込んであるんだから、それであとは、峰岸に説明すればいい」

「駄目だ」蜜柑は有無を言わせない語調だ。「おまえに選択肢があると思うか？　俺がはったりで銃を構えると思うか？」

七尾はうなずくことも、かぶりを振ることもできない。

「あの、早く檸檬さんを捜しに行きませんか」話題が錯綜《さくそう》し、取りとめもなくなった学級会をまとめようとする学級委員、という具合に、中学生が言った。子供は気楽でうらやましい、と七尾は思った。

木村

耳から離した受話器を電話機へ戻した木村茂に、妻の木村晃子《あきこ》が、「何の電話でした？」と訊ねた。

国道四号をひたすらに北上し、岩手県に入り、さらに進んだところに古い住宅街がある。好景気の際に地元の開発業者が意気込み、造成した場所だ。年が経つに連れ、景気の悪化は加速し、若い住人は都心部に流れ、人口は減り、当初、未来図に描かれていた数々の施設や建物は永遠に絵のままとなり、新しい住宅が建つことも皆無で、殺風景な町と化した。並ぶ建物の壁は色褪《いろあ》せ、成長途中のまま老年期に突入したようなものだったが、木村茂と晃子には、経年劣化という意味では自分たちも同じであるし、刺激や流行から離れた町は住みやすいに違いない、と感じられた。十年前に中古の一戸建てを見つけると、悩むことなくすぐに購入し、以来、不満もなく暮らしている。

「新幹線の中から電話がかかってきたんだ」木村茂は答える。

あら、と晃子が言った。辛い味のスナック菓子と、大福を載せた盆をテーブルの上に置く。「さあ、食べましょうよ。辛いの甘いの交互に。あと、果物があれば完璧《かんぺき》なんだけど」と暢気《のんき》に言った。「で、何の電話でした?」ともう一度、口にする。

「さっき、雄一に電話をした時、あいつは、『捕まった。助けてくれ』と言っていただろ」

「そう、あなたが言ってましたよね。新幹線に乗って、悪ふざけしていたって」

「だな。ただ、悪ふざけではないのかもしれない」木村茂は頭の整理ができず、曖昧《あいまい》にしか説明できない。「電話に出た中学生がな、今、かけてきたんだ」

「また雄一が変なことを?」

「妙なことを言ってきてな」

木村茂はそこで電話の内容を、妻に伝えた。晃子は、どういうことでしょうね、と首を傾げ、スナック菓子を摘《つま》んで、口に入れ、「あまり辛くないですね」と食べる。「もう一度、雄一に電話をしてみたらどうですか」

木村茂はすぐに電話機を操作する。かかってきた電話番号に発信するやり方をどうにかこうにか思い出し、覚束ない手つきで、ボタンをいじる。呼び出し音はない。携帯電話の電源が切られている、とメッセージが流れた。

「何か嫌な感じですね」晃子はまた、スナック菓子を頬張る。

「渉が心配だ」木村茂は自分の胸の中で暗い想像が、輪郭のはっきりしない重苦しい塊が、膨らむのが分かる。電話で話をしてきたあの子供が曖昧なことしか言わなかったため、臆測がさまざまな方向に広がる。

「渉も危ないんですか?」

「分からない」と言うと同時に、病院に電話をかけた。「だいたい、渉から離れてどこに行くつもりだったんだ、雄一は。新幹線で、うちにでも来るつもりだったのか?」

「それなら、そう言うと思いますよ。言わないにしても、わたしたちが家にいるかどうかは確認するでしょうし」

「看病が嫌になって、逃げたのか」

「アル中で、根性なしですが、そういう子ではないはずですよ」

病院に電話をかける。なかなか繋がらなかった。しつこく呼び出す。やがて、スタッフの声が聞こえた。何度か会ったことのある看護師で、木村が名乗ると丁寧に応じてくれた。「渉の様子に変化はないですか」と訊ねたところ、「先ほど見た時は特に変わりはありませんでしたけれど、今、もう一度見てきますね」と言った。少しの間、待っていると看護師が再び受話器を上げる。「特に変化はないようですが、何かありましたら、連絡しますから」

「ありがとうございます」木村茂は礼を口にし、その後で、「実は先ほど昼寝をしていたら、怖い夢を見たんですよ。そちらの病院に物騒な男が侵入し、渉の身が危険に晒《さら》されるという」と冗談めかし、言った。

「あらら」と看護師も対応に困っているようだった。「それは心配ですね」

「年寄りは、何でもかんでも正夢だと思ってしまうのでね、申し訳ない」

「こちらでも気にしてみますね」

そう言うのが精一杯だろうな、と木村茂も理解した。胡散臭く思われたり、煩わしさをあからさまに出されるよりはよほど良かった。ありがたい、と思いながら、電話を切る。

「何か物騒なことが起きるんじゃないか、って想像しているんですか？」晃子は眉をひそめ、湯飲みを口に近づけた。啜《すす》った。

「起きるんじゃなくて、すでに起きている可能性もある。俺の直感は当たる」木村茂は顎を撫でる。白い髭《ひげ》の感触を指先に感じながら、頭を働かせる。「あれは怪しい」

「あれって何ですか」

「電話をかけてきた奴だ。さっきはごく普通の中学生という様子だったけどな、今の電話はもっと分かりやすかった」起き上がると、両腕を上げ、伸びをする。関節がぽきりぽきりと鳴る。体のあちこちが軋《きし》むようだ。

そして、かかってきたばかりの電話を思い返す。中学生と名乗る男は、はきはきとした口調とは裏腹に、漠然としたことしか述べなかった。「おじいさんたちがのんびりしているから、いけなかったんだと思います」とこちらに罪の意識を振り掛けるように言い、「もう喋れないので切りますね」と尻切《しりき》れトンボのように、電話を切った。

「あなた、その子供を何か疑っているんですか」晃子はお菓子をまた食べる。「辛さよりも甘さのほうが強いですね、これ」

「俺の勘が当たるのはおまえも知っているだろうが」

「でも、それならどうしましょう。雄一に連絡はつかないんですか。警察に電話をしましょうか」

木村茂はそこで立ち上がり、隣の和室に移動し、押入れを開けた。中棚の上段には布団《ふとん》が詰まり、下段には収納用の箱が並んでいる。

「また、昼寝ですか。不安なことがあると、寝ちゃうのは昔からですね」晃子が呆れた声を発し、また菓子を齧《かじ》る。「でも、昼寝なんてするとほんとに嫌な夢見ちゃいますよ」

たぶんすでに悪夢は起きているのだろう、と木村茂は想像した。胸の中が暗いもやもやとした、不安の霧で満ちてくる。

果物

檸檬はどこに行ったのか。

通路を後方へと進みながら、蜜柑は内心で首を捻《ひね》る。今のところ、檸檬の姿は見当たらない。

「何か急用があって、仙台で降りたのかもしれない」眼鏡をかけた七尾が後ろから言ってきた。

「急用とは何だ」デッキのところで立ち止まり、振り返ると七尾も足を止めた。身体を強張《こわば》らせ、おどおどしているが、自分との距離がうまく取られていることに蜜柑は感心した。突然の攻撃にも対処できる間合いが、自然とできあがっている。おどおどし、頼りなく見えるものの、物騒なことを職業としているだけはあった。その後ろから中学生もついてくる。疎ましくて仕方がなかったが、追い払うのも面倒だった。

「たとえば檸檬さんは、怪しい乗客を見つけた。そして、後をつけて、仙台で降りた、とか」七尾が言う。

「それは俺も考えた」

檸檬は、トイレから出てきた人物を疑わしく思い、ついていくことにしたのかもしれない。その、疑わしい人物が何者なのかは分からないが、檸檬は理屈よりも、感覚的に物事を判断するため、瞬時に尾行を決断した。ありえなくもない。蜜柑も、七尾と一緒にホームに出ていたが、周囲を見渡す余裕はなかったから、どこからか出口へ向かったとしても気づかなかった可能性はある。

「ただ、それにしても連絡はしてくるはずだ」と蜜柑は自分自身に言い聞かせるように、言った。「過去にもそういうことはあった。ただ、面倒臭がりでいい加減な奴だが、時間や予定が狂うことには敏感で、俺にはいつも、電話をかけてきた」

役に立つ機関車というのはな、時間通りの運行を心がけるものなんだ、と檸檬はよく言った。路線を変更する場合には、事前に伝える。間に合わなくても事後に、できるだけ早急に報告する。それが信条だった。

蜜柑は自分の携帯電話を取り出し、眺める。連絡はなかった。

そのうちに、中学生の携帯電話が鳴った。デッキでは新幹線の振動音がうるさいため、実際に着信音は聞こえなかったのだが、中学生はびくんと反応すると携帯電話を耳に当て、ドアのほうへと移動した。子供がついてくることは鬱陶《うっとう》しかったため、蜜柑はそのまま、先へと進む。

自動扉をくぐり、次の車両に入り、また乗客の顔や荷物に視線を走らせる。檸檬らしき者はいない。檸檬に関係がありそうな物もない。

「やっぱり仙台で降りたんじゃ」デッキに出たところで、七尾が声をかけてきた。

蜜柑は足を止め、「俺にはそんな気がしないんだが」と向かい合う。走行する響きは鼓動に似ている。巨大な鉄の血管の上に載っているのではないか。そんな気持ちになった。

「なあ、てんとう虫」蜜柑はそこで、ふと思いついた。「おまえ、この車内で檸檬と何か喋《しゃべ》ったか」

「喋った？　いつのこと？」

「いつでもいい」

「喋ったと言えば、少し喋ったかもしれない」

「俺の鍵《かぎ》のことは何か言っていなかったか。捜している鍵だ。もしくは、俺への伝言はなかったか」

七尾はきょとんとし、「鍵?」と首を傾げると、途方に暮れたような表情になり、「それが何か必要に?」と不安を浮かべた。

何でもない、と蜜柑は答える。

もし、と思った。もし、檸檬が死んでいるのであれば、とようやくそこでそのことに想像が及んだ。そうなのだ、檸檬が死亡している可能性はゼロではなかった。むしろ、この新幹線の中では充分ありうることであるのに、そう考え付かなかったのはなぜなのか、蜜柑は自分の鈍感さに驚く。

仮に、檸檬が死んでいるとすれば、まず間違いなく殺されたはずで、手を下した人間がいる。それが七尾ではない、とは言い切れなかった。そして、七尾に始末されているのであれば、檸檬は何らかの証拠を、メッセージとして残しているのではないか、と期待した。

「檸檬は何も言っていなかったか」

「鍵とか、そういうことはまったく」と答える七尾は何かを隠している様子ではなかった。それから蜜柑は、はたと気づく。思えば、檸檬と別れた後で、自分一人で先へ進み、前方のデッキで七尾に遭遇した。七尾が、自分に知られず、檸檬を殺害できる機会はなかったのだ。冷静に考えればすぐに分かることだ。苦笑が浮かぶ。

「あいつに限って、怪我をしているとも思いにくいが」

「強そうですよね」七尾がしみじみと言う。「檸檬さん、言ってましたよ。俺はもし、死んでも、復活するだろうって」

一瞬それが、檸檬によるメッセージかと疑いそうになったが、違うと判断した。その言葉はいつも言うのだ。誰かに会えば、「俺は不死身だ」「復活する」と嘯《うそぶ》き、「復活後は、檸檬Zだ」などと意味不明なことをよく口にした。

「俺と檸檬は意外にしぶといからな。何かあっても、化けて出てくるだろうな」

車掌が後方車両から出てきたのは、その時だった。自動扉が開き、若いながらも背筋の伸びた姿勢で歩いてくる。ダブルのスーツの、その正装は、頼りがいのある車掌としての自信の表れにも思えた。

七尾がすぐに反応し、「あ、すみません、先ほど、預けたトランクなんですが」と話しかける。「こちらの方のだったんです」と蜜柑を指差した。

車掌が、蜜柑を見て、「あ、あれですか。先程、一回アナウンスをしたんですが、取りに来られないので困っていました」と言った。「まだ、乗務員室に置いたままですが、来ていただいてもよろしいですか」

「そうですね」七尾がこちらを見た。「今、取りにいきます?」

蜜柑は少し悩んだ。檸檬を捜すという意味では、まだ全車両を調べたわけではなかった。かと言って、トランクを後回しにすることにも抵抗がある。入手できるうちに手に入れておくべきかもしれない。

蜜柑さん、と声をかけられ、そこに中学生がいることに気づいた。電話を終え、また追ってきたのだ。しつこいガキだ、と蜜柑は苦々しさを超え、憎悪すら抱きそうになる。大人の話に首を突っ込み、自分も大人になった気分を味わいたいのかもしれないが、邪魔でしかない。追い払うべきだとは思った。が、そこで中学生が、「あの、あっちで気になるものを見つけて」と言った。

車掌は、中学生の言葉を訝《いぶか》る様子ではなく、「では、トランクを乗務員室まで取りにきますか?」

と言った。そして、先導するかのように、進行方向へと進みはじめた。

車掌を先頭に、七尾、蜜柑、中学生と一列になり、先へ行く。

七号車を越え、デッキに出たところで蜜柑のジャケットの背中の部分を、中学生が引いた。くいくい、と合図を送ってくる。振り返れば、意味ありげに横のトイレに視線を送っている。

「なあ」蜜柑は、七尾に声をかけた。「先に行って、トランクを受け取っておいてくれ。俺はこいつのトイレに付き添う」と中学生を顎《あご》で指す。

車掌はその不自然さを気に留める素振りもなく、七尾も、状況を了解したのか、首肯すると前方へと消えた。

車掌と七尾が八号車へいなくなると、すぐに個室トイレの前で、「ここが気になるのか」と中学生に訊《たず》ねた。

中学生は神妙な表情で、トイレのドアに手を向け、「ほら、ここに変な線が」とドアからはみ出した銅線を指差した。

蜜柑もさすがに、目を見開いた。檸檬がよく持ち歩いている銅線だ。間違いない。峰岸のぼんぼんの死体を隠し、トイレの鍵を外から施錠する際に、同じように銅線を垂らしていた。

「これ、何か気になりますよね。一応、トイレ、使用中になっているんですけど、人の気配もないし。何だか怪しい、というか、怖くて」中学生は、世間知らずの子供が夕闇を恐れるように、そのトイレを恐れている。「檸檬がやったのか」と銅線をつかむと、それを思い切り、上へと引き上げた。がちゃりと手応《てごた》えがあり、開錠する。

「開けちゃって平気なんですか」

構わず、ドアを横へと開いた。目に飛び込んできたのは、通常のトイレの光景とは異なっていた。便器はあった。が、それだけではなかったのだ。人の身体が、とぐろを巻く蛇のように、転がっている。不気味に歪《ゆが》んだ人の身体、と思う。二人分の身体がそこにあるため、手足の数が多く、グロテスクな固まりじみているのだ。

蜜柑の周囲から、音が消える。

現実味を一瞬、失った。

大の大人二人が便器に絡まるように倒れている。一瞬ではあるが、肉体が、不自然な形で曲がり、おぞましいものに見える。見慣れぬ巨大昆虫を目の当たりにした気分だった。床に血が溜《た》まり、それがゆらゆらと移動している。小便のように見える。

「何これ」背後で、中学生が擦《かす》れた声を出し、退いた。

「檸檬」と蜜柑はぼそっと名前を口にする。

音が耳に戻ってくる。新幹線の走る響きが、蜜柑の体の芯《しん》を、ぶる、っと震わせた。檸檬の顔が浮かぶ。今、目の前で、瞼《まぶた》を閉じ、その瞼の上に血が被《かぶ》さっている男ではなく、いつも隣でうるさく話しかけてきた檸檬の顔だ。「俺だって言われてえよ、おまえは本当に役に立つ機関車だな、ってな」と子供のように目を輝かせた表情を思い出し、蜜柑は自分の胸が裂け、細かく割れ、そこに冷え冷えとした風が吹き込み、小さくざわめくような感覚になり、しかも、そのようなざわめきは初めてであったために、動揺する。

小説の文章が頭に響く。「われらは滅びゆく、おのおの一人にて」

共有した時間がいくらあろうと、消える時はそれぞれ、一人ずつだ。

王子

蜜柑の後ろからそのトイレの様子を覗《のぞ》いていた王子は、一歩、二歩と下がった。怯《おび》えたふりをしながら、蜜柑の表情を確かめる。蜜柑の顔が青褪《あおざ》め、強張ったのを、王子は見逃さなかった。ガラスを蹴飛《けと》ばし、粉砕するのと似た快感を覚えた。「何だ、脆《もろ》いじゃないか」と呟《つぶや》きそうになる。

蜜柑はトイレの中に入ったまま、ドアを閉じた。王子はデッキに取り残される。

本心を言えば、トイレの中での蜜柑の反応を見たかった。檸檬の死体を前に彼がうろたえるのか、もしくは狼狽《ろうばい》を必死に押し隠そうとするのか、この冷淡さを漂わせた男の様子を観察したかったのだ。

ほどなく、扉が開き、蜜柑がまた現れる。表情に変化はなく、王子は少しがっかりする。

「もう一人の、おっさんのほうはおまえと一緒にいた男だろ。違うか？」と後ろ手でトイレを閉め、親指でその扉を指した。木村のことを言っているのだろう。「胸を撃たれている。心臓じゃないけどな。どうする」

「どうする？」

「檸檬は死んでるが、おっさんのほうはまだ息があるぞ」

王子は、その意味合いがすぐには理解できなかった。木村が生きている？　檸檬に撃たれ、死んだと思い込んでいた。確かに流れた血の量は少なかったように見えたが、かと言って、あれで生きているのであれば、木村は永遠に死なないように思える。

執念深いこと、と声に出してしまいそうになる。「勘違いするな。おっさんも別に、ぴんぴんしてるわけじゃない」蜜柑が説明した。「死んでいない、というだけで虫の息には変わりない。どうする。まあ、どうすると言っても新幹線の中では治療もできないだろうから、どうにもならないだろうが。おまえがここで大泣きして、車掌に抱きつき、新幹線を止めてもらうことはできるかもしれない。救急車を呼んで！　と」

どう答えるべきか、と王子が悩んだのは一瞬だった。ここで新幹線を止めて、警察沙汰《ざた》にするつもりはもとからない。

「僕、そのおじさんに捕まっていたんです」

王子は、木村に誘拐に近い形で連れ回されており、実はとても不安だったことを、それはもちろん捏造《ねつぞう》した内容ではあるが、話した。だから、木村が死にそうだ、と知り、混乱と恐怖はあるものの、解放された気持ちがあるんです、と蜜柑に伝える。暗に、このまま木村が死んでくれれば嬉《うれ》しい、という思いを漂わせた。

蜜柑は興味がなさそうだった。二重瞼の目は鋭かったが、何を考えているのか読み取るのが難しい。本来であれば、「そうは言っても、警察に連絡するのが筋だろう」と非難してくるのかもしれないが、蜜柑自身もこのまま、新幹線を走らせておきたいのか、それ以上は口を噤《つぐ》む。

蜜柑は扉を閉めたトイレの前から動こうとしない。その通路で、王子と向かい合う。

「トイレの中には二人分の死体があった。おっさんはまだ死体になっていないが、近いうちに、そうなる。それでだ、檸檬の身体は、おっさんの上に寄りかかるようになっていた。つまり、檸檬が死んだのは、おっさんよりも後だ。おっさんを撃ったのは、檸檬だろうな。その後で、檸檬は撃たれたわけだ」

「誰にですか」

「拳銃《けんじゅう》はあった。ただ、一個きりだ」

「一つだけですか。誰が撃ったんですか」

「まず、檸檬がおっさんを撃って、その後で、おっさんが死ぬ直前、それこそ、死に物狂いで拳銃を奪い取った。で、檸檬を撃った。現実的かどうかは別にして、そういう可能性があるかもしれない」

そう思ってもらえるなら嬉しいです、と王子は言いたかった。警戒しつつも、笑いそうになる。この蜜柑という男はやはり、頭がいい。思考が論理的だった。頭のいい人間は大歓迎だ。理屈に沿って振る舞う人であればあるほど、自己正当化の呪縛《じゅばく》から逃れにくく、王子の思惑通りの道を進んで行ってくれる。

蜜柑は身体を傾け、トイレの扉からはみ出した銅線を見た。「だが、とりあえず、一番気にかかるのはこれだな」

「この銅線、何なんですか」

「檸檬が、鍵を閉めるのに使ったんだろう。外から、鍵を閉めるための細工だな。檸檬がよくやるやり方だ」蜜柑は、そのはみ出した銅線をくいくいと引っ張る。感慨深く、友人を懐かしむような気配はなく、銅線の感触と強度を確かめるだけに見える。「これがここに引っかかっていたということは、だ、トイレの中のおっさんのほかにもう一人、誰かがいたと考えたほうがいい」

「何だか、探偵みたいですね」王子は茶化《ちゃか》すつもりではなく、現実にそう感じたため、言った。冷静沈着、感情に流されず、死体を前にとうとうと考えを披露する姿は、昔読んだことのある本に登場した名探偵と重なる。

「俺は犯人を見つけるために、ポーカーをしたりはしない。ただ、自分に見える手がかりから、一番、蓋然《がいぜん》性のある場面を想像しているだけだ」蜜柑は言う。「たぶん、檸檬は、あのおっさんを撃った後で、死体をこのトイレに隠し、鍵をかけた。その時、使ったのがこの銅線だ」

王子は、蜜柑の真意が分からず、曖昧《あいまい》に応じるほかない。

「ただ、その後で、誰か別の人間が、檸檬を撃った。その犯人は檸檬を隠すために、またこのトイレを使うことにした。おっさんと一緒に隠しておけばいい、と考えたわけだ。そして、鍵を閉めるために、この銅線を使った」

「どういうことですか」

「その犯人は、檸檬が銅線をどう使ったのか、たぶん、見ている。銅線を引っ張り、もう一度、開閉を行った。銅線の使い方を見知っていて、真似をした」

「檸檬さんが、そのやり方を教えたってことですか」

「教えるとは思えない。ただ、檸檬がそうやって、鍵をかけているのを、その誰かが見ていたのかもしれない」蜜柑は銅線を指で触れた後、少しデッキを行き来し、腰を折り、床を見つめ、そこに何か証拠でもないものかと顔を近づける。壁についた傷を撫《な》でもした。事件現場をうろつきまわる警察のようだった。

「そういえば、おまえ、檸檬と喋る機会はあったか」蜜柑がすぐ目の前に戻ってきた。ふと思い出したかのような、言い方だった。

「え」

「檸檬と少しは喋っただろ」

「生きている時に、ですか」

「死んだ後に会話をしたか、とはさすがに訊《き》かない。何か聞かなかったか」

「な、何をですか」

そうだな、と蜜柑は少し考えるようにした後で、「鍵のことだ」と言った。首を少し傾けている。

「鍵？」

「俺はある鍵を捜している。檸檬が何か知っているようだったんだが、聞いていないか」

それなら、と王子は答えそうになった。檸檬と最後に喋った時のことを思い出した。睡魔に襲われ、朦朧《もうろう》としながらも、最後の力を絞り、「鍵は、盛岡のコインロッカーにある」と彼は言った。蜜柑に伝えろ、と。いったい何の鍵であるのか分からないが、それ故に、王子もそのことが頭に引っかかっている。ここで蜜柑にそれを教えれば、鍵の正体を含め、面白い情報が引き出せるのではないか、と思った。

口に出る寸前だった。「鍵のことなら言っていました。何のことか分からないんですけど」と言葉が漏れるところだった。

罠《わな》かもしれない、と頭の中で警報が鳴ったのは、口が開く直前だ。根拠はない。勘としか言いようがないものが、王子を呼び止める。「そういうことは何も言っていませんでした」と返事をした。

「そうか」蜜柑は残念がるでもなく、静かに言うだけだった。

王子は、蜜柑の反応を見ながら、考える。盛岡のコインロッカーのことは、言っても良かったのだろうか。ただ、言わなかったことで不利になったとは思えない。立場は依然として同等か、もしくは自分のほうが上だろう、と王子は分析する。

「少し気になるんだがな」蜜柑がふと洩《も》らした。

「何がですか」

「さっき、おまえはかかってきた電話に出るために俺たちと離れた。あれは、六号車の後ろのデッキだった」

「そうでしたね」

「そして、おまえがもともと座っていたのは、七号車だったはずだ」

よく覚えていますね、と王子は思わず、言いそうになる。座席の脇を、蜜柑が通りかかったのは一度きりだった。あの、ちょっとしたすれ違いの際に、何号車であったかを覚えていたのか。

蜜柑の目が、じっと自分を睨んでくる。

王子は動揺してはならない、と自らに言い聞かせる。こけおどしに過ぎない、と分かっていた。

「それは」と怯えるように言う。「一度、席に戻ったんですけど」

「ですけど?」

「トイレに行きたくなって、ここに来たんです」

よし、と王子は内心で、強くうなずく。模範解答だ、と。

ああ、そうか、と蜜柑もうなずいた。

「そうだ、これを見た覚えはあるか?」次に蜜柑がどこからか、カラー印刷された紙を出し、広げた。大きな紙ではない。機関車トーマスのキャラクターが並んだ、シールだと分かる。

「それがどうかしたんですか」

「今、探ったら、檸檬のジャケットのポケットに入っていたんだ」

「好きなんですね、トーマスが」

「呆《あき》れるほどな」

「それがどうかしたんですか」もう一度、訊ねてしまう。

「ここのシールがない」と指差した箇所は、確かに、シールが剝《は》がれていた。二箇所、空白になっている。

王子は、檸檬がデッキで座り込んだ際、シールを床に貼っていたことを思い出した。緑の機関車のイラストがあり、それは、王子が剝がし、ゴミ箱に捨てた。

「おまえがもらったわけではないか？」

蜜柑の身体から無色透明の、見えざる触手、植物の長い蔓《つる》のようなものが伸び、自分の頰や首筋を探ってくるような気分になった。王子の本心を、心の中を見透かすために、撫でてくる。

王子は頭を回転させる。どう答えるべきか判断がつかない。白を切るべきか、それとも、それらしい答えを作り出すべきか。

「一枚もらったんですが、怖かったので、さっきゴミ箱に捨てちゃいました」

王子は、自分が中学生であることに感謝していた。

蜜柑が、有無を言わせず、自らの直感を信じ、王子を痛めつけてくることもありえた。檸檬の死について何か知っているだろうが、と拷問紛《まが》いのことをしてもおかしくはない。おそらくこの男はそういった、乱暴なことをやって、今まで生きてきたはずだ。

が、王子に対して、そうはしていない。なぜか。王子がまだ子供だからだ。相手が子供だから、躊《ちゆう》躇《ちよ》している。確証もなく痛めつけるには、あまりに幼く、弱い存在だと思い、もう少し、自分の直感を裏付ける根拠を見つけてから行動に出るべきだ、と彼は、良心から助言を受けているに違いなかった。良心など、何一つとして役に立たないにもかかわらず、だ。

檸檬に比べれば、この蜜柑のほうが頭が良く、内面も充実しているように思えた。内面の充実は、想像力を強くする。想像力が鍛えられれば、人へ共感する力が強くなる。つまり、それだけ脆くなる。檸檬よりもこの蜜柑のほうがコントロールしやすい。となれば、たぶん僕は負けないだろう、と王子は考える。

「そうか、ゴミ箱にか。何のシールだった」蜜柑は真面目な顔で質問をぶつけてくる。

「え?」新幹線の揺れで、バランスが崩れ、王子は傾き、壁に手をやり、支えた。

「おまえがもらった、ここから剝がしたシールは、何というキャラクターだったんだ。名前は何だった」蜜柑が持つシールには、血がうっすらとついてもいる。

王子は首を横に振った。「そこまでは分かりません」

その瞬間、腹のあたりに穴が開いた感覚に襲われた。高所での綱渡りで、足を踏み外したかのような、寒気があった。同時に蜜柑が、「おかしいな」と溢《こぼ》した。

「おかしいですか」

「あいつはいつだって、機関車トーマスの仲間の名前を教えたがった。シールや玩具《おもちゃ》を渡す時にはいつも、名前を言った。絶対だ。黙って、渡すわけがない。おまえがもし、シールをもらったのなら、名前を聞いている。覚えていないにしても、聞いてはいるはずだ」

王子は返事を考える。すぐに答えたら駄目だ、とは思った。一度、綱から足を踏み外したなら、慌てず、ゆっくりと体勢を立て直すしかない。

「俺が見たところ」蜜柑はシールを見た。シールは二箇所、剝げていて、その輪郭だけが残っていた。「おまえが手渡されたのはこっち側だったはずだ」と指差す。「緑だっただろ」

「あ、そうでした」実際、ゴミ箱に捨てたのは緑色の機関車だった。

「たぶん、パーシーだ。可愛いタンク機関車のパーシーで、檸檬のお気に入りだ」

「そんな名前だったかも」王子は曖昧に答え、様子を窺《うかが》う。

「そうか」蜜柑の表情からは、その内心が読み取れない。「こっち側にあったのは、何というキャラクターか分かるか」ともう一方の、シールが剝げた跡を指差した。

「分かりません」王子はまた、かぶりを振る。「そっちはもらったわけじゃないので」

「俺には分かる」

「何が貼ってあったのか、分かるんですか」

「分かる」蜜柑は言ったかと思うと、ぐっと身を寄せてきた。「おまえのここに貼ってあるぜ」と言ったと思うと、王子の着ているブレザーの衿《えり》のあたりに触れ、すぐに放した。

王子は身動きが取れず、じっとしている。

「見ろよ。これが、黒いディーゼルだ。いじわるなディーゼル」蜜柑の手には確かに、黒い車体の、四角い顔をしたキャラクターのシールがあった。

予想もしていなかったため、そのシールの出現に、王子ははっとした。が、それが表に出ないように、と反応を必死に抑え込む。「蜜柑さんも、トーマスに詳しいんですね」とかろうじて言った。

そこで蜜柑が少し、表情をゆがめた。不本意に感じたようだったが、笑みも混ざっている。「それはな」と言う。「あれだけいつも、あいつに言われてれば、少しは覚える」と苦々しさを浮かべた。

そして、自分の尻《しり》ポケットから丸めた文庫本を取り出した。「今、死体を探ったら、あいつのジャケットからこれが出てきた」

背表紙が橙色《だいだいいろ》で、表紙には題字と作者名しか書いていない、殺風景ともいえるその文庫本を触り、栞《しおり》の位置を見ながら、「頑張って、ここまで読んだみたいだな」と淡々と言った。「あいつも俺も負けず嫌いで」と呟き、さらに小さい声を出す。「素直じゃなかったわけだ」

「あの」

「いいか、黒いディーゼルは意地悪だ。檸檬は俺にしょっちゅう言っていた。黒いディーゼルだけは信用するな、とな。嘘をつくし、人の名前も覚えない。で、それが、おまえの服に貼ってあった」

「たぶん、何かの拍子に」王子は言いながら、ちらちらと左右を見る。檸檬が最後の最後に、自分に飛び掛かってきた時に、シールを貼ったのかもしれない。まったく気づかなかった。

劣勢になりつつある。王子はそう直感していた。が、まだ、希望はある。王子自身の感覚からすれば、充分にありすぎた。

蜜柑は依然として、銃を手に持ってはいない。いつでも出せるからなのか、自信があるのか、もしくは、銃を出さないほうが良いと考える理由があるからか。いずれにせよ、まだ機会はあるように思える。

蜜柑がおもむろに喋りはじめた。「ドストエフスキーの『罪と罰』にこうある」

いったい何事かと王子は当惑する。

「『まず自分一人を愛せよ、なぜなら世の中のすべてはその基礎を個人の利害においているからである』とな。ようするに、一番大事なのは自分の幸せ、というわけだ。それが回りまわって、みんなの幸せにも繋《つな》がる。俺は、他人の幸せや他人の迷惑についてろくに考えたことがないからな、そりゃそうだろう、としか思えないんだが、おまえはどう思う？」

王子はそれに答えるかわりに、「どうして殺人はいけないんですか？　そう聞かれたら、何て答えます？」と例の質問を口にした。

蜜柑はさほど悩む素振りもなかった。「ドストエフスキーは、『悪霊』で言っている。『犯罪はもう精神錯乱どころか、ほかでもない健全なる常識そのもの、いや、ほとんど義務、すくなくとも、高潔な抗議行動じゃないですか。知性ある殺人者が金を必要としている以上、どうして殺人を犯さずにいられようか！』とな。人が罪を犯すのは異常なことじゃない。ごく自然なこと。俺も同感だよ」

小説からもっともらしい引用をすることが、果たして、質問への回答になるものかどうか、王子は納得できなかった。そして、「犯罪は常識そのもの」なる言葉に同意しつつも、「高潔な抗議行動」という表現には、ナルシシズムにも似た表層的な面白みしか感じることができず、やはり、落胆した。

　これもまた感情的で、開き直った意見でしかなく、奇麗事に過ぎない。僕が知りたいのは、「殺人禁止」についての冷静な意見だ、と思う。

　一方で、つい先ほど、仙台駅を越えた頃に、電話をかけてきた人間のことを思い出した。木村の息子に危害を加えるため、病院近くで待機している男のことだ。「もう病院の中に入った。看護師の恰《かっ》好《こう》をしている。そろそろ仙台に着いた頃じゃないか？　連絡がないが、俺はまだ待機していていいか」と彼は確認してきた。仕事をはじめなくてもいいのか、と待ちきれない様子ですらあった。

「まだ、何もしなくていいですよ」と王子は答えた。「ただ、ルール通りにやってください。十回コールしても僕が出なければ、行動していいですよ」「そうか分かった」と興奮気味に答えたあの男はまさに、自分だけを愛し、自分が金を手に入れるためであれば、幼い他者を殺害しても問題はない、と考えているのかもしれない。たぶん、「これは物騒な仕事ではなく、子供に繋がっている医療機器の動作を少し、不安定にするだけだ」と自分に言い聞かせている。人は自己正当化には余念がない。

「おまえは中学生だろう？　何歳だ？」目の前の蜜柑がさらに続けて、言ってくる。

「十四歳です」と王子は答える。

「ちょうどだな」

「ちょうど？」

「刑法四十一条を知っているか？」

「え？」

「刑法四十一条、十四歳に満たない者の行為は、罰しない、だ。知っているか。十四歳からは、刑法で罰せられる」

「いえ」もちろん嘘だ。王子もそのたぐいのことはよく知っている。が、十四歳になったから萎縮《いしゅく》しているか、といえば、そんなことはまったくなかった。今まで罪を犯してきたのは、別段、「刑法で裁かれない年齢だったから」ではない。それはあくまでも、自分のやりたいことに付随する、制約や特典のたぐいだ。刑法など、自分の犯す罪とはまったく別次元の、些細《ささい》な事柄だった。

「もう一つ、俺の好きな文章を教えてやるよ。『午後の曳航《えいこう》』の中だ」

「何ですか」

「おまえみたいな年齢の子供が言う。刑法四十一条なんてのは、『大人たちが僕らに抱いている夢の表現で、同時に彼らの叶えられぬ夢の表現なんだ。僕たちには何もできないという油断のおかげで、ここにだけ、ちらと青空の一トかけらを、絶対の自由の一トかけらを覗かせたんだ』とな。うっとりする文章で、俺は大好きなんだが、どうして人を殺しちゃいけないか、って答えのヒントがここにある。人を殺してはいけません、なんて言葉はな、大人たちが抱いている夢の表現なんだ。夢だよ、夢。サンタがいますように、と同じだ。決して現実には見ることのできない、美しい青空を必死に、紙に描いて、怖くなったら布団《ふとん》に潜って、それを見て、現実から逃げる。だいたい法律ってのはそういうものだ。これがあるから大丈夫と自分を慰めるだけの、表現に過ぎない」

なぜ急に、そのように小説の台詞《せりふ》を引用しはじめたのか、王子は理解できなかった。他人の言葉に頼る時点で、高が知れている、と幻滅してもいた。

いつの間にか拳銃があった。

しかも、二つだ。二つの銃がそこにある。

一つは蜜柑がまっすぐにその穴を、銃口を王子に突きつけていた。もう一つは、そっと差し伸べる救いの手のように、蜜柑の左手に載せられ、こちらに出されている。

どういうことか、と王子は戸惑った。

「いいか。俺は相当、怒っている。おまえみたいな子供は特に腹立たしい。ただな、一方的に俺が銃を撃って、おまえの命を奪うのはどうにも気がひける。弱いもの苛《いじ》めは性に合わないんだ。だから、こっちの銃をやるよ。お互い、拳銃を持って、やるかやられるかだ」

王子はすぐには動けなかった。相手がどういうつもりなのかすぐに判断できない。

「ほら、早く取れ。撃ち方は教えてやる」

王子は相手の動きを警戒しつつ、蜜柑の左手から拳銃を取った。そして、一歩二歩と下がる。

「この後ろの部分のスライドを引け。グリップをつかんで、レバーをこうして下げろ。安全装置だ。あとは、俺に向け、引き金を引くだけだ」蜜柑は無表情のまま、興奮も緊張も見せず、言った。本当に怒っているのか、と首を傾げたくなるほどだった。

王子は拳銃を手に持ち、言われたように操作をしようと思った。が、そこで手が滑り、拳銃を落としてしまう。はっとし、一瞬、血の気が引いた。この隙に、蜜柑がいよいよ発砲してくると思った。が、蜜柑は少し笑い、「落ち着けよ。拾って、もう一度やればいい。俺は抜け駆けみたいなことはやらない」と言ってくる。

王子はその言葉に嘘はない、と思った。そして、腰を屈《かが》めて銃を拾うがそこでふと、「この重要な局面で、僕が手を滑らすことなんてあるのだろうか」と疑問が浮かんだ。幸運に恵まれ、その溢《あふ》れた運により常に護《まも》られている自分からすれば、この失敗は不自然だ、と。そして、思い至る。「これはたぶん、必然だ。必要な失敗だったのだ」

「この拳銃、いりません」王子は拾った拳銃を、蜜柑に差し出した。

蜜柑の顔が曇り、眉間《みけん》に皺《しわ》が寄る。

形勢が変わりつつある予感を覚え、王子は余裕を取り戻しはじめる。

「どうしてだ。丸腰なら助けてもらえると思ったか」

「違います」王子はきっぱり言う。「たぶん、これ、罠ですよね」

蜜柑が少し黙る。

やっぱりそうか、と王子は喜びよりも、達成感を覚える。やはり僕はまだ守られているのだ、と。理屈や仕掛けは分からないが、この拳銃は通常とは異なるものなのかもしれない。撃とうとしたこちらが被害に遭うようなものではないか、と想像できた。

すると蜜柑が、「よく分かったな。そいつは引き金を引けば暴発する。撃ったおまえは死なないまでも、腕や身体の一部は損傷するはずだ」と言う。

僕はやはり、幸運に包まれている。もはや王子は、蜜柑が怖くなくなっている。その反対に、蜜柑のほうが、自分を恐れはじめているのではないか？

するとそこで、蜜柑の背中で、扉が開き、人がやってくるのが見えた。

「助けてください」王子は声を上げた。「殺されます」

縋《すが》る思いで、「助けて」と訴えた。

その直後だ。王子の目の前で、蜜柑の首ががくんと揺れた。まっすぐだった頭が真横に回転した。

蜜柑が倒れ、銃が転がる。

新幹線の床はその身体を受け止め、大事な場所へ運ぶかのように騒がしく、がたがたごうごう、と揺れる。七尾が立っていた。

もはや溜め息も出なかった。七尾は、首を折った蜜柑の死体を見下ろしたまま、茫然《ぼうぜん》とする。

どうしてこんなことになったのか、と自分に問いかける。

「今、この人に殺されるところでした」中学生が震える声で言った。

うんざりした思いも麻痺《まひ》しはじめている。「何がどうなっているんだ」

「今、この人たちが撃ち合っていたんです」中学生が説明をはじめた。

「この人たち?」複数形なのが気になり、聞き返すと、中学生がトイレを指差した。「その銅線を引っ張ると、開くみたいです」と言われた。従うと、本当に扉が開いた。

ドアの向こう側、便器を囲むように人間が転がっているため、目を丸くする。しかも、二人だ。くらくらとする。不要になったゴミが、たとえば洗濯機やパソコンが、無造作に投棄されている光景に似ていた。

「もう、やめてよ、こういうの」七尾はもはや大人ぶる余裕もなく、子供が理不尽な仕打ちに泣き言を洩らすように、弱音を吐いた。「勘弁してよ」

「僕ももう、何が何だか」

首の骨を折ったばかりの蜜柑を、そのままにしておくわけにいかない、とは判断できた。トイレに入れ、壁に寄りかからせる。すでにトイレはぎゅうぎゅうだ。ここはもう、死体専用の物置だ、と思った。

蜜柑の服のポケットを探り、携帯電話を見つけると取り出す。何かの拍子に着信音が鳴り、死体が発見されても困る。尻ポケットから紙切れが出てきて、広げると、スーパーマーケットの抽籤券《ちゅうせん》だった。どうしてこんなものが、と眺めていると、「裏に何か書いてありますよ」と中学生が言った。

裏側には細いペンで、機関車の絵が描かれていた。「アーサー」と手書きの文字もある。

「何ですか？」

「機関車の絵だ」と言って、七尾はそのまま自分のポケットに紙を押し込む。

一通りトイレ内の始末を終え、デッキに出ると、「助かりました」とリュックサックを肩にかけ直した中学生が言った。先ほどまで、銃に似た物を手にしていたように見えたが、すでにそれはなかった。気のせいだったか。ドアを閉めると、銅線を試行錯誤で引っ張り、鍵を閉め直す。

起きたばかりのことを振り返る。

乗務員室でトランクを引き取り、戻ってきたら、蜜柑が中学生に銃を向けているところだった。この少年が心細そうに、「助けて」と言った姿に、咄嗟《とっさ》に反応していた。無力の塊ともいえる子供の、救いを求める眼差《まなざ》しは、七尾が過去に見捨てた、誘拐されたあの少年と重なった。

頭の中は空っぽになり、無我夢中に近かった。背後から蜜柑に近づき、その首をねじっていたのだ。蜜柑の強さが念頭にあったがために、止《とど》めを刺しておかねば自分が危機に陥る、と体が判断していた。

「どうして、彼は、君を撃とうとしたんだ」

「分かりません。このトイレで死体を見つけて、そうしたら急に興奮したみたいで」

仲間の死体を目の当たりにし、平静を失ってしまったのか。可能性としてはありえなくもない。

「誰が誰を殺したのかさっぱり分からない」七尾はトイレに目をやった後で、溜め息をつく。細かいことはもはやどうでも良かった。早くこの、意味の分からない場所から立ち去りたかった。時速二百キロ以上で、「不幸」が疾走しているようにしか思えない。「不幸」と「不運」が連結して、七尾を運んでいる。

蜜柑の手から落ちた拳銃をどうするか、一瞬、悩んだ。が、ゴミ箱に捨てた。

「あ」と中学生が言う。

「どうかしたか」

「拳銃、持っていたほうが心強い気がするんですけれど」

「持っていたところで、たぶん、どうせ面倒なことが起きるに決まってるんだ」危ないものは手放すのが吉だ、と七尾は思う。蜜柑の携帯電話もゴミ箱に入れる。「捨てるのが一番だ」と言い、デッキの端に置いたままのトランクをつかんだ。「もう嫌だ。早く、降りたい」

中学生が少し顔を強張らせた。不安な目で、一瞬にして瞳《ひとみ》を潤ませている。「降りちゃうんですか」

「どうすれば良いのかもう分からないし」蜜柑と檸檬がいなくなった今、峰岸の依頼に対する責任はどこにいくのか、見当がつかない。が、罰せられるのは蜜柑たちで、自分はおそらく、問題視されないのではないか。七尾が依頼された仕事は、トランクを奪い、新幹線から降りることなのだ。このままトランクを持ち、次の駅で降りれば、ほとんど問題なし、減点はあるものの、及第点はもらえるように思った。正確には、そう思おうとした。

タイミング良く、と言うべきか、次の停車駅、一ノ関に到着するアナウンスが聞こえる。

「あの、盛岡まで一緒に来てくれませんか」中学生がほとんど泣きそうな顔で言った。「僕、心配で」

七尾は耳を塞《ふさ》ぎたくなる。これ以上、何かに巻き込まれるのは真っ平だった。盛岡に行くことにメリットはない。デメリットなら、いくらでも列挙できる。

「実は僕」中学生が重々しく口を開く。

嫌な予感が、七尾を包んでくる。聞きたくない真実が少年から飛び出し、それが自分をがんじがらめにするのではないか、と怖くて仕方がない。今すぐ耳を塞がなくてはならぬ、と両手を顔の左右に寄せた。

「僕、盛岡まで行かないと、子供が危ないんです」

「どういうこと」耳を押さえる直前で、手が止まる。

「人質というか。知り合いの子供が、まだ五歳くらいなんですけど病院にいて。僕がちゃんと盛岡に行かないと、命が危ないらしくて」

「命が？　どういう状況だよ、それ」

「僕もまったく分からないんです」

七尾は困った。この中学生が盛岡まで行かなくてはならぬ、と知り、その無事が気になったのは確かだが、少しでも早く、この新幹線から降りたいのも事実だ。

「大丈夫だよ、たぶん、もう、盛岡までは何も起きないんじゃないかな」七尾は自分でも信じていない言葉を、心を込めずに、効力不明の念仏を唱えるような思いで、言った。「だから、あとはおとなしく席に座っていれば」

「本当に何もないですか？」

「絶対とは言えないけれど」

「盛岡に着いたら、何が起きるのか分からないし、怖いんです」

「俺にはどうすることも」

七号車の扉が開き、男が出てきた。七尾は口を閉じる。怪しまれぬように、と身体を硬直させるがそれが余計に怪しくもあった。

「ああ」とその男が会釈をしてきた。

誰かと思えば、塾の講師だった。手で触れようとしても身体を通り抜けてしまうかのような、半透明にも似た佇《たたず》まいは、相変わらず、亡霊じみている。

いやあ、と彼は頭を掻《か》いた。「塾の生徒たちに、グリーン車に乗って旅行に行く、って嘘ついちゃいまして。今になって、グリーン車がどんな具合か見ておかないと、嘘をつくにもリアリティがないなって気づいたんです、覗いてこようと思って」

照れ臭そうに顔を歪める男には、冗談を言う様子はなかった。七尾が、どうしてここに、と問い質《ただ》す前から説明をした。

「先生も大変だなあ」七尾は苦笑する。

「知り合いですか?」中学生が警戒するように言った。

この子は、車内にいる人間の誰も彼もが恐ろしい人間に見えているのかもしれない、と七尾は思う。まさかこんな風に、死体を発見したり、銃を向けられたりするとは想像もしていなかったに違いない。子供は子供らしく、箱庭の中で遊んでいればいいのだ。

「知り合いじゃないんだ。たまたまさっき、喋っただけで。塾の先生らしい」七尾は、中学生に説明する。

「鈴木と言います」と彼は名乗った。名前を出す必要はないにもかかわらず、わざわざ口に出すのは、彼の実直さのせいに思える。

七尾はそこでふと思いついた。「鈴木さん、どこまで行くんだっけ」

「盛岡ですけど」

七尾は深く検討したわけではなかった。ただ、ここでこの鈴木に遭遇するのも巡り合わせではないか、と自分に都合の良い考えに結びつけた。

「鈴木さん、それなら、この中学生と一緒にいてくれないかな」

「え」

「俺は次の一ノ関で降りないといけないから。後を頼みたくて」

鈴木は、七尾の言葉にきょとんとしていた。途中経過なしで、答えを突き出されたようなものだから、当然だろう。当の中学生にしても同様で一瞬、表情が強張った。見捨てるの？　とでも言い出しかねない表情だった。

「迷子なんですか」鈴木はかろうじて、そう言った。

七尾は首を傾げる。「そうじゃないんだけど、盛岡まで一人だと不安らしくて」

「僕は、お兄さんと一緒じゃないと」中学生は明らかに不服そうだった。不安も入り混じっている。

「俺はこれを持って、次で降りないといけないから」七尾はトランクを持ち上げる。

「そんな」

「この子と一緒に乗っていることは構いませんが、彼の不安はそれだけでは解消されないみたいですよ」塾講師、鈴木が困惑しながら、言う。

七尾は溜め息をつく。

新幹線が速度を緩める。一ノ関駅が近づいてくる。七尾は窓を流れていく景色を眺め、それから見るとはなしに、脇の中学生の横顔を見た。その時になり、中学生が思いのほか落ち着いていることに気づいた。少し怪訝《けげん》に思う。死体や拳銃を目の当たりにした直後にしては、あまりに平然としていないか。いや、それを言うのであれば、彼の前に立つ七尾は、今まさに蜜柑の頸骨《けいこつ》を折った男なのだ。事故ではなく、故意で、しかも手馴《てな》れたやり方で、やった男だ。もっと警戒し、恐れ、もしくは正体を追及すべきではないのか。人を殺した七尾に、盛岡までの同行を頼むことがまず、常識外ではないか。が、七尾はすぐに、そうか、と結論を出す。この中学生はあまりに大きなショックを受け、ぼんやりとしているのだ、と。自分が銃口を突きつけられたのだ。動揺は計り知れないはずだ。可哀想に、と同情に変わる。

木村

木村茂は押入れの中をがさごそと探った後で、「おまえ、また別の場所にしまっただろ」と後ろの妻を振り返る。

「あら、あなた、昼寝するつもりだったんじゃないんですか」お菓子を齧《かじ》りながら、晃子が言う。「布団出したかったんでしょ」

「おまえ、俺の言うことを聞いているのか。そんな暢気《のんき》な状態じゃない」

「まだ何が起きたか分からないのに」晃子は面倒臭そうに言い、居間に置いてあった小さな椅子を抱えると、押入れ近くに寄ってくる。ちょっとどいてください、と木村茂を退けた後で、椅子を置き、そこに乗る。背を伸ばし、押入れの上の天袋を開けた。

「そっちか」

「あなた、ちゃんと片付けないから」晃子は言って、中から風呂敷《ふろしき》包みを引っ張り出す。「これのことでしょ」

木村茂はそれを受け取り、畳に置いた。

「本気なんですか」と晃子は椅子から降り、下唇を出す。

「気になるからな」

「気になるって何がですか」

「久々に、においがした」木村茂は顔をしかめる。

「何か、くさかったでしたか」晃子が台所を振り返り、今日は特に変なものを作っていませんよ、と呟く。

「悪意だよ。電話越しだってのに、ぷんぷんにおってきた」

「懐かしいですね。あなた、よくそう言ってましたよね。悪意はくさいって。悪意の精とか取り憑《つ》いているんですかね」と晃子はすっと正座し、風呂敷の中の物を見つめる。

「俺があの仕事を辞めた理由を知ってるか」

「雄一が生まれたからでしょ。そう言ってたじゃない。息子の成長を見届けるまでは生きていたいから、仕事を変えよう、って言い出して。わたしはもとから辞めたかったからちょうど良かったけど」

「それ以外にも理由があったんだ。三十年前、俺は、うんざりしていたんだよ。周りにいる人間がみんな、臭くて堪《たま》らなくてな」

「悪意の精ですか」

「人を甚振《いたぶ》ろうとしたり、人を侮辱したり、とにかく人より優位に立とうとする奴らってのは、本当にくさい」

「知らないですよ、そんなの」

「周りが悪意のくささばっかりで、嫌になったんだ。で、仕事を変えた。スーパーの仕事は大変だったが、幸いなことに、悪意の臭さとは無縁だったな」

まさか、自分の息子が、自分が辞めた業界で仕事をはじめるとは思ってもいなかったが、と木村茂は内心で苦笑する。知り合いからの噂話で、息子が危ない仕事を手伝っている、と知った時、あまりに心配で、隠れて、仕事ぶりを見に行こうと思ったほどだ。

「それがどうかしたんですか?」

「今の電話の相手がくさくてくさくて、って話だ。あ、ほら、おまえ、新幹線調べたか」

息子の雄一と電話で喋った際、「今、新幹線の中だ」と言ったため、木村茂は不審に思い、もちろんその時も根拠となるのは自分の直感、電話の声から漂ってくる微かな悪臭に過ぎなかったのだが、晃子に向かい、「雄一はあと二十分で仙台に到着すると言っていた。そんな下りの新幹線が本当にあるかどうか調べろ」と指示を出していた。晃子は、「どうしてそんな」と苦笑しつつもすぐに、テレビ脇の棚から時刻表を取り出し、頁をめくっていた。

「そうそう、ありましたよ。十一時ちょうどに仙台に着くのが。一ノ関に十一時二十五分、水沢江刺に十一時三十五分。ねえ、知ってます? 最近はこんな厚い時刻表を使わなくてもね、インターネットとかで簡単に調べられるんですって。昔、あなたと仕事してた時なんて、わたし、時刻表とか散々調べて、電話番号も書き出して、こんなに分厚いメモを作っていたじゃないですか」晃子が指で厚さを示すようにした。「今ならあんなこと必要ないんでしょうね」

木村茂は壁にかかった、古い時計を見る。十一時五分を回ったところだった。「今から出れば、余裕で、水沢江刺から乗れるな」

「新幹線に乗るんですか? 本気ですか?」

木村はつい先ほど、回覧板を渡すために隣家まで往復したばかりで、寝巻きではなく、薄茶色のスラックス、深緑のジャケットに着替えていたため、すぐにでも出発できた。ちょうど良かった、と呟く。「おまえも行くだろ」

「行かないですよ」

「俺が行くんだから、おまえも行くに決まっているだろ」

「わたしも行くんですか」

「昔は、おまえも一緒だったじゃないか」

「そうですよ。わたしがいたから、救われた場面もたくさんありましたね。憶えています？　お礼言われましたっけ？　三十年前ですよ」晃子は立ち上がると、ほら、もう、筋肉もないですし、膝《ひざ》なんて痛くて痛くて、と呟き、自分の足を撫でた。

「自転車の運転と同じだ。昔、覚えた記憶は身体に沁《し》み込んでいる」

「自転車とは絶対に違うと思いますよ。神経を尖《とが》らせてないと駄目なんですから。わたしたちの神経なんて、ほらもう、尖っているどころか、綿みたいにふわふわなんじゃないですか」

木村茂は椅子を使い、天袋を覗き、丸めて収納してあった胴着を引っ張り、下へ落とした。

「このチョッキも懐かしいですね。そういえば最近はもう、チョッキじゃなくて、ベストって言うんですよ」晃子が言い、そのベストの一つに手を通す。こっちがあなたのですね、ともう一方を木村茂に渡した。「でも、ベストテンのことをチョッキテンと言ったりしたら面白いですよね」

木村茂は呆れながら、まずジャケットを脱ぎ、革製のそのベストを羽織る。その上からまたジャケットを着た。

「新幹線に今から乗りに行って、どうするつもりなんですか」

「雄一の状況を確認する。盛岡まで行く、と言っていたからな」

「どうせ、悪ふざけですよ」

「あの中学生が、まあ、実際に中学生かどうかは分からねえけどな、あいつは怪しい」

「だからって、こんな準備が必要ですか?」晃子は自分の着たベストに触れた後で、畳の上に広げた風呂敷の、その中から出てきた仕事道具を取り上げ、眺める。

「俺の直感がな、警報を鳴らしてるんだ。準備は必要だ。幸いなことに、飛行機とは違って、新幹線に乗る客の荷物検査はない。おい、これ、ここのハンマーがいかれてるな」と撃鉄を触る。

「あなた、リボルバーなんて使わないでしょ。薬莢《やっきょう》残るの嫌がるんですし、昔からだいたいすぐ撃っちゃうんですから、安全装置がないのは危ないですし」晃子は風呂敷の上の、自動小銃を一つ手に取ると、弾倉を拾い上げ、グリップに差した。がちゃり、と音がする。すかさず晃子はスライドを後ろへ下げる。「これ、まだ使えますね。こっちのほうがいいですよ」

「定期的に、手入れしておいたからな」木村茂は、晃子から受け取った自動小銃を、羽織ったベストのホルダーに差し込んだ。左右に二つずつ銃を収納できる胴着だった。

「銃はまともに動いても、三十年ぶりですよ。あなた、ちゃんと使えるんですか」

「誰に向かって、そんなこと言ってるんだ」

「渉のほうは大丈夫ですか。そっちのほうが心配です」

「病院だからな。大きな問題はないんじゃないか。それに、渉に危険が及ぶ理由が思いつかない。そうだろ」

「昔、わたしたちに痛い目に遭った誰かが、恨みを晴らすために、なんてことはないですか」

木村茂はいったん動作を止め、まじまじと妻を見る。「思いもしなかった」

「三十年も経って、わたしたちだってこんなに年寄りになってるんですから、昔は怖がられていても、今ならチャンスって思われたのかもしれませんよ」

「舐《な》められたもんだ。俺たちの怖さを忘れるなんて」木村茂は言った。「まあ、ここ数年は孫にでれでれだったけどな」

「ですね」晃子が、がちゃがちゃと他の自動小銃もいじりはじめる。懐かしい玩具を触りはじめたら、興が乗り、昔の感覚を思い出して手が止まらなくなった、という具合だった。昔から、妻の晃子のほうが、銃器の扱いには神経質で、しかも、射撃の精度も良かった。選んだ銃を、ベストに差す。そしてジャケットのボタンを閉めた。

電話機に寄り、今、かけてきた着信番号をメモ帳に書き写した。念のため、病院の番号も記す。

「繁の電話番号、覚えているか？　東京にいる知り合いなんて、繁くらいしかいない」

「繁君、元気ですかねえ。あなた、じゃあ行きますか。早くしないと、新幹線来ちゃいますよ」

王子

新幹線〈はやて〉が一ノ関駅に近づく。ホームが見え、後ろへと流れ、到着まであと少し、というところで、「じゃあ、先生。この子のこと、盛岡までよろしく」と七尾は言い、その黒いフレームの眼鏡の位置を整え、ドアに向かった。

「いいんですか？」鈴木と名乗ったその塾の講師は言った。七尾に対して口にしたのか、それとも王子に向けての言葉だったのかはっきりとしなかったが、どちらにせよ、意味のない問いかけではあったから、王子は聞き流す。

「行っちゃうんですか」と七尾の背中に声をかけた。考えを巡らせる。このまま、七尾を新幹線から降車させて良いのか、阻止すべきではないか。そもそも盛岡に行くのは、峰岸という男を見るためだった。せっかくだからと木村にちょっかいを出してもらおうと思ったが、その木村はすでにいない。トイレの中で虫の息で、蜜柑と檸檬の二人分の死体の下敷きになっている。

木村の代わりを、この七尾にやらせるべきではないか。その思いが浮かぶ。そのためにはこの七尾の意思をコントロールしなければいけない。意思に首輪をかけ、引き摺《ず》り回す必要がある。ただ、その首輪につけるべき鍵の準備ができていなかった。木村の場合は、息子の生命がその鍵となり、さらには、王子に対する憎しみも利用できたものの、七尾の弱みが何であるのか、まだ把握できていない。もちろんこの七尾も、あの蜜柑という男の首の骨を容易《たやす》く折ったことを思えば、真っ当な人間でないのは明らかで、少し探れば、触れられたくない弱みが出てくる可能性は高い、と想像できた。

新幹線から降りないでください、と無理に引き留めるべきだろうか。いや、たぶん、怪しまれるはずだ。もはや、降りられても仕方がないか。王子は自問自答を続ける。

今日はこのまま大人しく盛岡で降り、峰岸の別荘近くを観察するだけにとどめ、東京に戻ろう。準備をやり直した後に、峰岸と対決する。それが良い、と結論づける。木村はいなくとも、使える駒はいくらでも手持ちとしてあるのだから、仕切り直したほうが得策だ、と。

「あの、電話だけでも」王子は、電話番号を教えてくれませんか、と言った。この七尾という男との繋がりを残しておいたほうが有益ではないか、と思った。駒のストックはあればあるほど良い。「僕、何かあったら心配だから、電話をかけさせてください」

隣の鈴木も、「そうですね。盛岡に無事に到着したら、そのことをお伝えしたいですし」と後押ししてくれる。

え、と七尾は戸惑いを見せた。反射的にポケットから携帯電話を取り出し、「もう、駅に着くから」とぼそぼそ答える。

そしてその時、新幹線が停車した。前のめりになった後で、後ろへ傾く。覚悟していた以上に揺れ、王子もよろめいた。

無様だったのは、七尾だった。壁にぶつかったかと思うとつかんでいた携帯電話を落とした。その携帯電話は床で少し跳ねると、滑り、荷物置き場の棚の奥へと入った。海外旅行用の大きなトランクが二つ並んでいたのだが、トランク同士の隙間に潜ったのだ。樹から転げ落ちたリスが、木の根の穴に逃げ込むかのようだ。

七尾はトランクを置いたまま、転がった携帯電話をつかむために、荷物置き場に駆け寄る。

新幹線の扉が開いた。

「おいおい」七尾は慌てふためき、膝を床につけ、身体を傾け、荷物置き場の奥へと手を伸ばし、必死に携帯電話を取ろうとする。届かないからか、一度立ち上がると荷物置き場のトランクを外に引っ張り出し、その後で、携帯電話をやっとのことで拾った。急いで上半身を起こした。すると今度は、荷物置き場の仕切り棚に頭頂部を強くぶつけた。頭を押さえ、うずくまり、うう、と呻《うめ》いている。

王子はさすがに目を丸くせざるをえなかった。一人でいったい何をしているのか、と啞然《あぜん》とした。

頭に手を当てながらも、やがて七尾は立ち上がり、引っ張り出したトランクを律儀に元に戻し、それから、芝居じみて見えるほどのよろめき方をして出口へと向かっていった。

ホームに続く扉は慈悲の欠片も見せず、七尾の目の前で閉じた。

降り損なった七尾は肩を落とした。

王子と鈴木は最初、かけるべき言葉を失っていた。

新幹線がゆっくりと発進する。

トランクを持ったまま振り返った七尾は、恥ずかしがるでもなく、清々とした様子すら浮かべ、「こういうものなんだ」と言った。「別段、驚くことでもない」

「立っていても何ですから、座りましょう」鈴木が言う。

もともと空《す》いていた車両は、仙台を過ぎたことでさらに空席が多くなったため、わざわざ自分たちの席には戻らず、すぐ近くの車両、八号車に並んで腰を下ろすことにした。「一人でいると不安なんです」と王子がそれらしく訴えると、大人二人は信じた。一番後方の三人掛けの座席に、窓際に七尾、その隣に王子、通路側に鈴木という順で座る。

車掌がやってきたために、鈴木が、座席を移動した旨を伝えた。若い車掌は、チケット拝見、とも言わず、にこやかに許可してくれた。

隣の七尾は俯《うつむ》き気味で、ぼそぼそと、「大したことじゃない」と呟いている。

「どうしたんですか」

「いや、こんなことはいつもの俺の不運からすれば大したことじゃないんだ」

その言い方がすでに、必死に自分に言い聞かせている具合で、悲愴《ひそう》感があった。この男の失った運が、ごっそりと僕の運の上に載っているのではないか。ついていない人間の気持ちが分からないだけに、王子もかけるべき言葉が見つからない。

「せっかくだから、このまま盛岡まで付き添ってあげたほうがいいですよ」通路側の鈴木が優しい言い方をした。失敗した生徒を慰め、励ますようなその言い方に、教師特有の奇麗事を感じ、王子は不愉快になるが、もちろんその不快感を面には出さず、「そうですね。一緒に行ってもらえると嬉しいです」と同調した。

「僕はちょっとグリーン車を見てきます」鈴木はその場の問題がすっかり解決し、自分が引率の役割を逃れ、ほっとしたかのようでもあった。この塾講師は、新幹線の中での怪しげな男たちの行動や死体のこと、銃のことはまったく目撃していない。だからこそ、平然としていられるのだろう。知らぬが仏ですよ先生、と前方へと歩いていく鈴木の背中に、内心で声をかけた。

「本当にありがとうございます」二人だけとなった席で、王子は改めて、七尾に言った。できるだけ、放心状態を装いたかった。「一緒に行ってもらえると心強いです」

「そう言われればとても嬉しいけど」七尾は自嘲《じちょう》する。「俺が君なら、俺になんて同行してもらいたくないよ。ついてないことばっかりなんだから」

王子は唇を噛《か》む。先ほどの、デッキでの七尾のドタバタ劇を思い出し、その滑稽《こっけい》さににやけてしまいそうだった。「七尾さんは、何をしている人なんですか」と質問した。興味があったわけではない。おおかた、蜜柑や檸檬たちと似た仕事だろう、と見当はついた。罪に手を貸す、短絡的な人間のたぐいに違いない。

「俺は新幹線の中で暮らしているんだ」七尾は顔をしかめた。「どの駅でも降りることができなくて、たぶん、呪われてるんじゃないかな。今の一ノ関駅でも見ただろ。いつも、ハプニングが起きて、かれこれ十年も」とそこまで言ったところで、彼自身も馬鹿馬鹿しさに耐えられなかったのだろう、「やめた」と言い、その話を止めた。かわりに、「見て、分かっただろう？　さっきみたいなのが仕事だよ」と言った。

「駅に降りられないのが？」

「冗談はやめてくれ。その前だ。物騒なことをする、って話」

「でも、七尾さんはいい人のような気がします」王子は言ってみる。

こちらは脆弱《ぜいじゃく》な少年で、あなたに頼るほかないのです、信頼していますよ、というメッセージを送る。まずは男に、「この中学生を庇護《ひご》しなくてはいけないのだ」と思わせるべきだ。

この男も取り込んでおこう、と王子は決めはじめていた。これほど運に恵まれず、自分に自信のない男であれば、自由意思を奪い、誘導することは容易だろう。

「君は今、混乱しているから何が何だか分からないんだろうけど、俺は決して、善人じゃない。正義の味方ではない。人を殺してもいる」

混乱しているのはおまえだけだ、と王子は言いそうになる。こちらには混乱はなく、僕は明晰《めいせき》に、物事を把握できている、と。「でも、僕を助けてくれるためだったんですよね。一人でいるよりも、七尾さんがいてくれたほうが絶対に心強いです」

「そうかな」小声で言う七尾は、困惑しつつも照れていた。王子はまたしても笑いを我慢するのに苦労する。使命感を刺激され、まんざらでもないのだろう。女性にお世辞を言われ、にやつく中年男と同じではないか。単純に過ぎる。

新幹線の窓の向こうをまた見やる。水田が流れ、遠くの山の尾根がじりじりと回りこむように動いていった。

水沢江刺駅にはすぐに到着した。ここでも七尾が、降りる、と主張するのではないか、と王子は予測したが、彼はすでに盛岡まで行く覚悟を決めたのか、もしくは、デッキでまた降りられなくなり、恥ずかしい姿を晒《さら》すことが怖かったのか、到着アナウンスにはまったく反応しなかった。

こちらの隙を見て、発作的に席を立ち、新幹線から飛び降りる可能性もあったが、新幹線が水沢江刺に到着し、扉を開き、閉め、発車する間、七尾は背もたれに身体を寄りかからせたまま、溜め息を吐《つ》き、ぼうっとしているだけだった。観念しているようにしか見えない。

駅から発進し、新幹線はさらに北上を進める。

少し経ち、携帯電話の振動がはじまった。王子は自分の電話を確認した後で、「七尾さん、電話鳴ってませんか」と訊ねた。七尾ははっとし、ポケットを探るが、「違うみたいだけど」と首を振った。「あ」木村の携帯電話だ、と気づいた。リュックサックの外ポケットに触れ、そこから取り出す。

「これ、さっきのおじさんの電話なんですけど」

「さっきの？　あの、君を連れまわしていた？」

「木村さんと言うんですけど。あれ、公衆電話からです」王子は電話の液晶画面を見つめ、どうすべきか一瞬だけ、悩んだ。いまどき、公衆電話から電話をかける人がいるのか、とそのことが訝しかった。「電話に出たほうがいいですかね」

七尾は答えない。「俺が何かを決断すると、ろくなことにならないから、自分で決めたほうがいい」と言い訳めいたことを口にする。「出るなら、デッキじゃなくて、ここで喋ってもいいんじゃないかな。空いてるし」

ですね、とうなずき王子が電話に出ると、「あ、雄一？」と声がした。木村の母親だ、とすぐに想像できた。瞬間的に王子は心が浮き立つ。おそらく、王子がかけた電話のことを、夫から聞き、そのことでいても立ってもいられなくなったのかもしれない。自分の息子や孫に何があったのか、と想像力を働かせ、悪いことばかりを頭に浮かべ、増幅する不安に耐えられなくなり、いよいよ電話をかけてきたのだ。子供のことで胸を痛める母親ほど、必死さに満ち、傍目《はため》からは愉快なものはない。電話がかかってくるのが遅いくらいだ、とも思った。

「あ、おじさんはいないです」王子は答える。さて、どう応対したら、相手の不安感をさらに煽《あお》ることができるか、頭を働かせようとした。

「えっと、今、あなたはどこにいるの？」

「今はまだ新幹線の中です。〈はやて〉の」

「それは分かってるのよ。何号車なの？」

「そんなことを知ってどうするんですか」

「会いに行こうかなって。うちの人がね」

そこで王子は、木村の母親の声がひどく落ち着き、地面に根を張る大樹にも似た堂々としたものだと気づいた。

背後の自動扉が開いた。

電話を耳にしたまま身体を傾けると、そこに、深緑のジャケットを着た、中肉中背の、白髪《しらが》頭の男が入ってきたところだった。太い眉に、細い目が鋭かった。

ぐるっと上半身を捻り、無理やり視線を上に向けた王子は、その男を見る。男はふわっと口元を綻《ほころ》ばせた。「本当に中学生だったか」と言った。


定年後で、悠々自適といった年齢のその男は、七尾たちの座る三人掛けの一つ前の座席に触れ、足でレバーを踏むと乱暴に回転させた。三人掛けの座席同士が向かい合わせになる。そして、七尾と中学生の前に、こちらと対峙《たいじ》する形で腰を下ろした。あっという間のことで、抵抗を示す暇もない。気づいた時には、親子三代の家族旅行に出かけるかのような構図になっている。

さらにもう一度、後ろの扉が開き、「あら、ここにいたのね」と、やはり還暦過ぎと思《おぼ》しき女が現れた。当然のように、七尾たちの向かい側に、つまり、最初に座った男の隣に、腰掛ける。「あなた、意外にすぐ見つかったこと」と男に言い、その後で、合コン相手の品定めをするかのように、七尾と中学生を眺めた。

「あの」七尾は、馴れ馴れしくやってきたその夫婦にようやく声をかける。

「でも」と女の言葉がそれを遮る。「新幹線の中の公衆電話、はじめて使ったんだけど、電話線とかなさそうなのにどうやってかかるんですかね」

「線路を電波が伝っていくんじゃないのか」

「わたしたちも携帯電話を持ったほうがいいんですよ。便利なのに」

「まあ、とにかく、雄一の携帯電話が、新幹線の中からかかるやつで良かったよ。新幹線内の公衆電話は、かけられる会社が決まってるらしいからな」

「そうなんですか？」女は、七尾にそう訊ねたが、知るはずがなかった。

「あの、おじいさんたちは」中学生も警戒と不安を浮かべて、口にする。

前の二人は歳はかなり上であるものの、萎《しお》れた様子はまるでなく、おじいさんおばあさん、と呼べるほどの老いはなかった。中学生からすればやはり、おじいさん、としか形容できないのだろうか、と七尾はぼんやり考えたのだが、するとそこで当の男自身が、「それ、わざとだろう」と言った。

「え」中学生が少し驚く。

「おまえ、わざと、俺たちを老人扱いしようとしてるだろ。わざと今、おじいさん、という呼び方を選んだ。違うか？」

「あら、あなた、怖いわね。子供相手に」女がおどけるような言い方をする。「だから年寄りは、とか呆れられますよ」

「こいつは、そんな、可愛らしい子供じゃないよ。自分の喋る言葉をちゃんと選んでる。くさくてくさくて」

「臭いですか？」中学生が少しむっとした。「初対面なのに、そんな風に言わなくても。おじいさん、って言ったのは別に悪気があったわけじゃ」

「初対面ではあるけどな、知らない仲ではない。俺は木村だ。少し前に電話をくれただろ」男は自分を指差し、にっと笑う。優しい言い方ではあったが、眼光は鋭かった。「おまえからの電話が気になって、慌てて、今の水沢江刺から乗ってきた」

ああ、と中学生が驚いたように、口を開いた。「あの木村さんの」

「悪いな、過保護でな。息子のいざこざに親がでてきたってわけだ。で、雄一はどこだ」

七尾は頭の中を整理する。この男が口にした、「木村雄一」とは、中学生と一緒にいた男だろう。今は、トイレの中で倒れている男だ。中学生が電話をかけた、とはどういうことなのか。

「電話でおまえは言っただろ。雄一が危険な目に遭っていた、孫の渉も危ない、ってな」

「あ、それは」と王子は言ったきり、口をもごもごさせる。

「おまえはこうも言った。『おじいさんたちがのんびりしているから、いけなかったんだと思います』とな」

「あれは」中学生が下を向く。「全部、言わされたんです。あの、木村さんにも脅されたんですけど、さらに別の人にも」

別の人とは誰だ？　七尾は横で聞きながら、中学生の横顔をそっと眺める。小さい顔に、鼻筋が通り、額の丸みや後頭部の形も美しく、品のある陶器を見るようだった。子供の頃、「君のおうちは貧乏だから、サッカー選手か犯罪者の道を選んだほうがいいよ」と言われたことを思い出す。そう言ってきた同級生も、このような、整った顔立ちではなかったか。持てる者は外見までも完璧《かんぺき》なのだ。

「あの、彼はただの中学生ですよ。物騒なことに巻き込まれてはいるけど。そんなに怖い言い方しないでも」と思わず、七尾は間に入る。

「本当に、ただの中学生か」男が、七尾を見る。皺の多い顔で、肌が乾燥している。ただ、そこには、樹皮が剝がれつつも堂々と立つ大樹のような貫禄《かんろく》があった。幹が太く、押しても動かず、強風にも揺れない。「こいつはただの中学生ではないかもしれない」

言った瞬間、男の手がさっと動き、着ていたジャケットが小さく翻った。

七尾は反応した。それはもはや不随意の自動的な動きでしかない。背中に手をやり、つかんだ銃を前に出す。ほぼ同時で、男が取り出した銃も中学生を狙っている。

距離がほとんどないため、お互い、鼻先に銃口が突きつけられた状態だった。

新幹線の車内、トランプ遊びでもはじめそうな向かい合わせの席で、男と自分が銃を互いに出しているのが、奇妙な場面に感じられる。

「本当のことを喋れば、まだ、致命傷にはならないかもしれないぞ、おぼっちゃん」男が、中学生に銃口を揺らす。

「あなた、それじゃあ喋りたくても喋れないですよ」と夫をたしなめるその女にしたところで緊迫感はどこにもなかった。

「ちょっと、あまりに強引じゃないか」七尾は乱暴なやり方に腹が立つ。「銃をしまわなければ俺が撃つ」

男はようやく、七尾の銃に気づいたかのような素振りで、「やめておけよ。弾入っていないだろ」と言った。

七尾はぐっと押し黙った。確かに、弾倉はゴミ箱に捨ててあったが、どうして、と思った。どうして分かるのか、と。ぱっと見て、それがばれるとは思っていなかった。

「入っていないわけがない」

「じゃあ、試してみろよ。俺も撃つぞ」

素人扱いされた屈辱に赤くなるが、俯くわけにもいかない。弾の入っていない銃をおずおずと内ポケットに収め、じっと男を見る。

「指定席券持っているんですか？〈はやて〉は全席指定ですよ」中学生は冷静に言った。

「うるさいこと言うなよ。だって、売り切れてたんだからどうにもならない」

「売り切れ？　空いてるじゃないですか」七尾は周囲を見渡す。車両のあちらこちらが空席だった。

「だろ？　何か変なんだよ。ごっそり団体客がキャンセルしたのか？　まあ、車掌だってこれで降りろとは言わねえよ。で、雄一はどこだ。どこでどうなってる。それと、渉に何が起きるんだ」

「僕もよく分からなくて」中学生はぼそぼそと喋りはじめる。「ただ、僕が盛岡まで行かないと、その渉君は病院で危ないらしいんです」

七尾は、中学生の横顔を見つめる。今のやり取りから推測するに、先ほど彼が言っていた、「自分が盛岡に行かねば命が危ない」という子供は、この男たちの孫なのだろう。が、中学生とこの男たちの関係が分からない。

そしてそれ以上に、いったいこの夫婦は何なのだ、と首を捻りたくなった。よく見れば、女もその厚手の上着の下に、道具を忍ばせているように、思える。この女も銃を持っているのか？　落ち着きぶりからすると、素人と言うよりは、業者に感じられた。これほど歳のいった業者の話は聞いたことがない。

いったい自分が何に巻き込まれているのか、はっきりと把握はできていなかったが、男の、中学生に対する敵意は、明らかに異様に思えた。正常ではない。もとよりこの新幹線の旅は、正常とはほど遠かったが、その中でも、これは、歪んだ場面だ。還暦過ぎであろう夫婦が、肩をすぼめた中学生を詰問し、銃まで構えているのだ。

携帯電話の着信する振動音が聞こえてきたのはその時だ。座る四人を、軽快に揺らし、茶化すかのような響きがある。

全員が黙り、息を止め、耳を澄まし、その座席の周囲がふっと静まり返る。

七尾は服の上から、携帯電話に触れ、自分の電話には着信がないことを確認する。

ああ、と中学生は言い、自分の持っていたリュックを手前に移動し、そのファスナーを開ける。

「僕の電話です」

「動くな」男は銃口をぐいと突き出すようにした。至近距離であるため、自動小銃で狙うというよりも、刃物で脅しつけるような様子でもあった。

「でも、電話が」

「いいから、動くな」

七尾はその会話を聞きながら、低く震える振動音を、三回、四回、と数えている。

「たぶん、出ないとまずいと思います」

「携帯電話に出るくらい、いいじゃないか」七尾も、特に理由があったわけではないが、校則を破った息子を庇《かば》うような気持ちで、言い返した。

「駄目だ」男はにべもない。「こいつはどうも胡散《うさん》臭い。電話に出るのを口実に何かをやるかもしれない」

「あなた、何かって何ですか?」女は相変わらず、無邪気な口ぶりだ。

「分からねえけどな。ただ、一つ言えるのは、頭のいい奴と対決する時には、相手の意思通りにさせたら、絶対に駄目だってことだ。どんな些細なことであれ、俺たちの裏をかくための行動かもしれねえんだよ。たとえばな、昔、ラーメン屋で店の男と向き合っていた時だ。俺は、そいつに銃を向けていた。ラーメンがまずかったわけじゃないぞ。詳しいことは忘れちまったが、重要な荷物を寄越すように、そいつに命令していた。仕事だったんだ。で、そこに店の電話が鳴った。店主は、電話に出ないと怪しまれます、と訴えた。なるほどそうか、と俺は優しいところを見せて、『余計なことは喋るな』と念を押してから、電話に出させた。店主は、味噌《みそ》ラーメンだかチャーシューメンだか、とにかく出前の受け答えをしたんだがな、これがびっくり、実は合図だったんだ。少ししたら、物騒な援軍がやってきた。狭いラーメン店で、銃撃戦だ。もちろん俺は生き延びたが、それにしても面倒だった。もしくは、こうだ。どこかの事務所で、そこの社長と交渉をしている時に、机の電話が鳴った。俺は親切に、その電話に出てもいい、と応じた。で、社長が電話に出た途端、どかん、だ。つまり、どういうことかといえば」

「三十年以上前には、携帯電話がなかったってことね」女が茶々を入れる。今までに何度も聞かされた思い出話にうんざりするようでもあった。

「こういった場面でかかってくる電話はろくなもんじゃない、ってことだ」

「三十年前は、ですよ」女が苦笑する。

「今も、だ」

七尾は、中学生を見る。ファスナーを開けたリュックを脇に置いていた。何かを思案しているのか、真面目な表情ではある。違和感が頭を掠《かす》める。「助けて」と自分に縋ってきた、あの、怯えた少年の色は、霧の如く消えていた。拳銃を前にしたにもかかわらず、この落ち着きぶりはやはり奇妙だった。先ほどまでは、気が動転しているのだろう、と解釈していたが、今はかなり淡々としている。

七尾は視線を下に移動し、そこで、リュックサックの中が覗けることに気づいた。中に、拳銃のグリップらしきものが見える。銃だ。どうしてそこに入っているのか、中学生が隠し持っていたのか、それは分からない。とにかく、そこに銃があるのは事実だ。

これは、と七尾は平静を装いながら、考える。これは使える。

七尾の銃には弾が入っていない。そのことは男も分かっている。つまり、拳銃がこちらにはない、と油断しているはずだ。その隙を突き、リュックからこの銃を取り出し、相手に突きつけることはできる。目の前の夫婦はもとより、中学生も油断できぬ存在だった。何を考えているのか想像もできず、気を抜くと痛い目に遭う予感がある。銃によって、まずは、この場で主導権を握るべきだ、と思った。拳銃を取り出す隙を見つけようと、神経を尖らせる。不用意に動けば、間違いなく撃たれるだろう。

携帯電話の振動音がやんだ。

「あ、電話が鳴り止んじゃいました」中学生がぼそっと下を向く。

「大事な用件ならまたかかってくるだろうよ」男は無責任に言い放つ。

小さな鼻息が聞こえた。俯き気味の中学生をちらっと見やる。堪え切れない笑みを嚙み締めているかのような少年の横顔に、七尾は動揺した。

笑みを堪えるために身体が震えてしまう。胸の内側からせり上がってくる悦《よろこ》びの笑みは隠し切れない。この老いた男も結局は一緒だ、と思った。威厳を見せつけ、人生における経験の差を強調し、余裕綽々《しやくしやく》の態度を取っていたが、ようするに、思い込みと過信で、落とし穴にはまり、はまった後もその事実を認めないような人間に過ぎない。

今、かかってきた電話はほぼ間違いなく、東京の病院内で待機している男からだ。何かを確認したかったのか、もしくは、仕事の重圧を感じはじめ、そわそわとし、待つことに焦《じ》れて、電話をかけてきたのかもしれない。

十回コールして、王子が出なければ、仕事を実行するように、と決めてあった。そして、今、王子は電話に出なかった。

約束通りに行動する勇気がその男にあるのかどうか、王子には分からないものの、幸運に恵まれている自分の人生を考えれば、今頃、男は病室に向かい、木村渉に危害を加えようとしているはずだ。自分が望むように、人や物が動いていくのを、王子は何度も経験している。

あなたのせいですよ、と王子は目の前の男に言いたくて仕方がない。あなたは拳銃を出し、優位に立っているつもりだろうが、そのせいで大事な孫の命を奪うことになったのです。男を哀れに思い、慰めの言葉すら考えそうになる。もちろん一方で、この事実を、どう活用すべきかと検討しはじめてもいた。活用次第では、この夫婦をコントロールすることができる。孫の悲劇を伝え、悶《もだ》え苦しむ男の姿と呆然とする女の様子を、たっぷりと愉しみ、その後で、彼らの罪の意識を刺激し、判断能力を奪い、彼らの心に鎖をかける。いつもやってきたようにやれば良い。

ただ、まだ、もう少し時間が必要だ。今、「おたくのお孫さんの命が危ないですよ」と教えてしまったら、男は銃を振り翳《かざ》し、暴れ、病院に電話をかけ、死に物狂いで訴え、孫を助けようとするかもしれなかった。この情報を相手に伝えるのならば、確実に手遅れとなってからだ。

「おい」男が言った。「早く話せ。盛岡に到着するより前に、俺は、おまえを撃つだろう」

「どうして」とすぐに跳ね返るような声を発したのは七尾だった。「どうしてそんなに決め付けているんだ」

「あの、本当に、僕、何が何だか分からなくて」その言葉に便乗し、王子はあくまでも、混乱した中学生を装う。

「あなた、この子、どうなんでしょうね。わたしには嘘をついているようには見えないですよ」女の顔が、亡くなった祖母と重なる。懐かしさはあったが、親しみは覚えず、むしろ、ああこれはやはり与《くみ》しやすい相手だな、とほっとした。老いた人間は、子供に目を細め、優しく扱おうとする。人としての道徳や使命ではなく、動物としての本能に違いない。同じ種族の、より新しい命を、守らなくてはならない、と思うように設計されているのだ。「でも、雄一はどこ？　仙台で降りたの？　もう、雄一が電話に出られないってそういうこと？」

「俺からすれば、こいつはくさい」男が背もたれに深く寄りかかり、顎で王子を指した。が、銃をジャケット内のベスト、そのポケットにしまった。こちらに心を許したわけではないだろうが、少し、緊張が緩んだように見える。「まあ、いい。とりあえず、渉のところに電話をかけてみるか。出てくる時は慌ただしかったからな。繁に様子を見にいってくれ、と頼んだがちゃんと頼んだ通りにできているのか、信用できないしな」

「繁君は頼りないですからね」女が笑う。

知人を病院に行かせたのか。

「さっきの公衆電話で、かけてきましょうか」と女が言った。

まずい、と王子は思う。まだ時間を稼ぎたかった。

すると七尾が隣から、「お孫さん、病気か何かなんですか」と質問を投げた。話題が逸《そ》れるかもしれない、と王子は、七尾のそのタイミングの良い問いかけに感謝する。やはり、ついている。

「デパートの屋上から落ちたんだ。意識不明で、病院のベッドにずっと寝ている」男は感情を込めぬようになのか、ぶっきらぼうに答えた。

王子は口に手を当て、「そうだったんですか」と初めて聞いたような顔をする。「屋上からなんて。きっとすごく怖かったでしょうね」

内心では、にやついていた。屋上から落下した子供の、あの、事態が理解できず、漠然とした恐怖に戸惑っている表情が思い出された。

男はさらにむすっと答える。「天岩戸《あまのいわと》に、天照《あまてらす》が隠れちまったのと一緒だな。渉が寝たきりだから、こっちの世界は真っ暗だ。早く、誰か踊って、みんなで笑って、渉を呼び戻さねえと本当に真っ暗で、最悪だよ」

王子は失笑を堪える。真っ暗なのはあなただけで、僕はちっとも困っていない。あなたの孫がいようがいまいが、世の中にはほとんど大きな影響はないのですよ。王子は内心で囁《ささや》く。

「お医者さんは何と言ってるんですか」七尾が訊ねた。

「これ以上、新しい手は打てない。やれることはやっている。いつ目を覚ましてもおかしくはないし、永遠に起きない可能性もある、だと」

「心配ですね」七尾はぼそっと言う。

男の顔がにんまりとほころんだ。「お兄ちゃん、あんたはまた、びっくりするくらい匂いがしないな。悪意のくささがほとんどない。さっきの銃の出し方を見ても、俺たちと似た仕事をしているだろうに、どういうわけだ。仕事をはじめたばかりってわけでもないだろう」

「まあ、そうですね」七尾が口元を歪める。「ただ、ついてないだけです。だから、理不尽な不幸には共感しやすいのかもしれません」

「あの、僕、前から知りたかったんですけど」王子は、さらに話題をずらし、電話をかけに行かせないために、質問をぶつける。

「何だよ」男が言う。面倒臭そうにも、警戒しているようにも見える。

「わたしたちにも分かることかしら」

「あの、どうして人を殺したらいけないんですか?」いつもの問いかけだ。大人が呆れ、「そんなの当たり前だろ」と溜め息をつきながらも、回答できない質問だ。

「あ」と七尾がそこで言う。

質問に対する答えを閃《ひらめ》いたのか、と隣を見たが、当の七尾はまるで違う方向を、新幹線の前方を眺めていた。「鈴木さんが来ちゃう」と呟いた。

言われて、視線をずらすと通路の向こうから塾講師の鈴木が歩いてくる。

「誰だ」男はベストから銃を再び出し、その銃口を七尾に向けた。

「この車内でたまたま、知り合ったんです。いや、そこまで親しいわけでもなくて、ただ、少し会話をしただけなんだけど。とにかく、一般人です。俺が銃を持っていることも知らないし、ただの塾の先生なんだ。この子を心配して、一緒にこの席に座っていて」七尾が早口で説明した。「だからここに戻ってきます」

「信用できないな」男は言う。「同業者じゃないのか」と銃を持った手に力を込める。

「それなら、来た途端に撃てばいいじゃないか」七尾は強気に言った。「後悔しますよ。あの鈴木さんは正真正銘、堅気の人だから」

女が通路側に身体を傾け、肘《ひじ》置きに手をかけ、後ろを見やった。すぐに体勢を戻すと、「見た感じ、普通の男の人ですね。あれは本当に、何にも分かんない顔じゃないかしら。明らかに、武器は持っていないし。グリーン車がどんな具合か覗いて、こっそり座り心地を確かめて、帰ってきただけ、っていう暢気な感じね」と言った。

「本当か」男が訊ねる。

「奥さん、鋭いです」七尾が真面目な顔で、こくこく、とうなずく。

男は持っていた銃を、その手と一緒にジャケットのポケットにしまい、そのポケットごと銃を七尾のいる方向へ向けた。「少しでも怪しかったら、おまえを撃つぞ」

直後、「あれ、いつの間にか賑《にぎ》やかになっているんですね」と鈴木が到着した。「どうなったんですか？」

女が目尻に皺を寄せ、目を細める。「さっきの駅で乗ってきたんですけど、お年寄りだけでは寂しいでしょう、とこの方たちが席をこうしてくれて」いけしゃあしゃあと出まかせを口にした。

「あ、そうなんですか」鈴木は静かにうなずく。「それはいいですね」

「あんた、学校の先生なんだって？」男は低い声を出す。目つきは鋭く、まばたきもほとんどない。

「学習塾です。先生といえば先生ですけど」

「じゃあ、ちょうど良かった。あんた、そこに座れよ。ばあさんの隣に」男は、自分たちの座る三人掛けの一番端、通路側を、鈴木に勧める。言われるがままに鈴木が腰をかけると、「今、この子が怖い質問をしてきたんだけどな」とはじめた。すでに、鈴木への警戒を解いたのか、もしくは言葉とは裏腹に、発砲すべき機会を逃さぬように用心しているのか。

「何ですか」鈴木が目を開く。

「どうして人を殺したらいけないんですか、とな、訊ねてきたんだ。ここは先生がびしっと答えてやってくれよ。な」

鈴木は急な指名にきょとんとした。そして、王子を見る。「そうなの?」と眉を悲しげに歪ませた。王子は溜め息を堪える。この質問をすると相手はたいがい、こういう表情を見せる。もしくは、赤い顔をし、憤慨する。「純粋に知りたいんです」と王子は言う。

鈴木はすっと息を吸うと、自分を落ち着かせるように長く、吐いた。高揚はなく、依然として悲しい目つきだった。「どう答えるべきか悩むんだけど」

「やっぱり、難しいですか」

「というよりも、君の本心が分からないからね」鈴木の顔がどんどん教師然としてくる気がして、不快に感じる。「まず」と彼は言った。「僕の個人的な意見を言うけれど」

個人的ではない意見とはどういうものなのか、と茶化したくなる。

「僕は、たとえば、君が誰かを殺すとなったら、それを止めたい。逆もそうだよ。誰かが君を殺そうとしたら、やっぱり、それは駄目だ、と言いたい」

「どうしてですか」

「人が死ぬことは、死なないまでも誰かが誰かを攻撃するのは、とても切ないからだよ」鈴木は言う。

「悲しいし、やり切れない。そんなことはあってほしくない」

そんな答えは聞きたくもなかったが、「言いたいことは分かります。僕だってそういう気持ちは理解できます」と嘘をつく。「でも、そういう倫理的な意味ではない理由を、知りたいんです。それなら、そういう感情がない人は、殺人を肯定してもいいことになるじゃないですか。世の中には戦争や死刑があります。なのに、大人たちはそのことを咎《とが》めません」

「うん、そうだよね」鈴木がそこで、王子の答えを予期していたようにうなずく。「言ったように、これは僕の個人的な感情だよ。でも、これが一番大事なことだ。僕は、人は人を殺すべきではない、絶対にしちゃいけない、と思っている。ただ、君が望んでいるのはそういう答えじゃない。でね」と急に親しげに続けた。「聞きたいんだけれど」

「何をですか」

「僕がここで君に小便をかけたら、どうする？」

急に幼稚な質問が出て、王子は驚く。「え」

「僕が君のその服を全部脱がせて、裸にしたらどうする？」

「そういう趣味があるんですか」

「そうじゃないよ。ただ、どう思う。車内で小便をしたらいけない。他人を裸にしたらいけない。悪口を言ったらいけない。煙草を吸ってはいけない。チケットを買わないと新幹線に乗ってはいけない。ジュースを飲むためにはお金を渡さないといけない」

「何ですかそれは」

「今から、君を殴りたいのだけれど、いいかな？」

「本気ですか？」

「本気だったらどうする」

「嫌です」

「どうして?」

王子は答えを考える。僕が嫌ですから、と言うべきか、もしくは、「それなら殴っていいですよ」と答えるべきか悩んだ。

「世の中は、禁止事項で溢れているんだ」鈴木が肩をすくめる。「何から何まで禁止されている。君が一人で存在している時には問題ないけれど、別の人間が現れた瞬間にたくさんの禁止事項ができる。そして、僕たちの周囲には、無数の、根拠不明の禁止事項があるんだよ。許可されたことをかろうじて、実行できているだけ、と言ったほうが近いかもしれない。だからね、僕は不思議で仕方がないんだ。どうして、君たちは決まって、『人を殺したら、どうしていけないのか』というそのことだけを質問してくるのか。それならば、『どうして人を殴ったらいけないのか』『どうして他人の家に勝手に寝泊まりしてはいけないのか』『どうして学校で焚《た》き火をしたらいけないのか』とも質問すべきではないかな。どうして侮辱してはいけないの? とかね。殺人よりも、もっと理由の分からないルールがたくさんある。だからね、僕はいつもそういう問いかけを聞くと、ただ単に、『人を殺す』という過激なテーマを持ち出して、大人を困らせようとしているだけじゃないか、とまず疑ってしまうんだ。申し訳ないけど」

「僕は本当に知りたいんです」

「今言ったように、世の中には無数に禁止事項がある。そして、その、さまざまな禁止事項の中でも、取り返しのつくことはまだ、どうにかなるんだよ。たとえば、君から財布を奪っても、そのまま返せば元には戻るし、君の服に水を零《こぼ》しても、最悪の場合でも、同じ服を買ってくれれば、物は復活する。

僕と君の関係はぎくしゃくはするけれど、かなり元通りにはなる。ただ、死んだ人は取り返しがつかない」

ふん、と王子は鼻を鳴らし、「命は素晴らしいものだからですか」と言おうとしたが、それより前に鈴木が、「何も、命が素晴らしいものだから、などというつもりはないよ」と真面目な顔で言った。

「たとえば、世の中で一冊しか存在しない、希少なマンガ本が燃やされた場合も同じだ。もう二度とそれは、手に入らない。僕自身は、命とマンガは同等に思えないけれど、客観的に理屈を言えば、その二つは一緒だ。だから、君は、『どうして、人を殺してはいけないのか』と訊ねる際は、『どうして、超レアなマンガ本を燃やしたらいけないの』とも訊ねるべきだよ」

「先生、意外に喋るんだな」男が笑う。

鈴木は興奮するでもなく、むしろ言葉を続けるにつれ冷静さを帯び、王子は自分が相手にしているのは本当に人間なのか、と疑いそうにもなった。

「で、長くなったけれど、結論を言うとね」鈴木は、生徒に、「ここはテストに出るぞ」と伝えるかのような口調だった。「ここからが答えなんだけど」

「ええ」

「殺人を許したら、国家が困るんだよ」

「国家、ですか」王子は、抽象的な話に移りそうな予感で、顔をしかめる。

「たとえば、自分は明日、誰かに殺されるかもしれない、となったら、人間は経済活動に従事できない。そもそも、所有権を保護しなくては経済は成り立たないんだ。そうだろう？　自分で買ったものが自分の物と保証されないんだったら、誰もお金を使わない。そもそも、お金だって、自分の物とは言えなくなってしまう。そして、『命』は自分の所有しているもっとも重要な物だ。そう考えれば、まずは、命を保護しなくては、少なくとも命を保護するふりをしなくては、経済活動が止まってしまうんだ。だからね、国家が禁止事項を作ったんだよ。殺人禁止のルールは、その一つだ。重要なものの一つ。そう考えれば、戦争と死刑が許される理由も簡単だ。それは国家の都合で、行われるものだからだよ。国家が、問題なし、と認めたものだけが許される。そこに倫理は関係ない」

やがて、新幹線は新花巻駅に到着する。

少しの間があり、それは車両がふっと呼吸を整える程度の時間に思えたが、その後で新花巻駅を出発する。再び、景色が動きはじめる。


鈴木が喋《しゃべ》りつづけるのを、七尾は興味深く聞いていた。感情に乏しく、熱量のほとんど感じられなかった塾の講師が、中学生に長々と説明をしている光景が新鮮だった。

「だから、国家によっては、もしかするとどこか遠いところの国では、人を殺しても良い、とされているかもしれない。僕は知らないけれど、世界のどこかにそういう国やコミュニティがあるかもしれない。殺人禁止は、あくまでも、国家の都合に過ぎないんだから。だから、そういう国に君が行って、もし、誰かを殺害したり、もしくは誰かに殺害されたりしても、それはいけないことではない」

新しい意見とも思えなかったが、鈴木の喋り方が淡々としているせいか、七尾は抵抗を感じずに、耳を傾けることができた。実際に、人を殺した経験がある、しかも一回ならずある七尾からすれば、殺人禁止の理由をとうとうと述べられたところで、いまさら改心するわけにもいかず、反省もできなかったが、毅然《きぜん》としつつも柔らかい態度で喋り続ける鈴木は、好ましく感じられた。

「殺人が許されない理由は、倫理的な理由を除けば、法律で決まっているからとしか言いようがないんだ。だから君たちが、『法律』以外の答えを求めるのは、『なぜ、野菜を食べなくちゃいけないの？栄養になるから、という理由以外で答えて』と言うのと同じくらい、ずるい質問じゃないかな」鈴木が息を吐く。「ただね、はじめに言ったけれど、僕自身は、国家の都合やルールとは無関係に、人を殺してはいけないと思う。人がこの世の中からいなくなって、自我が消えることは、とてつもなく恐ろしくて、悲しいことだから」

「先生、あんた、特定の誰かを思い出して喋っているのか」男が言う。

「そうね、そんな感じね」女も首を揺すった。

「妻がだいぶ前ですけど、死んじゃって」鈴木が横を向いた。彼の目に光が感じられない理由がそこにあるように思えた。「それこそ、別の誰かに殺されました」

「あらあ」と女が目を丸くした。

そうだったのか、と七尾も驚く。

「その殺した相手はどうしてる」男は、何だったらその復讐《ふくしゅう》を買って出るよ、と言い出しかねない様子だ。

「死にました。みんな死んで、それでおしまいです」鈴木は穏やかに述べた。「何で、そんなことになったのか、妻はどうしていなくなったのか、思い返してもよく分かりません。自分が体験したことが、全部、幻だったような気もするんです。信号がぜんぜん、変わらなくて、なかなか青に変わらないな、と思ってたのがはじまりで、気づいたら、駅のホームでした」

「何だよそれは」男が苦笑する。「幻覚を見ていたか」

「あそこのホームで、東京駅を通過する電車なんてないはずなのに」

ぼんやりと喋る鈴木は、急に、かつて見た悪夢に飛び込み、戻ってこられなくなったような目つきになった。意味不明なことを呟《つぶや》きかけ、その後で首を左右に振り、また意識を取り戻した、という具合だ。

「死んだ妻のことを考えると、暗い深い穴に落ちていく感覚に襲われます。もしくは、妻は今でも、広大な砂漠に取り残されているのではないか、ってそんな気分になるんです。彼女は暗黒の砂漠の中で、声も出なければ音も聞こえず、何も見えなくて、不安を覚えながら、永遠に漂い続けていて、その孤独を、僕は救ってあげることができない。彼女を見つけることもできず、うっかりすると、彼女のことを忘れていることだってある。暗黒の、広漠な土地に放置された、巨大な心細さと悲しみしかありません」

「難しくて何言ってるのか分からねえけどな、何だかいい人だな、あんた。よし、あんたの塾に、渉を通わせるよ」男は冗談めかしつつも、本気の眼差《まなざ》しで、「名刺をくれよ」と言った。

鈴木は儀礼的に背広に手を入れ、「あ、荷物、自分の席に置きっぱなしですね。お菓子の入った袋、忘れたままです」と笑った。急に大学生のような雰囲気になる。「盛岡に着くまでに、取ってこないと」と立ち上がった。「妻が死んでから、初めて彼女の両親に会いに行くんです。ようやく行けるんです」

「へえ、そりゃいいな。ちゃんと会ってこいよ」と雑な言い方をする男はそれでも、嬉《うれ》しそうだった。

鈴木が後方車両へと消えた。その後で、男が、「おい、おまえ、納得したか？」と中学生を見た。

「今の先生の答えで、満足か？　俺からすれば、人を殺すも殺さないも自分の考え次第だからな、先生の言葉に納得するわけではない。ただ、それなりに説得力はあったかもしれねえぞ。何か言ったらどうだ」

中学生の目が少し強張《こわば》っていた。怒っているのか、感動しているのか、と七尾はその横顔から、彼の感情を把握しようとしたが、すぐに顔つきは元に戻った。膨らんだ風船から空気がすっと抜けるように、力みが消えた。

「いえ、あんまり有意義な答えじゃなかったな、と思って。がっかりしていたんです」

力みは消えたものの、あどけなさよりも、棘《とげ》が目立った。

「むきになってきたな。それでいいんだよ。何でもかんでも見透かしたような態度は疲れるぞ」男は高らかに言い、そしていつの間にかまた銃を出していた。「おい、中学生、いいことを教えてやろう」

「何ですか」

「さっきのおまえの口にした質問な。俺も十代の時に、よく言ったもんだ」

男の隣で女が口笛を吹くかのように、そっと笑い声を立てた。

「おまえはさも得意げだったけどな、そんなのはみんながガキの頃にやるんだよ。どうして人を殺してはいけないの、と質問をして、大人を困らせたり、『どうせ死ぬのならば人は何で存在しているのかしら』なんてな、自分だけがさも哲学者になったかのような気分になるんだよ。麻疹《はしか》と一緒だ。おまえは、俺たちがガキの頃にとっくに済ませた麻疹に罹《かか》って、『僕、麻疹になったよ』と鼻の穴を膨らませてるだけだ」

「わたしもね、『自分は映画を観て、泣いたりしない』って威張る子が好きじゃないの。だって、若い頃はみんなそうなんだから。歳を取ったら、涙もろくなるのが当然でね。わたしだって、誰だって、みんな若い頃は、泣かなかったわよ。どうせ言うなら、還暦過ぎてから自慢すべきね」女は言い、

「あら、ごめんね。説教臭くて」とわざとらしく手で口を押さえた。唇にチャックをする、という仕草をやり、微笑む。

七尾は、女の動作からファスナーのことを思い出し、中学生の横のリュックに目を走らせた。開いたファスナーから、拳銃《けんじゅう》が見える。

やはり、この銃を使おう。タイミングを見計らえ。気を引き締める。

するとそこで不意に、「おじいさんたち、ごめんなさい」中学生が弱々しい声で頭を下げた。

王子

王子は自分が苛立《いらだ》っていること自体に、苛立ちを感じていた。先ほどの鈴木の喋り方や態度は、特別にこちらを見下すものではなかったが、その説話を口にするかのような雰囲気が、生理的に、としか言いようがない漠然とした嫌悪感を与えてきた。足の多い昆虫や、けばけばしい色の植物を目撃したのに似た、不快感だ。

さらには、さも自分たちのほうが経験豊富だ、と訳知り顔でとうとうと喋る、目の前の夫婦が腹立たしかった。

怒りを鎮め、頭に冷静さを取り戻すために呼吸を整え、その後に、「ごめんなさい」と言った。「実は、おじいさんたちのお孫さん、もう、まずいんだと思います」

そろそろ発表しても良いころあいだろう。夫婦が同時に固まった。孫のこととなると、必死の反応が返ってくる。どんなに強がっていてもこのざまだ。

「さっき電話がかかってきましたよね。実はあれ、出ないといけなかったんです」

「どういう意味だ？」男の顔面はぎゅっと絞るように歪《ゆが》んだ。強さを浮かべたのではなく、自分の不安が露《あら》わにならぬように、感情を抑え込むためだと分かる。

「そういう風に言われていたんです。電話には絶対に出ろって。じゃないと、入院中の男の子の命は危ないって。十回コールしている間に出ないと駄目だと」

男はしばらく黙っていた。新幹線の振動が発する音だけが、響いた。

「なのに、おじいさんが、電話に出るなって言うから」神妙な態度を装い、肩を震わせた。「どうですか。あなたは知った口を利いていましたが、孫を守れなかったじゃないですか。中学生の僕のほうが上じゃないですか」と実際に相手に言ってみせたかった。

「それは、本当か」男が静かに訊《たず》ねてくる。ただのはったりではない、と分かったのかもしれない。屈辱を覚えながらも、こちらの機嫌を窺《うかが》うようで、そのことに王子は心地良さを感じる。ぞくぞく、と背筋に悦《よろこ》びが走る。

「本当なんです。あの時、電話に出ていれば」

「あなた」女が初めてそこで心の揺れ動きを見せた。彼女の図太い神経にも、ようやく不安心が芽生えたのかもしれない。

「何だ」

「あなた、電話をしてみましょうか」と女が腰を上げかける。

「そうですね」と王子は言う。もうこれくらいの時間が経っていれば、あの幼児の身に何かが起きている可能性は高かった。「僕の電話を使いますか？　あ、でも、勝手に動いたらまずいですよね」と皮肉めいた口調でわざと言い、男の顔を見た。

男の顔が強張る。先ほどは、携帯電話に触れることすら警戒していたのが、いまや、縋《すが》るかのような気配だ。「電話を貸してくれ」と苦しそうに言った。気分がいい。まず一歩だ。王子は思った。こうして、少しずつ自分との力関係に段差を作っていけばいい。

リュックから携帯電話を取り出そうとしたが、そこで、隣の七尾の視線が鋭く、動くのが分かった。すぐにぴんと来る。リュックサックの中の、拳銃に気づいたのだろう。

七尾はこれを使おうとしている。

たぶん、そうだ。

王子の胸は小さく弾んだ。

リュックサックの中の拳銃は、もともと蜜柑が持っていたものだ。ただの銃ではない。引き金を絞れば、撃った自分が怪我を負う仕掛けが施された、暴発拳銃のはずだ。七尾はそのことを知らない。だからこそ、使おうとしている。

使ってもらおうじゃないか、と王子は愉快に思った。

暴発により、状況がどうなるのかは、起きてみないと分からない。おそらく、七尾はもちろんのこと、真正面に座る男にも大きな打撃を与えるだろう。致命的にならずとも、怪我を負い、まともに動くことはできなくなるはずだ。

この場は大騒ぎになる。

そして、その隙にこの場から自分は解放される。きっとそうなる。王子は確信した。

もちろん、自分が被害を受ける可能性は否定できなかったが、高をくくってもいた。七尾が銃を構えた瞬間、通路側に飛び出せば、重傷には至らないのではないか、という期待と、何よりも、自らの幸運への信頼が強かった。いつだって、こういう時に、僕は無事なのだ。

車内に穏やかな、可愛らしいメロディが流れ出す。あと五分ほどで盛岡に到着する、とアナウンスが言った。

その直後だ。立て続けに、いろいろなことが起きた。

まず、車両の前方で子供の声が上がった。感極まった声で、「おじいちゃん」と叫んだ。自分の祖父を呼んだに過ぎないが、その幼い声に、目の前の、老夫婦が反応した。彼らは座席を反転させて座っているものだから、後ろから子供の声が聞こえたことになる。自分の孫が呼びかけてきたと錯覚したのかもしれない。彼らの意識が、自分たちの背中に向き、女に至っては、通路に顔を出し、そちらを見た。

その隙を七尾が逃さなかった。リュックをつかみ、右手を中に入れた。

この状況で、子供の声が響き、七尾が銃を手にするきっかけが生まれるだなんて、何という幸運！と王子は身震いする。七尾が銃をつかみ出し、引き金を引けば、それでおしまいだ。王子は座席からすぐに逃げ出しかけた。

が、暴発は起きなかった。

通路に踏み出した足を止めたまま、振り返る。七尾は拳銃を取り出していなかった。それどころか、リュックから離した手を眺め、電池が切れたかのように、微動だにしていない。

七尾の腕に目をやり、そこで王子もようやく事態に気づく。あまりに予想外のことにその場でびくっと飛び上がり、横へ跳ねそうになった。

前に座る男も目を大きく開き、銃を持ったまま、硬直していた。女も口をあんぐり開けている。

七尾の右手が、右腕が異様に腫《は》れ上がっていたからだ。腕を走る脈が肥大し、立体的な管となり、奇怪な模様となっている。

そう見えた。が、違う。

蛇が絡み付いていたのだ。

「何で蛇が」とぼそりと言ったのは銃を持った男だった。はじめはぼんやりと呟き、その後で噴き出した。「何でこんなところに蛇がいるんだ」

「あらあ」女が呆気《あっけ》に取られていた。

ひい、と七尾が震えた声を出す。体が硬直している。

「おい、どうなってんだよそれは」男が笑う。

「ちょうど巻きつかれるなんて、ついていないわね、お兄さん」女が、笑っては失礼だ、と必死に同情の表情を浮かべるようだったが、やはり笑いが出ずにはいられない様子だった。くっくっと声を立てる。

「いつの間にこんなところに」七尾は腕を震わせ、口をわなわなとさせていた。「さっきまでいなかったじゃないか。出てくるにしても、よりによって何でここで」

王子は愕然《がくぜん》とし、七尾を見つめる。こんなことがあるのか、と放心状態だった。

その間も七尾は腕を振り、「取れない」と泣き出しそうになっていた。取れないよ取れないよ、とべそをかいているも同然だ。

「水でもかけてみれば」と女が言うと、七尾は、勇敢な男が駆け出すかのように、王子の前を飛び越え、通路に行き、開いた自動扉を越えて、車両から消えた。

笑い続ける女の隣で、男も顔を綻《ほころ》ばせ、「傑作だな」と繰り返した。「蛇が何で新幹線にいるんだ。びっくりするくらい、ついてないな、あの兄ちゃん」

王子の頭は混乱していた。いったいどうなっているのだ。どうしたら、こんなタイミングで、新幹線の車内に蛇が登場することになるのか。理解を超えている。憤りを覚えると同時に、畏怖《いふ》もあった。

自分の幸運を、得体の知れない不運の怪物がかぶりつき、食い散らかしていく恐怖だ。

そこで、軽やかな笑い声が聞こえた。男が笑っている。

蛇騒動の可笑《おか》しみが、一拍置いて再び込み上げてきたのか、と前を見れば、男が車内の天井近くに視線をやって、歯を見せていた。王子の頭上あたりを眺めている。「お、来たか」と言った。女がそれを聞き、やはり、似た方向を見つめて、「あらほんと」と微笑んだ。

いったい何のことか、と王子は怪しみ、老夫婦の視線を追うように、背後を振り返った。来たか、というからには誰かがやってきたのだと、たとえば、先ほど立ち去った塾の講師であるとか、蛇と共に飛び出した七尾であるとか、そういった人の姿があるのかと想像したが、誰もいない。どこを見れば良いのか分からず、視線を右へ左へと移動させる。体勢を元に戻すが、それでも彼らは同じ方向を見ていた。もう一度、王子は体を反転させる。

扉の上、壁のところにある、横長の、電光掲示板に目が留まった。

『シゲルからシゲルへ。渉君は無事です。犯人は死亡しました』

そうメッセージが流れている。

槿

植え込みのてんとう虫は、茎のこちら側から裏側へ、裏側から表面へと移動しながら、上を目指した。長い茎を、螺旋《らせん》階段を模すように、くるくると回り込みながら、上昇していく。祝福を誰かに届けるために、せっせと駆け上がるかのようだ。

おい、槿、聞いてるか。耳に当てていた携帯電話から、仲介業者の声が聞こえてきた。今、どこにいるんだ？

蒲公英《たんぽぽ》とてんとう虫の近くだ。槿は答える。頭には以前、仕事で知り合った子供のことが過《よぎ》った。昆虫が好きでカードを何枚も集めていた。あの子たちも今は中学生くらいになっているのか、と考えれば、時の流れの速さに思いを馳《は》せずにはいられない。自分だけがその、時間の奔流から外れ、おそらくは岩か何かに引っかかっているのだろうが、先へ進むことができず、取り残されている。

蒲公英とてんとう虫？　それはどの場所を指す隠語だったか。

隠語じゃない。本当に、蒲公英とてんとう虫の近くなんだ。槿は答える。おまえが指定した病院の前まで来ている。正面の出入り口がここから眺められる。おまえは今、どこだ。と訊ね返す。

槿は自分の無意識に従うがままに、蒲公英の花に手を伸ばし、その黄色の頭を千切った。ぷちりと感触がある。

病室の近くだ。俺は先輩に言われた通りに、病室まで来たんだけどな、そうしたところまさにぴったりのタイミングで、白衣の男がやってきた。

おまえは、白衣の男を待て、と指示されたのか？

そうじゃない。男は答える。単に、病室の孫の様子を見てくれと頼まれただけなんだ。ただ、そこに白衣の男が来た。俺はベッドの下に潜り込んだ。医療器具のコードやらコンセントケーブルやらごちゃごちゃしていて、おまけに俺はこんな体型だろ、なかなか大変だったけどな、隠れたわけだ。すると白衣の男が来てな、医療器具をいじくりはじめた。

白衣の男が医療器具をいじくるのは奇妙なことではない。どうして、怪しいと思ったんだ。

ベッドの下から見えた靴がやたら汚かった。泥がついていてな。医療関係者があんな靴を履くのは違和感がある。

今度から仲介業じゃなくて、ホームズみたいなのもやったほうがいいんじゃないか。

俺はな、ベッドの下から飛び出して、「何をしているんだ」と問い詰めたんだ。

ベッドの下から飛び出せたのか？　その体型で？

細かい表現にこだわるんだな。実際は違う。本当はずるずると、這《は》い上がるようにしてどうにか出ただけだ。

それはそれで相手は驚いただろうな。

驚いて、逃げ出した。通路を走って、やってきたエレベーターに飛び乗った。

そいつが怪しい。で、おまえは今、どこだ。先ほどから、そればかり訊ねているようにも思う。

まだエレベーターホールだ。病院のエレベーターはな、これがまたびっくりするくらいなかなかやってこないんだ。

そうか。槿は、てんとう虫に視線を戻す。茎を回りながら頂近くに到達し、もちろんそこには先程まで黄色い小花があったとは思いもしないだろうが、そこで空へ飛び立つタイミングを計っている。

レディバグ、レディビートル、てんとう虫は英語でそう呼ばれている。その、レディとは、マリア様のことだ、と聞いたことがあった。誰から聞いたのかは思い出せない。誰かが耳元で囁いてくれた記憶もあれば、図書館で開いた本に記されていた記憶もある。子供の頃、教師が板書しながら説明してきた覚えもあれば、以前、仕事を依頼してきた誰かが、雑談の一環として話をしてきた記憶もある。どの記憶も似たような鮮明さで、すなわち、どれも同じようにぼやけ、真実を選ぶことができない。槿の記憶、思い出とはいずれもそうだった。

マリア様の七つの悲しみを背負って飛んでいく。だから、てんとう虫は、レディビートルと呼ばれる。

七つの悲しみが具体的に何を指すのか、槿は知らない。が、あの小さな虫が、世の中の悲しみを黒い斑点《はんてん》に置き換え、鮮やかな赤の背中にそっと乗せ、葉や花の突端まで昇っていくのだ、と言われれば、そのような健気《けなげ》さを感じることはできた。てんとう虫はこれより上には行けない、というところまで行くと、覚悟を決めるためなのか、動きを止める。一呼吸を空けた後、赤い外殻をぱかりと開き、伸ばした翅《はね》を羽ばたかせ、飛ぶ。見ている者は、その黒い斑点ほどの小ささではあるが、自分の悲しみをその虫が持ち去ってくれた、と思うことができる。

俺の仕事とは正反対だ、と槿は感じる。自分が人の背中を押すたび、陰湿で暗い影が周囲には増えていくように思えて、ならない。

なあ、槿。仲介業者は続けた。白衣の男は建物の外に出て行くはずだ。そうしたら、そいつを始末してくれないか。俺も今から、下に行くが、それでは間に合わない。

そもそも、おまえが依頼されたのは、病室の子供を守ってくれ、ということだったのではなかったか。槿は確認した。逃げた犯人は放っておけば良いのではないか。

いや、危害を加える人間がいたら容赦するな、とも頼まれたのだ、と仲介業者は言った。とにかく、容赦するな、とな。

ずいぶん乱暴な頼みだな。

昔はそんな業者ばっかりだったんだ。学校でも体罰が認められていた時代だからな。しかも、俺の先輩は、その乱暴な業者の中でもひときわ乱暴だったんだ。

で、これは正式な、俺への依頼なのか？　槿は再度、確かめずにはいられない。その白衣を着ていた男を始末しろ、ということなのか？　ただ、それには相手の情報が足りなすぎる。どこの誰なのか、少なくとも教えてくれないと、俺は仕事をはじめようがない。

白衣の男を待ち構えろ。

そんな大雑把な依頼があるか。病院から怪しい白衣の男でも飛び出してくるのなら簡単だが。

言った槿はすぐに笑みを洩《も》らす。自分の目の前、病院の敷地から駆け出してきた男が目に入ったのだ。男は右手の脇に白いものを抱えており、それは慌てて丸めた白衣と見えた。いや、まさにそのものだった。

電話口で、その男の容貌《ようぼう》を説明した。

それだそれで間違いない、仲介業者は断定する。

引き受けるよ。槿は電話を切る。

白衣を抱えた男は歩道の左右を見渡し、どちらへ向かうか逡巡《しゅんじゅん》している。すぐに、こちらへと小走りでやってきた。槿の脇を通り抜け、後方へと進んでいく。すれ違う際、靴に目をやれば、泥で汚れているのが分かった。

振り返ると、男は車道の前で信号待ちをしている。携帯電話を取り出すのが見えた。

槿は音もなく、地面を蹴《け》りながら、するするとその男の背後へ近づいていく。相手の呼吸を考える。信号を見る。手の指をぱっと開き、一度、閉じ、もう一度開く。息を止める。右側から走ってくる通行車両に視線を向ける。通行量は多くないものの、それぞれが速度を落とさず、走っていく。タイミングを計る。ふっと息を洩らし、手の指先に神経を集め、相手の背中に触れる。

それと同じ時、その瞬間に、先ほどの植え込みにいたてんとう虫は、ひょいと空に飛んだ。小さなその黒い斑点の分だけ、その場の悲しみが、もちろんそれは本当に微量ではあるのだが、すっと軽くなる。

車のブレーキ音が甲高く響く。押された男から携帯電話が落ち、地面に転がる。

木村

八号車の最後尾、後方の扉の上に、電光掲示板がある。横長で、右から左へとメッセージが流れていた。普段は、新聞社提供のニュース情報や走行の情報が流れる画面だ。

「これは」身体を捻《ひね》り、その電光表示を見た中学生がぼそっと言った。「どういうこと」

「びっくりしたか」木村茂は笑う。

『渉君は無事です』と念を押すように、同じ文章が五度、表示された。

「びっくりしたか」木村茂は安堵《あんど》が胸に広がるのを実感しながら、中学生をからかうように再び言った。

「どういうこと？」中学生がはじめて、感情を露わにしていた。こちらに向き直り、鼻の穴を膨らませ、少し、顔を赤くした。

「どうやら渉は無事みたいだな」

「あれは、何のニュース？」中学生はまだ、状況を把握できかねている。

「あのな、昔から業者ってのは、連絡方法に苦労したんだよ。今と違って、携帯電話なんてなかったからな」

「繁君はやり取りに凝るのが好きでしたしね」晃子がうなずいた。

「繁は本末転倒なんだよ。凝った連絡手段を試すために仕事を選んでいたようなもんだ。でもまあ、役に立った。俺たちは携帯電話を持っていないからな」

新幹線に乗るために水沢江刺駅に向かう前、家から、繁に電話をかけた。「孫の様子を見てくれ」「守ってやってくれ。怪しい人間がいたら、容赦するな」と曖昧《あいまい》ながらも、強硬に依頼を口にし、「何かあったら、新幹線内の公衆電話を鳴らしてくれ」と頼んだ。携帯電話を持っていないがための苦肉の策だったが、繁がすぐに、「たぶん、車内の公衆電話を鳴らすサービスはもうないですよ」と言い、「かわりに他の連絡手段を使います」と鼻息荒く告げてきた。「他の連絡手段?」と聞き返すと、「車内の電光掲示を見逃さないようにしてください。何かあったら、そこに報告を流します」と答えた。

「そんなことができるのか」

「木村さんが引退してから、俺も成長してるんですよ。これでも仲介業者としては力はありますからね。新幹線の指令所にも、懇意にしている男がいます」と繁は興奮気味に言った。

車内の電光表示が消えるのを見た後で、「電話を貸してくれ」と木村茂は言い、中学生が少しぼんやりとしているのをいいことに、その手の携帯電話を素早く、奪い取った。

何するんですか、と鋭い声で抗議してくる中学生に、「待て。電話をかければ、今のメッセージの意味が分かる」と言い返した。もちろん、方便だ。そうすれば、相手も興味を示すだろう、と思っただけだった。

木村茂はジャケットのポケットから紙切れを取り出すと、そこに書かれた番号を携帯電話に打ち込んだ。家からメモをしてきた、繁の電話番号だった。

「はい、もしもし」と相手が出た。

「俺だ。木村だ」と答えると、相手が、「え」と驚く。「木村さん、携帯電話、持っているんですか?」

「今は新幹線の中だ。怪しいおぼっちゃんに携帯電話を借りたんだ」木村茂は言う。拳銃を座席の高さに構え、銃口は中学生に向けたままだ。

「ちょうど良かったです。今さっき新幹線の、電光掲示にメッセージを送ってもらったんですけど」

「見たよ。送ってもらったってのは、誰に送ってもらったんだよ」

「言ったじゃないですか、指令所の担当者ですよ」

細かいことはよく分からなかったがのんびりと質問している気持ちにもなれない。

「あ、木村さん、いい知らせと悪い知らせがありますよ」繁が言う。木村茂は苦笑する。三十年前、木村たちと物騒な現場に出かけ、仕事をするたび、繁はその言い回しを好んで使った。「いい知らせと悪い知らせ、どちらから聞きたいですか？」

「いい知らせから言ってくれ」

繁は、はい、と緊張した声になると一息に、「木村さんのお孫さんを狙った奴は、今、車道で転がってますよ。車に轢《ひ》かれておしまいです」と言った。

「おまえがやったのか」

「俺じゃないです。別の業者が。俺とは違って、優秀です」

「正直だな」木村は、渉が無事であることを実感しはじめる。胸の中で抱えてきた、重い巨大な石をようやく、下ろした。

「悪い知らせのほうは何だ」木村茂は訊ねる。新幹線が速度を落としはじめ、走行音も変わる。つかんでいた線路をゆっくりと手放すかのように、響きが軽くなる。盛岡駅が近づいてくるのだ。

中学生が目を見開き、木村茂を見ていた。こちらの会話の内容が分からないがために、不安がっているのかと想像するが、意外にもそうではなく、言葉を聞き漏らさぬように意識を集中させているようだった。やはり、侮れねえな、と木村茂は感心した。

「悪いほうの知らせは」電話の向こうの声が少し弱々しくなった。「木村さん、怒らないでくださいよ」

「早く言え」

「木村さんのお孫さんを守ろうと、ベッドの下に隠れていたんですけどね。そこから、ぱっと飛び出した時に」

「ベッドの下から飛び出せたのか。おまえはそんなに俊敏だったか」

「そこの表現はいいじゃないですか、もう」男は苦々しく言った。「ただ、その時にちょっとぐらぐらっとしちゃいましてね」

「まさか、渉に何かあったのか」木村茂は自然と語調が強くなる。

「ええ、本当に申し訳ないです」

「何だ」と怒鳴りたくなるのを必死に我慢した。器具に衝突して、器械が壊れたのか、と想像する。

「ぐらぐらっとなって、お孫さん、起きちゃったみたいなんですよ」

木村茂は返事に困った。

「あ、ぐらぐらというか、ゆら、って具合かもしれないですよ。でも、せっかく寝てたのに起きたみたいで。むにゃむにゃ何か言って、目が覚めた感じでした。人が寝てるところを起こすの、木村さん、死ぬほど嫌がるじゃないですか。でも、悪気はなかったんですよ」

「本当か」

「本当ですよ。悪気があって、どうするんですか。木村さんの寝起きが悪いのは痛いほど分かってますし、誰が好き好んで、木村さんの孫を起こすんですか」

「そうじゃなくてな、本当に渉は目を覚ましたのか」

木村茂の発したその言葉を耳にし、晃子の顔には光が射した。反対に、前に座る中学生が凍《い》てつくようになった。

終点で降りる準備のために、乗客の数人が通路を歩いてくる。木村茂が持っている銃を見咎《みとが》めないかと心配はあったが、乗客は何事もないように、デッキに消えた。もともとの乗客数が少ないからか、列ができるほどでもない。

「本当にお孫さん、目を覚ましちゃいました。申し訳ないです」繁は早口で言った。

「いや、おまえに頼んで良かった」木村茂は言う。東京での唯一の知人ともいえる繁に電話をかけた時には、渉が本当に危険かどうかは分からず、半信半疑であった。が、繁が予想以上に活躍してくれ、助かった。「無理な頼みだったのに、悪かったな」

「木村さんにはお世話になりましたから」

「引退してずいぶん経つ」

「木村さんの息子さん、あの雄一君まで、こういう業界で働きはじめた時はびっくりしましたけど」

「知ってたのか」木村茂は小さく驚いた。蛙の子は蛙、と自嘲《じちよう》と諦《あきら》めのまざった思いを抱くが、その一方で、この流れを渉に繋《つな》げてはならない、と決意もしていた。蛙の子は蛙、ではあっても、鳶《とび》が鷹《たか》を、の可能性もある、と自らに言い聞かせてきた。

「実は、何度か、雄一君、助けたことあるんですよ」繁は恥ずかしげだった。恩に着せるようではなく、子供の失敗を親に告げ口するかのような申し訳なさが漂っている。「そうそう、さっき、ある男が言ってましたけどね」と繁が続けた。

「何だ」

「昔から存在しているものは、それだけで優秀だ、ってことらしいですよ。ストーンズにしろ、木村さんにしろ、ね。生き延びているんですから、勝者です」

年寄りは勝者かよ、と大きく笑った後で、木村茂は電話を切った。

新幹線が緩やかにカーブを描く。駅に辿《たど》り着くまでの最後の勢いを見せるようだ。車内アナウンスが乗り換えの情報を伝えはじめる。

木村茂は携帯電話を中学生に返し、「どうやら、さっきの電光表示にあった通り、俺たちの大事な孫は無事なようだ」と言った。晃子が、本当ですかあなた、と身を乗り出してくる。

中学生が口をぱかっと開き、「あの」と喋りはじめた。

「やめておけ、俺は質問には答えない。もうそろそろ盛岡だしな」と木村茂はぴしゃりと言った。「いいか。おまえはたぶん、分からないことだらけのはずだ。今の電話が誰へのものなのか、そして、どうして渉は無事だったのか。しかも、目を覚ましたとはどういうわけか。おまえは分からない。きっとおまえは今まで、世の中のすべてを見通して、大人を見下してきたはずだ。あのくだらない、人を殺したらどうしていけないか、なんて質問もそうだな。今までは実際、おまえは疑問はすべて解消してきたんだろう。頭がいいしな。で、何も知らない他人を嘲笑《あざわら》ってきた」

「そういうわけじゃないです」

中学生はこの期に及んでも、神妙で、弱々しさを浮かべていた。

「でもな、今のおまえが抱えている疑問は、そのままだ。俺は、おまえに何も説明しない。もやもやしたままでいろよ」

「ちょっと待ってください」

「俺もこいつももう六十年以上生きてきてる。おまえはどうせ、老いぼれで、未来がないくせに、と思っているだろうな」

「そんなこと」

「いいことを教えてやるよ」木村は銃をぐっと上げ、中学生の眉間《みけん》に銃口を定める。「六十年、死なずにこうやって生きてきたことはな、すげえことなんだよ。分かるか？　おまえはたかだか十四年か十五年だろうが。あと五十年、生きていられる自信があるか？　口では何とでも言えるがな、実際に、五十年、病気にも事故にも事件にもやられずにな、生き延びられるかどうかはやってみないと分からねえんだ。いいか、おまえは自分が万能の、ラッキーボーイだと信じているかもしれねえが、おまえができないことを教えてやろうか」

そこで中学生の目が光った。煌《きら》めくようなものではなく、爽《さわ》やかで、整った顔立ちには違和感があるほどに、粘り気のある火が、瞳《ひとみ》に浮かんだ。自尊心を傷つけられた憤りがあった。「できないことって何ですか？」

「この後、五十年生きることだ。残念だが、おまえよりも俺たちのほうが長生きをする。おまえが馬鹿にしている俺たちのほうが、おまえより未来を見られる。皮肉だろ」

「本当に撃つんですか？」

「大人を馬鹿にするなよ」木村は言った。

「あなた、そういえば携帯電話ってどこにかけたのか番号が残るんですよね？　さっきこの子に返した電話、繁君の番号が残っていますよ。消さなくていいんですか？」晃子が言った。

「いいんだ。問題ない」

「問題ありませんか？」

「こいつが携帯電話を使うことなんて、もうないからな」

中学生がじっと視線を向けてくる。

「いいか」と木村は説明する。「ここではまだ、おまえを殺さない。撃って動きを止めて、運び出すだけだ。なぜか分かるか」

「分かりません」

「おまえに反省の機会をやるためだ」

中学生の顔に少し明かりが射した。「反省の機会ですか」

「勘違いするなよ。おまえ、反省したふりが得意だろうが。反省して、大人に大目に見てもらってきて、今まで生きてきたんじゃねえのか。いいか、俺はそんなに甘くないぞ。おまえの臭さはな、俺の経験した中では最悪だ。今まで散々、悪いことやってきたんだろ。なあ。反省する機会はやるけどな、だからと言って、おまえの罪を見逃したりはしないからな」

「そんな」

木村茂は特別な高揚もなく、淡々と話をする。「楽には死ねないぞ」

「あなた、怖いですよ」晃子も言葉の割に、太平楽な様子だった。

「そんな。だって、お孫さんは無事だったんですよね」中学生が泣き顔になる。

木村は噴き出す。「俺は年寄りだからな、目はぼやけるし、耳は遠いし、おまえの演技もよく分かんねえんだよ。とにかくだ、おまえは、俺たちの孫に手を出した。残念だったな。諦めろ。反省したら、少しは楽に死なせてやる。人生は厳しいもんだ」

するとそこで中学生が、駆け引きや戦略を捨て去り、どうせ沼に沈むのであればもろともだ、と言わんばかりの、つまり、一矢報いる気迫を持って、「あのね、おじいさんの息子、あのアル中だったおじさんはね、今頃、トイレの中で死んじゃってるよ。最後まで、情けない泣き声出してたよ。おじいさんの家族は、みんな弱いんだよ」と淡々と言った。

　木村茂は自分の内側に、動揺が走りそうになった。相手の狙いが、その精神の攪乱《かくらん》にあると分かっていたにもかかわらず、動揺しそうになった。踏ん張りが利いたのは、隣の妻の言葉のおかげだった。晃子は、強がりが混ざってはいたものの少し笑い、言った。「雄一はね、たぶん、しぶといから生きてますよ。渉のことが心配で、執念深く生きてますよ、きっと」

「だな」と木村茂もうなずく。「踏み潰《つぶ》しても、死なないタイプだ」

　新幹線は盛岡駅のホームに進入する。


　洗面所に辿り着き、水をかけたが、蛇は腕から外れず、むしろぎゅっと強く締め付けてくるので、泡を食った。このままでは腕が鬱血《うっけつ》し、それどころか捻《ねじ》れて切れてしまうのでは、と恐怖が過った。恐怖に任せ、洗面台に腕を載せ、その上から左の拳《こぶし》で力一杯に叩《たた》いたところ、管が潰れるような感触があり、蛇がぐったりし、するりと腕から抜けた。洗面台からデッキ通路に出ると、盛岡駅で降りるためか数人ずつ、それぞれの扉の近くに立っていた。くたっとした蛇を慌てて丸め、革のハンドバッグにでも見えることを期待しながら運び、七号車寄りの壁にあるゴミ箱に丸めて捨てた。ゴミ箱の中から、また何か別のものが飛び出してくるのではないか、と怯えたが、そうはならなかった。

　ついていない。が、嚙まれなかったことを幸運と思うべきなのか。

　新幹線の速度は遅くなり、甲高い音が響き渡る。そろそろ停車する。ようやくこの、恐ろしい旅も終わるのか、と安堵する一方で、終点に着いてもホームへ降り立てない自分を想像し、ぞっとした。

八号車に戻り、トランクを取りにいかなくてはならない。前方車両に通じる扉を見やる。人が幾人か、荷物を持って並んでおり、それを掻《か》き分けて戻るのも気が進まなかった。あの夫婦と中学生がどうなったのか、中学生の身が無事かどうか確認をすべきだ、と思うものの、蛇の騒動による興奮が、七尾の精神を掻き乱したせいか、もはや八号車のことは、自分が首を突っ込むものではないように感じられ、つまりは、意気込みが衰えていた。

そして、激しくなりはじめた床の揺れに、足を滑らせ、壁に縋りつくように手を出し、その場に膝《ひざ》をついてしまったところで、もはやどうでも良くなった。

もう嫌だ、ここから避難しなくては、とその思いが強くなる。ブレーキがさらにかかる。床は前後に揺れるものの、緩やかに速度が落ちていく。

駅に到着し、新幹線がぐっと呼吸を止めるような間があり、その後で、ぷしゅうと扉が開いた。車内の空気が軽くなったように思える。開放感が満ちる。

デッキの客が少しずつ、ホームへと降りていく。人数は多くなかったが、一人ずつゆっくりと足場を確認し、降り立っていくためそれなりに時間はかかる。

どん、と破裂するような音がしたのはその時だ。

勢い良く、鉄の杭《くい》を壁に打ち込むような、瞬間的ながら激しい響きが、聞こえた。

乗客たちに気づいた様子はなく、おそらく新幹線が吐き出す呼吸音や、停止した車輪が発する音、果たしてそれにどんな種類があるのかは七尾にも分からないが、とにかく機械の関節が鳴ったようなものだ、と全員が自然に受け容《い》れていたのかもしれない。

銃声だと七尾には分かった。

八号車だろう。

あの向かい合わせの六人掛けで、銃が撃たれたのだ。

中学生が撃たれたのか?

後方車両を見るが、鈴木が戻ってくる影は見当たらなかった。いったん荷物を取りに行ったところで、ようやく冷静さを取り戻し、どうして僕はあの見知らぬ眼鏡男と中学生の引率をしなくてはならないのだろう、と思い直したのかもしれない。

賢明だ。先生だもんな。

七尾は八号車の扉を見る。その自動扉はぴくりとも動かず、内側では恐ろしい出来事が起きているから近寄るな、と警告を発しているかのようだった。扉自体が、無口で屈強な門番じみている。


七尾は盛岡駅に降りていた。本来は上野で降りる予定だったのに! と叫びたい衝動に駆られる。時間にして五分ほどの短い移動のはずだった。それが、どうして二時間半以上車内に居残り、五百キロ余り離れた東北の地に降り立つことになったのか。心の準備もないままに冒険を強いられた、現実味のない徒労感が身体を重くする。身体は重いが、思考はふわふわと浮いている。

盛岡駅のホームには、背広姿の男たちが並んでいた。異様な光景だった。一つの車両に五人ずつ、壁を作るように等間隔で並んでいる。降りた客たちはそれを不可解に感じながら、ちらちらと遠慮がちに詮索《せんさく》の視線を走らせ、出口エスカレーターへと向かっていく。

七尾の前にも、五人の男たちが、訓練を積んだ者特有の隊列は兵士と呼ぶのがぴったりだったが、背広姿の兵士たちが並んでいた。

てっきりそこで、「おまえが七尾だな。約束のトランクはどうした。なぜ、盛岡まで来た」と問い質《ただ》してくると思ったが、彼らは七尾には興味がないのか、もしくは、七尾の外見については知らされていないのか、近づく素振りもなかった。

と彼らはいっせいに、車内に突入していった。到着したばかりの〈はやて〉はこの後、車両基地に戻るかもしくは、折り返し運転のために清掃が行われるだろうに、そのような段取りはお構いなしで、家宅捜索に乗り込むように、車内を探りはじめた。

ミミズに大量の蟻がどっと纏《まつ》わりつき、一気に解体するかのような、手際の良さとおぞましさ、問答無用の強い力を感じる。

トイレに隠された死体や、七尾が座席に置いた狼の死体が発見されるのも時間の問題だ。早めにここから離れるのが得策だろう、と七尾は足を進める。〈はやて〉の先頭車両近くに、恰幅《かっぷく》のいい男が立っていた。恐竜のようなごつごつとした顔に、ラグビー選手のような身体がついている。峰岸だ、と分かった。まわりに黒服の男たちがいる。

新幹線に嚙み付く蟻の群れは、峰岸が放った兵士たちに違いなかった。

峰岸の前に、車掌がいた。新幹線を荒らしていることに抗議をしているのかもしれない。車掌は、その恐竜顔の威風堂々とした態度の男が、この混乱の大元締めであると理解し、「やめさせてください」と懇願している様子だった。

もちろん、峰岸がそれに従うわけがない。車掌に対し、手を振り、無表情のまま追い払う。

車掌は背筋をぴんと伸ばしたまま、何かを訴えている。喋っている内容までは聞こえなかったが、話が通じない、と諦めたようで、峰岸の脇を通り、エスカレーターに歩を進めていった。

そこで七尾は急に背中を叩かれ、飛び跳ねそうになった。ぎゃ、と振り返り、咄嗟《とっさ》に腕を動かし、相手の首に手をかけようとした。

「ちょっと、怖いことしないでよ」と目の前の女が目を三角にした。

「真莉亜」と七尾はぼんやり、声を洩らす。「何でここに?」

「亡霊じゃないよ」

「東京にいたんじゃなかったのか」

「君が上野で降りられなかった時点でね、これはもう長期戦だな、って思ったわけ。絶対に何かトラブルが起きると確信してね」

「その通りだ」

「だから、わたしが助けてあげないとって思って、すぐに大宮に向かったんだよ。で、新幹線に飛び乗って」黒に薄いストライプの入ったスーツ姿の真莉亜は、峰岸がいるあたりに一瞥《いちべつ》をくれる。「あれ、峰岸でしょ。まずいね。早く、離れよう。どう見ても、まずいでしょ。トランクのことを訊《き》かれたら、どうしようもないんだし。怖い怖い」と七尾の手を引っ張る。

「あれはたぶん、息子の身が心配で、大慌てなんだ」

「峰岸の子供、どうなったっていうの」真莉亜は囁き声で言ったが、七尾が答えるより前に、「やっぱりいい。聞きたくないかも」と続ける。

エスカレーターの方向へ進みながら、「君は、どこにいたんだ」と七尾は訊ねる。新幹線の車内は一通り見て回った。「助けに来たというけれど、ぜんぜん助けてくれなかったじゃないか」

「あのね」真莉亜はそこで、少し間を取った。言いづらい持病を告白するかのようだった。「〈こまち〉に乗っちゃったんだよね」

「何だって?」

「〈こまち〉と〈はやて〉って中で行き来できないんだよ。信じられないよ。何のための連結?」

「幼稚園児でも知ってるよ」

「幼稚園児が知っていても、大人が知らないことはあるんだよ」

「でも、どうして僕が盛岡まで降りないと分かったんだ」実際、一ノ関では降りようと思った。「仙台で降りたかもしれないじゃないか」

「最初は仙台で降りるかもしれない、って想像していたんだけど」

「だけど?」

「寝ちゃってたんだよね」

七尾は目を強張らせ、真莉亜をまじまじと見つめる。「寝た? こんな騒ぎが起きているのに?」

「言ったでしょ、わたし昨日の夜、ずっと映画観てたんだから」

「どうして自慢げなんだ」

「君に電話した後で、少し目を閉じようと思ったら寝てたの。起きたら仙台を過ぎちゃってて。慌てて電話したら、君はまだ新幹線から降りていなかった。ああ、これは、たぶん君は終点まで降りられない運命だな、と確信したね」

「俺があんなことになっているのに、君は眠っていたのか」

「君が仕事をする人で、わたしは眠る人なんだよ。眠るのも仕事のうちだからね」

「『スター・ウォーズ』を観たからじゃないか」溜《た》め息を堪《こら》えながら、七尾は、真莉亜と並んで歩く。

「蜜柑と檸檬は?」

「死んだ。新幹線のトイレの中だ」

真莉亜がまた溜め息をつく。「新幹線の中にはどれだけ死体があるっていうの。何それ。死体列車? 何体?」

「さあ」七尾は数えようかと思ったが、やめた。「五とか六とか」

「ナナホシテントウムシの星の数みたいじゃない」

「だからと言って、俺のせいじゃない」

「あのさ、君はたぶん、みんなの不幸を背負って、肩代わりしているんじゃないの」

「だからついていないのか」

「そうじゃなかったら、あんなについていないわけないよ。君はみんなの役に立ってるのかも」

誉められているのかどうかも分からず、七尾は黙ったが、エスカレーターに乗ろうとした瞬間、ずうん、と背後で響きがあった。ように感じた。大きな身体の獣が大地に転がるような震動で、それは現実の音というよりは、起きた事態の重大さが、空気を震わせているのだ、とも分かった。どこからか声が上がった。

身体を捻って眺めると、黒服の男たちがホームでしゃがみ込み、誰かを抱きかかえている光景があった。先ほどまでそこに、堂々たる構えで立っていた峰岸が、壊れた木製人形のように、横倒しになっていた。

「あれ？」後ろの真莉亜もその騒ぎに気づき、振り返った。

人だかりができていた。

「峰岸が」七尾がぼそっと言う。

「いったいどうしたんだろう」

「貧血で倒れたのかな」

「巻き込まれたら大変だから行こう」真莉亜が背中をぐいぐい押してくる。

確かに留《とど》まっていて得なことがあるとも思えない。七尾も足を進めた。

「何か刺さってるぞ」と背後で誰かの声が聞こえた。峰岸のまわりでざわめきが起きているのが伝わってくるが、その時にはすでに、七尾も真莉亜もエスカレーターの段に立ち、緩やかに下降をはじめていた。「針だ」と誰かが言う。

エスカレーターが下りていく途中で、体を反転させ、後ろにいる真莉亜に、「スズメバチかな」と言った。

真莉亜が目をぱちくりさせる。「スズメバチ？　ああ、それって、毒の？」

「車内にいたんだ。ワゴンの販売員をしていて。でも、俺がやっつけたはずだ」七尾はもごもごと喋る。そして、先ほど、峰岸と向かい合っていた、ダブルのスーツの男の姿が脳裏に蘇《よみがえ》る。「車掌か」

「車掌？」

「スズメバチは一人だったり二人だったりで行動するんじゃなかったっけ？」

「そうだね。ソロかデュオか」

「俺はてっきり一人で仕事をしていると思ったけれど、二人が乗車していたのかも。二人で新幹線の中にいて、峰岸の親子両方を狙うつもりだったのかもしれない」

ワゴンを押した女性販売員は、峰岸の息子を、車掌は盛岡駅の峰岸を、と分担がされていたのかどうかは分からない。

エスカレーターが到着し、七尾は降りる。真莉亜も後ろから続き、早足で横に並んだ。「七尾君、君、鋭いかもよ。スズメバチって、前に、寺原を始末して一躍有名になったから」と考えを整理するように喋る。「今度は峰岸をやって、また、名を揚げようとしたのかも」

「あの栄光をもう一度ってことかい」

「みんなね、アイディアに困った時は、過去の成功例を追いたくなるんだよ」

新幹線〈はやて〉内の異常、もしくは、ホームでの峰岸の卒倒を察知したのか、鉄道職員と警備員、警察官が、七尾たちとすれ違う形でエスカレーターに駆けていく。早くこの乗り場付近を閉鎖すべきだと思うが、まだそこまで状況が把握できていないのだろう。おかげで、逃げることができる。

「知っていたのかな」七尾は独り言を溢《こぼ》す。あの車掌がスズメバチであったのなら、もう一人のスズメバチのことを、仲間の死を、知っていたのだろうか。そのことが七尾は気になった。自分が殺害した張本人であるにもかかわらず、胸が痛くなる。行方不明のメンバーを永遠に待ち続ける、バンドを思い浮かべた。

「あ、そういえば、トランクはどうしたの。持ってきていないじゃない」真莉亜の声で、我に返る。しまった、と七尾は思うが、面倒臭さと焦りから、「もういらないよ」と乱暴に断定した。「峰岸もそれどころじゃない」

自動改札口に切符を入れ、通り過ぎる。が、その途中で、警告音が鳴り、背の低い扉が閉まった。近くにいた駅員がすぐに寄ってきて、切符を眺め、首を捻る。「どこもおかしくないですけど、何ででしょうね。念のため、一番端の改札を通ってください」と言ってくる。

「こういうのは慣れています」七尾は自嘲気味に顔を歪め、切符を受け取った。

外を吹く風は冷たく、気温は十二月上旬にしてはずいぶん低かった。暖冬、という下馬評を覆そうと躍起になっているのか、と七尾は思いたくなった。空がうっかり気を許し、締めていた紐《ひも》の口を弛《ゆる》めれば、雪でも降ってきそうな気配が満ちている。

漆《うるし》ヶ原《はら》駅近くの、スーパーマーケットにいた。広い店内には食品、日用雑貨から文房具や玩具《おもちゃ》まで並んでいる。特に買いたいものがあったわけでもなかったが、和菓子を持って、レジに並んでいた。稼動している五台のレジはいずれも五人ほどずつ待ち行列ができており、どこが一番速いか、と悩んだ末に右から二番目のレジを選んだ。

電話がかかってきて、耳に当てると真莉亜からだった。「今、どこ」

「スーパーだ」と言って七尾は自分のいる店の説明をする。

「何でまたそんな遠くにいるわけ。わたしのところの近くにもあるでしょ、スーパーくらい。今日はいろいろ話があるんだから、早く来てほしいんだけど」

「ここを出たらすぐに行くから。ただ、レジが混んでるんだ」

「君の並んだレジは一番遅いよ」

過去の経験から考えれば反論はできなかった。

七尾の列の先頭の客が会計を終え、前へ行く。ところてん式に、七尾も移動する。

「君が知りたがっていた、中学生のことだけど」真莉亜が言う。

「何か分かった？」

二ヶ月前の、東北新幹線での出来事は世間を騒がせた。車内のトイレや座席に死体がいくつもあったのだから、人々の興味を惹《ひ》くのは当然だった。が、警察の調査が進むにつれ、死亡していたのは、罪のない一般人と言うよりは、素性不明の怪しげな人間ばかりで、車内販売の店員についても、正式にアルバイトとして雇われてはいたものの正体不明の女性だったため、マスコミの大半は、「組織的な犯罪者たちの仲間割れ」という、警察による大雑把な発表を信じることを選んだ。それでは説明できないこまごまとした事柄については目を瞑《つむ》ることにしたのだ。鉄道に対する恐怖が浸透する前に、つまり、国内経済に大きな影響が出る前に、この事件は特別なことで、普通に生活をしている人間にとっては無関係のことである、と周知させる必要があったのだろう、と七尾は想像した。盛岡での峰岸のことも、駅のホームで岩手在住の名士が突然、呼吸困難で死亡したと報道されたが、それはあくまでも、死の新幹線と偶然、重なった不幸という程度にしか取り上げられず、峰岸の生前の生業《なりわい》やその強い影響力、とりわけ物騒な影響力については伏せられたままだった。

トイレの中の男の一人、あの中学生と一緒にいた木村という男は、驚くべきことに、盛岡で発見された時にも死亡してはいなかったらしい。すぐに病院に搬送され、一命を取りとめたらしいが、その後のことは報道されていない。

「あの時の八号車の、君が座っていたあたりに発砲の跡があったのは事実みたい。ただ、血痕《けっこん》はなくてね」

中学生とあの高齢の夫婦がどうなったのか、そのことも不明だった。あの高齢の男の様子からすれば、中学生とはいえ、ためらうことなく撃った可能性はある。そして、少年をあたかも孫を抱えるかのように見せかけ、外に連れ出したのかもしれない。

「都内で、行方不明になっている中学生もちょろっと調べてみたんだけどね、これが結構多いのよ。どうなってるんだろうねえ、この国は。若者が消えてばっかりだよ。そういえば、仙台湾で小さな死体が発見されているんだけどね、身元は分からないみたい」

「それがあの中学生じゃないのかな」

「そうかもしれないし、違うかもしれない。やろうと思えば、行方不明の子たちの写真くらいは揃えられるかもしれないけれど、どうする?」

「いいよ、それは」と七尾は答えた。気が滅入《めい》る作業になりそうだった。「木村って業者のことは分かった?」

「どうやらね、歩くのはまだできないらしいけど、かなり回復してるみたいよ。子供が付きっ切りで、健気みたい」

「いや、そっちじゃないよ。その親のほうだ。六十過ぎの木村夫妻」

「ああ、それがね」真莉亜の声が大きくなる。「すごいよ、木村ちゃんたちの話は。歩くウッドストックみたいなもんだね」

真莉亜の表現はよく分からなかった。語り草になっている、ということなのか。

「わたしも聞いたことのある逸話がいくつもあるし。君、すごい人たちに会ったよ」高齢の有名ミュージシャンのライブに行けて良かったね、とでも言うかのようだった。

「悠々自適の高齢者にしか見えなかったけど」

あの時、盛岡に到着した新幹線の車両内、八号車付近には、撃たれて呻《うめ》いている男たちが何人も見つかったらしかった。全員が、きっちりと揃えるかのように、肩と両足の甲を撃ち抜かれ、動きを止められていた。まず間違いなく、あの木村夫妻の仕業だろう、と七尾と真莉亜は推察していた。列車から出るために、邪魔な人間を、峰岸の部下たちを撃ったのだ。素早く銃をいじり、判で押したかのように、人体の同じ場所に弾を撃ち込むという曲芸を、高齢の二人の姿からは想像できなかったが、おそらくはやったのだろう。

「わたし思ったんだけど」

「いいよ、会ってから話を聞くから」

「さわりだけ」真莉亜は自分のアイディアを話したくて仕方がないようだった。「わたしたちに仕事を依頼してきた大本って、実は、峰岸じゃなくて、蜂のほうだったのかも」

「え？　だって、峰岸の孫請けだと言ったのは君じゃないか」

「まあね。でも、それも臆測《おくそく》みたいなものだったから」

「そうなのか」

「あの時さ、スズメバチが、峰岸親子を狙っていたんだとしたら、あの蜜柑と檸檬が邪魔でしょ。だから、トランクを奪わせて、混乱させようとしたんじゃない？」

「陽動作戦みたいな感じかな」七尾は半信半疑ながら、言ってみる。

「そうそう。で、隙ができたところで、息子に毒針をちくっと。そのために、わたしのところにトランクを奪う依頼をしてきたのかも」

「そうなると、東京駅を出発した後、トランクの場所を連絡してきたのは、車内販売の女か車掌か、どっちかかもしれない」七尾は思い出す。「車両をうろついて、チェックしていてもおかしくはないし」

「で、たぶんね、車内を混乱させて、峰岸にも途中で連絡したのかもよ。『様子が変だから、盛岡駅まで見に来たほうがいいですよ』とかね」

「何でまた」と言った後で、分かる。駅で峰岸を殺害するためだ。ホームで殺害できるのなら手っ取り早い。

電話を切った後も、レジの待ち行列はなかなか進まなかった。後ろにもずいぶん人が並んでいるな、と振り返ったところ、最後尾の男が目に入り、七尾は声を出しそうになる。

あの塾講師、鈴木だった。背広姿で、背筋がしゃんとしている。食料品の入った買い物籠《かご》を持っていた。彼も気づき、目を丸くした。すぐに表情を弛めた。まさか、こんなところで、という顔だ。お互いのことをほとんど知らないにもかかわらず、旧知の友人に邂逅《かいこう》したかのような悦びがあった。

七尾は軽く会釈をする。鈴木もぺこりと頭を下げた。そして彼は、大事なことを思い出したかのような表情を浮かべると、鈴木が並んでいるのとは別の、隣の行列へと移動した。

派手に硬貨が転がる音がした。前方に向き直ると、七尾の列の先頭で、年配の女が財布の中身をひっくり返し、撒《ま》いたところだった。慌てて彼女はそれを拾い、後ろの客たちも手伝いはじめる。七尾の足元にも一枚落ち、綺麗《きれい》に回転をはじめる。つかもうとするが、うまくいかない。

その間にも隣の列はどんどん減っていく。後方の鈴木が笑い声を立てた。


スーパーマーケットの出口付近で、七尾は財布から抽籤《ちゅうせん》券を取り出した。裏側には、素人の手による絵、機関車「アーサー」が描かれている。あの新幹線の中で、蜜柑のポケットに入っていたものだ。咄嗟に持ち出していたのだが、そのことをすっかり忘れており、つい先日、服の片付けをしていた際に見つけた。新幹線における不吉な騒動を思い出し、縁起でもない、と捨てようとしたが直前で踏みとどまった。そのスーパーマーケットの場所を調べ、降りたこともない駅を経由し、わざわざ店に行くことにした。

「こんなところで会うだなんて、偶然ですね」

声をかけられ、横を見ると鈴木がいた。

「さっきは正しい判断だったね。俺の並んでいるレジは、遅くなるから」

鈴木は目を細め、笑った。「あんなに後ろの僕のほうが先に会計できるなんて思いもしませんでした。半信半疑だったんですけど」

鈴木は店の外で、七尾が出てくるのを待っていたらしかった。なかなか現れないと思い、中に戻ると、抽籤コーナーの列に並んでいるのを発見したのだという。

「この列は一列しかないから、心配はない」と七尾は苦笑する。

「籤《くじ》引きするんですか。意外に当たるかもしれませんね」鈴木が言った。「今までの、七尾さんの不運がここで爆発するのかもしれないですよ」

七尾は抽籤コーナーの看板に目をやり、「旅行券で、今までの不運を帳消しにされてもあまり嬉しくないな」と正直に言った。

鈴木が笑う。

「でも、実は期待をしてきたんだ。あの新幹線の恐ろしい出来事から無事に戻ってこられたんだから、俺にも幸運がやってきたんじゃないか、って。そんな時に、抽籤券を見つけたからこれはその、俺の幸運期のはじまりを示す合図なのかと思って、はるばるやって来たんだけど」

「なのに、レジは遅かったですね」鈴木が同情するように言った。

その通りだ、と七尾は顔をしかめる。「ただ君に会えた。これも幸運の一種なのか？」

「これが可愛らしい女の子とかだったら、そうなんでしょうが」鈴木はさらに哀れんでくる。

はい、どうぞ、と前から店員が手を出してきた。いつの間にか順番が回ってきていた。

機関車の描かれた券を渡すと、「はい、一回ね」と店員が答えた。恰幅のいい中年女性である彼女は制服を裂きそうなほどの貫禄《かんろく》を備えていたが、人当たりは良く、「お兄さん、頑張って」と爽やかに言った。鈴木が興味深そうに眺めている中、七尾はガラガラ籤のハンドルをつかみ、左へ回転させる。器械の中で玉が傾きながら移動する感触を覚える。

転がり出たのは、黄色の玉だった。

直後、豊満な体型の店員がベルを派手に鳴らした。七尾は驚き、鈴木と顔を見合わせる。

おめでとう、と横から別の男性店員が段ボールを運んできた。「三等です！」と明るく、伸びやかな声を出す。

「やったじゃないですか」と鈴木が肩を叩いてくるが、目の前に置かれた大きな段ボールを見て、七尾は顔を強張らせた。当籤の喜びがあるのは間違いなかったが、尻込《しりご》みしたのも事実だ。「こんなにもらっても」と凍りついた笑みを浮かべる。

段ボールにはぎっしりと果物が詰まっている。橙色《だいだいいろ》の拳大のミカンと、黄色が映えるレモンがちょうど半分ずつ入っていた。

これがどれほど幸運なことか、と言わんばかりに、女性店員が、おめでとう本当に良かったね、と微笑んでくるため、何も言い返せなかった。どうやって持ち帰るのか、この大量のレモンをどう使えというのか、と頭に疑問がたくさん滲《にじ》んでくるが、いずれも口には出せない。

じっと箱の中を見つめていると、一瞬ではあるが、ミカンとレモンがぱかりと口を開き、喋りかけてくるような錯覚に襲われる。「ほらな、復活したろ」と勝ち誇った表情が見えた。

〈引用・参考文献〉

『リスクにあなたは騙される　「恐怖」を操る論理』ダン・ガードナー著　田淵健太訳　早川書房
『人は原子、世界は物理法則で動く　社会物理学で読み解く人間行動』マーク・ブキャナン著　阪本芳久訳　白揚社
『なぜあの人はあやまちを認めないのか』キャロル・タヴリス、エリオット・アロンソン著　戸根由紀恵訳　河出書房新社
『ホテルルワンダの男』ポール・ルセサバギナ著　堀川志野舞訳　ヴィレッジブックス
『日本国の正体　政治家・官僚・メディア——本当の権力者は誰か』長谷川幸洋著　講談社
『21世紀版 マーフィーの法則』アーサー・ブロック著　松澤喜好・松澤千晶訳　アスキー
『日本のタンポポとセイヨウタンポポ』小川潔著　どうぶつ社
『罪と罰　(上)』ドストエフスキー著　工藤精一郎訳　新潮文庫
『悪霊　(下)』ドストエフスキー著　江川卓訳　新潮文庫
『灯台へ』ヴァージニア・ウルフ著　御輿哲也訳　岩波文庫
『午後の曳航』三島由紀夫著　新潮文庫
アルコール依存についての話、アルコールとA10神経との関係などについては、『酒乱になる人、ならない人』(眞先敏弘著　新潮新書)を参考にし、引用を行っています。
「殺人が許されない理由」を考えるにあたっては、『国家とはなにか』(萱野稔人著　以文社)から示

唆を受けた部分があります。

また、作中で登場人物が述べる、機関車トーマスのキャラクター説明は、ポプラ社『プラレールトーマスカード』の説明部分を引用しています。


さらに新幹線内の仕組みについて、梅原淳さんにご教授いただき、知人の小林さんには資料を教えていただきました。本当にありがとうございます。

言うまでもなく、このお話は架空の物語ですから、実在する人物、団体とはまったく関係がありませんし、参考文献や教えていただいた情報をもとに、僕がでっち上げた部分もたくさんありますので、どうかそのようにご理解いただければと思います。

また、お話の舞台として、いつも利用する東北新幹線を使ってしまいましたが、現実には、こういった物騒なできごととは無縁です。くしくも、来年には新しい新幹線が登場し、東北新幹線の車両にもいろいろな変化がありそうですし、この物語は、「存在しない新幹線」が走行する、現実とは異なる世界でのお話、と解釈していただけると幸いです。

装丁／高柳雅人
写真／横山孝一
本作は書き下ろしです。

伊坂　幸太郎（いさか・こうたろう）
1971年千葉県生まれ。東北大学法学部卒業。2000年『オーデュボンの祈り』で第5回新潮ミステリー倶楽部賞を受賞しデビュー。04年『アヒルと鴨のコインロッカー』で第25回吉川英治文学新人賞、短編「死神の精度」で第57回日本推理作家協会賞を受賞。08年『ゴールデンスランバー』で第21回山本周五郎賞、第5回本屋大賞を受賞。著書に『グラスホッパー』『重力ピエロ』『砂漠』などがある。

マリアビートル

平成二十二年九月二十四日　初版発行
平成二十二年十月　五　日　再版発行

著　者――伊《い》坂《さか》幸《こう》太《た》郎《ろう》
発行者――井上伸一郎
発行所――株式会社角川書店
東京都千代田区富士見二-一三-三
〒一〇二-八〇七八
電話／編集　〇三-三二三八-八五五五
発売元――株式会社角川グループパブリッシング
東京都千代田区富士見二-一三-三
〒一〇二-八一七七
電話／営業　〇三-三二三八-八五二一
http://www.kadokawa.co.jp/
印刷所――大日本印刷株式会社
製本所――本間製本株式会社
落丁・乱丁本は角川グループ受注センター読者係宛にお送りください。
送料は小社負担でお取り替えいたします。

ISBN 978-4-04-874105-7　C0093

鯨「亡霊としての節度はないのか？」

蝉「おまえさ、
人としじみのどっちが
偉いか知ってるか？」

槿「そいつらは、黒くて、
翅も長いんだ。
おまけに、凶暴だ」

すべてはここから始まった――。
疾走感溢れる筆致で綴られた、
分類不能の「殺し屋」小説！

元教師の鈴木は、妻を殺した男・寺原長男が車に轢かれる瞬間を目撃する。どうやら「押し屋」と呼ばれる殺し屋の仕業らしい。鈴木は正体を探るため、彼の後を追う。一方、自殺専門の殺し屋・鯨、ナイフ使いの若者・蝉も「押し屋」を追い始める。それぞれの思惑のもとに――。「鈴木」「鯨」「蝉」、三人の思いが交錯するとき、物語は唸りをあげて動き出す。

角川文庫